萌晞晞 著
Mengxixi Toms

贵州出版集团
贵州人民出版社

图书在版编目（ＣＩＰ）数据

萌师出高徒/ 萌晞晞著.-- 贵阳:贵州人民出版社,2016.7
（2020.3重印）

ISBN 978-7-221-13421-9

Ⅰ.①萌… Ⅱ.①萌… Ⅲ.①长篇小说－中国－当代 Ⅳ.
①I247.5

中国版本图书馆CIP数据核字(2016)第183915号

萌师出高徒

萌晞晞 著

出 版 人 苏 桦

出版统筹 陈继光

选题策划 大鱼文化

责任编辑 黄蕙心

流程编辑 黄蕙心

特约编辑 千月兔

装帧设计 枝 桠

出版发行 贵州人民出版社（贵阳市观山湖区会展东路SOHO办公区A座
　　　　　邮编：550001）

印　　刷 三河市华东印刷有限公司

开　　本 880×1230毫米1/32

字　　数 282千字

印　　张 9.5

版　　次 2016年11月第1版

印　　次 2016年11月第1次印刷
　　　　　2020年3月第2次印刷

书　　号 ISBN 978-7-221-13421-9

定　　价 48.00元

·目录·

·目录·

·第一章·
DI YI ZHANG
为人师表装少傅

　　"爹，不好了——出事了——庄斯文那家伙逃婚，哦不，逃官了！"

　　一大清早，庄博学的吼声就传遍了整个相府。当她手握一封留书，冲进书房中时，庄焱还在气定神闲地练字。

　　"阿学啊，爹对你说过很多次了，宰相之女就要有宰相之女的气度和胆色，泰山崩于眼前也要面不改色，咱们说什么也不能输了阵势，更何况你哥'离家出走'也不是一次两次了……"

　　"可他明天就要去东宫上任了啊！您还不赶快派人去追——"阿学打断她老爹的絮叨，切入重点。太子少傅这官位可是御笔钦点，不容推却，她这哥哥居然还敢留书一封义正词严地找出诸如"世界这么大，我想去看看""采风有益身心健康，做官容易灵感匮乏"等借口逃官了……

　　见女儿一副火烧眉毛的样子，庄焱搁笔，摸摸胡子笑道："噢，爹已经派人去追了，总要装装样子的嘛……为父做了这么多年宰相，这点道理还不懂？"

　　敢情这么多年她的老爹身居宰相之位，都只靠"装装样子"？看着庄焱一脸"为父吃的就是这碗饭"的神情，阿学深深同情起当今圣上来，也为东越国捏一把汗。也难怪俗话要说"有其父必有其子"，这不正经的劲儿不正是和这位"宰相"学的嘛……阿学不禁深刻地反思起自己和哥哥庄斯文这对龙凤胎来——玩心大，臭味相投，狼狈为奸，她自己从小更是相府里的混世魔王，可谓青出于蓝而胜于蓝。

"那明天之前要是追不到怎么办？爹，您不能只装样子吧！"她不明白她爹爹为何还能如此淡定。

"这不是还有你吗？"庄焱绕过书案，笑眯眯地踱步到自家女儿跟前，"你哥那小子多半是半夜跑的路，我看是追不回来了。所以得辛苦我家阿学去顶替他喽。"

顶替她哥装少傅？阿学只觉脑袋嗡嗡作响，咽咽口水："爹，这大概是您说过的最吓人的鬼故事，没有之一！就我这样……人家要的可是您的宝贝儿子状元郎庄斯文！您不会忘记女儿我叫什么名字了吧？"

庄家夫妇希望她能博学多才，却没考虑到这特殊的姓氏，导致阿学人如其名——装博学，从小到大经史子集都只读成个半吊子，可比不上她那天资过人，十六岁就高中状元的哥哥。

"咳咳……你和你哥私下里那些小动作，爹平时睁一只眼闭一只眼也就算了，难道以为爹真的老糊涂了？"庄焱毫不客气地戳穿阿学，"你整日女扮男装出门，顶着你哥的名号在外面鬼混，也不见这肚子里的墨水不够用，还不是装得得心应手？这姓氏也不是白来的——"

嗯，庄家人一个个都是装出来的……

"这……哈哈，那去外面不是小打小闹吗？做官可不是闹着玩的……一个玩不好我不就坑爹了吗？我也是为您老人家着想！"阿学心虚地打起哈哈。

庄家家教开明，也从不干涉儿女的爱好，所以立志成为东越言情小说第一人的庄斯文高中状元后也不肯做官，在家中一宅三年，潜心创作，还起了个笔名叫"斯文败类"。状元郎的文笔肯定是绰绰有余，可这想象力十分贫瘠，少不得要阿学时时帮他构思捉刀。兄妹两人合力，倒也佳作频出，现下坊间热销的最新连载小册子《断袖少主弯直记》正是庄斯文用阿学提供的点子所写。

当然了，阿学也不是白给庄斯文提供创意的。作为交换，庄斯文默许甚至帮助阿学女扮男装，顶着他的名号出门"风流"。

"不碍事。你哥大门不出二门不迈的，最后一次在众人面前露脸都是三年前的事情了。这几年都是你顶着他的名号出去，人家认的都是你的脸。你哥去上任没准人家还不认呢！至于咱们府里的人更不用担心，都是跟着咱们庄家的老人了，一荣俱荣一损俱损，不会出去乱说。"庄焱不以为意地摆摆手，随即换上神秘兮兮的神色，"况且……女儿啊，此番爹爹有一项重大的任务要交给你去办。"

"东越机密大事"这六个字跳入阿学的脑海，令她不由得一凛，压低声音道："爹您说，我一定保守秘密！"

女儿如此上道，庄焱乐呵呵地顺势凑到她耳边，小声嘀咕几句后，才退开半步殷切叮嘱道："咱们东越风俗开放，他若还是二皇子便也不是什么大事，可如今前太子……总之事关国家社稷，阿学可要多上心啊！"

"爹，您这是让女儿'为国捐躯'吗？"阿学找不到合适的面部表情，只因这项秘密任务实在令人无语凝噎——她居然要负责试探新太子是否真是个断袖！

"哎，话不能这么说——"庄焱不赞同地摇摇头，对她晓之以理，"太子若真是断袖，接近你后自然会发现你是女儿身，就不会对你如何。倘若只是谣传，那太子对男装的你肯定没想法，你更不必担心。"

顺着庄焱的思路这么一琢磨，阿学竟觉逻辑严密，颇有道理，无可反驳！然而……

"可女儿怕还是不能当此重任啊！"她觉得自己还可以做最后的抢救，"万一搞砸，我这不是……"

"别忘了你现在是庄斯文，天塌下来就让你哥哥回来顶罪，放心！"庄焱使出了撒手锏，不给阿学推拒的机会。

天底下能这么当爹的也是少见，老哥你在采风的时候还是多找几座庙上香祈祷我不会露出马脚吧……阿学看着一脸大义灭亲的庄焱竟无言以对。

"对了，官服应该还在你哥房间吧？你先去试试看！"庄焱得逞后不忘提醒阿学，"不合身的地方让吴妈赶紧给你改改——还有记得到你哥的小书房去为明天做点功课啊！"

就这样，被赶鸭子上架的阿学花了一个时辰搞定行装，接着便都在庄斯文的书房里恶补经书，直到子时才顶不住倦意睡去……

次日一早，从屋中走出的阿学紫袍乌靴，穿戴齐整，双目炯炯，唇红齿白，举手投足之间，就是一翩翩少年郎的模样。除了这手腕与腰身比一般男子纤细了些，倒也看不出其余端倪。不愧是庄家的人，继承了"装装样子"的优良传统。

在爹娘的目送下，阿学抬头挺胸地走出相府，神色坦荡，不曾露怯。老哥找不回来，由她冒充虽是下策，却也只能暂时糊弄着。好在东宫官员不需上朝，所以只要她不出大错，有个宰相爹做后盾，相信一般人不敢质疑她的身份，更不会直接把娄子贸然捅到皇上那儿去。阿学想明白了这层，这心也就不慌了。

可她踏上马车后，庄焱的嘱咐声却让她的小心肝狠狠一颤——

"记得要为人师表啊！你第一次当夫子不容易，多想想你小时候夫子都是怎么做的！"

小时候，她只记得，请来家里的夫子被她和她老哥气走了一打，每个走的时候不是气歪了嘴，就是被剪光了胡子……

不忍再回忆下去，阿学打了个激灵钻进车厢，催促马车快行，可预想着自己未来的为师生涯，她这小心肝儿却还是跟着马车的颠簸一颤一颤的。

也不知那位两月前刚刚替补上太子位的二皇子越祺然好不好相处……

阿学作为宰相之女，还是听过一些关于越祺然的传闻的，比如不学无术，性情顽劣，沉浸在东越国第一畅销情侠小说《断袖少主弯直记》中，还有就是与她此次任务密切相关的一点——喜好男色。

"虽说出来混迟早是要还的，但我可不是普通的夫子，我的学生也不是普通的学生啊。身为太子就算心里不喜欢我，表面上也应该尊师吧！况且老爹不是说太子还要对我行拜师礼吗？两大坛好酒和五斤嚼劲十足的肉干，还有太子的三拜——啊，庄博学，你也算是赚到了！别紧张，别紧张……"

马车中，阿学开始对自己进行积极的自我暗示，终于在行至东宫之前又找回了混世魔王天不怕地不怕的心态，昂然下车，面带微笑，在太监的指引下　路来到东宫潜心斋——太子的书房前。

"就是这里了。您自便吧。"那太监对阿学一福，也不等她首肯就转身离开。

阿学用古怪的眼神盯着那太监的背影许久，只觉这东宫里一路走来，许多宫人的态度傲慢，神色也掩不住倨傲。再看这堂堂太子书房外，竟没有一个宫人立侍在外，着实奇怪。

而更令阿学不满的是，说好的拜师礼呢？不应该是郑重其事、大张旗鼓的吗？就算没有大排场，太子也得亲自出来迎一迎吧！

于是她选择站在门外，故意用力清起嗓子来。可她装腔作势地"嗯哼"了半晌，也不见里面有动静……

心知再僵持也是无谓，阿学只得灰溜溜地自个儿走进去——

肉香，酒香！

才踏入潜心斋，阿学敏锐的嗅觉就先一步察觉到里头的端倪。她扭头望去，只见书案前不远，赫然已经摆上膳桌，一名黄袍广袖、玉冠束发的年轻男子正一个人喝着小酒就着肉干，好不惬意。

这东宫里能着黄袍的，只能是太子越祺然了。

在此之前，阿学没有见过越祺然本人，从她得知自己要代替老哥走上为人师表的道路，到踏进潜心斋的这十二个时辰里，她也不是没设想过越祺然的样貌，甚至做好了他会是个歪瓜裂枣的准备。毕竟阿学见过的公子哥不在少数，没几个俊俏的，否则她这个女扮男装的俊公子也就不会在京城名媛圈里那么吃香了！

可越祺然完全出乎阿学的意料，眉目俊逸，鼻梁坚挺，虽是薄唇，却全无薄情之态，反有多情之意。他喝酒吃肉的动作与阿学平日混迹市井时见到的那些江湖人并没有什么两样，可同样的动作，由他做来莫名透出几分潇洒之姿，非但不粗鄙，反倒优雅。

阿学的哥哥庄斯文也很俊，但俊在刚健明朗，越祺然的俊却风流性感。这样的人，这样的气质，说他好男色，阿学信，说他爱女人，阿学也信……

"嗯？"太子越祺然听到阿学的脚步声，偏头微微眯眼打量她片刻后，便笑着对她发出邀请，"这是新上任的少傅大人来了啊！要不要一起享用拜师礼？"

从越祺然的美色中醒神，阿学发现属于自己的拜师礼已经被他糟蹋过半，不由得感受到巨大的心理落差。她本以为自己这个太子少傅会当得万众瞩目，好歹也是太子的老师啊！可谁知……不过这样也好，越没人注意，自己就越不会穿帮啊！

"少傅不愿与本太子同桌共饮啊？"越祺然见她不作声回应，也不抬脚，唉声叹气起来，"唉，还想着不是个老夫子会好些的，没想到啊——"

"太子错了！微臣还这么年轻，不想和那些老头儿比！"阿学迅速调整心态，大踏步来到桌边，坐下，豪迈地给自己倒上一大碗酒，一饮而尽，用行动证明自己。

这三年来她女扮男装的资本有二，一是打小练就的防身功夫，二便是这不弱的酒量。

越祺然似乎没想到这新上任的少傅居然如此豪爽，微讶过后，先是大力鼓掌喝彩，随即亲自替她满酒。

"既然如此，少傅也不用微臣、微臣的了，在这东宫中不必太拘束，左右……呵……"也不知突然想到了什么，他选择用嗤笑代替未说完的话，转而道，"来——光喝酒吃肉多没意思，少傅大人可会猜拳？"

"没问题啊！"阿学应声而起，摆开架势，挽起袖子，"和我猜拳太子可要小心了——"

猜拳这种事情可比拿什么诗词歌赋、人格魅力来令学生折服之类的办法简单粗暴多了！正和阿学心意！

"一心敬啊，哥俩好，三桃园啊——不是吧？"

"五魁首啊六六六，哈哈……你快喝——"

"八匹马，九连环啊，满堂红！少傅大人，本太子看是你要多加小心了！"

在猜拳这事上，阿学难得棋逢对手，竟连输几回。随着儿大碗酒下肚，脸微红，她不由得激动地单脚往凳上一踩，哪里还记得什么和越祺然沟通师生感情的初衷，只想着要赢过他，将他灌醉！

"太子爷你有两下子啊！和谁学的？再来——"

见阿学如此"不顾形象"，越祺然也不甘示弱，晃晃悠悠地起身，似也有了些醉意，随意地撩高袖子，露出一截白皙且线条优美的胳膊，要继续与她猜拳。

白花花的胳膊啊……阿学却猛地双眼一直，脑海中不断浮现自己曾是"庄斯文"时，被那些狐朋狗友拉去南风馆见识过的小倌，那些所谓红牌小倌的胳膊似乎还不如越祺然的美呢！这略显清瘦却不失力量的手臂，怎么看怎么让阿学这个必须试探他是否喜好男风的女人想入非非……

"少傅大人发什么呆呢？本太子的手有什么问题吗？"越祺然拿手在她眼前晃晃，挑眉问。

阿学陡然一惊，对上越祺然那双因醉酒也染上迷离的眸子，猛地想起昨夜在她老哥的书房翻出的那本《男风十兆》上所写的：醉酒时拍打对方臀部，若其身体反应极大，则其有好男风倾向。

现在可不就是下手的好机会！

"没、没问题……我们继续！"但阿学还是耐住性子，决定再灌他几碗后下手。

不过想灌醉越祺然可没那么容易，两人猜拳的胜负总在对半之间，一坛子酒见底，阿学的脑子也开始浑浑噩噩起来。

"嗯？没酒了……等本太子再开一坛——"

只见越祺然晃悠着挪步转身，弯腰准备将原本摆在一旁地上的酒坛起开。因为这个动作，当朝太子爷的臀部正对着阿学撅起，角度绝佳，千载难逢，机不可失啊！

酒壮怂人胆，阿学甩甩头，把眼瞪大，努力将眼前的重影甩开，然后咬牙抬手，一巴掌狠狠招呼上去——

"啊！"

这声惊叫并不是越祺然发出的，而是来自门边，与此同时阿学感到有一大物件正从斜后方挟着劲风袭来！

"砰——"

只差半寸的距离，阿学就要得手了！但她眼角余光目测到那冲自己砸来的大酒坛子恐怕是等不及这半寸了，只得化掌为拳，扭身击出，酒坛登时应声破碎，阿学也被酒出的酒浇成了落汤鸡。

被浇透的阿学酒醒了一半，暗骂自己真是喝糊涂了，能接住的酒坛怎么非要打破呢？不过也都怪砸酒坛的人，这是什么新鲜的暗器玩法啊？

想到这里，她抬手一抹脸，然后朝酒坛砸来的方向一瞧，竟然是名小太监。他看着自己的目光，似乎她做了什么令人发指的事情一般，让阿学摸不着头脑。

她哪里知道这小太监抱着酒坛入内时，正巧目睹了她这位少傅大人居然双眼放着贼光，色眯眯地偷袭太子臀部的这一幕！为挽救自家主子的清白，他只能物尽其用，将酒坛掷出！

"小福子？嗯……好好的怎么把酒坛乱砸？"溅出的酒水也沾到越祺然身上，他动作迟缓地站直，转过身，掸掸衣摆，问话也带着含混的醉意。

但那叫小福子的太监只死死盯住阿学，颤抖着声音质问："你……你刚才要对我们家太子做什么？"

"哦呵呵，他屁股上有苍蝇，我给他拍拍而已……"阿学这才从小福子的眼里读到大写的"非礼"二字，急忙干笑起来。

"胡说！哪儿来的苍蝇？"小福子脖子一梗，"我怎么没看到？"

阿学脸不红心不跳地扯谎："我会点功夫，目力比你好，自然能看到喽——我看你是跟着太子挑灯夜读太久，眼花了！"

"你怎么知——"

小福子吃惊的问句还没说完，就被越祺然喝断："小福子！这是太子少傅庄大人，不得无礼！"

"是，是……"小福子闻言竟是冷不丁打了个激灵，连连拍打个儿的腮帮子，"是奴才失言，太子爷恕罪，少傅大人恕罪——"

"呃，无妨的。"阿学没想到小福子会这么怕越祺然，反过来替他说话，"我也听说过小福子公公，打小就跟着太子做侍读。我如今又是太子的老师了，你就算……嗯，也算我半个门生嘛！不用这么拘礼。"方才越祺然的那一喝也不怎么威严啊，至于吗？

如此强行攀亲戚，只为给第一次见面的小太监开脱，惹得越祺然不由得多打量了阿学两眼，一改方才的轻佻，反倒意味深长。不过阿学始终与小福子对视，此刻只从小福子眼底察觉到惊讶与感激之色，并未留心身侧的越祺然是何反应。

与太子的侍读处好关系，也是打通师生关系的重要一步，勉强可以弥补方才第一次试探失败的损失。只是……阿学不死心地扭头瞥向越祺然的某处，希望真能有只苍蝇叮上去……

"阿嚏——"

一个喷嚏让阿学从不切实际的想象中清醒过来，这才想起自己浑身都湿透了，那岂不是很容易露馅！

阿学急忙低头一瞧，吁出一口气来——还好，今早裹胸布缠得厚实，但也不能顶太久，还是早点换身干净的衣服为妙。

"太子，你看这……有失体统，微臣还是暂回相府更衣吧。"于是她双手又在胸前，略作遮挡，转向越祺然请示。

"少傅大人说得是，还是快些回去更衣，免得染了风寒。"越祺然的酒劲似乎完全过去，目光清明，唇边挂着似有若无的笑意，"咱们可以改日再切磋，一较高下。"

这让阿学不禁怀疑他刚才是否在装醉。

"小福子，送送少傅大人。"不等她反应，越祺然又转而吩咐小福子。

"多谢太子，那微臣先告退了。"

怕在越祺然跟前站久了暴露女儿身，阿学也没心思多想，匆匆谢过之后，就在小福子的带领下走出潜心斋，一路往东宫宫门方向走去。

"小福子，你刚才说我怎么知道什么？没有说完就被太子给打断的。"她有些好奇地追问，"难不成你家太子真的经常熬夜苦读啊？"

"这……其实奴才是惊讶少傅大人怎么知道太子爷经常通宵达旦地看那些坊间流行的小说和话本。"小福子压低声音，不好意思地笑说，"您说这种揭短的事儿，奴才险些说漏了嘴，太子爷能不发火吗？"

"当真？"阿学挑眉。她直觉小福子当时被打断的话并非如此，可从这主仆俩的反应又捉摸不出个所以然来。

小福子点头如捣蒜，还万分诚恳地请求道："奴才不敢欺瞒大人。不过大人回头可千万别对太子爷说奴才与您说了实话啊……"

没问出想要的结果，阿学失望地点点头，却在不经意间发现宫道上来往的宫人似乎都在偷瞄自己。她低头一看，瞬间了然——这么个湿淋淋的人走在道上，还穿着高阶官服，难怪要引人侧目。

"我不会说的，咱们快走吧——"

于是阿学心虚地再不敢抬眼，也没心思从小福子那里打听关于越祺然的消息了，只催他快些带路，一味闷头跟着往前。

"小福子，快到了吗？"

"大人叫奴才？奴才不是小福子。"

走了一阵子后，阿学发觉不对劲，早上来时并没花费这么久时间，不由得低声发问。这一问却吓一跳，连忙抬头瞧去，发现站在前方几步回头应声的果然不是小福子！她始终埋头，只认太监装扮跟着，可这宫中最不缺的便是太监，恐怕早就不知在哪个岔路口跟错了太监！

这小福子真是的，也不知回头看看我还在不在！阿学在心中暗骂。可怜的小福子此时也正满东宫乱转着找人，谁能想到不过转了个弯，刚刚还与他搭话的大活人能给不声不响带丢了呢？

"不知您是哪位大人？奴才有什么可以效劳的吗？"那太监见阿学面部表情千变万化，不由得问道。

"不、不用了……你去做你的事情吧。"

阿学看那太监用奇怪的眼神盯着自己，心中一慌，胡乱应了句转身就溜。这坏事果然是不能做，否则就是疑神疑鬼，阿学也总疑心这太监是不是看穿了什么，才会用这种古怪的目光望自己。

"哎，大人仔细前面！"

谁知才转身冲出两步，等阿学听到身后那太监的提醒时已经晚了——她直直地撞上了一个迎面走来的人。

对方比阿学高出不少，步履稳健，被这么一冲撞仍站得很稳，反倒是撞上他胸膛的阿学向后一个趔趄。

"小心——"

那人手疾眼快地将阿学腰身一捞，只是在稳住她身形的瞬间，眼底也极快地闪过一丝诧异。但那疑惑之色转瞬即逝，所以当阿学站稳身子，抬头瞥向他时，望见的只是一双平淡温和的眸子。

那眸子狭长，宛若深潭，叫人瞧不见底，却又忍不住被吸引。而这深邃眸子的主人，面容修长白皙，线条柔和，也是个俊雅的美男子。只是从岁数上来说，眼前这人大约是要比阿学和越祺然等人都要年长几岁的。

"这位大人可是今天新上任的庄少傅？"

男子的嗓音磁性中带着柔和，笑得温文尔雅，询问阿学的身份。阿学这才发觉自己竟直勾勾盯着人家，急忙收回目光，又手低头行礼："是，我是……哦不，下官正是庄斯文。不知您是……"

"呵，越之谦，忝居太子太傅一职。大家都是同僚，少傅不必拘礼。"越之谦抬起右手，轻轻按在阿学行礼的手上，示意她不必如此。

原来他就是越之谦。阿学有些诧异，启唇却没出声。

"怎么了？"越之谦轻笑。

"没、没什么。下官冒失，方才冲撞了齐王大人，还请大人见谅。"阿学躬身行礼的姿势不变，只是把头埋得更低。

之所以阿学对他态度如此恭敬谨慎，倒也并非因为他是当今圣上越之谵的同母弟弟齐王，更不是出于他是自己顶头上司这一身份。而是朝野总有关于他心机深沉、野心勃勃且两面三刀的传言，最近更是越发盛传。

得罪君子不怕，就怕得罪小人。这是庄焱反复叮嘱一双儿女的箴言。

"唉……"

随着头顶传来越之谦的一声低叹，阿学只觉身上一暖——竟是他解下披风替她围上。

"如今尚未入夏，春日里还有些寒凉，少傅穿着湿透的衣裳怎么还四处乱转？"越之谦丝毫不掩饰他的关切之意，但让阿学听来又不觉突兀谄媚，过分殷情。

她不禁抬头看向他温文尔雅的面容，只觉像他这样的人，似乎会对任何一个萍水相逢的狼狈者释出善意。

"大人不问下官为何会弄得这一身……"阿学冲他感激一笑，然后伸手把披风拢到身前，完全遮挡住胸口。没了身份暴露的风险，她也就起了与越之谦对话的闲心。

"略有耳闻。"越之谦只是浅笑着抿唇，吐出这四个字后就没了后文，既不嘲讽她，也没责备她。

真是好事不出门坏事传千里，这才事发没多久啊！阿学小心翼翼地问："大人不生气？下官作为太子少傅本应该为人师表，以身作则……"结果居然和太子一起胡闹。

"嗯，确实。"越之谦听后一脸认真地颔首，"我正好也要出东宫办点事情，咱们一道，也容我一路上细想想要如何处置此事。"

听他果真要对自己小惩大诫一番，阿学耷拉下脑袋。早知道她就不追问了，岂料越之谦会顺杆爬？

"走吧。少傅第一回来东宫，还要多熟悉熟悉才不会迷路。"越之谦观察着阿学那显而易见的沮丧，眼底笑意更浓，越过她身边，走到前面替她引路。

一路上，越之谦虽是选了出东宫最近的路，但还要途经不少地方，就一一给阿学简单介绍，包括他用于处理事务的太傅府。

"那条路左右两侧，分别是左右卫率府，负责保卫东宫安全。前方向东是詹事府，分为左右春坊、司经局及主簿厅，注记、修撰等事务都在各掌职的范围内，和翰林院的职责略有重叠，不少官员任期满五年后会迁转翰林院。

"前朝东宫常制有三门，分别是正南承华门，正东安阳门，正西奉化门，不过到了我朝为了能更好地掌握东宫内出入者的动向，便将安阳与奉化门都封起，只留正南承华门用于通行。但若东宫举行盛宴或其余大事时，也会开放其余两门。

"三门四角的望楼，用于 望、警戒。典籍记载，这些望楼原本只是建筑装饰，在前朝一次东宫宫变后改作了 望台之用，加强东宫成卫……"

他言谈之间从容不迫，气度不凡，介绍起各个宫殿的用处时简洁明了，风趣幽默，甚至还能引经据典，侃侃而谈，使得本没有这闲情的阿学也听入迷了去。待行至宫门前时，阿学已对越之谦产生了仰慕之情，亲切之意。

阿学平日里相处的不是市井儿就是肚子里的墨水还不如她多的纨绔子弟，难得能见到如此博闻广识的雅儒上司，哪有不佩服的道理？

"到了。"走到斜前方的越之谦停下脚步，转身望向阿学，"少傅可以自己回去吧？"

"不用差人送下官的！"阿学又想到惩戒之事，就想脚底抹油，"这一路劳烦大人了，下官这就告退——"

可阿学才走到越之谦身侧，便听到他叫住自己："庄少傅留步。"

看来还是要罚……阿学苦笑着扭身面对他："请大人处置吧……"

"处置？"后者错愕，随即轻笑出声，"方才不过是随口一说罢了，没想到竟叫你担心了一路，是我的罪过。"

"不是，不是——有错确实就该罚的。"阿学先是忙不迭摇头，进而嗫嚅着，"不过小错小罚就好吧……比如扣点俸禄……"反正相府不缺她的俸禄钱。

然而越之谦早已看穿她的小心思，忍俊不禁："相府的公子恐怕还看不上这点俸银吧？这个处罚可太偏心了。"

于是阿学垂下脑袋，听候发落。

"不如——不如罚少傅替太子制定一套严谨有序的教学计划，明日呈交于我，如何？"不等阿学回答，越之谦又沉吟着补充，"这教学计划制定起来恐怕颇耗时间精力，但磨刀不误砍柴工……少傅今日余下时间便都在相府准备此事即可，不必再来东宫。"

这等于变相给她放了半天假啊！身为太子的老师制定教学计划也是分内之事，哪里算什么惩罚？

"多谢大人！"阿学登时喜上眉梢，欢喜地冲他作揖，"下官一定认真完成任务，以后也不会再像今日一样与太子胡闹了。"

"好，去吧。"越之谦笑中带柔，对她挥挥手。

得了上官首肯，阿学又恭恭敬敬地给他行了个礼算作道别，这才转身快步往承华门外走去。如阿学和越之谦这样的东宫高品阶官员，出入东宫都有自家的马车随时候在门外，其余低品阶的执事官则多半是合用东宫公用的两三辆马车出外办事。

坐上马车，与众人视线完全隔绝，不用再担心女子的身形引人怀疑，阿学才彻底松了一口气，也猛地记起还未将披风还给越之谦。

"等等——"她忙喊住车夫，掀开帘子往宫门里瞧，却见越之谦已经转身折返，正往回走。

他不是说正好要出宫办事才顺带替她引路的吗？怎么这就回去了？阿学凝望着他的背影，微微抿唇。他有意专程送她，却不愿叫她知晓好意……虽只见了这一面，阿学却不信越之谦竟是传言中那人品低下的小人。

一个人的涵养学识都是可以后天粉饰的，可气质是怎么也掩盖不住、改变不了的。作为越祺然的皇叔，越之谦的相貌仔细想来和前者也有几分相像，气质就完全不同。前者恣意潇洒，眼底还有些桀骜之色，后者则温文尔雅，眸色深沉却满是和煦。前者让阿学直觉他是个不好管教的学生，后者却令她感到宽和放心。

"越之谦怎么看都不像奸诈小人啊，我看人的眼光连爹爹都特意夸奖过。可空穴来风，总不会无缘无故……"阿学低语着，纠结起来。

"小……公子，可以走了吗？"

马车夫的请示惊醒阿学，发觉自己出神之间，越之谦早已走得不见人影。

也不敢再多在外耽搁，阿学将帘子放下："可以了，走吧。"

这披风左右也沾湿了，回府请吴妈洗好晾干，明日再还给越之谦也是一样。只是……阿学坐在马车中，思来想去，都不知是否要把今日与越之谦的一番相处告知老爹。也不知道老爹和越之谦的关系如何，反正她帮庄斯文编小说时，宰相与年轻王爷之间总是势如水火的……

就这样一路犹豫回到相府，阿学借着要向老爹请教如何教导太子的由头一问，才从管家口中得知她老爹出府应酬去了，不知何时能回来。阿学是知道自家老爹的，平日里能推辞的应酬就推辞，都在家陪着妻儿。可这一旦非出去应酬不可，就往往要深夜才能回府。

如此一来，制定教学计划的事情就指望不上他了，与他交流对越之谦的看法更是不可能。阿学莫名松了口气，心想着自家老爹不爱在家中谈政事也有坏处，就譬如现在她被迫走上仕途，却对朝局一无所知，实在是心中不踏实。等改日两人都得闲了，她一定要让老爹多给她讲讲。

不过当务之急，她还是得先自力更生，制定好太子的教学计划，明日交差……

于是她换下湿衣，将披风嘱托给吴妈后，就一头扎进书房中，在书柜中翻找记载有历朝历代有关太子教育的书卷，统一都先堆到书案上，直到堆成一座小山才罢休。

"庄斯文啊！"坐在书案前，死死盯住堆积如山的书卷，阿学咬牙切齿地扒出最薄的一卷，边骂边狠狠道，"你这回欠我的人情可大了——还出去采风？小心采回朵什么霸王花，看你以后还怎么逍遥哼哼……"

发泄怨气过后，阿学就认命地提笔，开始在书卷记载中做批注，时不时将心得与可以借鉴的内容抄录在纸上。其实她也并非对书卷厌恶之人，加之天赋不低，所以两三记载看过之后，便渐渐有所体悟。

"温习四书五经不能断……嗯，还有文武要双全，时不时得安排些骑射训练的时间……然后就是太子这个岁数往深了该读的书……再找找……"仔细阅读历朝历代太子太傅与太子少傅为其学生所制定的一套套学习方案，阿学不禁深感为人师的责任。沉浸到这个角色中后，她也不再想着敷衍了事，反而念着不叫越之谦失望，更不能误人子弟，耽误了越祺然。

"小……公子，午膳时间到了，夫人请您去前厅共用。"

"没时间啦！你帮我和娘说一声，然后把午膳端进来放一边——"

"公子，晚膳做得了，奴婢给您送进来……这，这午膳您就这么吃啊？"

"哎呀，别吵我，思路都被打断了。我不饿，你先放着……"

"消夜奴婢给您放在这儿了，您记得吃。"

"哈……嗯，你们不用候着了，先去睡吧……"

半路出家的夫子要做的功课自然不少，从中午到深夜，阿学连跑茅厕的次数都能省则省，午膳与晚膳也是胡乱扒拉两口，才总算是把一书案上的记载读透了七八分。夜深之后，她也只随意吃了半碗消夜，就强打精神开始根据这一日来的整理批注，制定未来半年内对太子的教导计划。

夜风徐徐，剩下半碗热腾腾的消夜渐渐凉下来，夜色转深到最浓时，相府书房中终于爆发出一声呜咽。

"啊——我这辛辛苦苦，起早贪黑是为了成全谁啊！"

举起洋洋洒洒写满三大张的教学计划哀号过后，阿学再也顶不住席卷而来的疲倦，倒头趴在案上就睡死过去……

·第二章·
DI ER ZHANG
这对叔侄有点怪

"快点快点——时辰快过了！抄近路走啊！"

翌日清晨，严重缺觉的阿学被府里丫鬟从书案上强行架起来，眼见时辰不早，慌慌忙忙地梳洗用膳，又找吴妈要走越之谦的披风后才冲出府门，跳上马车。

马车内，阿学再次将袖中的三页教学计划取出检查了一番，确认无误后，再次收好。接着她又将披风叠好，才露出舒心的笑容。

这回的"工作报告"一定能让越之谦满意，挽救她昨天出丑的形象！

"大人，抱歉……下官应该更早些来的……"

踩着点儿踏入太傅府的阿学气喘吁吁，却见越之谦早已端坐在阁中首座，正于案牍之上低首批阅着公文。这些东宫事务的呈报文被分成两摆，一边应是处理完毕的，另外一摞则是待看的。

这样看来，越之谦已经办公好一阵子了，阿学不禁红了脸。

"无妨，少傅并未来迟啊。"越之谦闻声抬手，温和地笑说，"先坐下缓口气吧。给大人看茶。"

"多谢大人。"阿学感叹这位上司的脾气当真极好，也不推拒，顺势坐到下首第一位。立侍在一旁的宫娥十分乖觉地上前添茶。

茶香扑鼻，清爽醒神。茶水温热，润嗓解乏。

轻抿几口香茶的阿学精神一振，从晨间赶来东宫的慌乱中摆脱出来，这才想起归还披风一事。

　　"对了，大人，昨天多谢您的披风，下官已让人洗干净……"阿学嘴里虽是这么说，却不知要不要起身，起身后又该如何还这披风。她知道有些贵族子弟借出去的东西，被别人用过后，便不会再索要回去，故而事到临头反倒犹豫起来。

　　"大人交给奴婢吧。"之前替她添茶的宫娥上前一福，伸手笑道。

　　阿学诧异地抬眸望向她，发觉她面容姣好，眸光内敛，动作虽然谦卑，神色却不怯懦。而且从她上前挪步的姿态来看，倒像是有功夫在身，不是普通婢子。

　　"她是我贴身的婢女素心。少傅交给她便可。"越之谦笑着解释了句。

　　"素心？真好听。"阿学发自真心地称赞道，"素心姑娘名字美，人也美，又能得大人信任，定有过人之处。"

　　能被这样随身带着的婢子，一般是主子最宠信的。贴身服侍的婢女，阿学说是信任，也不为过。

　　"少傅大人谬赞了。奴婢不过是机灵些，才得王爷错爱罢了。"素心竟红了脸，接过披风后就退到一旁。

　　"呵，少傅可莫要拿我这婢子玩笑，我私心里还想多留她两年呢。"

　　越之谦这调侃，阿学乍听起来只觉莫名其妙，可又多瞧了素心两眼，看着她绯红的侧脸、娇羞的姿态，阿学才恍然大悟——自己如今是翩翩公子，对美人这么露骨地夸赞，确实会引来误会啊！

　　"咳咳，大……王爷误会了。下官并非……"阿学第一次感到自己拙于言辞，不知该如何解释，生怕越描越黑。

　　好在越之谦当即笑着摆手："玩笑话而已。"

　　"让王爷见笑了。"阿学干笑两声，眼珠子一转，想到袖中的教学计划正可帮自己缓解尴尬，转移话题。于是她起身，走到案前，取出写满蝇头小楷的三页计划，递给越之谦。

　　"这是下官替太子制定的未来半年的学习计划，请王爷过目。"

　　越之谦接过，并不急着看，反而笑望向阿学："无外人在场时，少傅不必一口一个王爷地叫。我与少傅一见如故，倍感亲切，又痴长你几岁……你可唤我一声大哥。"

"这怎么使得？"阿学摇头。

初次相见，越之谦自我介绍只道出官阶，故而她称呼他为大人，而今日素心的一声"王爷"又提醒阿学改了口。毕竟人家王爷想低调是一回事，她这个"下官"怎么称呼又是另外一回事。

"少傅似乎不欲与我深交啊……"越之谦见她反应，苦笑一叹，"也罢……"

"不是的！"听不得他失落的叹息，阿学一咬牙改口，"王——越大哥见识广博，温和儒雅，谁不想亲近啊？"

阿学并不是奉承，而是确确实实想亲近越之谦，可那些传闻……

"谁都想亲近吗？"越之谦似乎被触动，凝视阿学的眼底笑意更浓，"少傅与许多人都不同啊。"

"越大哥也别称呼我少傅了。若不嫌弃，可以唤我一声阿——呃，小庄吧！"险些说漏嘴。

"好！我这就来看看小庄定的计划如何。"

越之谦颇为快意，眉眼皆是笑，仔细阅读起阿学制定的半年教学计划。

称呼之事已成定局，阿学也不再多想，只探着脑袋观察越之谦的目光落在哪些字面上，停留时间稍久之处，她就口头补充阐述一二，换来他频频浅笑颔首。

"文治武功都不可少，所以每十日我便安排太子进行一次骑射训练。还有书法的功课也不能落下，每日都需练笔百字……关于讲读之经书，我朝太子在十岁时就开始学习四书五经与《孝经》的内容，十五岁时便要接触《尚书》《通鉴》等书籍，以通达政事。但我听说太子还是二皇子时就顽……呃，性格活泼，恐怕之前的学习并未扎实，所以初时半月，还是以温故为主。

"另外，为严格要求，以及更好地巩固，凡是温习或是授读的内容，都要在三日后能够记诵默写，并且每两旬都要将其间所学内容再做一次抽考。"

做足准备的阿学侃侃而谈，解释与补充着她安排的教学计划，直到最后一个字音落下，她才发觉越之谦的视线不知何时已从纸上移到她的面上，目光灼灼，笑意融融，带着肯定与欣赏。

"小庄定是为做这计划通宵达旦了吧？"她听到越之谦问。

"没有，没有！"阿学矢口否认，"大约是……初为师者，而且是太子之师，故而有些担忧，才没有睡好。"凭状元郎的水准定个计划应该是吃顿饭的时间就能搞定的，她可不能露怯！

越之谦仿佛理解地点点头，沉笑着说："是啊。仔细说来，你还比太子要年幼些，却要当他的老师了。不过这份计划定得十分妥当，足见你可以胜任太子少傅一职。太子虽然顽劣，可本性不坏，小庄多多担待些便是。"

"不敢当啦。"阿学挠头一笑。

"走吧。"越之谦说着，将计划表收入袖中，起身绕过书案，"我与你一道去潜心斋，与太子将未来半年的计划说说。虽然太子太傅一职是为总领东宫官属，但你若有'镇'不住太子之时，也可来找我帮忙。"

他边往外走边说，阿学跟在他身旁，感激地道谢，随即心血来潮地问："不过越大哥之前不是一直没有入朝为官的意思吗？怎么此番愿意来当这太子太傅，是担心自己的侄子以后不成器？"

这一问换来越之谦略显错愕的驻足，进而便见他但笑不语，只轻摇摇头。而素心就跟在越之谦身后两步，阿学在越之谦那里得不到答案，就下意识冲素心望去，发觉后者也是一脸惊讶。

不知自己又犯了什么常识性错误，阿学不解地又将目光移回越之谦面上求助。

"小庄之前高中状元后，也不曾图谋个一官半职，想来对这些也不太在意……"越之谦温和一笑，继续抬步向外，后半句却是交代素心的，"素心，你不必跟来了。"

"是。"素心应声停步，目送主子与阿学离开。

而继续向前的越之谦语意未尽，却又没了下文，叫阿学心痒难耐。

"越大哥，我刚才说的有什么不妥的地方吗？"思来想去，她还是直截了当地问出口。她音量不大，只够紧挨着的彼此听见，也就没有改变称呼。

"莫要介怀。你之前不曾在官场走动，很多事情难免不太了解。"越之谦的语调平平，不紧不慢，"左右你官属东宫，又是太子之师，只专门负责教导太子读书，其余政事无需操心，只独善其身也无不可。"

独善其身？阿学不明白好端端的为何要用上这个词？她不禁想到许多写官场腐败黑暗的小说与话本，那些主角一开始时就都想着独善其身。

对上她疑惑的目光，越之谦选择一笑置之，不再与她纠缠这个问题。尽管自己这位上司脾气温和，也没王爷架子，可这一笑之间不愿再多谈论的权威感让阿学不禁噤声，不敢追问下去。

在沉默中，跟在越之谦身侧缓缓而行的阿学左右无事，就几次悄悄打量他的侧脸，越看倒和越祺然越有几分相像。也许是先入为主，阿学总会不自觉地从越之谦的脸上寻找那位太子爷的相似处。

"奴才见过王爷、庄大人——"

欣赏美男子的时间总是过得特别快，阿学只觉还没瞧个仔细，就被上前问安的小福子给打断了。

阿学抬眼一瞧，潜心斋的匾额就在不远处高悬。斋外除小福子外，还和昨日一样，再无旁的宫人侍立。

"太子爷在里面吧？"阿学笑问小福子。

"在啊。两位大人随奴才来——"小福子说话间就要转身边引路，边冲斋内吆喝，"太……"

阿学却灵机一动，迅速抢到他身前，将食指抵在唇上："嘘。别出声，你就在这外面候着就行，我们自己进去，明白吗？"

想搞突击检查而已，哪有不明白的？小福子当即老实点头，站定不动了。

"越大哥——"搞定小福子后，阿学又回过头拉住越之谦的胳膊，笑得有些贼，"我们悄悄进去，看他有没有偷懒。"

对上阿学那双因打起坏主意而特别光彩照人的眸子，越之谦也知她的想法，不由得失笑，旋即颔首同意。

于是两人轻手轻脚地踏入潜心斋，转过屏风，竟见越祺然正端坐着习读《尚书》，一副全神贯注的模样，连两人入内都不曾察觉。

惊讶于越祺然的好学之余，阿学十分欣慰，心中更是对之前听闻的种种传言不以为然起来。什么太子不学无术，顽劣不堪，可人家既猜得赢拳，又读得进经典，品学兼优啊！那齐王越之谦的传闻肯定也不靠谱了，人家分明是如玉君子嘛！

嗯，谣言止于智者，她庄博学就是智者！

不忍打扰越祺然，阿学扭头对身边的越之谦无声地比画起来，示意他和自己再悄悄出去。但越之谦也不知是没会意，还是不同意，并未挪步。阿学只得故技重施，又拽过他的胳膊，笑嘻嘻地冲他一眨眼，接着便不容分说地使劲将他拉出屋外。

"越大哥，你把计划表给我吧，我自己向他传达后面半年的安排就行了。你先去忙你的事情吧。"走出十步外后，阿学仍怕自己的说话声会惊扰越祺然，只压低音量说道。

"小庄不放开我的胳膊，我可没法把计划表给你呀。"越之谦无奈地将目光落在手臂上阿学双手紧拽之处。

低呼一声，阿学忙不迭缩回手，垂头暗骂自己这动作太不爷们了！可转念一想，男子之间勾肩搭背开玩笑也是常事，她顶着庄斯文名号出门玩时就经常如此。如今自己这一低头，反而欲盖弥彰，便急忙又抬眼与他对视。

"计划由你来告诉太子当然没问题。只是太子恐怕并非……有些事情可不能只看表面哪……"

阿学这一低首抬头之间，越之谦已将计划从袖中取出，递到她面前，笑得略显无奈。

"越大哥说的是！我之前就是只看表面，听信那些传言，才会觉得太子性情顽劣，好逸恶学，生怕搞不定这个学生。要不是这回突击检查，只怕我还要一直误会他呢！"阿学自以为了然地接过话来。

自己的话意被曲解，越之谦先是一怔，欲言又止了几番，最终却只有摇头失笑。

"越大哥放心吧！我一定教好你的侄儿——"阿学只当他是担心自己初为人师，于是拍胸脯保证道。

"嗯，无论如何，遇到任何麻烦都可以找我。"越之谦说着，抬手在她肩上状似亲昵地轻轻一拍，然后才转身离开。

阿学站在原地，默默目送越之谦的背影消失在转角，心中感慨万分。

庄斯文与她名为兄妹，实则不过同龄，自小更是相互斗法揭底，所以阿学一直很羡慕"别人家的兄长"，温和持重，又懂得迁就照顾小妹。而如今，越之谦方才那仅仅是对待下属的爱护之举，却让阿学感到满满的兄长之意。

对于早就期待能够有个如越之谦一般的兄长的阿学，这一声"越大哥"只怕以后会越叫越顺口顺心吧？

"越大哥，越大哥……哈，跑了个真老哥，来了个更合适做大哥的上峰，也算是意外收获了！"阿学又在心中将那三字默念数遍，这才美滋滋地折返回屋。

她回屋时，越祺然还和方才一个姿势，正襟危坐，神情严肃专注。阿学踮着脚走到座位旁，悄无声息地坐下，单手支着脑袋等待越祺然休息时再与他说话。

一个认真读书，一个耐心等候。一时间，斋内寂静无声，唯有翻动书页的细微响动时不时传入耳中。

闲来无事，这斋内除了阿学，只有越祺然这一个大活人，怕打扰到他，她也不敢贸贸然跑到书柜边取书阅读。所以百无聊赖之下，她只能盯着越祺然，这瞧着瞧着，也真瞧出些心得体会来，其中类似于"认真读书的男人最有魅力"这类不正经的居多。

当然正经的觉悟也是有的……那大概就是由于时间匆忙，这《尚书》阿学自个儿都还没通读过，更别说要为太子讲读。可如今太子居然能沉下心自学，阿学心中也不是没有压力。只是她这人是个喜欢迎难而上的，既然开了头，那越是有压力，她越不愿露怯。所以在等待越祺然休息的这段时间里，她已经打定主意今晚回家后立刻恶补，绝不能被自己的学生比下去！

不过在那之前……阿学抬手掩嘴，不让自己的呵欠打出声来。倦意上来，规律的翻书声也成了催眠曲，春日接近正午的暖阳透进窗户，洒落在阿学的衣摆袖间，暖洋洋的，也让人浑身泛懒。于是阿学顺势合眼，准备先打个瞌睡来为夜间鏖战养精蓄锐。

日头在屋内的透射随着时间的推移也移动着位置，改变着形态，屋中物件的影子也最终变得最短。

阿学似乎感受到外界的光影变化，悠悠醒来，第一反应就是往书桌方向看去——越祺然竟是纹丝未动！整整有快两个时辰了吧？不知道的还以为是老僧入定了呢！

勤奋好学也要懂得劳逸结合，更何况午膳时间都快到了！

于是看不过眼的阿学起身，大踏步来到书桌前，直接将他捧着的书抽走。

"太子爷，这书都看这么多了，该休息休息了！"她说着，随意一瞥手中书页，"这少说也读大半本了吧？我看看——"

可这不看不知道，一看脾气爆啊！

这根本就不是什么《尚书》，而是披着《尚书》外皮的小说！而且更令人发指的是……

"你这看的，看的不是《断袖少主弯直记》吗！"阿学气得嘴唇直哆嗦，不是因为他的欺骗——毕竟她和老哥小时候也总拿本小人书这么骗老夫子们，而是因为他居然能成功避开她呕心沥血制造的无数笑点。她想的情节这么不好笑？他随便换一本小说认认真真，一次不笑地看上一上午，她都不会这么又气愤又难过啊！

究竟是哪里传出来的谣言说连当朝太子都是《断袖少主弯直记》的狂热粉丝的？书商打的广告也太虚假了吧？把她骗得好苦！

"少傅大人别气坏了身子。"越祺然不以为意地笑劝她，"况且本太子从头到尾都没说自己不是在看小说啊。"

"那你为什么要包个《尚书》的皮在外面？"阿学气愤地把那外皮撕下，心里那名叫"冲动"的魔鬼怂恿着她将其摔到越祺然脸上。可对方毕竟是太子爷，她还是没这个胆儿，只能在空中挥舞几个来回后讪讪地将其揉成团扔到一旁。

她这才明白越之谦走时那微妙的笑而不语究竟有何深意。原来这才是越之谦所说的"不要只看表面"，她果然把人性看得太过于简单！

面对阿学的指责，越祺然只是耸耸肩："没办法，这小说的封皮太恶俗，太难看，简直审美扭曲。万不得已，套个《尚书》的皮子才能直视。"

恶俗、难看、审美扭曲……阿学听到自己的心在滴血。要不是她笃定越祺然绝不可能知道这套连载的小册子有半数是她的心血，阿学都要以为

他是存心在气自己了！

“太子的审美水准真高哦，呵呵呵……”阿学皮笑肉不笑地回应，然后抽出袖中的计划表一巴掌拍在书案上，“不过太子爷以后休想再在我的眼皮子底下偷懒！我不会再被你的外表蒙蔽了！这是未来半年的学习计划与课程内容，你好好看看吧——”

“我什么时候用色相蒙蔽你了？”越祺然唇角一抽，倒也会挑重点。

但“色相”一词莫名敲响了阿学的警钟——她还担负着勾引，哦不，试探太子的重任，不能轻易与他交恶，否则就算越祺然真的喜好男风，也不可能对她的调戏产生兴趣了。

思及此，阿学再三深呼吸，平息心中的怒火，但面上依旧没有半点笑意。

“少贫嘴。”她见越祺然没主动拿起计划表，又伸手在案上敲了敲，催促道，“快看看对这个安排有没有什么异议。当然了，如果有异议，你只能努力说服自己改变想法，因为我的想法是不会因为你有异议而改变的。”

于是越祺然在她的逼视下，拿起丧权辱国的霸王条款草草审视一遍，吐出一口浊气来：“这太严格了吧？”

“你是太子爷，国家社稷的未来都在你一人身上，文武双全必不可少，政治头脑也需要多多培养，怎么能不从严要求？还有，经过今早这个恶性事件，我认为还需要再多制定一套奖惩制度——具体的，我过几日会草拟出来，今天这事就先请太子爷站着吃午膳，得点教训吧！”阿学端出夫子的架势，认真严肃又语重心长地教育越祺然身为太子的重担，当然也不忘公报私仇地决定对其进行体罚。

越祺然听后做扼腕状，扶额呻吟起来：“唉，想少傅大人昨日还与我一道喝酒猜拳，今日却变了个模样，为了本小说竟要惩罚于我！真是叫人伤心哪——”

这好似怎么听怎么像在谴责她是个负心汉啊？还有这一副泫然欲泣的模样，演技如此浮夸……阿学只觉太阳穴突突直跳，却坚持抿唇不语，不接招！

发觉阿学还是冷着一张脸，越祺然这厮便知这招行不通，又换上嬉皮笑脸的模样：“少傅大人别这么严肃嘛！要多笑笑……这本《断袖少主弯直记》倒是挺逗笑的，闲来无事时你也可以买两本看看解闷。少傅大人应该听过这套册子吧？据说是目前坊间卖得最好的。"

听他邀请自己同看小说，还说这册子逗笑有趣，阿学心中的怒火稍散。

"既然逗趣，方才怎不见你笑上几回？"不过对待狡猾的"敌人"，她还是冷眼盯他，保持冷静地盘问道。

谁知越祺然却神神道道地凑近阿学，一脸高深莫测地压低声音问道："少傅大人难道没听过一种神功？"

这和神功有什么关系？阿学斜睨他，让他有屁，哦不……有话快说！

"传音术啊！本太子的笑声都传音给小福子了，只有他听得到——不信你叫他进来问问？"

"那请太子现在也传一个给我听听？"

"啊哈哈哈哈——少傅大人听到了吗？"

嗯，她听到了，整个东宫大概也都听到了。

面对越祺然的仰天长笑，阿学努力保持面无表情，心中却好笑地想到明日应该就会有"太子得了失心疯"这种流言传遍宫闱吧？

"你看，这种笑话虽然很好笑，但少傅你未必会真的笑出来，反而要板着一张脸忍耐笑意，对吧？"越祺然论起歪理来头头是道，"所以，本太子看《断袖少主弯直记》不笑也是同理。"

居然还真有几分令人信服的逻辑在其中呢！阿学嘴角一抽，看在太子爷如此有孝心地哄自己开心的分儿上，算是彻底原谅他了。

"这书真这么好看？"难得与读者面对面接触，阿学选择继续试探。

越祺然成功把话题带歪："可不是？别看是在市井流传的册子，这文笔足够精炼老到——"

这是夸庄斯文呢。阿学勉强替老哥听着。

"但更妙的是故事的构思和人物的设计，好端端的一个江湖最大山庄的少庄主——真不知道笔者怎么想出来的！啧啧……如此脑洞，恐怕比皇宫还大些？不过其中有几处情节，目前来说我还真没太理解笔者的用意……"

"但是"后面往往才是重点，越祺然这话阿学爱听！

　　第一次有人当面评价自己的构思，阿学再也装不下去，当即把手里的小说往越祺然面前一递——"哪里不理解？说给我听听啊！"对上越祺然诧异的目光，阿学欲盖弥彰地解释道，"咳咳，为人师者，传道授业解惑。我现在就为你解惑，有什么不对吗？"

　　"少傅所言极是。"能在胡诌歪理上棋逢对手，越祺然表示服气地接过小说，随手翻到其中一个章节，"比如这一处，这位少主的武力值从前文来看应该不低，怎么都到生死关头了还坚持低调做人，不肯拿出真功夫？少傅大人可能猜出其中隐情？"

　　这里啊，阿学记得是处伏笔，得在完结篇才能揭晓……透露剧情的做法不仅影响读者的阅读兴趣，还会使销量降低，所以哪怕眼前的人是她的学生，也万万使不得！

　　"我看这隐情可能与一个至关重要的情节相关，只是这个情节目前还不能揭晓出来，大概只能在下一册里找答案了。我也听说过这本书，据说下一册就是结局篇了。"说到这里，阿学同情地拍拍越祺然的肩，"唉，说起来为师少不更事时，也曾追过几套热门的册子，知道追连载的苦……人同此心、心同此理，为师理解你。"毕竟庄斯文这主笔跑路，完结篇何年何月能上市阿学心里还真没底。

　　"少傅大人至今不过十九吧？这少不更事时，不知是几时？"

　　学生太好问就是麻烦。阿学在心中哀叹一声，选择忽略这个过分尖锐的问题。

　　"咳咳——既然现在完结篇还没出来，太子爷不妨把这册寄放在我这里，先专心用功读书。等这套册子正式完结后，再一口气看完，如何？"

　　"别啊——这问题还没问完呢！"越祺然岂会这么轻易就放弃挽救自己尚未看完的小册子，继续扯开话题，"少傅大人也不忍心学生始终带着疑问吧？"

　　阿学高冷地伸出三根手指："好吧，最后再提三个问题——"

　　"三个？足够本太子凑合着看完了……"

　　"你说什么？没听清，大声点问！"阿学没听见他的低语，探着身子把脑袋凑近了些。

越祺然忙笑笑："没什么，我是说只有三个问题，我得找找最想问的。"说着，他单手托住摊开的本子，转个方向，伸到两人中间，保证两人能同时阅读，"我边找，少傅大人也能边看些解闷，不耽误时间，如何？"他好心地提议。

"好啊。"对此，阿学只是可有可无地颔首应下，心道左右是打发时间，回过头来审视一番自己参与合著的小说倒也不赖。可阿学没想到，自己的构思太过奇妙，庄斯文的文笔也着实老练，令她不可自抑地自恋起来！

"怎么样？好看吧？是不是忍不住想一直看到结局？"越祺然唇边带着坏笑，对她循循善诱。

阿学连连点头："快翻下一页啦——你找个问题找这么久！"

"哦，对。问题就在下一页了，你看这里……"越祺然应着声翻动书页，另外一只手的食指点在其中一行上，"少傅大人不觉得这男主人公在这里的心理活动很匪夷所思吗？连自己喜欢谁都不知道——"

"要的就是这个效果啊！"阿学用一种"你是不是傻"的眼神鄙夷他，"你不觉得读到这里的时候心里痒痒的？特别想骂醒他，又特别同情他，还想继续往下看看他得怎么办才好？"

"啊……是的，史家笔法有时也兼具小说之长，叙事结构精巧。"谁知越祺然的回应居然牛头不对马嘴，还一个劲冲阿学眨眼。

"挤眉弄眼什么劲儿啊？什么史家笔法——我是在和你解释少主断袖之谜……"

正当阿学莫名其妙时，却听得身后有人轻咳了两声，陡然一惊，飞快扭身看去——竟是越之谦杀了个回马枪！

这么说……她刚才那一番兴致颇高、感慨激昂的解说，岂不是都被他听去了？

"越……大人。"阿学感到喉咙发涩，尴尬不已地红了脸。

"看来少傅与太子相处得不错，我也放心不少。"越之谦的表达越是委婉，阿学心中就越是惭愧。说罢，他走上前几步，又笑问，"你们在看什么？似乎是很精彩的小说？能劳逸结合倒也无妨。"

千万不能让他看到！阿学脑中只这一个念头闪过，迅速回身一巴掌把书从越祺然的手上打飞出窗外——

"哎哟！谁啊——咦，太子爷，您怎么把您最爱的《断袖太子弯直记》给扔出来了？"窗外传来小福子的呼痛声，想必是砸到他的后脑勺了……

完了！阿学欲哭无泪，这回自己在越之谦心目中的形象不知跌破多少重底线。且不说越之谦听没听过这书，就光是这书名被小福子报出来，听起来也足够没节操的了！

"有些事情是掩盖不了的，强行伪装恐怕会出事啊，少傅大人。"越祺然幸灾乐祸地双手交叉抱在身前，眼底闪过一抹意味深长，"齐王说是不是这个道理？"

"是这个道理。但也要看伪装者的筹谋如何。"越之谦淡然应对，随即笑望阿学，"小庄秉性纯然，为官之前的生活也颇为简单，做这些事情自然是不在行。"

伪装？越祺然给她扣的帽子也太高了吧！而且阿学觉得这两人的对话似乎透着诡异的火药味。

"大人，对不起……下官没有督导好太子，反而又和昨日一样……"阿学知道无论如何自己都要先认错，"我下次一定……一定……"

"不要紧。冰冻三尺非一日之寒，事情慢慢来。"越之谦这话像是在宽慰阿学，可低垂着脑袋的她并没见到，他其实是直视着越祺然说的。

"谢、谢谢……大人。"又一次被宽容地原谅，阿学又低又快地道谢后，才扬声道，"下官会努力不让大人一再失望的！"

而站在一旁的越祺然观察到阿学对越之谦的态度，唇边满是玩味的笑意，眼底的眸光更深了。

"少傅大人这话就说得不对了，你是东宫官员，算是本太子的人。而且你负责教导本太子，与太子太傅所担职责不同，名义上官位虽有高低，实则不必事事听他命令，反而该对本太子负责才是。可你如今一副只对我这位小叔叔负责的模样，实在是……"越祺然仍有些阴阳怪气，"齐王以为呢？"

"太子说得对，小庄与我的职责不同，其实是互不干涉的。"越之谦先是愕然，随即想到什么难题似的皱起眉来。

阿学正想问他怎么了，却又见他长长地吐出一口气，眉头舒展开来，转向自己温声道："你虽然初为人师，但看太子话中之意是已经认可了你，想来也不必我太过于操心。以后你就专心在这潜心斋教导太子读书便是。我有事需要找你时就会来这儿，其余时候若无必要，你也不必去太傅府。"

"大人！"阿学大惊。她不明白为什么越之谦对自己的态度突然转变了，两个时辰前还亲近得让她有事随时可以找他帮忙，可现在言语之中疏远的意味再明显不过了！

察觉到她的不安，越之谦又浅笑着补充道："别想太多。我只是认为读书治学是一件需要沉下心的事情，不愿让你分心太多。你我身为东宫官员，都是盼着太子能好，不是吗？"

他的目光依旧亲切，似乎在对阿学说"我还是你的越大哥"，这让阿学安心不少。

"嗯，我明白了。"她温顺地点点头，不再继续这个话题，"那既然来了，还是一道用个午膳吧？"

"也好。我本就是听伙房下人说已做得了午膳，今日却始终不见小福子来传膳，才来看看的。"越之谦没有推拒她的好意。

至于越祺然又嬉皮笑脸起来，耸肩道："反正我是要站着吃饭的人，正好给小叔叔你腾座了。"

"这是为何？"越之谦不明就里。

"啊哈哈，没什么啦……他、他今天腰不太好，坐久了疼，所以才想站着吃饭。不用管他——"阿学可不愿给越之谦留下体罚学生的彪悍印象，"小福子，快去传膳——"

"是这样啊。若是一日都没缓解，晚间太子还是找太医来看看为妙，以免积劳成疾。"语重心长的越之谦让阿学憋笑憋出一身冷汗。

"多谢小叔叔关心……"

·第三章·
DI SAN ZHANG
阿学初觉宫门深

　　一顿午膳，阿学与叔侄二人共进得很愉快，至少忽略越祺然那不善的脸色后，阿学是这样认为的。

　　午膳过后的半个时辰，是阿学划定出的"放风"时间，越祺然可以走出潜心斋自由活动，无论是在花园里散散心，又或是去训练场做点骑射训练都无妨，阿学也不会亲自或派人盯梢。

　　放走越祺然后，原本阿学是想去送送越之谦，再细问问他究竟为什么苦恼皱眉，可后者再三婉言谢绝，她只好自个儿窝在潜心斋内继续补觉……

　　这春光大好，越祺然估计会流连外面的风景，准时在半个时辰后转醒的阿学望向书斋门外，心中如是想着。

　　可才念及这三个字，人就出现在了视线中。

　　逆着光走来的越祺然步态优雅稳健，光芒在他身后衬托着，透出些许不真实。阿学看不清他的神情，微微眯起双眼的同时莫名生出一种从未有过的奇妙感受。她第一次感到自己词穷，难以描述，只模模糊糊地觉着眼前这个越祺然和半个时辰前的不是同一个人，又或者说，他本该如此，如此光芒万丈，难以逼视。

　　但那句俗话怎么说的来着？人模狗样的人一开口就露馅。

　　"少傅大人看起来如此疲倦，昨夜是否太过于操劳？方才就应该与我一道站着用膳，活动活动啊！"

所以当越祺然驻足在她跟前，缓缓道出第一句话后，阿学只是拼命揉眼——刚才一定是才睡醒被眼屎糊了眼才觉得越祺然的气质比起他的小叔叔有过之而无不及！

"为师也谢谢你关心了哈！咱们现在就来活络活络筋骨——"阿学站起身，双手交叉往身前一抻，扭动脖子，放松身体。

一套动作完成，舒服地叹出一声后，她才笑着指向书案，那上面的笔墨纸砚她早已替这位太子爷摆放妥当，等着他来进行每日习字了。

"今天先写一百个大字，明天再练蝇头小字，后面练习草书……如此轮流进行。"阿学边说边踱步到桌边，侧身扭头冲越祺然挑眉，"可不是写满百个就够了，而是每个字都得过我这关才行。"

她肚子里的墨水虽比她老哥差上一半，这一手大气飘逸的好字却是巾帼不让须眉。

"那就要请少傅大人多多指教了。"越祺然满不在乎地耸肩一笑，接着便依言绕过书案站定，右手提笔悬腕，左手撑着案面，微微弯腰，一笔一画地写起来。

说他一笔一画地写还真不是夸张，而且越祺然写起字来，毛笔总是刻板地高高低低，一起一落，每结束某个笔画，都要将手腕抬起，让笔尖完全离开纸面将近一寸后，才再度落下写下一笔。

"你都几岁了？写起字来怎么还和孩子似的？"阿学看他写了十来个字后，一脸恨铁不成钢地说，"字这么断断续续，一笔一画拆分着来写，结构肯定差，怎么能好看呢？照这样练千字、万字，也就是这平平无奇的样子了！这以后批阅奏折，速度慢不说，字还像稚儿一般，岂不是让臣子们笑话？"

"以后？"越祺然似乎听到了很有趣的词儿，偏着头想了想后才道，"少傅想得真远。"

"人无远虑必有近忧，不懂了吧？"阿学得意地挺挺胸脯，"我这是以身作则，示范给你看呢！"

对于她的不谦虚，越祺然报以一笑，无奈地摊摊手。

"咳咳……话扯远了。来，我教你写。"阿学也意识到自己没有为人师的沉稳，于是干咳两声，直接走到某人身后，握住他拿笔的手，打算进行手把手教学。

然而光握住笔是没有用的，还得能看到纸……阿学绝望地发现自己目所能及的，只有越祺然的肩背而已。

"呃，你……蹲下？"她略一思忖后，犹豫地说出几个字来。

越祺然不为所动。

尽管抬头只能看见他的后脑勺，阿学也能想象到他此刻的一张臭脸。

叫堂堂太子爷蹲着写字，确实不雅观，得想个更妥当的姿势！阿学的眼珠子骨碌直转，终于灵光一现——

"嗯哼，太子爷啊，我前几日在书上看到，说是练字时若能扎马步便是极好的！既锻炼了下盘的稳健，提高腿力，还能更好地训练腰部与肘部的力量——总之是一举多得，有益全身心的做法。"前面一番话还是循循善诱的语气，最后的两句阿学却是咬牙说出的，"太子你要不要试试啊？否则还要专门拿两个时辰练习扎马步就更累了啊！"

"罢了。"起先还不肯就范的越祺然在听到她末了的威胁后，选择默默迈开弓步，尽可能压低高度。

毕竟错过这个机会，之后就要罚扎马步两个小时！此时不扎，更待何时啊！

眼前视野豁然开阔，阿学露出满意的笑容："不错，就这样——跟着我学很快的，保证不让你蹲太久！"

"快开始吧！"越祺然不耐地催促，"如果你不想让我明天趴着用午膳的话——"

"啊哈哈哈，这就写。你别用力，跟着我手的走势……"阿学心虚地笑笑，随即也收起玩闹之心，将脑袋一伸，从他的肩头往下看纸笔，认真道，"像这样，不要让笔尖离开纸面太远，只需要抬起一点，然后稳住手腕移动，再下按——你看，这不就连贯了？"

写完第一个字后，阿学又示范了一字："还有字的结构，不断笔的同时记得紧凑一些，也不必太死板。堂堂太子的字总得看起来一气呵成、行云流水吧？"

"太傅大人以为以字取人和以貌取人，哪个更有道理？"也不知越祺然是否听进去，是否对她最后一句补充挑刺。

阿学没好气地冲天翻白眼："反正都比不过太子爷你的歪理有道理。"

"这话倒是极有道理。"

谁知越祺然竟煞有介事地颔首点评，惹得阿学此刻又有一股冲动上来，想直接握着他的手，把毛笔反塞进他嘴里！

忍耐，忍耐，再忍耐！阿学扭头死死瞪着越祺然的侧脸，希望这张俊脸能稍稍平息自己的怒气。似乎是感受到她的盯视，越祺然也在此时侧首，不期然地与她四目相对……

"靠近时冲对方耳洞里吹气，若其打激灵，则多半有龙阳之好。"

莫名地，阿学脑海中又闪过《男风十兆》上的句子，便将目光移动到他的耳畔，想到自己接下来要做的事情，不禁红了红脸。

"脸红什么？"越祺然捕捉到她耳根处可疑的绯色，挑眉轻笑，"莫非方才正想着怎么整我出气，刚要行动时，却被我这一转头给撞破？"

"为人师表，整治学生必然要私仇公报，怎能背地里私报呢？太子爷放心，为师不会的！"阿学义正词严地说着浑话。每回做"坏事"之前，她的思维总是异常敏捷且不受控制地走向一个正常都想不到的极端……

果然，越祺然也在她理直气壮的声明中败下阵来，语塞地重新扭头，垂目，盯着案上的宣纸，目光变得有些飘忽出神。

"少傅大人的字……若再刚劲些，倒有些像他的……再教我写几个吧。"

听出他言语中不寻常的情绪，阿学二话没说，只低应一声，便重新握着他的手下笔。仿佛是为了顺遂他的心意，此番下笔时，阿学试图稍稍改变笔锋走势，使自己的字多一份遒健。

但写了这么多年的字，改变风格不易，看着有些四不像的字体，阿学不由得抿唇蹙眉，更加聚精会神于指尖与手腕，目不斜视地继续书写，一时间竟也忘记趁机试探越祺然，更未察觉他不知何时再次无声侧首望向她。

他瞧着她认真的模样，先是有些诧异，随即又好似欣慰释然一般，眼底也染上温和的笑意。这笑意阿学若能仔细观察，必要觉得与越之谦有三分相似，却又比越之谦的疏远有礼更多出几缕亲近的情意。

可尽管心中诸多感触被这有七分相似的字迹勾起，越祺然也在凝视阿学超过五秒之后感到不妥——

越祺然猛地重新低下头，几乎紧贴着他脊背的阿学自然被他大幅度的动作惊扰，"咦"了一声，扭头看他，并没有从他的侧脸上看出任何端倪。

"你是不是蹲不住啦？"思来想去，阿学认为只有这一个理由，"要不最后这几个字，你自己来用劲，我只虚带着笔。如果走势有错，我会立刻纠正。"

"好。"越祺然少见地直接乖乖照办，落笔摹写。

阿学瞄了两三个字，发觉他学得有模有样，老怀宽慰之余，终于又记起"正事"来。对着他因专注习字而更具魅力的侧颜，阿学略一犹豫后，还是鼓起勇气，猛吸一口气，对准他的耳洞大力一吹——

"啊！"

又是一声惨叫，这次是阿学自己发出的……

"咝——疼，疼！"阿学往后摔倒在地，疼得眼冒金星，扶着被撞得几乎脱臼的下颔质问，"你做什么突然起身？"

突然有人朝自己的耳洞猛吹气，越祺然一惊之下也忘记阿学还把脑袋伸在他的肩头位置，就倏地站直起来。

俯首瞧她，越祺然没有理会她的问题，而是神色古怪地问："少傅何以对本太子耳里吹气？"

"呃……我看你耳屎有点多，该清理了……"阿学倒也有些急智，当即歪着脖子，一脸无辜地回答。

"以后这种事情，就不劳少傅关心了。"

这连鬼都不会相信的理由，越祺然也只能神情微妙地接受了。

"是，是。我看今天这字练习得也差不多了，把书拿出来温习吧。"

第二次试探再次失败，还因此负伤的阿学不敢再指导越祺然练字，只让他拿出《礼记》朗读温习，自己则坐到旁边一边揉下颔，一边治理自己被撞得扭到的脖子。至此，两人总算相安无事到黄昏授课时间结束……

"少傅大人慢走，不认路的话让外面的小福子送送你——"

阿学在越祺然关切的送别声中，扶着脖子，捂着下颌踏出潜心斋，果见小福子就在十步之外候着。

"大人。"见她出来，小福子忙转身冲她一拜。

"我说你怎么总站在这外面，不到里头去伺候你主子？"这两天来，阿学就没见过小福子在斋内伺候过一次。说好的贴身近侍呢？

小福子却嘿嘿笑道："这不是明摆着吗？奴才在外头好放风啊！太子爷总爱偷懒做别的事，万一陛下心血来潮，来个突然袭击，岂不是要被逮个正着？有奴才在外面，就可以打点暗号通风报信嘛。"

"那今早我和齐王一道来时，你怎么没打暗号？"阿学又问。

"因为太子爷说了，东宫官员没道理特意为这事给陛下上折子参他一本，所以不用特地藏着掖着。"小福子似乎很为他家主子的通透见地而自豪。

阿学无言以对，虽然感到依照这样的逻辑，自己好像是被越祺然吃定了，可也确实找不到理由来反驳。

"得。那你现在可以进去伺候了吧？用功时间结束了。"想了想，她决定忽略这事，交代一句后，便离开了。

"是，少傅大人走好啊——"

小福子恭送走阿学后，果然如她嘱咐的一般，转身往斋内走去。正靠着椅背闭目养神的越祺然听到他入内的脚步声，徐徐睁眼，抱怨道："今儿真是累坏了，这庄少傅也忒不知趣，真当自己是根葱，居然对本太子又罚又挑刺——快来，给本太子捶捶肩！"

"是！"原本打算开口说点什么的小福子被越祺然抢先，目光一闪，转而只应诺快步上前，站到他身后替他捶肩。

"用力点——唉，看着这些东西就来气！"可才没捶几下，越祺然就用更加不悦的语气骂骂咧咧起来，将写满字的宣纸揉成团，"字写得好了不起啊？小福子，全给本太子丢出去——"

这文房四宝一股脑都扔出去，恐怕动静有些大，小福子露出犹豫之色，没有立即执行。

"不敢？本太子自己来，正好泄气了！"

话音未落，只见从毛笔到砚台、笔洗到镇纸，一个个都没逃过接连飞出窗外的命运，然后噼里啪啦地砸落在地。但若仔细听来，在这一连串物体磕碰的响声中，还夹杂着一声压抑的闷哼。

"我的太子爷哟，可不能这么扔啊！明儿个传出去可怎么是好？"小福子急忙追到窗边，探头望去，发现窗下竟有个穿杂役布衣的男子手捂着额角，鲜血直流，"哎哟，这怎么还有个杂役啊……这砸破头了！"

"慌什么？"越祺然闻言，不慌不忙地起身，踱到窗边，微微低头审视那杂役，似笑非笑着说，"这还蹲得住就说明没事嘛——再者说了，谁让他偏要这时候在这里的？可见是福不是祸，是祸躲不过啊——"

"太子爷说的是……奴才，奉命到这里除草，没想到……"那人强忍痛楚，咬牙道，"怪就怪奴才命不好……"

"哦？给本太子除草还成命不好了？"越祺然挑眉，扭头朝小福子一瞥，"小福子啊，看来你的命最不好——"

"奴才不敢，奴才嘴笨不是这个意思！能伺候太子是奴才……奴才三生有幸……"那人嘴上说着，没捂住伤口的另一手在身侧紧握成拳，也不知是在忍气，还是在忍痛。

这马屁似乎拍得让越祺然极为满意，当即颔首道："还算机灵。这样吧，地上这些，你随便挑几样没坏的拿去，当是我赏你的了。至于剩下的全扔了吧，记得再叫内务府明日清晨之前送一套到潜心斋来。"

"多谢太子……"那人谢恩过后，将地上的文房四宝全部兜在衣摆里，匆匆离去了。

小福子盯着那人彻底离开视线后，才对越祺然低声道："主子英明，又暂时拔掉一颗'钉子'。"

"寻常杂役，随便被这宫中的主子赏样不打眼的物件，都会感恩戴德，就算因此拼去半条性命也不在意。可方才那人……哼，气息平稳，手脚麻利。就光说砸中他的那方砚台吧，带出宫去卖掉就足够普通百姓几年吃穿不尽。可他竟丝毫没将那些物件放在眼里。"越祺然冷笑着转身坐回案前，"陈浑安插在东宫的眼线真是无处不在啊！"

斜晖映照入窗，暮色中的主仆二人与白日里都判若两人，一改不正经的玩笑姿态，言谈之间也多了玄机。

"奴才平日一定加倍仔细小心。"小福子跟上来，继续为他捶肩，"对了，刚刚奴才是想回禀主子，下午时收到飞鸽传书，咱们的人已和那人接上头了。但……那人似乎尚未和庄家所派之人碰面。"

"还探不出庄家所派是何人？"略一沉吟后，越祺然问道。

小福子惭愧道"奴才无能……庄家的家仆不多，口风都很严，忠心耿耿，暂时打探不出任何消息……"

"嗯，无妨。如果这么容易就能探听到，多半也是假消息。庄焱当了这么多年宰相，与北司抗衡到今天既没撕破脸皮，也未被陈浑彻底架空权力，可不是个简单的人物啊！"越祺然对这个结果并不以为意。

"难道您是还信不过庄焱，所以刚才刻意表现出对庄少傅的不满？"小福子微讶。

懒懒地瞥他一眼，越祺然摇头道："相权，乃至整个南衙的权力毕竟逐渐在被阉党侵蚀，只是庄焱在一力延缓罢了。加之父皇昏庸，连对大哥他都不愿……所以必然没有决心助庄焱铲除阉党。因此庄焱必须寻找盟友，不是我便只能是我的小叔叔，而我的那位小叔叔又另有打算，如此一来庄焱就只能选择我。"

"至于庄斯文……越是盟友，越要疏远，让他在我与小叔叔之间游走，做墙头草，才不会引起陈浑等人的注意与重视。庄焱选一个在官场没有任何过往的人在我身边辅佐，确实是目前最好的选择。"越祺然摸着下巴沉吟，"但我现在还真摸不清这庄斯文心里究竟在想什么……"

"奴才可能知道……"小福子却在这时幽幽道。

"什么？"越祺然却一时没明白他话中所指。

"依奴才的狗眼来看，庄大人恐怕对您有非分之想——"

小福子的断言令越祺然久久无语，最终才扶额低叹："那咱们这位庄相当真诚意十足啊……"

"阿嚏！阿嚏——"正在书房中给自己淤青的下巴热敷的阿学没来由地连打两个喷嚏，暗道是谁在背地里念叨她。

"女儿啊……"这才一想，庄焱的话音就伴随着一阵叩门声传来，"爹爹可以进去吗？"

原来是老爹想她了，还以为是某人骂她呢……阿学这样想着，扬声道："爹爹请进——"

庄焱应声推门而入，关切地踱步至阿学身前问："爹一回来就听吴妈说你受了伤？严不严重？怎么在东宫里还有人陪你打架不成？"

"您女儿不是只会打架——这是因公受伤！"阿学瘪嘴，替自己伸冤，将受伤的全过程絮絮叨叨地对庄焱诉说了一遍。

"原来如此，那当真是辛苦阿学了。"庄焱一听不是打架伤的，面色缓和不少，这才想到询问阿学对越祺然的印象，"这两日相处下来，阿学以为太子是个怎样的人？"他摸着胡子，一脸慈祥的笑意。

阿学以为他问的是断袖一事，急忙表态："虽然失败了两次，但我会再接再厉，找机会进一步调戏，哦不，试探太子的——总有一天能知道他是不是断袖！"

"好，好，多多培养感情很重要啊！"被误解的庄焱先是一怔，随即才笑呵呵地提点阿学。

"您放心，我们的关系在师生里算是很和谐的了！"阿学用力点头。

庄焱闻言很是欣慰："嗯，爹就知道爹的女儿一样能胜任太子少傅。你虽不如你哥那样博学，可糊弄一下太子倒也不成问题。"

糊弄太子……阿学不禁汗颜，不敢相信这是从一国宰相嘴里冒出的话！

"爹对女儿真是太有信心了……"于是她勉强扯扯嘴角，选择委婉逐客，"其实女儿觉得自己还需要多多用功才好，所以女儿想趁太子温习四书五经的这半个月，抓紧时间把我后面要讲读的经典读通。"

那些经典可都是大部头，阿学以为时间十分紧迫，和老爹浪费的每一刻钟都是她宝贵的睡眠时间！

也听出女儿是在赶人了，庄焱也不恼，眯眼颔首："好，好，爹不打扰女儿办正经事了。趁年轻，借着这个机会，多读点书也是好的。"

说罢，他又慈爱地拍拍阿学的脑袋，这才转身离开，不忘将房门带上。

"啊……又忘了找老爹了解些朝政局势了！"可他前脚才走，后脚阿学就猛地想起此事，懊悔地"哎哟"了两声。本想追出去询问，但转念一想似乎是学习经典更加迫在眉睫，又望向摆着那几本经典的书柜，整整两个层架——

她还是先乖乖念书吧！

就这样，接下来的几天，阿学每天授课结束回府后，都要挑灯夜读，把接下来要教授的经典先自学一遍。至于白日里，她也没忘记自己的重大任务，总是趁越祺然温习四书五经时实践以教导之名，行调戏之举！

某年某月某日。

"少傅可是得了眼疾？怎么直盯着本太子眨眼？"

她抛媚眼的功夫这么差劲吗？

阿学咬牙，皮笑肉不笑："来时路上见到个丑男，实在是令人心惊胆战，所以想借太子的脸洗洗眼。太子有意见的话可以将礼运篇抄写百遍之后再来找为师商量——"

"原来如此，少傅自便吧。"

阿学胜。

某年某月又某日。

"少傅大人还要用本太子的手背擦多久的汗？相府缺帕子的话，回头我让小福子给你去内务府领百十来条——"越祺然一脸恶寒。

要她一个未曾出阁的姑娘明目张胆地摸男子的手，她当然是又紧张又羞涩地出了许多手汗！可越祺然居然认为她是在擦手汗！

"哦呵呵，我还是比较喜欢太子身上这衣服的面料……"说着，她退而求其次，将魔爪伸向他的脊背。她记得南风馆里，不少嫖客好像都是靠戳脊梁骨与小倌调情的……

戳，戳，戳——

"我把这衣裳脱了给你还不行吗！"越祺然将书拍在案上，说着就要起身脱衣。

"不要，不要！我不摸你就是了……"

这一局，越祺然反攻得胜。

但有道是，一回生二回熟，三回闭着眼睛做。连续几日下来，阿学被越祺然反将一军的次数越来越少，调戏他的动作也越发自然而熟练，打的

名义更是无可挑剔，吃人豆腐的水准拔高了几个层次！

比如在某日晨读背诵上……

"太子又背错了哦！来，把手伸出来，为师小惩大诫一番。"

某人乖乖伸手。

阿学暧昧地挠挠他的手心，又在上面轻画一个圈，才收手："太子感觉如何？为师是不是特别温柔？"

除了装面瘫，把书卷立起隔断两人的视线外，越祺然找不到第二个可以做的动作。

再比如某日习字时分……

"哎呀，太子你这手腕怎么这么没力气，把笔给我，我示范给你看！"

某人配合地将笔递出，手却收不回来了——

"少傅大人这是何意？"无语地望着被迫与阿学十指相扣的右手，越祺然只觉太阳穴突突直跳。

"我还想问你是什么意思呢！别这么干握着啊！快和我赛赛腕力，这样才能锻炼你用笔的力道！"阿学理直气壮，万分得意，"你能赢过我，就可以放手了。"

打量她的细胳膊、细手腕，越祺然终于还是选择与她交握着手直到当日授课结束……

然而光是在调戏中占上风，对阿学来说远远不够，因为她的任务不是要调戏到越祺然无语凝噎，而是从调戏中观察越祺然对男人的态度！奈何越祺然这些日子多半是面无表情，以静制动，没什么特殊的反应，让阿学还是无从判断……

转眼半月时光飞逝，随着真刀真枪授课的开始，属于阿学那压倒性的胜利就渐渐扭转——到底是临时抱佛脚，饶是她这个半吊子还算有点功底，讲起课来还是有些吃力，便无法分心继续试探越祺然了。

反观越祺然，则是一改前半个月哑巴吃黄连，有苦说不出的状态，绝地反攻，像打了鸡血一样，变身问题宝宝，把书中所有历史典故与名家注解，能问的都问过一遍，要求阿学能够引经据典地进行讲读。

每当阿学恼羞成怒，想要指责他问题怎么这么多时，他便会抢先反问一句："少傅大人十六岁就高中状元,这点小问题随口答答也不要紧吧?"

一顶状元郎的高帽扣下来,为了当得起这个假身份,阿学明知他是故意恶趣味地报复自己,也得打落牙齿和血吞,愈发刻苦地彻夜苦读,翻阅典籍的数量越来越多,书架被搬空了一半,全散落在案上,才勉勉强强可以应付越祺然连珠炮似的提问。

可这么连续十几日下来,铁打的身子也受不了,阿学的黑眼圈也给熬了出来,并且渐渐呈现出白日里精神萎靡不振,夜里也睡不踏实的焦虑症状。庄焱看着心疼,嚷嚷着叫她别理睬太子,让他自个儿一边儿看书学去!但阿学不肯认输,就是不想被越祺然问倒,拿出了持久战的架势,与越祺然拉锯着……

直到某日下午,阿学一边打着呵欠,一边给越祺然疏通文意时,后者又突然举手,作势要发问。

又来了,眼看就要到下课的时辰了,他果然不会放过自己!阿学欲哭无泪,用因熬夜而几乎不想睁开的双眼无力地望向他。

"我的问题是……"越祺然眼底是不怀好心的笑意,正要发问,却莫名顿住,目光一转后,才继续道,"这段故事前后对比,为何同样是让,水云国让出了圣主明君,太平盛世,百年之后的安邑国却让得昏君无道,国家大乱?少傅大人可能为学生解惑一二?"

"这……"阿学虽靠记忆强行记背下这些历史典故,却还来不及件件深思过去,一时真不知该如何回答,不由面露难色,"这个问题……"

"这个问题的答案有些复杂,少傅大人尚且年轻,一时可能难以思虑周全,就由我来代劳吧。"

正尴尬间,身后传来越之谦替自己解围的声音,令她诧异地转身望去,也不知他是何时来的。难道方才越祺然目光稍微偏移自己身上,就是因为越过自己看到了越之谦?

"好啊。"越祺然也像等着他来答似的,爽快地颔首道,"那就请太傅大人指点了。"

"水云国的皇室道德水平高,自太子而下,皆是真心让位于幼子,而幼子又着实有明主之资,故而传为美谈。而安邑国自太子而下,都贪恋权势,并非真心想让幼子季伊登基,自然让不成。加之太子本身庸弱,不成气候,为体现自己的贤名作势让位,搅得臣心、民心不稳,国家当然难以治理。"

阿学并不愚钝,一点即通,当即附和:"越大……人说得对!所以还是个人素质问题——所以太子你要好好用功学啊!"她不忘压越祺然一头。

但今次越祺然无意与她斗嘴,只又问越之谦:"那依太傅大人看,安邑国的季伊是否德才兼备?当时朝中拥护他的人不少,若能果断夺位,安邑国的命运会否不同?哪怕当时没有立刻夺位,在发现君主无道后,是否应该设法匡扶乃至取而代之?安邑国最终灭亡,他不后悔吗?"

"夺位?取而代之?"越之谦愣怔片刻,随即轻笑摇头,"不……从众多史料综合来看,若季伊夺位,那便不是季伊了。他也不会后悔,只会选择弥补,所以他用生命又将安邑国的政权维持了数十年。"

"固执,迂腐。"越祺然却冷笑道。

尽管越祺然很明显说的是季伊,阿学却无法理解他为什么非得逼视着越之谦,神色不善地吐出这两个词。

"人各有志吧。"越之谦温和对应。

"对啊,用自己的方式,去守护自己想要守护的东西,并没有错啊!"阿学也连连点头。

越祺然似笑非笑地说:"是吗?可我认为,守护是需要策略的,如果牺牲换不来最好的效果,那只是博名声的做法罢了。"

闻言,阿学诧异地望向他,她真没想过越祺然来书房原来还是带脑子的!

"效果好与不好,每个人心里都有标准。后人评说更是不一而足,但求问心无愧便是。"越之谦仍不打算与他辩论什么。

"那好,请太傅大人再帮我解释一句话,是我前几日看到的。"越祺然挑衅不成,又换一题,"道不足以治则用法,法不足以治则用术,术不足以治则用权,权不足以治则用势。势用则反权,权用则反术,术用则反法,法用则反道,道用则无为而自治。故穷则徼终,徼终则反始。始终相袭,无穷极也。"

"这句话很简单啊!我就知道!"渐渐在两人的对话中摸不着头脑的

阿学终于听到个自己会的题目，自告奋勇，"意思是用道治理国家感到不足时就用法制，用法制治理国家感到不足时就用权术，用权术治理国家感到不足时就用权力，用权力治理国家感到不足时就用权势。权势用尽了再反过来用权力，权力用尽了再反过来用权术，权术用尽了再反过来用法制，法制用尽了再反过来用大道，用大道治理国家，就会达到君主无所作为而天下大治的效果。所以说事物陷入穷尽就发展到了终点，发展到终点就会返回开始的地方，这样开始和终点互相循环因袭，永远没有穷尽。"

谁知越之谦却一脸深思，令阿学心中没底，轻问道："我说错了？"

"不，你说得很好。"越之谦回神，冲她鼓励一笑，肯定道，"这话出自《尹文子》，说的就是治理国家的道理。"

越祺然也不管两人对话，又直接问道："那太傅以为，是圣人的大道更有用，还是权术与权势更奏效？"

"何必非要二择一？若是能双管齐下，必然收获奇效，以最小的代价将国家治理好。而这种情况下，往往君主用权势，臣子用大道。"

"越大哥看起来就像是要用大道的人。"虽然越之谦始终平和对答，但阿学还是不自觉地从中插话，想缓和气氛。

这回越祺然却饶有兴致地瞥向阿学："哦？那我呢？"

"这……我说不上来……"阿学偏头思索片刻后，老实地摇头。

"少傅大人真是偏心啊！"这应该是越祺然第二次拐弯抹角表示阿学亲近越之谦的不满了。

阿学噎住，不知该作何反应，还是越之谦出声道："好了，何必为难她。"他只说了这一句，微微抬眼望望窗外，才又说，"时辰不早了，今日我看就到这儿吧。太子好学，但也不必急于求成，依我看，进度可以放缓一些。"

"庄少傅以为如何？"

求之不得啊！阿学欢喜得只会点头了！

"我没意见。能不学就不学还是我的原则。"越祺然大概是对越之谦的回答不甚满意，沉着一张脸。但目光游移之间触及阿学如释重负的笑容，不禁缓和脸色，耸耸肩，宣告打击报复行动结束。

于是阿学望向越之谦的眼神越发"深情"，真是解救她倒悬之苦的恩人啊!

"越大人也要回府了吗?一道吧?"她主动发出邀请。封王后的皇子都要出宫居住,越之谦自然也不例外。

"自然。"越之谦微微颔首,又与越祺然道别之后,才与阿学一同离去。

往东宫宫门缓步而行的路上,阿学突然想到什么,抬头问他:"对了,越大哥不是说要是找我,才会来潜心斋吗?是什么事情啊?"

"就是刚才要说的事情。"见她不解,越之谦笑着补允,"几次在路上匆匆与你照面,发觉你脸色憔悴不少,想来便是太子为难你了。"

没想到他观察得如此细心,阿学心中一暖"也不算为难。是我才疏学浅,所以不得不自己多做些功课,才能更好地传授给太子。"

"嗯,别太累就行,尽力而为。"他目光宽和地与她对视。

"我会的——其实我还有个问题想请教……"阿学爽快应下后,又犹豫吞吐起来。

越之谦鼓励地问:"嗯?是什么?"

"如今朝中局势……你怎么看?"

方才他们两人的对话,阿学直觉并非单纯在讨论书中问题。以史影射现实的做法在各种诗词文章中都不少见,她感到两人话中确实暗藏机锋,却难以参透,故而思来想去,大约还是与自己不了解朝局有关。她一旦回府就只能抓紧时间读书,那倒不如利用这段不算短的路程,先从越之谦这里打听点。回头问起老爹,也能对比两人的看法。

谁料面上一向挂着淡笑的越之谦突然脸色一变,笑意全无,一副讳莫如深的模样。

"怎么了?我不该问吗?"阿学不死心地追问。

而越之谦仅是抿唇,对她摇摇头后,便重新将目光投向前方,似乎确实不愿多谈。阿学见状心中虽然纳闷,却也只得保持缄默,与他一道继续往前走着。

但因着这段插曲,后半段路走得十分压抑,至少在阿学看来是这样的。

直到相府马车在望,越之谦才在与她擦肩而过时,快速低语了句:"小庄既潜心治学,便不要在外与人议论朝政,议论太子。"

这分明……阿学的肩头微微一抖，还想扭头看清他的神色时，越之谦却已往停在更远处的齐王府马车方向走去，留给阿学的只有沉默的背影。

"公子怎么不上车？"马车夫见阿学戳在十步远的地方发呆，忍不住吭声问。

"啊？好，这就来——"眼看越之谦的马车已驶离，阿学也不再逗留，三步并作两步，坐上马车。

车厢内，阿学仍保持着一脸深思的模样。这一下午的信息量实在不小，从这叔侄俩话里有话的一问一答，到越之谦对朝局的回避，再到他临走时留下的告诫……是的，是告诫，尽管语气深沉，也没能看到他的神情，但阿学听得出他话语中隐含的善意与关切。

只是……撩开车帘，探出脑袋回望被远远抛在身后的东宫宫墙，阿学似乎突然意识到一入宫门深似海的道理。平日里她从不在意的细节渐次浮现在脑海中，许多以前从未有过的猜想一一闪现，有的抓住了，有的没抓住……

天边的晚霞压得格外低，又厚又沉，压得阿学的心情也格外沉重。这日日看似平静的东宫里，究竟藏着什么？

·第四章·
DI SI ZHANG
路漫漫调戏难兮

次日是个夏风徐徐，万里无云的好天气。在这样的天气里练习箭术，再合适不过，站在校场旁的阿学也不禁佩服起自己的未卜先知来，竟是一早就将这一天的上午定为越祺然箭术训练的时间。

昨晚她回府之后，二话不说便拉着老爹将心中疑惑尽数倾吐，要求他给自己讲讲这几年来朝堂的局势。可庄焱只将越之谦的遭遇告知阿学，并询问她怎么看待越之谦的为人。当时阿学便说与传闻判若两人，庄焱对此也只是付诸一笑，不予置评。

"咻——咻——"

"好啊！太子爷射箭总是这么有力！都能听见风声呢！"

校场中央再次传来小福子盲目的喝彩声，可实际上那些气势汹汹的箭矢最终都成功避开了前方一整排的靶子！

这箭术，也就只有小福子愿意恭维两句，其余在场旁观的官员与宫人都默不作声——能忍住笑就不错了！

其实之前两次箭术训练，太子这"惊人"箭术也曾逗得在场众人笑出声来，而太子本人也全不在意，脸上只写着一句话——本太子射得开心就好！

但今时不同往日，越祺然的心情似乎很糟糕，全程板着一张脸，于是众人也就不敢胡乱放肆，以免触了霉头。

至于越之谦，阿学尽量不引人注意地保持匀速向校场另一角移去，直到站定在他身边，才凑近低声道："越大哥早上好啊。"

　　从自家老爹的嘴里，阿学了解到越之谦这些年的经历，方知自己当日在太傅府所问有多么愚蠢。越之谦不是不想从政，而是不能从政啊！作为当今圣上越之谵的同母弟弟，先帝的小儿子，越之谦自小就聪慧过人，性情温和，深得先帝宠爱，在朝中声望也颇高，因此始终被当时还是太子的越之谵所忌惮。

　　也就是在他声望达到鼎盛，甚至要威胁到太子时，他被过继给无子的伯父越缙云，因此失去皇位继承权。待越之谵登基，只在面上将他封为齐王，实则却将他雪藏起来，无任何实在的官职给他，朝野几乎很难看到越之谦的身影，也很少听到关于他的消息，直至两月前才补上太子太傅之职。

　　阿学不知道越之谦来当东宫官员，究竟是因为什么，毕竟越之谦依然年轻，对越祺然也能产生威胁，认真说起来倒是俩政敌被安排在了一起。可她更多的还是在惋惜，为越之谦被埋没如此之久而感到不值。

　　"嗯，昨夜有好好休息吗？"越之谦偏首笑问。

　　"当然了，好久没睡过四个时辰以上了！今天精神特别好——"阿学用力点头，说着还挥舞起双臂来证明。

　　闻言，越之谦只是欣慰地颔首，没有再接话。阿学有意与他继续攀谈，抬眼却发觉他微微蹙眉，注视着远方，像是在观察越祺然，又好像并未将他看入眼中，显得心不在焉。

　　几次与他对谈，他从来都会用饱含真诚的目光与自己对视，可这一次……阿学低叹一声，心知越之谦大约是有心事，便只默默地陪他站着，不再出声打扰。得知越之谦的遭遇后，阿学便想通了越祺然的"季伊之问"是醉翁之意不在酒，面上问的是前人，实际上却是在试探越之谦的心意。

　　仔细想来，越祺然常常在见越之谦时态度古怪，时而叫他小叔叔，时而又疏远地唤一声太傅大人，叫她猜不透心思。要说是对待竞争对手的态度，这似乎又太过于复杂，可要说越祺然与越之谦只是亲近的叔侄，又未免想得太过于简单……

　　就这样，阿学在反复的纠结与琢磨中度过了一上午的时间。小福子的喝彩声仍是不绝于耳，却丝毫没有打扰到她出神，直到一个陌生而洪亮的女声响彻校场上空——

"表哥！我来看你啦——"

顺着声源方向望去，是一名眼生的少女，身着清爽的薄荷绿夏裙，身材娇小，五官与她的神采一般，都带着张扬明丽之美。

"太子表哥，看我给你带了什么吃的来？练了这么久的箭，一定饿坏了吧？"那少女身后还跟着一队宫人，个个手里举着托盘，上面全是菜肴与糕点，"正好午膳时间也到了，大家一起来用吧！整天吃东宫厨子做的菜也腻歪啊！快来换换口味——"

虽然知道能这么大摇大摆带着人进东宫的，一定是皇亲国戚，可这一声"太子表哥"还是让阿学着实一惊。

"这是鲁家的千金鲁步婉，军器监正监鲁融庆的女儿。"越之谦善解人意地解答着阿学的疑问，"鲁融庆是谁，你应该知道吧？"

"嗯，他是皇后的兄长。"这点常识阿学还是有的。她一边答，一边扭头看他，观察着他面上愁色已然淡去，不知困扰他的难题是否已经想通。

对上她担忧的目光，越之谦似乎有些动容，随即淡笑着抬手替她拂去鬓边落叶。"走吧，既然步婉盛情邀请，我们也沾点太子的光，去尝尝鲁家厨子的手艺。她在吃上颇为讲究，想必不会差。"他说着，先抬步朝鲁步婉和越祺然的方向走去。

这个邻家大哥哥的感觉真好啊……阿学摸着发鬓偷笑几声，直到越之谦走远好几步了，才忙小跑跟上。

"哎呀，你让开——我来给表哥擦汗。"

此时的越祺然正坐在场边休息，鲁步婉直接挤走原本替他擦汗的小福子，自己掏出帕子往越祺然脸上抹去。

"不必了，我自己来。"越祺然态度冷淡，只将她手中的帕子抽去，自己随意擦了几下，再重新塞回鲁步婉手里。

这动作简单粗暴至极，连阿学都看不过去。可鲁步婉似乎早已习惯，淡定地回身又将那帕子丢给小福子，转而面上带笑地招呼其余人："这膳桌和饭菜都布置得差不多了，大家别客气啊！你们平时为太子表哥操心，辛苦你们了——"

阿学顺势朝一旁宫人正忙的一处看去，膳桌上摆放的菜色着实不少，色香味俱全，令人食指大动。

"在其位谋其政，谈不上辛苦。只是这好菜确实要尝尝。"越之谦淡然一笑，欣然接受鲁步婉的好意，带头落座。

"小叔叔还是这样谦虚！"鲁步婉感激地冲他眨眨眼。

见身为王爷的上峰都已入席，其余执事官自然也纷纷找了合适的位置。阿学自然是挨着越之谦旁边坐下。

众人面上多少都有欢喜之色，只等着太子入席后就可以下筷了。毕竟能在这样惠风和畅的日子里，于户外享用美食，也是别有一番情趣。

"太子表哥快来啊！"鲁步婉给她自己与越祺然单独安排了一个小膳桌，亲近之意是个明眼人都明白。

可越祺然依旧臭着脸坐在原地不动，不理不应。

鲁步婉这回也有些笑不出来了，委屈地问："太子表哥是觉得这菜不好吃吗？还是生步婉的气了？"

"和菜无关。我一直这样，你也不是不知道。以后没事少来我这里——"越祺然说着，索性起身，留下这句话后竟直接甩袖走人。

"表哥！"鲁步婉望着他的背影，气得直跺脚，"你给我回来啊！"

见状，阿学想上前安慰她几句，却被越之谦按住手背，冲她无声摇头。

"步婉的脾气我知道，你现在说什么她都听不进去。"见她诧异，越之谦又压低声音解释道，"她与太子的关系本就是如此，也不是一天两天了。"

"好吧……"阿学也不好再坚持，犹豫过后点点头，目光却没从鲁步婉那里收回来。只见鲁步婉又在原地立了会儿，才孤零零地一个人坐到小膳桌旁，发泄似的开始狂吃。

还能吃东西问题就不大。于是阿学暂时放下心来，重新关注自己面前的饭菜。与此同时，越之谦也已关照众人开膳，围聚一桌的同僚一改食不言寝不语的做派，只当是一次郊游，边吃边聊些闲话，气氛融洽，阿学也吃得很是愉快。

当然了，用罢午膳后的阿学也没忘记失意的鲁步婉。膳桌被宫人撤去后，执事官们也陆续离开校场，回到各自的岗位去办事。越之谦有事需回太傅府处理，只在走时安抚似的拍拍鲁步婉的肩膀，就也走了。

至于越祺然，自是不必指望他回头道歉，这会儿没准已在潜心斋中一面吃着小灶，一面看什么闲书了。

一时间，校场上除了靶子以及垂首不语的宫人们，就只剩下阿学与鲁步婉两个能吭气的人了。

"鲁小姐……你别难过。"阿学犹豫过后，还是走到她身边。见她眼底闪动泪光，不由得柔声劝慰，"太子爷不是针对你，他从昨天下午开始，心情就不太好的。"

"真的？他为什么心情不好？"鲁步婉转向阿学，语调渐高，变脸如翻书，一改方才的悲戚，一副要替他找人算账的神情，"谁欺负他了？"

阿学忙不迭摆手："谁敢欺负他啊？他就是一读书心情就不好——"反正你别找我算账……

"扑哧——"鲁步婉闻言不禁破涕而笑，"你这人好幽默啊！不过说的倒也是实话，太子表哥从小……哦不，从那次意外之后，就变了一个人似的，不爱用功了。"

"意外？变了一个人？"阿学微讶。

可鲁步婉好似自知失言般捂住嘴，眼珠转了几圈后，生硬地扯开话题："对了，你叫什么名字？我之前来东宫的几次，好像都没见过你——"

"鲁小姐想必有月余没来了吧？我是新上任一月的太子少傅庄斯文。"看她不愿意说，阿学也不追问，自我介绍的同时还有模有样地退后半步，双手一拢，冲她作了个揖。动作滑稽而夸张，明显还是为逗笑鲁步婉。

"庄斯文？"鲁步婉略一思索，随即用又惊又喜的目光打量她，"我听过你的——你就是那个十六岁就考上状元的庄斯文？真的一点都看不出哎！"

因为她装得不够斯文吗？阿学郁闷地想。

见阿学面上神色一僵，鲁步婉连忙摆手，纠正道："我不是说你看起来没文化啦！只是我一直以为庄斯文会是个书呆子，没想到你这么……这么……"她说到这里便难为起来，不知该用什么词来形容。

"原来是这样。"阿学心中好受了些，又笑道，"我看这下午似乎要起大风了，鲁小姐若是开怀了些，不妨先回府休息吧？也许改日再来，太子爷的心情好了，态度也就不会这么恶劣了。"

"唉，你不知道……他还算是理睬我，要是别的女人，他连正眼都不瞧一下的。"鲁步婉噘噘嘴,"我一定要成为最接近表哥的人!他越是躲着我,我越要来!"

鲁步婉的言语中虽有刁蛮之意,但目光清澈,性情直爽。阿学只觉可爱,便随口附和着:"好,好。太子爷左右都在这东宫,只要你来,太子还能逃到哪里去呢?鲁小姐天资卓越,太子爷早晚能看出你的好。"

"你真会说话!"知道对方在讨好奉承自己,鲁步婉受用地掩嘴一笑,微微红了脸,"之前我听闻庄家的公子温柔多情,还不信呢。这回相信了!"

原来自己在外还有这么个好名声。阿学在心中暗笑,并未注意到鲁步婉的小女儿姿态。

"好了,我这就回去。"鲁步婉冲带来的下人使了个眼色,等她们围绕在身旁后,才对阿学道,"你不用送啦,我们明天见哦——"

说罢,她对阿学俏皮地眨眨眼,也不等阿学反应,就在簇拥之下转身离开了。

她也没说要送啊!阿学站在原地失笑,果然是打小就被众星捧月的大小姐心态。

阿学的家世虽然也好,可从小庄焱就告诫兄妹两人不要以为宰相的子女就特别,只是投胎投得好些,不叫本事,也不能当饭吃。加之庄家家仆极少,主仆相处也十分平等,所以阿学的做派可以说和鲁步婉是完全不同的。也正因如此,阿学装得了男人,鲁步婉却是万万做不到的——

"要是她经常来,同是女人会不会被她发现?如果她知道,其实目前最亲近越祺然的,是我这个假男人真女人……"各种被追杀的画面相继窜入脑海,阿学不敢再想,"唉,这种大小姐应该没什么毅力吧?也许她只是嘴上说说,其实短时间内根本不会再来了呢?嗯——这个可能性很大!"

成功说服自己的阿学轻松地哼起小曲儿,转身朝潜心斋方向走去。

可这一次,阿学错估了鲁步婉的毅力与韧性。不仅是第二天清晨,鲁步婉在之后的半月内频繁来报到,每日还都比越祺然到得更准时,坚持要"旁听"阿学的课程!

就这样,潜心斋多了个常客,教学日常也多了许多令阿学哭笑不得的插曲……

"太子表哥,刚才庄斯文的话你听懂了吗?不如你给我解释解释吧?"

鲁步婉装不懂。

"我也没懂，你直接问他更好。"越祺然就是不懂。

"太子表哥，你的字写得真好看，比庄斯文的好看多了——"鲁步婉昧心夸奖。

"你瞎了吗？"越祺然无情抨击。

"呜呜呜……太子表哥，我最近几天精神总有些恍恍惚惚，身体不舒服，刚才差点忘了来的路，吓死我了！"鲁步婉第一次迟到。

"没事，只要不忘了回去的路就可以。"越祺然连眼都没有抬，却多说了一句话，"忘了也无妨，让庄少傅送你回去。"

也就因为这一句话，阿学莫名其妙地，不得不开始每日在东宫门口"接送"鲁步婉上下课，简直是"无妄之灾"啊！更令阿学郁闷的是，由于鲁步婉总对越祺然寸步不离，害得她根本没机会调戏越祺然，试探任务一度停摆。

刚开始的时候，阿学还能按捺住性子，想着等鲁步婉这阵子的新鲜劲过去后，她再重操旧业。可时间一久，便觉得被动等待实在不是办法，于是阿学想到了一个人……

"小福子，你过来。"这日午后习字课，阿学趁那表兄妹两人不察，悄悄地摸出潜心斋，溜到十步之外，对着守在书斋另一侧的小福子又是招手，又是挤眼。

小福子奇怪地靠近，问道："怎么了？太子爷又把文房四宝都给砸了？奴才这就去拿——"

"不是——"阿学一把拉住他，压低声音道，"是我有点事情要问你。"她再三琢磨，小福子与越祺然最为亲近，想必多少了解越祺然的喜好，所以决定从他这里探口风。

这更让小福子摸不着头脑了："大人博学多识，还有事情需要问奴才？"

"话不能这么说，寸有所长尺有所短嘛！论了解太子的程度，谁能比过你呢？"阿学这个马屁拍得小福子心花怒放，连连点头称是。

既然铺垫已经做好，接下来就可以直入主题了。阿学这样想着，便单手往嘴边一挡，挨到他身边快速问了句："你家主子喜欢男人还是女人？"

第一遍，小福子只是呆呆地盯着她，没有作答。

"我的意思是，太子爷是不是喜好男风？"

第二遍，小福子的眼珠转了一圈，但还是没出声。

"还听不懂？就是问你家主子是不是个断袖！"阿学差点控制不住自己的音量。非要她说得这么直白吗？

这一次，小福子显然听懂了，神情微妙地答道："这是太子爷个人的口味问题，奴才不敢妄议。"

"咱们私下里偷偷说，没事！"阿学鼓励他，还想伸手拍拍他的肩膀以示亲昵，却被他灵活地移步闪开了！

"少傅大人，奴才……奴才怎么说也不算个男人了，您还是……还是另找他人吧！"只见小福子一脸"我们不合适"的表情，整个身体也是随时转身就跑的姿势。

阿学似乎意识到，自己这个假男人被误会成了断袖……而且更可怕的是，小福子居然以为她想对他下手！

"你想到哪儿去了！我像那种饥不择食的人吗！"阿学对他狠狠一瞪。

"您不像还有谁像……"

听见小福子的嘟囔，阿学的脸色越发难看，正要与他好好评评理，却见他突然双眼一亮，指向自己身后。

"鲁小姐来了啊！"

"嘁，这招我八岁时就用烂了。"阿学不屑一顾。

可阿学话音未落，肩膀就被人从身后猛地一拍："喂，你们俩在这儿嘀嘀咕咕什么呢？也说来我听听啊！"

要说近几日来，鲁步婉也是奇怪，阿学时不时溜出书斋，给她制造与越祺然独处的机会。可每每不过一刻钟时间，她就会"杀"到自己跟前，又将自己找回去说课。对此阿学哭笑不得，不知是自己情商太高，还是鲁步婉的太低。

受到惊吓的阿学只好转过身，怔怔地回望她，未能答话。

倒是小福子乖觉，随口胡诌道："回小姐的话，方才少傅与奴才说起您，说您在女子中少见的好学，每日都坚持来书斋与太子爷共读。说是奴才这个侍读只怕要做不下去了——"

"不怕，不怕，我对你那差事可没兴趣！"鲁步婉娇笑两声，快言快语，

"而且我来这儿也不是为了看书，就是来看看人而已！哪有什么好学不好学的，庄斯文，你说对不对？"

"这，呃……"阿学跟着赔笑，说对也不是，说不对也不是。

见阿学为难地支吾起来，鲁步婉笑得更欢了，还频频冲阿学眨眼："原来状元郎也有说不出话的时候啊？"

"让鲁小姐见笑了……"阿学也不知今天自己是怎么惹了她，只得连连作揖赔罪，扯出"求放过"的苦笑。

"好啦，我不逗你了。天色也不早了，今日出门时爹爹嘱咐我早些回去，所以我这便要走了。"鲁步婉说着，一手悄悄地拽上阿学的袖摆，"你不要送送我？"

哪天不是她送啊？阿学好笑地想着，并未注意到鲁步婉的小动作，看在鲁步婉眼中便成了默许之意，绯色就这样不经意地爬上了她的耳根。

"自然要的。鲁小姐请。"

于是两人如往日一般，并排而行。在小福子处旁敲侧击失败的阿学始终有些心不在焉，故而这一路竟也没察觉鲁步婉的手一直没离开自己的袖子。虽只是轻攥着一小角，却带出无限暧昧的亲密之意，难免引得来往的细心宫人为之侧目。

可反观二人，一人出神，一人陶醉，竟都未察觉不妥。

直到宫门在望之时——

"庄少傅！"

是越之谦在喊自己！阿学一惊，从遐思中回神，扭头转身。鲁步婉也是一惊，低呼之余急忙缩回手的同时，帕子不慎飘落在地。

"怎么了？"听到身边人的低呼，阿学诧异地看向鲁步婉，发觉只是帕子掉落，便俯身替她拾起，吹去上面沾染的尘埃后才交还给她。

鲁步婉怔怔地接过："谢谢……"

"举手之劳。"阿学随意地摆摆手。此时越之谦已然走到两人身边，她便又转向他问，"越大人这是要出去办事？"

"只是见你不在潜心斋，便一路寻来。"越之谦的目光在鲁步婉面上停留片刻后，才回答阿学。

那就是有事找自己了？闻言，阿学不由得扭头看向鲁步婉，歉意一笑：

"鲁小姐，你看宫门只剩几步路了……"

"我明白了！我自己回去就好——你和小叔叔有正事，正事要紧！"鲁步婉十分识大体地接过话来，"我就先走了……"

"那路上小心。"阿学冲她挥手作别。

"嗯——我、我明日家中有事来不了，后天见！你、你自己也别太累了……"鲁步婉攥着帕子，又低又快地留下一句，便小跑着离开了。

瞧着她埋头往前窜的模样，阿学在她身后看着，还真怕她会跌倒。

"小庄最近与步婉处得不错？"越之谦走到阿学身侧，侧首问她。

"算是吧。"阿学疑惑地望向他，不懂他为何突然有此一问。

不过她与鲁步婉确实因为每日一接一送和书斋相处而迅速熟稔起来。在阿学看来，鲁步婉虽有些刁蛮的小姐脾气，心肠却不坏，热情大方，性情直爽不矫作，很符合阿学的交友标准，便将她当作姐妹来相处。

得到她的答案，越之谦又肃色问："那小庄可知男子为女子拾帕，通常代表何意？"

这……阿学的嘴张了张，发不出声音。顺手捡个帕子只是出于她乐于助人的本能啊，哪里会想起自己此时还是男儿身……

"步婉此前一心系在太子身上，我都看在眼里。可最近……我觉得她对太子的心思淡了不少。"越之谦不等她回答，继续沉声道，"步婉毕竟也还是个小女孩，若有人待她更好，她很难不动心，不是吗？"

难道……阿学悚然一惊，只觉脑袋嗡嗡作响。是了，在鲁步婉眼里，"庄斯文"就是个青年才俊，还对她百般顺从体贴，比起不解风情的越祺然不知好上多少倍，她何必舍近求远，舍易求难？

观察着阿学的神情变化，知道她终于意识到其中的不妥，越之谦面色一松，转而用逗趣的方式宽慰她："小庄也莫要太过于苦恼。我只是不希望你糊里糊涂地继续下去，否则只怕最后连怎么成了鲁家的女婿都不知道啊！"

"扑哧——"阿学愁色尽去，"我明白了，谢谢越大哥。"看来她要适当和鲁步婉保持距离了，可不能让鲁步婉再误会什么。

"你心里有数就好。"越之谦欣慰地颔首，"我还有些事，就先回太傅府了。你若不想再走一遭，这就回府也行，我会差人去潜心斋说一声的。"

说罢，他转身就要折返，却被阿学喊住。

"越大哥……"

"怎么了？"他温声问着。

阿学却只是摇摇头，然后认真地直视他，浅笑道"没什么，就是觉得……如果你真是我大哥就好了！"

听了她这话，越之谦先是一怔，眼底闪过千种情绪，最终归于平静。

"你叫我一声人哥，我便是你大哥。"

他的语气笃定而真诚，让阿学感到可靠而温暖，只是……久久凝望他的背影，不知为何却觉得那身影如此孤独，阿学心底因此又生出难过之情。越之谦总是帮助她，提点她，能轻易读懂她的心思，体谅她的难处。可她似乎从来看不懂他所想，更不能帮助他点什么……也不知道他和越祺然之间究竟……

心中是数不清的疑惑，阿学不知自己在走道上站了多久，直到执事官们也纷纷往宫门方向走来，她才惊觉天色已晚。

"多想无益。还是先尽快完成老爹交代的任务，那之后就有时间多找越大哥谈谈心了。就算我什么都做不了，能让他找个人把心中积郁说出来，心情也会好很多吧？"

就这样自我安慰着，阿学也转身随大流走出宫门，上了马车，一路回到相府。她本想专心再看些书，可偏就静不下心，便想着睡一下养神。但这梦里也不安生，她梦到了越祺然，也梦见了越之谦。梦里的越之谦一脸温文尔雅的笑容，从越祺然的背后靠近他，阿学面对着两人，正想招手与越之谦打招呼，却有一股热血溅到她的面上——

越之谦阴沉而疯狂的笑声刺穿她的耳膜，一把匕首穿透越祺然的心脏，血如泉涌。

"哈哈哈哈……哈哈哈哈……"

"不——"

从噩梦中惊醒，天已经蒙蒙亮。阿学擦擦额角的薄汗，做了几次深呼吸，才让心跳平稳下来。

她不知道好端端的，自己为什么会在梦里把越之谦编派成杀人凶手。难道那些谣言终究还是让自己对越之谦心存芥蒂？她心里仍旧对他的人品存有怀疑？会不会……

"唉，庄博学，亏你还喊人家一声大哥呢！"可转念思及与越之谦相识以来的种种，阿学很快驱赶开阴暗的想法，"梦都是反的，应该是老天让我相信他的意思吧？"况且那日潜心斋中，越之谦谈起季伊，就像是谈起他自己一般。如果是小人，又怎能理解君子的想法？再加上越祺然话里话外，更是将越之谦与季伊相比啊！

将所有支持越之谦的"证据"在脑海中罗列一遍后，阿学果断选择继续相信越之谦，然后神清气爽地起床梳洗。等到她站在潜心斋门外时，心眼比棒槌还大的阿学已将这一噩梦插曲抛诸脑后——

此时此刻，她只想着要如何利用鲁步婉难得缺席的一日，继续对越祺然的试探计划！

于是阿学迅速在记忆中把《男风十兆》的内容检索一遍，很快找到一则正应节气的好法子：夏日里衣裳轻薄，最是调情好时节，可敞裳相对，观察对方神情、举动，判断是否喜好男风。

就用这招！

打定主意后，阿学踏入书斋内，见越祺然正趴在案上，半眯着眼，手上捧着本书，一副爱学不学的样子，多半是没看进去。

"少傅大人来了啊。"越祺然见到她，随意地打了声招呼后，又开始像只哈巴狗似的做乘凉状，只差伸舌头散热了。

阿学也感到这东宫的地段着实不好，尤其是这潜心斋，一到仲夏，阳光直射，一堆冰块摆在室内也起不了多少作用。

不过这天气正合她心意！

"嗯哼——"阿学眼珠一转，走上前去，不赞同地摇摇头，"为师看你这样懒散，一会儿我说什么，想必也是听不进去的。不过天气炎热，人难免无精打采，可以理解。但这热的日子还多着呢，你总不能每天都这样吧？"

"那请少傅指教，学生还能怎样？"越祺然一脸无奈地摊手，滑头地把问题抛回去。

这要换了平时，阿学必定头疼他的狡赖，可今天正中她下怀！

"很简单啊！热了就脱！"

语出惊人，阿学第一次见越祺然瞠目的模样，嘴唇翕动着，却无言以对。

"不会？我给你示范——"

为人师者以身作则是必须的，但阿学这个冒牌货肯定不能原样办到，就打个折扣，只挽起袖子，解开腰带，再将靴袜一并脱去，扔到一旁。

"怎么样？你看我凉快不凉快？"

上下打量她一遍，最后回到她那循循善诱的笑脸上，越祺然神色复杂地咽了咽口水，并不动作。

"哎呀，犹豫什么？我帮你！脱了以后，我们师徒坐而论道，岂不惬意？"阿学也不等他反应，绕到书桌后，强行上手扒了越祺然的衣襟，抽掉他的衣带，再弯腰将他的靴子全部拔下扔开——

"大功告——啊！"猛地直起身的阿学还来不及欢呼，就先惊呼了一声。

越祺然的衣襟耷拉着，成年男子那纹理分明、精壮有力的胸膛全无保留地映入阿学的眼帘。

尽管她连男人的屁股都看过——大约还在穿开裆裤时看过庄斯文的。可这么大个美男子的宽厚胸膛，她还是第一次见！况且，越祺然这衣衫不整的模样，这画面还真有点香艳啊……

阿学这才意识到自己刚才完成了怎样的壮举，对一个未出阁的黄花大闺女来说，她为试探任务真是把能贡献的都贡献了啊！

越祺然则是从头到尾用一种异常复杂的眼神盯着她，任由她动作，似乎想看看她能把自己扒到什么地步。此时见她莫名惊到，不由得挑眉："怎么了？"他长得很吓人？

"没什么，就是起太快差点闪了腰嘿嘿……我们去那边坐，带上书——"阿学急忙从案上抓过一本书，半挡在眼前，然后拽着越祺然到屏风前，面对面席地而坐。

坐下之后，阿学就将书本完全举到脸前，把整个小脸都给挡去，隔开视线，装模作样地摇头晃脑，口中振振有词，像是在默诵书本。其实呢？阿学只是在平复自己扑通直跳的小心脏罢了！

自古巾帼难过美男关，古人诚不欺我！

就这么"读"了一会儿书后，阿学发觉不对劲——这一招就是需要观察对方的神情，自己这样拿书本遮着脸，还怎么观察越祺然是不是断袖？

不行，不行，她还是得偷瞄几眼。

于是她悄悄把书本往下一移，贼溜溜地抬眼往对面瞧去，却见越祺然只是随意地将书摆在腿边，反倒一脸似笑非笑地望着她。看这架势，是从方才一直盯到了现在。

"你、你看着我干吗？"阿学又忘了初衷，不淡定地低喝，"你倒是看书啊！"

越祺然一脸戏谑："哦？本太子还以为少傅就是想让我无法专心诵读。"

这是个好兆头啊！阿学大受鼓舞，精神一振："这么说你真的会感到呼吸急促、心跳加快、神思恍惚？"

越祺然的回答却令她吐血："这说的难道不是少傅你自己？书都拿倒了。"

不是吧？阿学一惊，又将书本举到眼前一看——果然拿反了！所以从坐下来开始到现在，越祺然这厮一直就在看她笑话呢！真是赔了夫人又折兵，闹了半天除了确认她自己喜欢的确实是男人以外，还是没从越祺然那里套到一点有用的信息。

"老哥珍藏多年的《男风十兆》到底靠不靠谱啊？"阿学撇撇嘴，含混不清地嘟囔了句。

"哈哈哈……"越祺然看她吃瘪，一张小脸苦得能榨出苦瓜汁一般，不禁开怀大笑。随即又看她嘴皮子碰了几回，便问道，"你说什么？什么谱？"

阿学郁闷地把书一扔，低头抱着脑袋，随口答道："我说我想找本食谱来研究一下，夏天吃什么能败败火！"

"庄斯文。"

"庄斯文？"

"啊？"这倒是越祺然第一次这么叫她，阿学差点没反应过来。

见她慌慌张张地抬头看自己，越祺然好笑地说："这么紧张做什么？"

"谁知道你要耍什么花招？当然紧张。"阿学辩驳。

"没什么，就是……就是和你说声……"越祺然犹豫片刻，收起面上的捉弄玩笑之色，神色有些别扭地吐出两个字来，"谢谢。"

这道谢来得太突然，阿学觉得非奸即盗！

"喂，你这是什么表情？"难得郑重道谢一次，对方居然满脸怀疑，越祺然脸一黑。

眼看太子爷面子上挂不住了，阿学急忙赔笑："失误，失误——最近也不知怎么了，这面部表情总是控制不好，可能是要得面瘫的前兆吧！"

"噗……咳咳！"越祺然又被她这一句话给逗得呛着，"你真是……"

"不过你为什么突然想到谢我？我今天好像没做什么特别的事情啊？"阿学也不再玩笑，认真地望着他，等他解答。

"是因为我……"因为我觉得与你玩闹的时光格外单纯美好，我以为此生再不会有这样的感觉……

阿学等了片刻，发觉越祺然没后文了，不由得急道："话别只说一半啊！你看你连衣服都被我脱了，还有什么话不好意思对我说的？"

"……"越祺然嘴角一抽，拿起一旁的书，默默挡在脸前，一副不忍直视阿学的模样。

知道他这是打定主意不肯说了，阿学哼哼几声，却不再追问，自顾自爬起来，把袜子、靴子重新穿好，再把腰带系紧，才重新坐回原地，也捧书翻看起来。

不知是因为夏天的蝉鸣声阵阵聒噪，还是因为越祺然之前说了一半的话吊着胃口，阿学始终不能沉下心来读书。过了大约半个时辰后，她再次把书本放下，才发现越祺然倒是惬意，直接仰面躺倒在地小想，还拿书盖在脸上。

"太子爷？越祺然？"阿学唤了他两声，不见应，以为他是睡熟过去了，"真是的，就算是夏天，这样贪凉躺着也是会着凉的啊！"

略一犹豫，阿学还是选择跪到他身边，小心翼翼地替他把衣襟重新拢好，其间难免一个不小心，指腹便划过他的肌肤。所以全程下来，阿学的动作断断续续，脸上一阵红一阵热的。

不过好在，她没把他吵醒。越祺然入夏以来，白天在课上常常显得懒怠，呵欠连连。阿学仔细观察过他，不像是厌学，反而真是睡眠不足才十分疲惫，也不知他有什么可忙的……

"我刚才是说，有什么话你真的可以对我说……如果你信得过我。"阿学盯着他脸上的书许久，只低声说了这一句，便起身准备去东宫花园散心。

满腹心事的阿学并没有留心自己踏出书斋的同时，里头传来一声轻响——越祺然把头一侧，书本便顺势滑落在地，露出一张通红的俊脸，也不知是被书本闷的，还是憋笑憋的，又或者是其他什么原因。这个中滋味，怕是只有一脸困惑的越祺然自己知道……

至于阿学，也没好到哪里去，同样陷入了迷茫。当天回相府后，她就无精打采、唉声叹气、沮丧不已。庄焱看出女儿情绪不佳，便又到书房给她做思想工作，让她不必给自己太大的压力，不成功，便再来嘛！

"最重要的是要总结经验教训，然后给自己积极的暗示，或者去抄几句前人的妙语静静心也行——"

"好啦，爹您放心，这点打击女儿还受得了！我现在要用功了，您还是去陪娘吧！"

这些话阿学从小听到大，耳朵都起茧子了，自然是没听两句就不耐烦地将他"请"出了书房。

"砰"一声关上书房的门，阿学吐出一口浊气，走到书案前，铺开纸张，想练字静心，可心中还是充斥着屡次失败的负面情绪。她没想到调戏人是这么困难的事情，亏她还跟着庄斯文一起写出了东越第一言情小说！她不服！

于是阿学又扯过一张纸，大笔一挥，写下四行励志诗：

纸上得来终觉浅，绝知此事要躬行，路漫漫调戏远兮，吾将上下而其手。

"庄博学，加油！"

·第五章·

DI WU ZHANG

再战江湖谈谈心

为了换个心情，调整好心态，阿学转日便提出要跟着越祺然到他兼领的昭文馆去视察，美其名曰——在实践中学习！当然了，这项外景教学活动，她一大早就等在太傅府给越之谦报备，得到批准后，她才欢天喜地地一路小跑到潜心斋通知越祺然做点准备。

"有什么可做准备的？去昭文馆而已。"

听到这个安排后的越祺然态度冷淡，脸色阴沉，语气还有些犯冲，给阿学泼了一盆冷水。但和他相处两月有余，阿学知道他不是胡乱发脾气的人。她看得出他心情很不好，只是不明白好端端的，又是什么人、什么事惹了他。

难道是因为昭文馆？阿学也忘了继续往里走，一心观察越祺然的神色，猜想着。

"太子爷——哎哟，少傅大人您堵在门口做什么？"这时，小福子从外头进来传话，差点与阿学撞个正着，"齐王差人通知，出行的马车和随从都已安排妥当，可以出发去昭文馆了。"

闻言，越祺然抬眼，见阿学尴尬地立在门边，用有些小心翼翼的眼神，眼巴巴地瞧着自己，心中一软。他稍稍缓和脸色，起身朝她走去，主动搭话："少傅想必还从未去过昭文馆。那里藏书不少，你或许会有兴趣。"

感受到他在释出善意，阿学眉目间的阴霾一扫而空，连连点头："嗯，嗯，今天要去好好见识一番。其实我一直觉得能当昭文馆的馆主是件很……

很幸运的事情！你看啊，有那么多书可以看，还有那么多皇亲国戚的学生可以管着——"

"呵，是吗？"越祺然勾唇，走过她身边，"小福子，咱们走吧。"

"是——"

"哎……还是说错话了吗？"阿学望着他的背影，懊恼地拍了拍自己的脑袋。

原本身为太子，一般会以兼领京官要职的方法参与朝政，锻炼能力，可越祺然只是昭文馆的馆主。说白了，这馆主干的就是管理勘校书籍与皇家子弟的教学事务，毫无实权。皇上给予太子这一委任，多多少少透露出皇上对他的不重视。所以她刚才试图安慰越祺然，可效果似乎……不太好？嗯，这一路一定得多想点逗乐他的法子！

"愣在那儿做什么？"越祺然走出一段后，回身不见阿学，发现她竟还在原地抓耳挠腮，便催促道，"一会儿马车走了，你打算自己跑着去昭文馆吗？"

"来了，来了——"阿学闻声望去，见两人已经走得很远了，赶忙追上去，"太子爷，你先给我讲讲昭文馆长什么样呗？免得一会儿我进去丢人。"

"你也知道你丢人啊？"越祺然面朝前方，只是拿眼斜睨她，眼底带着笑意。

看在他当个太子都这么憋屈的分儿上，阿学决定原谅他的蹬鼻子上脸，讪笑道："可不是吗？毕竟在家里蹲了这么多年，顶多就是出去游山玩水作作对，这东越最权威的文馆还从没见过呢！"

没想到她居然还顺着他的话贬低自己，越祺然有些诧异地挑眉："你没事吧？"

"我很好啊！"阿学面上还是堆满笑，可这笑让越祺然不由得心惊肉跳。

"咳咳……没什么事就快走吧，少说废话。"他想来想去，还是"走为上计"，谁知道再对话下去，会不会有什么圈套等着他。

阿学却不知道他心里是怎么想的，见他突然加快脚步，又不愿与她说话了，心中大为沮丧。怎么调戏他不成，逗他开心也这么难呢？

对话再度中断，这出东宫的一路上，阿学再没能想出什么可接茬的话题来，而越祺然也总和她保持着五步的距离，所以两人至此无话。等到了宫门口，阿学满以为自己能和越祺然搭乘一辆马车，越之谦却安排了三辆马车，一辆是越祺然专门乘坐，一辆给阿学，另外一辆则是为其余三名随从出行的执事官准备的。

于是阿学只能眼睁睁看着越祺然钻入车厢，在他的马车边站了许久，也不见他"回心转意"，邀自己同坐，这才灰溜溜地跑到后头坐上了第二辆马车。执事官们是早就在第三辆马车上等候着了，因此太子爷与阿学一坐稳，一行人就在侍卫的护送下浩浩荡荡出发了……

从东宫到昭文馆的路程不远，马车不紧不慢走了两刻钟，便抵达了。

总体来说，昭文馆被分为两个部分——学馆与书馆。顾名思义，前者是供皇家子弟念书的地方，后者则是藏书所在。

"天地玄黄，宇宙洪荒。日月盈昃，辰宿列张……"

阿学一行人在昭文馆外下了马车，还未真正入馆，便有琅琅读书声顺风传来，不绝于耳。再往里走，才踏入学馆，便远远望见杨柳葱郁下，十来名衣着华贵的垂髫稚子跪坐在蒲团之上，手捧书卷，在夫子的带领下，摇头晃脑地诵读着。东越皇子与皇亲国戚的教育都是从五六岁开始的，统一安排在昭文馆吃住学习，先从经典篇章的句读学起。包括太子在内，在十五岁之前所学，与其他皇室子弟并无不同。

"他们好乖哦……"阿学看着那些粉雕玉琢的小男孩，认真而一板一眼地跟着夫子念书，不禁感叹。

"很羡慕这位夫子？"越祺然挑眉。

阿学急忙摆手："不是，不是，孩子们虽然乖，但是言听计从也怪没乐趣的！还是要像太子这样，敢于挑战书本，挑战权威，才能教学相长，让我不断进步——"

"你今天嘴抹蜜了啊？"某人再次被阿学扭曲事实的夸奖震惊了。

"呃……"阿学挠头讪笑，"昨晚在一本书上看到一种鼓励式教学法，我觉得不错就试试！"

这种理由越祺然自是不会信的，但阿学不摊牌，他也没法子，只得耸肩继续往里走。一行包括侍卫在内十几人的脚步声说大不大，说小也不小，在整齐的读书声中显得极为突兀，因此很快就有些不那么专心的孩子分神朝这边瞧来。

"二哥——"

一个大约只有六岁，胖乎乎的小男孩看到越祺然，双眼大亮，立刻把书本一丢，冲了过来。

"二哥自从……你都好久没来了！"小男孩一头撞在越祺然的腿上，然后张开双臂死死抱住他的大腿，委屈地说，"我好想你……"

越祺然闻言，先是一怔，随即俯身，眉眼带笑，宠溺地拍拍小男孩的脑袋。

"前段时间有些忙，这不就来了吗？小十一有没有好好用功啊？"

原来这就是十一皇子越祺煦，也是皇后所生，难怪见了越祺然就激动。阿学在一旁瞧着，倒是很稀奇，看不出越祺然还是个深受幼弟喜爱的兄长。

此时剩下的孩子们也都在夫子的准许下离席，走到越祺然跟前五六步处，拘谨而规矩地行礼："给太子请安。"

只一个称呼便能分出亲疏，阿学看这十几人中，有几名八九岁大的孩子衣着与别的不同，从气质上看也更胜一筹，大概也是皇子。但他们看着越祺然的眼神或是敬而远之，或是不屑一顾，并不亲近。

并非同母所出的皇子之间不友善也是常事，阿学只观察了几眼，便不再留心。

就在阿学打量众人时，越祺然已三言两语哄好了幼弟。于是这位小皇子就开始注意越祺然身边的人。

"他是谁？看着眼生，从没见过。"越祺煦瞧着阿学问。

"微臣庄斯文，是新上任不久的太子少傅，见过十一皇子。"阿学先是对越祺煦见礼，又转向一众半大的孩子，却发现称谓上无法两全。

正尴尬，越祺然竟淡淡地替她解围："你为人师，他们是学生，无需向他们见礼。"

"见过老师……"太子都发话了，一群孩子只得不情不愿地对阿学又略施一礼。

阿学可不敢生受这一礼，却也不弯腰，只拱手作揖。既不倨傲，又不失长辈风度。越祺然将她的应变看在眼中，不禁微微颔首。

"我们只是随意来看看，打扰夫子教学了。您还带着他们自便吧。"见礼结束后，越祺然对那上了年纪的长袍夫子客气道。

"太子有礼了。"那夫子捋捋长须，一派儒者风范，与太子寒暄过后，就领着孩子们重新坐回原地，继续诵读。

当然了，始终抱着越祺然大腿的越祺煦除外。

看那夫子神态，似乎也习惯了越祺然会带幼弟"逃课"，并且选择默许。其余孩子眼中有羡慕之色，但对这特殊待遇也都是一脸习以为常。

再联系之前越祺煦所说，大约越祺然以前就常来看他。毕竟从小跟着母亲居住的皇子，一满五岁便要搬到这昭文馆来，开始的一两年会不适应，想念亲人，也是人之常情。

"走，我们到那边说——"众人一走，越祺煦就极有主见地小手拉大手，把越祺然往一旁半山腰的小亭子牵去。

越祺然也顺着他，将腰半弯，跟在他身后。随行而来的众人自觉地稍稍落后一段距离，到了小亭处便只留在山脚的长廊下，不打扰兄弟两人团聚。

"小福子，太子爷以前经常来这儿看十一皇子吗？"左右无事，阿学就边仰着脑袋望向亭子，边问身旁站着的小福子。

"是啊，十一皇子一开始哭着闹着不肯来昭文馆，皇后娘娘都无可奈何，还是太子爷和……"小福子似乎回忆到什么，面色一肃，"一起劝的，并且答应时不时来看他。"

究竟谁曾经和越祺然一起劝说十一皇子，他没有说，但阿学心中也猜到了。

这个人的名字不久前就成了禁忌。

两人的对话没有继续下去，虽听不到亭子上两人的对话，阿学却能看到越祺煦原本正说得开心，不知怎的又突然哭起鼻子来。越祺然也是一脸凝重，将幼弟抱到怀里，有一下没一下地拍着他的后背安抚。

不知道兄弟两人谈到什么伤心事了呢……阿学的心情也跟着乌云密布起来。

就这样，众人在廊下各怀心思地等待了将近一个时辰，阿学从原本目不转睛地盯着亭子上的两人，到后来也失了耐心，靠着廊柱昏昏欲睡。

"小福子，我答应小十一中午留下陪他吃饭，你去找馆里的管事安排一下其余人的午膳。"

迷迷糊糊之间，阿学听到越祺然略带沙哑的嗓音在耳边响起，一惊之下起身的动作太大，脚下一绊——

"小心些。"腰带被人从后拽住,阿学总算找回平衡,没有一头栽出廊下。

抚着心口,阿学略显狼狈地转回身:"多谢太子搭救……"

越祺然似乎没有心情搭理她,只微微颔首。肉呼呼的圆脸上泪痕未干的越祺煦却对阿学产生了浓厚的兴趣一般:"你几岁啊?看起来好像比二哥还小,还这么毛毛躁躁的。"他少年老成的语气令阿学汗颜。

"微臣确实……比太子爷还要年幼一岁。"阿学干笑着应答。

"奇怪,"越祺煦纳闷地挠头,"那为什么要让你来当二哥的老师啊?京里有名的夫子很多啊!"

是啊,为什么会选中庄斯文做太子少傅呢?这个问题叫阿学脸上的笑容彻底僵住了。并非因为觉得越祺煦存心刁难,而是……

"他虽然年轻,却是状元郎啊。"见阿学怔住,越祺然从旁插话进来,笑着哄越祺煦,"以后小十一要是也能十六岁就考上状元,二哥就答应你一个愿望,好不好?"

他心情分明很不好,却还在替自己解围。阿学心里更不是滋味。

"喊,状元郎有什么了不起?还不是年年都有!"越祺煦嗤之以鼻,"我才不要考状元呢,没意思——"

"那小十一以后想做什么呢?"越祺然巧妙地转移了话题。

"凡是我见过的——都不当……"

两人的话音渐渐模糊,阿学一个字都听不进去,满脑子都是越祺煦那因童言无忌而过分直白的疑问。

正如他所说,状元是没什么了不起,只要开了科举就会有,一年又一年,比庄斯文有才有为的人不在少数,凭什么是既年轻又从未接触过政治的庄斯文来当太子之师?这样的决定是否太过于草率轻忽?如果皇帝重视越祺然,那么东越国中上了岁数的鸿儒与政治经验老到的朝臣不在少数,哪怕让她老爹庄焱来当太子少傅都更合适,不是吗?

一语惊醒梦中人,阿学并不愚钝,只是之前从未留心接触过朝局,可如今细思之下,终于将那日最后一丝没能来得及捕捉到的念头抓住:

被雪藏多年还可以算是越祺然政敌的越之谦,年轻没经验的庄斯文,庸庸碌碌的执事官们,都直指一个源头——越祺然这个太子并不受宠,所以连带着整个东宫系统中的官员其实也是最弱势的!而也正因太子势弱,才会出现那些个神情倨傲甚至都懒得在潜心斋侍立的东宫宫人……

这所有种种……越祺然心里都是清楚的吧?

"他……"他其实很痛苦吧?

"少傅大人说什么?"小福子的询问声猛地将阿学从沉思中拉回现实。她抬眼一看,发觉廊下已空无一人:"人呢?怎么就剩你了?"

小福子笑答:"早去膳堂了。太子说大人今日总有些心不在焉,怕您又出什么幺蛾子给他丢人,所以让奴才看着您。"

"没事了,我们跟上去吧。"阿学撇嘴,表达关心还非要这样损人,闷骚就是矫情!

"得嘞,奴才这就带您去膳堂。等到了那儿,太子爷想必都快落座了。"

自己发呆了多久啊?阿学咂舌,急忙催促着小福子快些带路。

昭文馆的膳堂所在是学馆与书馆交界处,修建得极大,但在昭文馆内学习与办公的皇家子弟与官员并不多,故而平日里席位多半是空着的。倒是今日越祺然的到来,让膳堂内人气大增。

阿学与小福子赶到膳堂时,果然众人前脚也刚到,正纷纷落座。越祺煦自然是挨坐在越祺然身边,原本在昭文馆内的皇家子弟与官员都有固定的座位,而其余执事官也都见缝插针地坐到了昭文馆官员旁边。

"少傅大人不介意吧?"从阿学入内起,越祺然的目光便在她身上了。如今见她有些迷茫地不知坐在何处好,就用下颌指指另一侧的空位。

阿学如获大赦,欣喜地点头,跑到越祺然身边坐下,冲他吐吐舌头:"谢谢啦。"

"嗯。"越祺然从鼻间哼哼出个单音来,便没再理睬阿学,转头继续与越祺煦闲聊。越祺煦够不到的菜,也都是越祺然帮着夹到碗里的。

阿学看他只顾着给弟弟夹菜,自己却没吃几口,就开始边回忆平日越祺然的偏好,边给他布菜。只是她每次夹菜都像做贼一般,迅速伸筷,迅速缩回,怕被人瞧见,所以一开始注意力并不在自己碗里的越祺然也没察觉,直到——

"都是你夹的?"哄着越祺煦吃下大半碗饭后,某人扭回头,发觉自己碗里的菜已在米饭之上堆成了一座小山。

"是啊,我看你都没吃……"阿学咬唇,"是不是我夹的不合你口味啊?

那换换？”

无意之间，阿学小女儿情态显露无遗，越祺然只觉晃了眼，急忙使劲眨几回眼，果然是自己眼花。因为下一秒，阿学正雷厉风行地将筷子伸进越祺然碗中，三下五除二地便把那些菜全部夹回了自己碗里。

完成"搬运"后，阿学又准备去夹不同的菜给越祺然，却被他按住了手腕。

"不必了，我自己来。"他先是说了这么一句，见阿学蹙眉，又解释道，"不是嫌弃你，是你再来一次的话……大概所有人都会看过来的。"

闻言，阿学吓了一跳，环视四周，果然对上几道好奇的视线！这下不用越祺然阻挠，阿学也不敢再动作了，乖乖把手腕方向一转，将筷子插入自己碗里。

看她贼头贼脑，做贼心虚的模样，越祺然不由得失笑，原本以为会食之无味的午膳，尝起来似乎也有了些滋味……

不过越祺然的好心情并没有维持多久，午后临别时，越祺煦悄悄将什么小玩意递给他之后，他又变得忧思深重，神情郁郁。那小玩意被越祺然迅速笼入宽大的袖中，所以除了目光始终不离他的阿学，其余人估计也都没注意到。但饶是阿学目不转睛，也没能看清那究竟是何物。

离开昭文馆后，越祺然并没有立刻回宫的打算，反而命令车队往京郊而去，说是要去山上踏青散散心。这个理由正当，毕竟难得出一回东宫，两点一线就返回，确实太过于浪费这一机会。其余官员和随从也乐得再偷闲半日，所以无人反对越祺然临时改变行程。

等到了地方，大伙儿就都停留在山脚下，围坐在马车附近原地休息、赏景。越祺然则在侍卫的保护下徒步上山一游。当然了，根据惯例，这些侍卫不能扫了主子的兴，就只能远远跟着，要保持一个既能于第一时间冲上前挡刀，又不能叫主子一回头就瞥见的神奇距离。

这要求听起来似乎强人所难，可皇家侍卫们都经过特殊训练，在山林中潜行起来并不在话下，队伍也整齐一致。所以混在其中的阿学就显得格外突兀了。

"嘘，别出声……本官最近在进行观察式教学，必须紧跟太子。"频频接收到侍卫们诧异的目光，阿学神秘兮兮地低声吩咐，"你们跟你们的就是，不管本官做什么都不要出声打扰——"

侍卫们面面相觑后，虽然听不懂"观察式教学"和跟踪有什么关系，还是纷纷点头应承。毕竟是太子之师嘛，人家想做什么还轮不到小小侍卫过问。

搞定这一大拨人后，阿学发现越祺然的背影只剩下一个小黑点了，可身边的侍卫们仍不打算加紧跟随。于是她索性加快脚步，甩开他们，像捉迷藏似的东躲西藏地往前追近了二十来步的路程，才总算在丛林掩映中把他的背影看了个清楚。

小时候，她经常和老哥来这片儿的山上玩捉迷藏。有一回自己躲得太严实，老哥转了一整天愣是没找到她，她自己也等睡着了。等到醒来时，天都黑了，就干脆拍拍屁股自己下山，谁知下山的路上却碰上老爹带着一众家仆急吼吼地在搜山。原来是老哥以为她被野兽给叼走了，因为紧张她的安危，慌张得连山路都走不好，摔得鼻青脸肿才跑回了家，又不肯包扎，领着人再上山寻她，看到她时更是一屁股跌坐在地，毫无形象地哇哇大哭……

这样回想起来，从小到大，大约也就这么一件事，最让阿学感到有个哥哥是件幸福的事情吧？

"怎么不跟了？"

正痴笑间，阿学听到越祺然的喝声从远处传来，顺势望去，发现他不知何时驻足回身，正双臂交抱，好整以暇地看着自己呢。

被发现了……阿学懊恼地敲敲自己的脑袋，再不情愿，也只能转身准备折返。可一转身，就又听到他的声音："你往哪里转呢？本太子在这里，还不跟紧点？"

这是允许她同行啊！大喜过望的阿学忙不迭转身小跑："我、我这就来——"

"又没人追你，这么急做什么？"片刻后，越祺然好笑地看着跟前小脸通红，气喘吁吁的阿学，"怕迷路？"

"我从小就在这片儿的山里玩，可熟了，迷不了路。"阿学不屑道，"倒是你，第一次来吧。说不定一会儿下山的路，还得我来带呢。"

越祺然挑眉："哦？这么说你是一番好意，为了带我下山才特地跟踪我？"

"你什么时候发现的？"阿学吐吐舌头。

"跟踪技术那么浮夸，在别人身后冲来冲去，响动那么大，还想不被发现？"他早就察觉到她的尾随，只是没有想过要阻拦。相反，时不时眼角余光扫到那个动作滑稽的瘦小身影，心中还挺受用。

"不早说——我就不跟得那么辛苦了！"阿学瘪嘴。她在两边的树之间不断来回穿梭隐藏身形，容易吗？这几趟跑下来午膳都白吃了！

"我以为你很享受这个过程。听说跟踪狂都是这样——"越祺然耸耸肩，见阿学休息得差不多了，便抬步继续登山。

"你居然说我是跟踪狂？"阿学不服地跟在他身边，"那、那你就是跟踪狂的学生！我好心好意看你情绪不对，怕你直接找个山崖玩华丽飞翔，你还不领情！"

"你想象力真丰富。"

"我的想象力还真不是吹的，就你看的那本小——"阿学差点说漏嘴，"就你看那边，那块石头，你能看出它像什么？"

"无聊。"

"想不出来就承认嘛！没什么丢脸的，我是你的老师，你怕什么呢？"

"你闭嘴。"

"我是你的老师，你叫我闭嘴？"

就这样，登山的一路，阿学始终在越祺然身边叽叽喳喳，用他的话来形容就是聒噪得像只青蛙，可阿学偏偏要纠正自己是蟾蜍，物种品质更高。对此，越祺然虽不胜其烦，眼底却无法不染上些许笑意。

忘记时间，抛开身份，两人边拌嘴边前行，这是他们之前都不曾想象过的相处模式。

直到登上峰顶，阿学的话匣子才暂时关上，只因临渊俯瞰，整个繁华的京城尽收眼底，东边高处便是相连着的皇宫与东宫，一大一小，此刻都沐浴在金色的余晖之中，更添辉煌气势。

最近几年，她很少真正登临山峰，这样于高处放眼远眺的境界，是许久未感受过了！

可相比阿学的兴奋，站在她身旁的越祺然面上与眼底的笑意却渐渐褪去，反倒是一丝凝重的哀伤爬上眉宇。

"你怎么了？这一整天，你的心情好像都时起时落的……"阿学扭头看他，终于问出口了。

越祺然没看她，轻笑着，不答反问："这就是你今天一直想讨好我的原因？"

"算、算是吧……"阿学憨笑着挠挠头，"而且我今天突然明白了……一些事情，所以……"

她说得吞吞吐吐，有些后悔自己不该提这茬。

但好在越祺然并没有追问她想明白的是什么，只是苦笑着说："你这份心要是能放在平时就好了，也不至于像今天这样注定被浪费……"

注定被浪费？阿学一阵诧异。

"今天是我大哥的生辰。"越祺然嗓音低沉而沙哑地缓缓道出这句话后，便是长久的沉默。

前太子越祺烈造反一案，阿学也是有所耳闻。据说越祺烈在皇家祠堂埋伏了士兵，要弑父夺位，被先到一步的陈浑发觉，直接带禁军将乱党就地歼灭，越祺烈负隅顽抗，死于乱军之中。此案性质恶劣，牵连甚广，大批官员或被贬官或遭治罪，都受了牵累。

但这些也多半是阿学从市井中或是那些京官子弟间道听途说而来。因为太子造反既是国事，也是皇家丑事，所以三缄其口者众多，包括她老爹庄焱每每提及也都是一脸讳莫如深，末了暗叹一声，似乎在惋惜什么。

"你以前经常和你大哥一起来看十一皇子吗？"阿学低声问。

"嗯，小十一与我和大哥，都很亲近。小十一很喜欢民间的一些传奇故事，母后不让他看那些歪书，他就缠着大哥给他抄写。时间久了，便攒成了一本厚厚的册子。"越祺然说着，从袖中掏出一物，正是一本小册子。页角有些卷翘，一定被人翻阅过许多次。

原来这就是越祺煦方才临别前偷偷塞给他的。阿学恍然，难怪他要藏得这么快。如今再私藏谋逆的前太子之物，被发现了，恐怕也是大罪。

"小十一说刚出事那会儿，他哭了很久，很想念大哥，所以便偷偷藏下了这册子，留个念想。"越祺然将那小册子摊开来看，唇边含笑，似乎是看到故人遗物的欣慰，"可时间久了，他开始提心吊胆，怕被同住的同伴们发现，又舍不得，也不敢随意扔掉，于是每晚都睡不好……"

"这字——你那天说我的字，就是像他？"阿学随意瞟了眼，却有些吃惊。自己的字和越祺烈的倒真有六七分像。

越祺然微微颔首："不错，只是大哥的字比你多些刚劲。"

"你和你大哥的感情很好，你好像很敬慕他。"阿学说的是陈述句。

"对。"这次越祺然的回答更简洁，似乎边与她对话，边回忆着什么。

阿学并不在意，继续问道："那他是个什么样的人呢？"

"大哥他……嗯，很正直，人如其名，性子也比较刚烈。他要在不够成熟的时机做那件事，我是不赞同的，可是他的性子就是如此，最终我没能阻止……"谈到这里，越祺然流露出遗恨之色，垂于身侧的手倏地紧攥成拳，"可怜他在死后竟还要背上谋逆大不孝的罪名——"

他这话的指向很明显，越祺烈是被冤枉的。哪怕所有人都这么说，越祺然还能坚定地否认，就说明其中真有不为人知的内情。阿学不由得联想到越之谦，他呢？究竟是为什么会成为众人口中两面三刀的虚伪小人？

"如果真的是冤案，总有沉冤得雪的一天。短时间内没有办法，就等，等你有能力替你大哥平反的那一天。"阿学想了想，只如是说。

越祺然似乎是第一次认识阿学般，盯着她瞧了许久，最后才感叹道："希望我有这样坚定的心智吧。"

说罢，他最后看一眼那小册子，心一横，便将它掷下了深不见底的万丈悬崖！

"喂，你干什么——"阿学瞪大双眼，上前一步想伸手去抓，却被越祺然一下拽了回来。

"你疯了！"将她拽着后退几大步的越祺然沉着脸怒喝。

阿学也不甘示弱地吼回去："你才疯了呢！这可能是你大哥唯一的遗物，你就这么给扔了？"

见她义愤填膺的模样，越祺然不禁有些动容，却还是以玩世不恭的笑意来面对："看你这激动的样子，不知道的还以为是你大哥的东西呢。"

"你好心当成驴肝肺！还诅咒我哥——"阿学重重一哼，甩开他的手，负气地背过身去，大口大口地喘着粗气。

越祺然看着她肩头剧烈起伏着，也知自己大约有些过火，便转到她一侧道歉："我知道你的好意，今天确实很谢谢你。就当昨天我对你说的谢谢，是提前预支的，可以了吧？"

阿学不理他。

"好了，你就是庄家的长子了，哪儿来什么哥哥，我诅咒的是谁？"越祺然又笑道。

糟了！她怒火攻心，一时竟忘了自己现在是庄斯文，只有妹妹，没有哥哥！这下要怎么把这个口误给圆过去？

阿学也顾不得生气了，脑筋直转，终于想到了勉强糊弄的借口，只能对不起越之谦，拉他做做挡箭牌了！

"因为……因为我想到我叫你小叔叔一声越大哥啊……"

越祺然闻言却是一怔："你不怕他？"

"怕？为什么？"阿学一脸懵懂地看向他，彻底忘记了方才的不快。

"因为他的身份，还有关于他人品的说法，不少人对他敬而远之。"越祺然饶有兴致地问，"可你似乎很亲近他？为什么？"

这倒也勾起阿学的苦恼来："我知道那些传言，可我总觉得不对。我觉得越大哥应该是个好人才对啊！我爹只告诉我他的遭遇，其他也没说……他是你小叔叔，你应该了解他吧？但是你对他的态度也好古怪……你和他之间是不是……"

"庄相当真什么都没告诉你？"越祺然探究地盯视着她，"此处已无人盯梢，你不必再装糊涂。"

盯梢？装糊涂？阿学更糊涂了……

观她神色不似作假，越祺然不由得皱眉沉吟起来："那他将你派到我身边，究竟是何意？他可有交代你什么特别的话？"对于阿学的"无知"，他也是满腹疑惑。庄相这人，可不像是会下一手闲子的人。

自家老爹唯一交代的特别任务不就是试探越祺然是不是断袖吗？这种话她可说不出口，也不能说！想到这里，阿学面上微热，却还是把头摇得像拨浪鼓一般："没有！"

"真的？"也许是她的反应太大，反倒让人怀疑。

"真的！没什么特别的……"断袖在东越确实没什么特别的，嗯……

越祺然点点头："也是，看你也不像能委以大任的。"

为了秘密任务，她忍！

"是啊，我要是有那心思，早三年前就去做官了。"她脸上堆满笑，先是附和一句，随即选择把话题重新带回正轨，"你还没回答我啊，你到底怎么看越大哥的？"

"我怎么看他，并不重要。"越祺然收起笑，沉默片刻后才叮嘱阿学，"最近他和阉党走得很近，你还是尽量少与他接触。"

阉党？饶是阿学再怎么不了解政局，也知阉党并非善类。好端端的，越之谦为什么要和他们来往？

心中正不是滋味，阿学又听得越祺然一声轻笑："怎么？只我这么一句话，你就怀疑他可能并非好人了？"

这反问中带着些嘲讽与悲凉，嘲笑信任的浅薄，也为之悲哀。

"我不想怀疑他，可我不知道应该信谁。"阿学心情低落地摇摇头，"因为我也相信你说的话。"

"相信我的话，和相信越之谦是个好人，矛盾吗？"越祺然又问。

不矛盾吗？阿学迷茫地望向他。

而越祺然对上她的眸子后，转身将目光重新放远到天边，沉声道："庄斯文，你记住，很多事情耳听为虚，眼见亦是假，所以你只能用脑子、用你的心去判断，去感受。别被这余晖笼罩，云雾缭绕的景象骗了，真实的皇宫其实没有这么美，不是吗？"

凝视着他棱角分明、眉眼如画的侧脸，分明是这两月多早已看惯了的，可此刻阿学听着他低沉的嗓音，琢磨着充满玄机的提点，再看这张俊脸，却觉得陌生无比。

"庄斯文？"见身边的人久久没有回应，越祺然又转过身与她对视，"一个字都没听进去？"

"听了啊，只是说起来容易做起来难，我努力试试吧……"阿学偏头，随口应着的同时反倒想起两人最初争执的源头，"不过，那个册子你真的就这么扔了？为什么啊？"

恰巧在阿学的话音落后，空中又转过些许角度的斜阳终于将那金色的光辉穿透层层树叶枝丫，洒落进茂密的林里。越祺然一如那个午后，逆着光，近距离地立在阿学面前。

阿学下意识地微微眯起眼，看着越祺然眸光千变万化，最终归于平静。

"因为有些时候，故人之物反而会阻挡前进的脚步。"

不同于平日的玩世不恭、吊儿郎当，这个完全不一样的越祺然拥有深沉的目光，坚毅的面庞，令阿学的心跳变了速……

生怕微红的脸颊出卖自己，阿学忙垂首盯着地面，却发觉自己的影子和他的，一大一小，交叠在一处延伸着，最终隐没在草丛中，不由得又发起怔来。

"少傅大人似乎总有发不完的呆啊，真是让人羡慕。"不知道这样彼此沉默着站了多久，越祺然突然调侃起她来，语气已一如平常。

阿学回神，刻意语气恶劣地回敬他："就许太子爷你有看不完的小说啊？"

"哦？这可不太一样——"越祺然笑得不怀好意，目光灼灼地盯视她，像是非要看出点什么门道来，"本太子看小说时脸不红心不跳，可少傅你每次在我面前发呆的表现都恰恰相反，不知是何道理？"

"哪有！我、我今天不和你计较！你就留在山上喝西北风吧，我先回去了——"他这一番话说得阿学大窘，只觉耳根子又要发热，便也顾不得许多，扭身就快步往山下冲去。

而被她远远甩在身后的越祺然也渐渐收敛起唇边的笑，取而代之的是少有的困惑，低声喃喃着：

"对他的感觉，真奇怪……"

第六章
DI LIU ZHANG
校场风波为哪般

　　山间郊游结束时，距离晚膳时间也不远了，所以如阿学这样的老油条在随大部队返回东宫门前后，就直接溜上了相府的马车——先走一步了！一方面是她确实想偷偷懒，但更重要的是，她确实有些不知道要怎么面对越祺然才好。

　　因此而纠结的阿学当晚不出所料地失眠了，一整夜辗转反侧，但所幸的是天蒙蒙亮时，一个理由充足、完全可以成立的解释拯救了她！

　　与一名能由内而外符合美男子标准的成年男性贴那么近，哪个少女能不动心？所以她只是以一颗正直的爱美之心在审美而已！这是人之常情啊！他越祺然要是碰上个妙龄美女，哦……或者他是断袖，碰上个妙龄美男，就不会脸红心跳？

　　就这样反复在心中论证过几次，阿学渐渐心安理得下来，总算是抓紧最后的时间，在鸡鸣之前小睡了片刻，这才神清气爽地赶往东宫，开启新的一天。

　　不过当她紧赶慢赶，气喘吁吁地来到潜心斋门口时，却发觉不对，小福子不知去哪里了，再直接进到斋内，更是不见越祺然的踪影。

　　这是玩"罢课"啊？阿学没好气地两眼朝天一翻，转身出书斋找人去了。

　　这偌大的东宫，阿学真正走过的地方其实没几处，一路上勉强抓了几个宫人询问小福子与越祺然的下落，都说今天还没见着过，还对寻找太子一事不以为意，都只随意给阿学指个方向，让她自个儿去碰碰运气。

堂堂太子在东宫中不知去向，这些宫人竟也全不在意，怠慢至此，阿学都替越祺然不平！奈何她对训斥下人并无经验，想喝骂他们几句，又摆不开架势，只能空生闷气。所以到最后，阿学也不再找人问了，就自己一人凭直觉四处乱转，于是迷路成了可以预见的结局……

可憋了一口气在心里的阿学不愿找宫人带路，仍在表面淡定地往前走，却不慎越走越僻静，渐渐连宫人的影子都找不到了！这些大大小小的殿阁都长得差不离，阿学眼看一时是找不到回去的路了，索性拐入最近的一处，想找个地方先歇歇脚再走。

这看起来应该是座空置已久的阁楼，阁楼不大，连带着前方的院落独立成一处。阿学本想只在院落中的石桌石凳处休息片刻，却不料这荒废的院落中竟空无一物，只得又往阁楼走去，推门而入。

"这里……"阿学本以为阁楼内也会是空荡荡的景象，却不想里面竟同样是个书房模样，书案上精致的文房四宝已经覆了一层薄灰，却还摆得整整齐齐，依旧能看出主人使用过的痕迹。书架处却是狼藉一片，像是被人粗鲁地搜查过，有些书卷掉落在地，有些倒在架上，有的书角还有被焚烧的痕迹，甚至被撕得破烂不堪。

她蹲下身，拾起地上的半本残卷，吹去灰尘，随意翻看之间，却在一页烧焦的书角处瞧见烧得只剩下一半的蝇头小楷。

"咦，这不是……"阿学蹙眉，略一回想，便记起这字在哪里见过——这不正是昨日越祺然那本小册子上的字吗？如此说来，这里曾经是越祺烈的书房？

阿学心中一惊，只觉是是非之地，不宜久留，便急忙将残卷放回原处，霍地起身往门边走去。可才走到门边，便听得院落外竟有脚步声传来！

来不及将门完全合上，阿学一个闪身躲入门后暗处，屏住呼吸。

"哎，在这东宫之中何必如此小心？还找这么个晦气的地方……"

"小心驶得万年船。"

这回答的声音是……越之谦？另外一个尖细的话音听来古怪，倒更像是太监所发。昨日越祺然对她的告诫回响在耳边，难道越之谦真的与阉党来往密切？否则又怎会在这么偏僻的地方密谈？

"咦，这门怎么半开着？"听那太监注意到这边，阿学的心一下提到了嗓子眼。她不知道这里是不是禁地，更不知道自己会不会因为"偷听"而被灭口。

"这几日风大，想必是风吹开的吧。"越之谦说着，竟抬步往这边走来，"我去关上好了。"

现在再移动步子反而会发出声响露馅，可若越之谦走上前来关门，就必定会瞧见她。阿学紧张得身体僵硬，甚至忘了呼吸。她应该相信越之谦吗？如果想先发制人，她能怎么办？

可从院落到阁楼门前不过几步距离，越之谦似乎又走得极快，他被拉长的影子已经延伸到了门内……

阿学绝望地闭上了眼，选择听天由命。如果她真的信错了人，那就付出代价吧……

安静，不过几次眨眼的工夫却异常煎熬，阿学闭着双眼靠倾听来面对接下来可能发生的事情。片刻之后，只听得门开始吱呀响动，到最后"砰"一声轻响，宣告她安全了。

"果然是风吹开的，里面没人。"越之谦的声音再度传来，已远了些，大概是又站回院落中了。

"王爷做事果然谨慎，奴才佩服。"

能让太监相信屋里确实没人的原因只有一个，那就是越之谦当着他的面，探身环视过屋内的状况。如果是这样，他怎么可能没看到自己？难道是屋内昏暗的光线令他没有看清？阿学一面心中存疑，一面继续细听两人的对话。

"若非如此，冯大人只怕也不会选择与本王合作。"越之谦轻笑，"只是做事谨慎固然好，可也不能因此瞻前顾后啊！时间不等人，夏秋之时可是漕运最为频繁的时节，要是不趁此时……那批货已经……耽误久了……"

越之谦的话音渐低，到了最后大约是在和那太监耳语，阿学再难听清。

"王爷说的是，可这好歹是大事，冯大人爬到现在这个位置不容易，每行一步都不能不考虑周全……再说了，您毕竟……我们大人不能不小心些啊。"那太监表面上是赔笑，语意上却没一点谦卑。

"呵，冯大人仍然信不过本王，本王心里清楚。在宦海沉浮，谁都得防着点，可若太束手束脚，却是难成大事了。"越之谦也只点到为止，和和气气地道，"时候不早了，公公想必还有要事去忙，本王与公公同路吧。"

"那就有劳王爷了，奴才必定把话带到——其实咱们大人一直还是很钦佩王爷的。"

那太监并不太悦耳的笑声过后，两人不再对话，取而代之传入阿学耳中的是他们的脚步声。

两人的脚步声渐次低微，最终归于无声，阿学也不敢在屋中等候太久，生怕再遇到什么人，又或是那太监杀个回马枪，便迅速推门而出，小心翼翼地一路小跑逃离。

也许是心中着慌之下，反而激发出阿学认路的潜力，就这么七拐八拐地让她摸回了潜心斋的门口。微喘着气站定，阿学总觉得有人在跟踪自己，扭头四顾却不见一个鬼影，只得按捺下担忧，踏入潜心斋。

"啊！"

埋着头入内的阿学原以为屋内没人，一转头却见越祺然一张脸在眼前无限放大！

"少傅大人这是迟到了心虚？也不用这般大呼小叫的吧？"于是越祺然捂着耳朵退开一步，一脸嫌弃地皱眉道。

"谁说我迟了？"阿学气结，又腰反驳，"分明是我来时你不在，才害得我到处去找，否则我也不会这么倒霉！要不是刚才真是太险了，差一点就……不然我才不会这么不淡定！"

"差一点就怎么了？"越祺然心中一紧，面上不正经的笑意顿无。

但阿学并没有注意到他非比寻常的紧张神情，只是有些闷闷不乐地耷拉下脑袋。想起越之谦和那太监的密谈，她就感到很疑惑、很迷茫。她应该继续相信越之谦吗？可若是光明正大的交谈，又为什么要找那么个偏僻之处呢？

"到底发生什么事了？"越祺然少见她如此沮丧，面色又一沉，扣住她的手腕问，"难道还不能告诉我？"

"……"阿学默默抬头瞧他一眼，随即对在一旁整理书案的小福子道，"小福子，你可以先到外面守着吗？"

小福子有些诧异，却在收到越祺然的眼风后点点头，无言地退出书斋，末了还将门给带上了。

"我刚才出去找你的时候，迷了路，莫名其妙就走到了……"阿学确认不会有人来打扰或是偷听后，才低声将方才经历的种种如实相告，"我听不清越大哥究竟在那太监合计什么，只听到什么货啊，什么漕运啦。"

越祺然只是紧抿着唇，一脸阴沉，一言不发。

阿学以为是自己说得太不详细，一拍脑袋又想起些线索："对了，他还让一个什么冯大人要抓紧——这个冯大人难道就是黄门侍郎冯立？你说越大哥这到底是在做什么？我不管用脑子还是用心都看不出来啊！"

"他还是不肯回头……"

"你说什么？"阿学一时没听清他的低语，正想再问，却不料越祺然竟越过她身边，一脚踹开门，冲出书斋去，"喂，你去做什么？等等我——"

看他那恼火的模样，阿学真不放心，一路追着越祺然跑，直跑到了太傅府内。

"你们两人怎么一起来了？"正伏案写着什么的越之谦听闻动静，抬起头来，嘴上虽问着，面上却无诧异之色，好似早已料到一般。

"我、我拦不住他……"阿学涨红了脸。不知为何，每每产生对越之谦的不信任感后，再面对他，阿学自己便感觉一阵羞愧。

越祺然先是回头瞥了阿学一眼，接着面无表情地对越之谦道："我想起好久没和小叔叔比箭术了，手有些痒，不知小叔叔愿不愿意到校场放松放松筋骨？"他的语气强硬，一听就是来者不善，哪里是什么邀请？

"一定要比？"越之谦将笔搁到一旁，缓缓问。

"必须。"越祺然只冷冷地吐出两个字。

察觉到气氛不对，阿学急忙上前拉过越祺然的手臂："今天又不是箭术训练的日子，跟我回去——我告诉你，抽背是躲不过的，你不要找这种借口哦……"

淡淡地扫她一眼，越祺然并不抬脚。

阿学使出浑身的劲儿一拽、二拽、三拽之下，竟没将他拉离原地一步！

"好。"谁知越之谦却在此时起身，绕过书案颔首道，"我便陪你解解闷吧。"

"越大哥！"阿学不甘地喊了他一声，想要再劝，却被越之谦一抬手拦下。

立在一旁的素心也面露担忧之色，却不做阻止，只是上前一步道："王爷，奴婢随您去吧。"越之谦自然没有阻止她。

越祺然则是冷笑着，二话不说直接转身又走出太傅府，往校场方向走去。只是他转身时望向阿学的那一眼，让原本想留下再劝越之谦几句的阿学选择跟了上去。因为她看到了他眼底的受伤之色。

是的，那是失望，也是质问，质问为什么无论是她又或者是素心，担心的都是越之谦，却没有人站在他身边……

越祺然也是个孤独的人啊！所以那一瞬，阿学心中触动，只最后瞧了越之谦一眼，便咬牙追了出去。

"太子，太子你等等我！"她边追边喊，前方越祺然大步直行的身影果然不着痕迹地慢了下来，容她一点点赶到他身边。但他没有扭头看阿学，只是盯着前方，眼眶有些发红，拳头紧攥。

他看起来很难过，很矛盾，是因为越之谦站在阉党那边吗？可他刚才看越之谦的目光里并没有恨啊……阿学亦步亦趋地跟着他，在心中暗暗琢磨着。还有越之谦的态度也很奇怪，如果真的是与阉党图谋恶事，被越祺然这样戳破，他如何还能面带笑意，如此泰然？究竟是问心无愧，还是深不可测？

两人无言来到校场，原本还万里无云的晴空眨眼间变得有些阴沉，天边的大片暗色积云在风的推动下徐徐而至。抬眼望去，阿学希望这场雨能快些来，这样或许两人比箭之事就会因此中断。

可天不遂人愿，直到越之谦也行至校场，两人都已选好弓箭，这天依旧只是这么阴着，没了风，那乌云也渐渐不动了，只在原处堆积着。

"不要牵扯进来。"

越祺然俯身将箭筒交给阿学的一刻，在她耳边低语了一句。这句话说得很冷静，就像他说这话时的眸光一般清冷平静。

"什么意……"阿学不由得一怔，待找回声音时，才发现两人早已就位，搭箭上弓。素心与阿学一样，抱着箭筒，站在越之谦斜后方两三步处。

"现在放弃还来得及。"越祺然保持着拉弓的姿势，却并未用力拉满射出，反而沉声道。

因为站得很近，阿学把每个字听得真真的，心中更是纳罕。之前分明是他气势汹汹非要与越之谦一决胜负不可，怎么现在又来说这种话？难道是终于想起自己箭术不济，不愿意丢这个人？

越之谦这边则是沉默片刻，最终道："箭在弦上，已不得不发。"

"哈哈哈，好一个箭在弦上不得不发！"越祺然闻言大笑出声，竟是毫无预兆地转身将箭头指向不过五步之遥的越之谦，拉弓放手——

"越祺然！"

"王爷！"

两声惊呼，一声闷哼，好在越祺然箭术不精，这一箭射偏，只是从越之谦的左臂处蹭过，划出道深深的血口子。

素心立刻上前护主，挡到越祺然面前，戒备地盯视着他。阿学也顾不得给她迅敏的身手叫好，急忙也抛开箭筒上前，抽出汗巾给越之谦包扎伤口。

"有没有伤到筋骨啊？"阿学眼看这汗巾才扎上，便被血浸透了，不由得担忧起来。

"无妨。"越之谦忍痛冲她笑笑，"只是皮肉伤，我自己的情况还是清楚的。"与她说罢，他又对素心低声道，"素心，不得对太子无礼。"

"是。"素心似有不甘，却还是退开来，语调平平地告罪道，"奴婢逾越，请太子责罚。"

越祺然冷笑一声："你是齐王的人，本太子可不敢乱动。"

"你这是做什么啊？"阿学看不过眼，指着他的鼻子就责问起来，"有什么话不能好好说——刚才那箭要是没射偏怎么办？人命不是开玩笑的！"

"我做什么？他想死，我只是成全他。"越祺然眼底有一抹情绪闪过，面上却仍是阴沉，放下狠话，"如果他再不停下来，休怪我不讲情面！"

"越祺然——你、你简直不可理喻！"阿学见他伤了人还这般理直气壮，也是气不打一处来，"懒得理你——素心，走，我们一起送越大哥回府处理伤口。"

说罢，她便扭过身去不再看越祺然，与素心一左一右，扶着越之谦便走。

"庄斯文你给我回来——到底谁才是你的学生！"身后传来越祺然气急败坏的声音，阿学不用回头也能想象他跳脚的模样。

他在乎她，她高兴，可她不喜欢尤埋取闹、动辄伤人的他。所以她打定主意暂时不理他，直到他道歉认错为止。于是阿学强迫自己不回头，只埋首仔细看路，小心翼翼地扶好越之谦。

这三人在宫道上走着走着，素心不知何时渐渐放开了越之谦的右臂，放慢脚步，只尾随在两人身后。素心的这一举动，专心致志只看脚下的阿学自然没注意到，而察觉到的越之谦略一犹豫之后，也选择放任。

只是……低头凝望阿学认真的侧脸，越之谦有些失神，随即又被她那夸张而僵硬的步伐逗笑。

"小庄，我伤的是胳膊不是腿脚，路还是能走的。你不必这样扶着，让我自己走吧……"他无奈地说。

阿学也不看他，只是摇头拒绝，语气严肃："不行，万一失血过多晕倒了呢？到时候摔伤了脑子就不好了。"

"好吧……"越之谦哭笑不得，只得任由她像扶着八旬老者一样搀扶自己。

于是阿学就这样把越之谦扶上马车，再扶下来，最后一路扶进齐王府里。直到越之谦在他自己的厢房坐定，阿学才松了一口气，坐在一旁边喝水喘气，边监督大夫给越之谦上药。

那大夫手脚也麻利，阿学一杯茶水下肚，他也把伤口处理完了，说是皮肉伤不碍事，只要及时换药，别沾水，很快就会痊愈。

等管事的送走了大夫，阿学才忍不住问素心："素心姑娘，方才你一直笑什么呀？"她早就注意到素心似乎时不时就掩嘴偷笑。

这包扎伤口有什么好笑的？还是她喝茶的时候茶叶沾在牙上了？

"回大人，奴婢只是看您这么关心王爷，心里高兴。"素心福福身，笑答，

"您刚才可是一眨不眨地盯着，生怕大夫要毒害王爷似的！"

"呃，有那么夸张吗？"阿学闻言一怔，随即憨笑着挠挠头，"可能是刚才发生了那么惊险的事情，我这心里还慌呢。我既然喊你家王爷一声大哥，关心他也是很正常的啦。"

"哎……素心。"越之谦却低叹一声，看向素心，冲她摇摇头。后者在他不赞同的目光中默默垂首，不再言语。

"越大哥别怪素心，才发生了不愉快的事情，说几句逗趣的放松下心情也好的。"阿学却只道是越之谦为人严谨，责怪素心的话冒犯了自己，便笑道。

对此，越之谦只是淡笑着说："我并无责怪她的意思，只是并非所有人都如小庄一般宽和啊。"

"嗯……"阿学却已无心纠缠在这件事上，只心不在焉地低应一声。

"小庄有心事？"越之谦笑望着她，这次却问得直接。

阿学略一迟疑后，才有些吞吐地问出口："我就是想知道……这一切究竟是怎么回事。越祺然为什么说你在找死，又为什么让你停下来，否则就不讲情面？你到底……在做什么事情？"

像是早料到她会有此一问，越之谦先是微微颔首，"嗯"了一声，接着转头看向素心。素心会意，当即转身出屋，将门带上，守在外边。

"小庄这次总算是问对了地方。"门合上的轻响声才落，越之谦便话中带笑地说了句。

阿学一头雾水："为什么这么说？"

"东宫在前太子谋逆一案后就经过了一次彻底清洗，阉党安插进不少眼线，所以在东宫中说话需得万分小心。"

这话听得阿学心惊肉跳："那这里……"

怪不得她总觉得越祺然时不时就像变了个人似的，原来是因为在东宫中随时要提防着阉党的眼线。还有昨日去登山，他说没有暗哨不用装糊涂，恐怕也是这个原因。只是越祺然是在装傻，而她庄博学之前是真的傻啊！

"阉党想要在朝中屹立不倒，左右朝政，对其余朝臣的控制也是不可少的，必定会想方设法渗入个人宅邸探听消息，掌握动向。"越之谦见阿学一点即通，举一反三，笑得颇为欣慰，"不过我府中留下的大部分是从伯父起就开始追随的家仆，相对忠心，能接近这处厢房的更是亲信，稍可放心。"

顿了顿，他又补充道"素心是我的心腹，若真有什么急事，可找她求助。"

"好，以后我会多小心的。"阿学郑重地点点头，小脸上满是严肃，"那这么说，今天越祺然和你翻脸，可能也只是在演戏给别人看？"她突然想到越祺然递过筒筒的那一刻，让她不要插手进来。所以她刚才完全站在越之谦这边的表现是不是又伤他了……

见阿学问罢之后，神色有些黯然，越之谦也不禁低叹一声："其实我与阿然的初衷一样，都是不想将你牵扯太深，所以有些事情我才没有告诉你。可现在看来，这样可能反倒徒增烦恼与困扰。更何况……呵，今早你已看到我与那宦官密谈，我若再不将实情告知你，只怕你也要误会我了。"

"你、你原来真的看到我了？"阿学倒吸一口冷气。

越之谦对上她瞪得铜铃一般大的双眸，忍俊不禁："这是自然，我看着像老眼昏花之人吗？"

原以为是自己走了狗屎运，却不想是人家放了自己一马。阿学鼓鼓腮帮子，随即摇摇头道"我只是看你没有拆穿我，还对那个找你的太监撒谎了，所以就奇怪……"

"奇怪我分明和阉党走得很近，分明是个两面三刀的小人，为何要在那太监面前保住你？"越之谦说得很直白，并未气恼，反而轻笑起来。

"你别生气，我没有——"

"我知道，若你真的怀疑我，就不会这么关心我的伤，也不会为我与阿然吵起来。你能信任我到这个地步，我很……很……"越之谦打断她的话，先是语带感慨，很快又摇头失笑，切入正题，"唉，罢了，不说这些。其实那些关于我为人的恶言，都是我授意人传出去的。"

阿学不敢相信自己的耳朵："为什么？"

针对她的这一问，越之谦并未立刻解答，反而话锋一转，分析起朝堂形势："陈浑因曾与先帝出生入死而深得其信任，掌握禁军神威军，所以在先帝一朝以陈浑为首的阉党势力就在与日俱增。再加上当今圣上登基也借助了不少阉党势力，所以皇上即位以来，始终难以弹压住阉党势力，反而是陈浑不断扶植力量，联合最得意的门生冯立，甚至开始干涉宰相职权。"

"可以说，自皇上临朝起，北司，也就是宦官掌握的各种机构与南衙，即以宰相为首的政府机构之间的斗争就从来没停止过，已经僵持了十余年。这十余年里，南衙逐渐式微，直到阿烈惨死……情势已经到了刻不容缓的地步。"越之谦提及越祺烈时，也流露出哀痛与惋惜之色。

"前太子造反一案究竟有什么隐情？"阿学追问。

越之谦一怔，转而低叹道："原来阿然并没有告诉你。这事始终是他的心结，你可以再找机会问问他。我一直希望他能找个人说出来。"

看他不打算越过越祺然告诉自己，阿学也不勉强，只轻点点头："现在朝中局势这么恶劣，你把自己的名声弄臭，是想和越祺然装傻充愣一样求得自保吗？"

"唉，我和他若是只求自保，又何必如此……"越之谦慨叹过后，又问阿学，"你可知道今早与我密谈的太监，是谁的人？"

"黄门侍郎冯立？"阿学将猜测说出。

"不错，他是陈浑的门生，很会察言观色，所以也被先帝重用过。他既是近侍又兼领黄门侍郎职位，负责传达皇命到南衙。这个职位看似没有实权，却扣着整个朝廷的关要处。只要有他在，陈浑便可高枕无忧。"越之谦说到这里，轻蔑一笑，"可是人就有欲望，冯立虽身兼要职，追随者也不少，可论资排辈始终低陈浑一头，这对师生之间早已嫌隙渐生。所以只有我的名声不佳，才能让冯立信任我，从而打入阉党内部，借机分裂阉党两派势力。只有阉党内部分裂，自相消磨，之后才能以最小的代价，最大把握地铲除他们。"

不顾自己的名誉，宁可做所有人眼中的小人也要打入阉党内部，这其中的担当非本人难以感受万一吧？阿学心中对越之谦更加钦佩了！

长久以来的纠结与矛盾迎刃而解，阿学如释重负地长长吐出一口气，然后对越之谦俏皮地眨眨眼："还好，还好，我一直害怕越大哥真的是坏人呢。"

"你好像一直很担心我和阿然会反目成仇？"见她如此在意，越之谦眼底染上暖意，笑问她。

"嗯……自从我知道你在先帝时候，虽然年纪还轻，但很受先帝喜欢，在朝中声望也挺高的，就开始担心……"阿学挠挠头，想起自己曾经做过的那个莫名其妙的噩梦，不好意思地坦白道，"因为那样的话，你和越祺然就也算政敌了，怕你们会因为皇位而……"

越之谦理解地点点头："其实不只是你，我和他在所有人眼里都是政敌。这一点也正成为我与冯立他们合作的最可信的动机。我若想对太子取而代之，就得借助阉党之手。"

"那……当阉党被清理之后，你想当皇帝吗？"阿学睁着一双大眼瞧他，问得毫无顾忌，笃信他会诚实回答。

谁知越之谦竟反问她："如果我说想，你会帮我还是帮他？"

帮谁？这个问题让阿学措手不及，可那一瞬脑海中闪过的是越祺然的面容。

"我、我……我不想和你为敌。"沉默半晌，阿学嗫嚅着。

"唉……"越之谦眼中闪过苦涩之色，面上却不动声色地淡笑开来，"与小庄开个玩笑而已。我对皇位无心，否则也不会等到今天。更何况，阿然比我更合适做帝王啊。你要专心辅佐他才是。"

"真是吓死我了！原来越大哥也会开玩笑啊——"阿学见他神色如常，瞧不出端倪，便信了他的话，抚着心口轻笑起来，"不过我可辅佐不来什么……"

"王爷，时候不早。"

越之谦正待再开口，却在听得屋外素心的提醒声后选择起身道："你在我这里也不宜久留，我送送你吧。"

"不用送我，你好好休息！不过我还有最后一个问题——"阿学跟着站起来，加快语速，"为什么你做的是好事，越祺然反应会那么激烈？他不知道你的用意吗？我看他也不全像是做戏……"

可这一次越之谦不管阿学的满腹疑惑，只是浅笑着摇摇头，不愿说明。

"越大哥！"阿学急切地攀住他未受伤的胳膊，对他这样只肯将问题解答到一半的做法很不满。

"你以后会知道的。不过我想冯立很快就会有所动作，你跟在太子身边要多小心。"越之谦叮嘱着，已走到门边，扭头看她，"我将一些事情告诉你，不是想让你参与进来，只是认为你心里有数，才能更好地避开祸事，你明白我的用心吗？"

他问得郑重严肃，阿学也认真地点点头："保证不给你们添乱！虽然还是不知道你具体要做什么，但我是支持你的——"

"那就多谢了。"越之谦轻笑着对她一拱手，随即打开房门，对素心道，"替我送送庄少傅，就送去……"说到这里，他好像也拿不定主意，便用目光询问阿学。

阿学只是摇摇头："我看今天这一闹，太子也无心学习，我还是先回府将后面几日要讲读的内容再整理整理。刚才我好像看到我府里的车夫也一路驾马车跟到王府外了，所以不用送我了。"

说是越祺然无心，实则阿学自己也静不下心来，想回府里一个人安静地理一理思绪。

"也好。"越之谦赞同地颔首。

"那奴才送少傅大人到府门口吧。"素心说着，做了个请的手势。

阿学也不再推辞，最后回身冲越之谦一笑，便跟随素心离开了。

注视着她的背影消失在院门后，越之谦将目光上移，望向空中堆积已久的厚重乌云，面上的笑意渐渐淡去，取而代之的是无尽的忧色与踌躇。

"王爷。"素心没多久就折返回来，来到他身边，"王爷这是何苦？这么多年，奴婢第一次见您这样用心又动心，今早还让奴婢暗中保护她一路回到潜心斋，刚才却又将她往外推……"

"她跟着太子，比跟着我这个不久后就要身败名裂、自身难保的罪人强。"越之谦语调平静，"更何况，她只当我是大哥……她既已有了选择，我又何必让她烦恼。"

素心闻言抿唇，忧虑又心疼地看了越之谦一眼，便无声地垂首，陪他静静伫立。

"唉，这雷雨拖了这么久……迟早还是要下一场的啊。"

良久，一声若有似无的喟叹在令人发闷的空气中淡去，无人回应。

·第七章·
DI QI ZHANG
男风十北要应验

　　"公子？公子——到了！"

　　马车外传来车夫的提醒声，阿学才迷迷糊糊地揉揉眼，嘴里懒懒地应了句"这便下来"，手脚却迟迟不肯动弹，还保持着伸懒腰的姿势。

　　昨儿白天里的信息量太大，尽管越之谦一口气解决了她许多压在心头的困惑，可阿学回家一琢磨，再联系之前越祺然曾说过的只言片语，还是发觉他语犹未尽之处仍有不少谜题存在。她不明白打入阉党内部这件事，在越祺然看来为何是"找死"，更想不通如果叔侄两人之间有误会，为什么越之谦不愿意去解开？两人的目标应该是一致的，哪怕表面上要假装不和给阉党的耳目看，私下里难道就不能沟通吗？还是他们一直在沟通，只是她不知道而已？

　　还有，越之谦那一句"如果只求自保，就不必如此"，言下之意就是除了他，越祺然也在暗中行动着……

　　意图打入阉党内部的越之谦究竟想做什么，一直在扮演不合格太子的越祺然又在筹谋什么，这两个问题始终萦绕在阿学心间，闹得她一整晚没睡安稳，所以才不得不在马车里补补觉。

　　"公子？"马车夫大概以为阿学又睡着了，不得已又唤了她一声。

　　"好啦，我出来了。"阿学也知时候不早，便咬牙起身，下了马车，一路往潜心斋走去。边走还边想着和越祺然见面第一句该说什么。昨天自己好像误会他了，还说他不可理喻，那么知错就改，她这个当老师的还是以身作则吧！

思及此，阿学加快脚步，一路默念着"对不起"三个字，连对上守在外面的小福子也忘了像平日那般打个招呼，直接踏入书斋——

对准书案方向，两腿一并，九十度鞠躬！

"对不起！"

盯着地面好一阵子，等着某人说"平身"的阿学始终没听到动静，不由得奇怪地抬头、直身。

"没人？"椅上是空着的，阿学顿时傻眼。

"你背后不就有个大活人吗？"越祺然低沉的嗓音却悠悠地从身后传来，夹杂着一丝幸灾乐祸。

阿学一个激灵，转过身去，就见他正双臂交抱，好整以暇地斜睨着自己，登时气不打一处来。

"刚才道歉方向错了，少傅大人要不要考虑再来一遍？"他坏笑着勾唇，似乎心情不错。

阿学翻着白眼："你又不是没看到、没听到，我为什么要再来一次？还有你不好好坐在书桌前用功，在门口晃荡什么？"

"这不是怕你又迷路了，正想着要不要出去找吗？"越祺然摸着下巴沉吟，尾音带笑，"嗯……这道歉收是收到了，不过只有一句对不起，本太子可不知道少傅是在为哪件事道歉啊。"

"我对不起你的事情很多吗？"阿学没好气地反驳一句，但看越祺然一脸"我就是要听你亲口说"的表情，只得不情愿地低声道，"就是昨天喽，我不该那样说你，误会你……"

闻言，越祺然稍稍收起笑意，探究地打量了阿学几眼后，才又挂上漫不经心的笑容，勉为其难地点点头："好吧，我接受你的道歉了。虽然……如果你从一开始就站在我这边，我会更高兴。"

"唔……"

也许是他从我的道歉里多少已经猜到越之谦告诉了我一些实情，只是在东宫不方便明说。含混应着，阿学在心中暗忖。

"想什么呢？这么深沉。快给学生上课吧——"越祺然打断她的沉思，"今天轮到讲读《通鉴》了吧？"说着，他先走过阿学身边，走到书案前，从书桌上的一堆书中抽出一本，正是《通鉴》。

难得看他对学习这么积极，阿学先是一怔，随即点点头："是啊……"

她一面应着，一面从宽大的袖中掏书。之所以由她自己从府里带书，是因为庄斯文的这些书上有不少他留下的批注，阿学辅以批注自学，再记上些自己的心得，便成了授课的"法宝"！真要让阿学随便抽本一片空白的新书卷来讲读，她可做不到。

"来，我们开始。"阿学掏出书后，也没看一眼，就走到书案前，清清嗓子，翻书准备讲读。

她翻，翻，翻——再翻！

这些字都是怎么回事？不是她熟悉的《通鉴》，反而是……

"怎么不说……噗——"越祺然起先是将书卷挡在眼前的，等了阿学许久却不见她开口，便抬头瞧去。

才一眼，他就笑得直不起腰来了："这是什么？《男风十兆》？哈哈哈，少傅大人真是涉猎广泛，佩服佩服！"

阿学大窘，傻呆呆地盯着手里的《男风十兆》，双唇微张，蹦不出一个字来。真是"一失足成千古恨"哪，早上起晚了她也来不及多确认一眼，凭着印象就抓起本书塞进袖中，也没太当一回事，大不了就是带错书嘛——可随便带错本什么书都好，怎么偏偏是这本啊！

她越是一脸欲哭无泪，生无可恋，越祺然就笑得越欢，浑身都在颤，不知道的还以为他哪儿抽筋了呢！

"来，来，给我看看这书都写的什么，哈哈哈……"越祺然笑了一阵子，才想起要再看看《男风十兆》的具体内容，便伸手去拿。

"不行！"阿学终于找回自己的声音，将书嗖一下藏到身后，不停摇头，"不行，不行，不行——"

越祺然却不罢休，挑眉道："不给我就抢了哦。"

心知他是志在必得，阿学涨红了脸，嘴里还是不停念着"不行"二字，一步步往门边挪去。

为今之计，只能抢先一步把《男风十兆》"毁尸灭迹"了！

说时迟那时快，阿学决断之后就转身发力往外冲，可第一步还没迈出，便觉得背在身后的手中一空——

书被抢走了！

"你——"他怎么可能这么快？阿学大惊。

"哟？哟！"越祺然却不管她，已经翻动书页，一目十行地浏览起来，边发出古怪的单音边调侃着问，"少傅大人研究的领域很特别嘛。如何判断一个人是否喜好男风？少傅大人想判断谁？"

阿学心中警铃大作，他不会因此猜到自己的特殊任务吧？

"自、自然是替我的小妹判断她未来的夫婿了——我小妹总是喜欢那些娘娘腔，我就怀疑他们会不会是断袖，只是想攀附相府门楣，才来欺骗小妹的感情。"急中生智之下，阿学竟找了个再恰当也再绝妙不过的理由，理直气壮地反问，"当兄长的，怕小妹遇上感情骗子，先研究研究，有问题？"

如此正直的理由果然噎了越祺然半晌，最终只能对阿学竖起个大拇指："是在下输了……"

"那还不把书还——"阿学正伸手要书，却见小福子出现在门口处。

小福子赔着笑行礼："太子爷、少傅大人，奴才有事禀报。"

"嗯哼，何事？"越祺然顺势无视了阿学的要求。

"是鲁小姐来找……"

小福子话还没说完，越祺然就不耐烦地摆摆手："又找我？告诉她我今天病了——"

"咳咳，太子爷，不是找您，是找少傅大人的……"小福子硬着头皮纠正越祺然，换来后者狠狠一瞪。

阿学默默把他的眼神翻译过来就是：你小子要么就干脆一口气把话说完！现在好了，害我丢脸！是不是存心拆本太子的台啊！

再反观小福子一脸苦笑，就像在说：是您急着自恋，把奴才的话给打断了啊……

"她找他什么事？"越祺然又瞪了小福子好几眼后，才想起问正事。

小福子摇摇头："没说，只是请少傅大人出去校场一见。大人不如走一趟？"这后半句是对阿学说的。

要去吗？阿学想到此前越之谦对自己的提点，心中有些犹豫。可转念一想，鲁步婉也许久不曾来过了，若是真爱慕上自己这个假男人，怎么可能这么久都不来？也许是他们多想了。

"嗯，我还是去见见她吧。"阿学领首，说着就要跨出门去。前脚才出去，又想起什么似的，上身向后一倾，倒回去看向屋内的主仆二人，挣扎着说道，"你们……可以看，但别声张，也不要外传。"

说完，她也来不及等两人反应，只觉面上又热得不像话起来，便逃也似的快步离开了。

"可以看？看什么？"屋内，小福子纳闷地望向自家主子。

"就是这个喽。"

一本书悬在眼前，《男风十兆》四个斗大的字让小福子倒吸一口冷气："他、他真的是……主子您可千万别被带坏了，更别被他给勾引了啊！"

"阿嚏——"谁在说她坏话？阿学摸摸鼻子。

"庄斯文你怎么了？"在她身旁的鲁步婉关切地询问，"染上风寒了？"

"没有，我身体好着呢。"阿学连忙摆摆手。

认真地盯着阿学瞧了好几眼，见她面上确无病色，鲁步婉这才放心地点点头："你的气色好像比之前更好了。"

废话！之前你天天来，害得我都不能实行调戏计划，心里着急上火，气色自然不佳。阿学默默腹诽着，面上却还是一脸可圈可点的笑意："鲁小姐今日找我，是有什么事情我可以效劳的吗？"

"喊，我才不是无事不登三宝殿的人！"鲁步婉先是一嘟嘴，随后又咧嘴一笑，抓住阿学的胳膊晃了晃，"找你当然是有好事了——我算过了，明天你们恰好是旬假吧？陪我一起去游湖，好不好？"

就为了约自己出去游湖啊？阿学有些纳闷，并没有立刻接话。却是鲁步婉沉不住气，见阿学没有马上答应，便又道："最近京中特别流行坐竹筏游湖赏景，应该很好玩的！"

阿学果然听进耳里，这倒是比之前那些公子哥约她出去乘坐画舫来得新鲜，不由得有些心动。

"可以吗？"鲁步婉又催问了句，"你们不上课的时候出来玩玩也是怡情的好事啊！没准能作出几首好诗呢！"

原来是"你们"啊！第二次听到鲁步婉说出"你们"二字，阿学自以为看穿了鲁步婉的心思——表面上约自己，实则是为了能与越祺然同游吧！

"好啊，没问题。你定时间和地点，一定准时到。"这回阿学非但不再为难，反而还爽快应下，用鼓励的目光看着鲁步婉。

可阿学不知道，这一举动落在鲁步婉眼里就成了"温柔多情的庄少傅正用含情脉脉的目光凝望自己"，惹得鲁步婉红霞扑面。

"时间和地方我都写在帕子上了，明天不见不散！"

还来不及反应，阿学手中就被塞了条帕子，一愣过后才发现，鲁步婉竟已经以迅雷不及掩耳之势跑离了校场。

今天这一个抢，一个塞的，都像练了绝世武功似的，身手这么快？阿学低头看着手里略显眼熟的帕子，好笑地想着。

"算了，还是先回去问问看越祺然愿意不愿意吧……"

于是阿学手里攥着帕子，快步折返回潜心斋，守在门外的小福子用看洪水猛兽般的眼神打量自己，已在她的意料之内。倒是踏入书斋后，阿学没想到越祺然竟还在支着脑袋看《男风十兆》，一脸面色红润笑吟吟。

别是定力不足，走火入魔了吧？阿学咽咽口水。

"嗯？回来了。"感到有人在书案前站定，越祺然这才抬眼，笑问，"鲁步婉找你何事？"

"哦——这个给你。"阿学这才想起正事，将帕子递到他眼前。

越祺然狐疑，伸手接过一瞧："什么意思？"

"她约我们明天一起去游湖，上面写的是时间和地方。"阿学尽心尽力地替鲁步婉邀约，"正好明日又到旬假了，出去放松放松也是好事，我就答应下来了。你去不去？"

"游湖有什么稀罕的。"越祺然听后随手将手帕扔到桌上，还应景地打了个呵欠，"还不如睡个好觉。"

阿学再接再厉：“普通游湖当然没什么意思了，但是我们这次是去坐竹筏。听说最近京城里可时兴玩这个了，要不是每天都要来给你上课，我可能早就约两三好友去潇洒了——”

找别人一起去？越祺然关注到了重点，挑眉问：“你很想玩？”

“对啊，对啊。”阿学点头如捣蒜。

“嘁，还是小孩心性。”越祺然答应之前还不忘嘲讽她两句，“好吧，我和你一起去！”

阿学不敢相信：“这么说你是答应鲁步婉的邀约了？就这么容易？”

“劝我去的是你，现在嫌我答应得太快的也是你，请问少傅大人究竟是何意啊？”越祺然歪着头盯她。

倒也是，只是她本以为越祺然很讨厌鲁步婉，得费九牛二虎之力才能请动他。可现在看来他大概只是嘴上不说，心里还是挺疼他表妹的吧？阿学如此想着，又走了神，直到眼前越祺然的手再三晃动，才惊道“你干吗？”

“本太子还想问你在打什么鬼主意呢。”越祺然斜睨她一眼，将《男风十兆》重新扔回她怀里，“我差不多看完了，没意思……把你这本破书带回府藏好吧。”

“没意思？”这么说他对男人也没兴趣喽？阿学双眼一亮。

越祺然颔首，用万分嫌弃的口吻说道：“就这书上的判断方法，大部分是瞎说。你用这些去试十个男人，九个得是断袖，剩下一个大概也得益于反应太迟钝。”

“不会吧？”阿学一脸惊讶。

“不信？”越祺然说着，身子往后向椅背一靠，坏笑道，“那我们试试？”

求之不得啊！阿学用力点头：“怎么试？试哪条上说的？”

看她那满目贼光的模样，越祺然强自憋笑，冲她勾勾手指：“过来，凑近点说。”

能得他主动应允进行光明正大的试探，阿学可谓喜出望外，一时也没多想，上身前倾凑了上去，期待地看向他。

“要怎么做？”

“很简单。”越祺然勾唇，也起身前倾，双手撑在案上，凑到她耳边低声道，"就试试像这样……"

"啊！你、你、你——"

捂着耳朵一口气弹到十步以外的阿学从脸一路红到了脖颈，双唇颤抖，"你"了半天骂不出一个字来，只能用喷火的目光控诉越祺然要流氓的行为！

他怎么能一声招呼都不打，就对她的耳朵又咬又舔的！

似乎读懂了她心中所想，越祺然无辜地摊手道："我刚才说过了啊，你不信就来试试看。'啃咬对方的耳垂，若对方面色绯红，反应激烈，则其喜好男风倾向明显'，可不就是书里写的吗？"

"可、可你没说是拿我试啊！"阿学激愤异常。

"我也没说不拿你试啊——"越祺然耸耸肩，一脸"坑你天经地义"的神情，"这里就我们俩，我看起来是那么大公无私给你做试验的人吗？"

还真不是，只能怪她自己猪油蒙了心居然相信他的好心！阿学气结，却又找不出一句能反驳他的话。更何况，她已经吃亏了，这应该也叫肌肤之亲了吧……

"所以你看看，这书根本是一派胡言，对吧？"越祺然继续道。

对吗？很对啊，她如果没反应才不对劲呢。耳垂处残留的酥酥麻麻的感觉令阿学感到一阵迷糊，望向越祺然的目光也跟着迷离起来。

斗嘴中断，之前被越祺然强压下的那一丝异样情绪再次袭来。他下意识地摸了摸自己的唇，沉思起来，方才之举纯粹是自己一时起了玩性，可没想到接触的那一瞬他的心跳竟乱了……

"你、你居然——可恶！"

阿学却被他这摸唇的举动惊醒，以为他是在挑衅自己，气得跳脚，化悲愤为力量把屏风当成越祺然一脚踹翻，然后拂袖而去。

"砰、砰、砰——"

屏风倒地的响动着实不小，连带着一些摆设的瓷器也一并被"牵连"，砸碎在地，引得小福子急忙入内查看。

面对一片狼藉，小福子也傻眼了："太子爷，这是您干的还是您惹庄少傅干的？"

"有你这么问问题的吗？没看本太子站得离案发现场这么远，能和我有什么关系？"越祺然表示无辜，"你还是赶紧命人来收拾收拾吧。"

"哦……"小福子拖长尾音，一脸"我知道又是您恶作剧"的神情，领命离开了。

小福子走后，越祺然重新坐回椅上，发觉那本《男风十兆》不知何时又被他的这位少傅大人给扔到了地上，大概是"他"惊叫着弹开的那一刹那吧？

"庄斯文，你到底是喜欢男人还是女人呢？反应还真是古怪……"越祺然心安理得地忽略了自己心头的一丝异样，弯腰拾起《男风十兆》又津津有味地看了起来。

毕竟枯燥的东宫生活难得有这些许乐趣，趁这天还晴着，他还是能偷闲就偷闲半晌……

翌日，碧空如洗，夏风徐徐，日头却不灼人，是个游湖泛舟的好天气。尽管阿学万分不想这么快就再见到某人，可她向来信守承诺，答应了鲁步婉会准时到，就不会轻易失约。所以阿学在整夜失眠过后，还是一早便等在了湖边。

鲁步婉倒是没有许多千金大小姐的迟到习惯，没过多久便带着随行家仆出现了。"哎，我来晚了吗？"她见阿学像是已在湖边站了好一阵子的模样，不由得奇道。

"不是，不是。"阿学连忙摆手，"是我早到了些。鲁小姐很守时。"

"你现在还一直小姐长小姐短地叫，不累吗？我都对你直呼其名啊！"鲁步婉不满地叉腰，"以后你就叫我步婉。"

"这……不太好吧。"阿学有些为难。

"哪里不好？"

正僵持间，阿学眼角余光瞥见东宫的马车又在一队骑着高头大马的侍卫簇拥下缓缓行来。

这个越祺然行事一点都不低调，但来得正好！

"太子来了！我们快去见礼——"就此中断称呼上的争论，阿学刻意表现得很激动，拉着鲁步婉上前，"微臣见过太子。"

越祺然从马车上优雅地走下，戏谑道："倒是少见少傅大人如此客气。既然是出来玩，就不必拘礼了。"

"不敢，不敢。"阿学听到自己磨牙的声音。

"太子表哥……"鲁步婉其实从看到马车后神色就颇为惊讶，还透着一丝不自然，"你、你怎么来了？"

闻言，越祺然挑眉："不欢迎我来？"

"啊，她不是这个意思，只是很惊喜，对吧？"阿学心想着大概是女儿家非要讲究矜持，鲁步婉也不能免俗，只得出来圆场，"鲁小姐？"

"嗯，对……"谁都看得出鲁步婉笑得颇为勉强，唯独阿学以为这是在娇羞，不由得大大松了一口气。

看来媒婆这个行当也不是谁都能当的，只是撮合两人同游都这么麻烦。

其实越祺然也并不在意鲁步婉的回应，所以他只无所谓地耸耸肩，转而问阿学："竹筏你都准备好了吗？"

"这些是我来准备，都备齐了，请的最好的艄公。"收到阿学求救的眼神，鲁步婉接话道，"不过原本我以为……所以只有一条筏子。"

"一条筏子坐三个人也无妨吧。"越祺然随口应着，已向湖边竹筏停靠处走去。

今日游湖的人着实不少，阿学放眼望去竹筏上坐着三四个成年男性的都有，便安下心来，跟在他身后走向岸边。

"鲁小姐？发什么呆？快来啊。"走出几步后，阿学扭头发觉鲁步婉还在原地，笑着催促道。

"好……"鲁步婉回神，挤出个笑容，也慢慢跟了上来。

当然了，同时跟上的还有小福子与东宫侍卫们。他们虽不能上竹筏，却必须在沿岸跟随。

越祺然也不用人伺候，自己直接跳上了竹筏。阿学手脚也灵活，大步一跃便在竹筏上踩稳了，随即回身伸手去扶鲁步婉。

"来，手给……啊！"

才搭上手，利刃在阳光下刺眼的反光便猝不及防地刺入阿学的眸子！一惊之下，眼前一花的阿学凭着直觉将鲁步婉用力往反方向一推——鲁步婉低呼一声跌回岸上的同时，长剑也正好从两人原本手握处平削而过！

"小心！"而因反推鲁步婉，阿学自己也向后一个趔趄，多亏越祺然及时上前一步将她扶住。

"有刺客！快保护太子！"

岸上随即传来侍卫的呼喝声，阿学站定后再一眨眼，总算看了个真切！

不知从哪里冒出几名蒙面刺客，正往竹筏这边杀来。东宫侍卫们见状立刻下马，拔剑出鞘，挡住刺客上前的通路，摆开包围之势与刺客缠斗起来。

"快往湖心划！"阿学看那些刺客在包围圈中也不显狼狈，显然个个身手不凡，当机立断喝令艄公将竹筏先划离岸边。

可艄公哪里见过这阵势，早吓得连竹篙都握不稳，直接傻在原地动弹不得。

"算了，我来——"阿学看他无用，索性抢过竹篙，然后一脚将他踹下竹筏，自己上手将竹篙往岸边用力一顶，让竹筏离岸。

"你就这么把人家踹下去了？"越祺然好笑地看着她焦急的模样。

"这种人都深谙水性的，自己能游回去！"阿学一面应，一面撑杆。

但外行毕竟是外行，空有一身蛮力的阿学撑了几下，竹筏也不过才离开岸边两三丈的距离。

"你好歹也来帮忙控制下方向啊！"见越祺然好像事不关己般立在一旁，她不由得急道，"就这么点距离刺客转眼就跳上来了！"

"唉，我看来不及喽。"越祺然无奈地耸耸肩。

阿学不满："你说什么风凉话！"

"是来不及了。"

杀气逼人的低沉男声炸响在耳边，却是一名刺客不知何时从岸上脱围，施展轻功跃上竹筏。阿学暗道不好，想都没想就转身一步抢到越祺然身前，挥舞起长篙作为武器与刺客手中的剑对削起来！

"你会游泳就快逃——"眼见手中竹篙被一截截砍短，刺客越发逼近。阿学知道自己不是他的对手，当即对身后的越祺然喊道。

身后的人没有回应。

"越祺然你听到没有？吓傻啦？"

阿学边嚷嚷，边奋力将只剩下手臂长度的竹篙往刺客肩头一劈！可刺客的身手远快于她，只是将长剑在肩头横劈反削，就将竹篙砍去一半，同时还以击打的力道将阿学掼离越祺然身前。

勉强在竹筏边缘稳住身形的阿学定睛一看——竹篙只有不到短剑长度，再没优势与刺客拖延时间了！顺势跳水是可以求生，可越祺然怎么办？还有自己浑身湿透以后，女儿身必定暴露啊！

"正好先杀了你！"

正犹豫间，那刺客竟也不急着刺杀近在咫尺的越祺然，反提剑朝阿学挑来！

完蛋了！阿学在心中哀号，余光不死心地瞥向岸边，那些侍卫竟无一人有余力抽身上来护主！

"闭上眼。"

越祺然的语气虽然平淡，阿学却下意识地照做了，嘴里还不忘念叨："这时候还闭什么眼啊！算了都要死了，就听你一回！你要记得给我追封个什么英烈……啊！"

可大义凛然、英勇就义的宣言还没说完，阿学便先感觉腰身被人圈住，骤然朝右侧猛地一带，急速旋身的同时，右胳膊肘处又被人以掌心往前一撞，手中那一截竹篙便好似有了强烈的外冲之力不受她的手控制地飞射而出——

"呃……"

身上没有疼痛感，脸颊却顿感有温热且带着腥味的液体溅上，阿学犹疑着睁开双眼，不由得倒吸一口冷气！

那一截早被剑客自己削平的竹篙正一寸不歪地插在他的心口处！

"这怎么……可能……不是……你——"那名刺客也是一脸难以置信，直到倒在竹筏上断了气，还是不甘地双目圆睁，盯着阿学。

不是……你？

对啊，不是她，她已抱了必死的心，要是她闭着眼都能用这么钝的"武器"把这刺客从心窝扎透到背心，那"庄博学"这三个字早就该上侠义榜了！

可这竹筏上，这么近的距离，除了她，只有越祺然了……难道他是个深藏不露的高手？怪不得他刚才那么淡定！

"还没回神呢？"越祺然好笑地拿手在她眼前晃了晃，"都叫你闭眼了，还是被吓到了？"

"你受伤了！"这一晃，却叫阿学看到了他肩头处的血口，"刺得深不深？"

看着那不断往外冒血的口子，阿学心中一紧，急忙踮脚凑近，仔仔细细地打量过后，才放心地吐出一口气。

"还好，没见着骨头。"她想起鲁步婉之前的帕子自己今天顺便带了出来，便要从袖中取帕，"我给你先包……"

可阿学的目光才从伤口上移开，便对上了低头含笑的越祺然那一双专注凝视着她的眸子。这是她第一次这么近，又这么静地与他对视。他的眸子就像是盛满星辉的深潭，含情写意，让人深陷……

屏住呼吸，刀兵厮杀之声在这一刻似乎都被隔绝开来，只有乱了节奏的心跳声在无限放大。阿学只是怔怔地回望他，直到他的目光越来越灼热，才烫得她忙不迭重新扭头看回他肩头处。可理智停摆的她依旧不记得言语，更没想过要退出他的怀抱。

"庄斯文，你是第二个没放弃我的人……谢谢。"

温热的气息随着越祺然薄唇的开合有一下没一下地在阿学的耳根处挠痒，阿学轻轻一颤，不知是为他的话，还是因这挑逗一般的做法。

她那被鲜血染红的侧颜飞上红霞，在日光的照耀下明媚得耀眼，也娇艳动人……心好似被什么东西扎了一下，猛地一收缩，越祺然恍惚了。

"咳咳……太子爷，您没事吧？还有——少傅大人？"

不知这样的姿势两人保持了多久，小福子的轻咳声才把他们惊醒。

"哇，你什么时候上来的？哟……快放手！"

阿学见小福子突然出现在竹筏上，先是诧异，随即意识到自己和越祺然究竟是怎样站在竹筏上的——越祺然一手搂着她的腰，而她紧贴着他，以一种类似将脑袋靠在他肩头的姿势立着，双手还虚搭在他的胸膛上！

这、这……不知道被围观了多久！

她从他怀中弹开，急忙朝岸边看去——嗯，还好，除了眼前这个神情古怪、面上一阵青一阵紫的小福子外，岸上其余人还处在厮杀的混乱之中没工夫看热闹。不过很明显，随着一批家仆模样的人加入战局，几名刺客已经落了下风，不出几个回合就会被擒获。

"你放心，他就肩头受了点伤，及时止血死不了！"阿学还将帕子取出，递给小福子，"你去给他包扎下，我把竹筏划回去。"

说着，阿学也不敢再多看越祺然一眼，就要去撑筏。可抬手才想起少了家伙，只得蹲身从那刺客手中取过剩下一截的撑杆，放在水中用力划起来……

结果当然是竹筏原地打转。

"斯文，接着绳子——"

岸边传来熟悉的人声，阿学重新站起身定睛一看，竟是她老爹庄焱："爹！"她就觉得那些家仆打扮眼熟，原来是自家人。

此刻官衙的卒子们也已赶到，情势呈现一面倒的趋势，危机解除，庄焱便指挥着家仆将长绳甩向竹筏。

于是阿学一把接住抛来的长绳，将它牢牢地系在竹筏上，就坐等众人将他们拽回靠岸了。

"对了，鲁家小姐呢？"才脚踏实地，阿学就记挂起了鲁步婉。刚才太过于混乱，她竟完全把鲁步婉给忘了。

越祺然却一撇嘴："刺客又不是要杀她，被你推回岸上以后肯定就先跑了。你没看她带来的家仆都不见了？"

"主子英明，奴才在一旁看着呢，鲁小姐上了自家马车，溜得比谁都快。"小福子用颇为不屑的语气证实着。

"我儿怎么只担心别人，可有受伤？"庄焱将阿学拉开几步，容色切切地上下打量。

知道做父亲的怜子心切，阿学忙不迭活动胳膊腿给他看："我好着呢！爹您放心——这血都是刺客的！"

"那就好，那就好……"庄焱这才放下心来，又转向越祺然告罪，"老臣失态，竟也不曾先问太子安危。"

"还好，有武艺精湛的庄少傅舍身相救，只受了一点皮肉伤。"越祺

然面上又挂起漫不经心的笑，"也多亏庄相及时赶到啊！"

如今阿学已经了解越祺然的困难处境，不用他明说，她也知道哪些事情要帮他隐瞒下来。于是当着众人的面，她也配合着他把功劳揽下："啊哈哈哈，惭愧惭愧……"

"天佑太子，在下官治下竟发生这等事，下官惶恐，罪该万死！"府尹也来到越祺然面前，跪地谢罪。

"无妨，你这不也及时来了吗？"越祺然只神色淡淡地问，"那些刺客如何了？"

那府尹眼底闪过一丝异样神色，回禀道："下官办事不力，叫他们趁机自尽了。"

"噢……"越祺然不置可否地应了声，便没了后文。

众人屏息等待好一阵后，才听得他突然"哎哟"一声不满道："你们还戳着做什么？本太子的伤口还在流血啊，忍痛忍好久了——"

众人面部肌肉都控制不住地抽搐起来。本以为这位太子是在沉默中深思刺客事件，却不想……

"咳咳！"还是庄焱最先反应过来，"相府距离此处最近，还是请太子先到府上处理过伤口后，再回东宫吧？"

越祺然捂着伤口催促："也好，快，快——马车呢？"

"太子，这边请……"

就这样，在众人看来，遭遇刺杀的太子由于急着处理伤口，止血止痛，连个处理刺客事件的指导意见都没给，就将这摊子甩给了府尹，实在缺乏太子风范。阿学却知他心中自有计较，便也坐上相府的另外一辆马车回府了。

回府之后，阿学先泡了个热水澡，将一身血污的衣物尽数换去，这才神清气爽地去见越祺然。

正巧越祺然的伤口也已包扎处理完毕，此刻见她进来，却也不见有笑脸。

阿学关切地问："你怎么了？伤口还很疼？"

"我说你武功这么差还让我先跑做什么？"谁知他劈头盖脸就是一句语气不善的质问。

"他们要杀你啊！你不跑谁跑？"阿学一怔，立刻回嘴，"喂，我救了你哎，你还给脸色看，有没有良心啊！莫名其妙……"

越祺然却不理她的抱怨，执意继续与她纠缠这个问题："是啊，他们要杀的是我，你又打不过他们挡在前面有用吗？"

"可能确实没用吧，但我总不能把你推出去挡剑吧？"阿学也察觉出越祺然的状态不对，把语气放缓了些，"你到底怎么啦？为什么突然……"

"为什么不能？"她关心的询问又被他粗暴地打断。

"对啊——为什么不能？"于是阿学干脆做恍然大悟状，一拍脑门，煞有介事地分析道，"我昨晚吃了点被门夹过的核桃，脑子大概吃出了点问题才这么想不开。"

得到这个答案，越祺然那股犯冲的劲儿似乎过去了，转而神色略显黯然。

"这话你可以藏在心里不说。"越祺然知道自己的矛盾，既不想阿学跟旁人一样说漂亮话哄骗人，却又害怕听到这样现实的答案。他也不是要对阿学发脾气，只是事后回想起来，才替她感到惊险。

"哎呀，你还当真啦？"阿学却一个巴掌大力招呼到他的肩头，笑得爽朗，"我开玩笑的——看你好像情绪不对，逗逗你而已。就算我不吃那核桃，我也一样会让你先走啊。我才不想看着你被捅成马蜂窝呢，太难看了！"

为了逗他？越祺然心中莫名动容，定定地瞧着她不吭声。

"你……你最近怎么经常这样看我？"又是这样专注而灼热的眼神，阿学不禁垂下头，低声嘟囔道。

一语惊醒梦中人，越祺然脸色一变，霍地从座位上弹起，扬声道："小福子，回寝宫，本太子要休息！"

"啊？"阿学不明白他这又是在演哪出戏。

"太子这么快就要走啊？是相府哪里招待不周还是小儿……"恰逢庄焱前来探望，与越祺然在门边打了个照面。

越祺然却是一脸行色匆匆，也不搭理庄焱，与他擦肩而过，拽着小福子就走。

"老臣恭送太子！"庄焱却也不恼，笑呵呵地躬身相送。

而阿学也不去管越祺然的异常，见众人走后，便关起门来问庄焱："爹，你说这批刺客会是哪方势力派出的？他们是真的想直接杀死太子吗？"那刺客分明可以先杀越祺然，却选择先结果她，实在令人费解。

"唉……阿学长大了啊。"庄焱先是一怔，随即摸着胡子喟叹道，"爹真不知道该不该欢喜……"

"当然该开心啊，女儿早晚要长大的。"阿学偏头浅笑着，"我觉得比以前迷迷糊糊地混日子好多了！"

听女儿这么想，庄焱也是老怀欣慰："你能这么想也好。只是爹还是那句话，别勉强自己，更别像今天一样——爹可就你这么一个宝贝女儿！"

"爹放心吧，我知道该怎么做。"阿学满口应下，心中却犯起了嘀咕。

现在的她，真的还能如初时那般全无杂念地待在越祺然身边，辅佐他、试探他吗？她无法忽视自己面对他时的脸红心跳，更忘不掉他那寒潭般的眸子……

而另外一边，越祺然又何尝不是在困惑？于是一回寝殿，他就以确保安全，防止有刺客暗藏为由，调东宫侍卫把寝宫都排查一遍后，再把层层殿门一重重关上，并将所有宫人赶到寝宫最外面守着，这才消停下来。

"主子这招真是高明。明里看来是您经过这次刺杀怕了，实则是把所有的眼线名正言顺地拔除了！"小福子是唯一守在他身边的人。

可越祺然没心思听他拍马屁，将他那日鬼使神差带回的《男风十兆》找了出来，皱着眉翻到最后一页。

上面写着：

大部分人属于"嘴上不说，身体却很诚实"的类型，但也有极少部分是"嘴上不说，身体也极其不诚实"的人。因此之前的那些对策对这种人恐怕全无用处，要想知道他们是否喜好男风，只能靠他们扪心自问以下几个问题……

"小福子，把这段话里的每个问题，都拆开来一个个念给我听。"越祺然一脸深思地将书递给小福子。

"这、这不是……奴才做不到！"小福子看到《男风十兆》的刹那，虎躯一震，跪倒在地，老泪纵横道，"奴才不能眼睁睁看着您走上不归路啊！"

越祺然没好气地喝道："你不问怎么知道结果？叫你问你就问，本太子心里有数！"

"可奴才害怕面对这个结果！"小福子还在挣扎。

"你是害怕面对这结果，还是面对整个东宫大大小小的茅房？自己选——"

一听要罚扫所有茅房，小福子吓得一个激灵从地上爬起来："奴才问还不行吗！请扪心自问……你是否无法想象一日不见他的情景？"

他最近确实不喜欢句假。在寝殿睡觉还不如听庄斯文叨叨舒服。

"你是否在接近他时感到异常愉悦？"

这还用说？自打庄斯文出现后，他笑得比以前频繁多了。越祺然的嘴角在不觉间又上扬了。

"你是否讨厌有其他同性出现在他身边？"

嗯，他最近对小叔叔确实多了些莫名的敌意，还有刚才对鲁步婉怎么也……

"你和他做身体接触时，心中感受是否与和其他同性乃至异性都不同？"

废话！要不是如此，他何必担忧自己喜欢上男人了？越祺然面露不屑。

"最后，想象一个画面，他在你面前吐血三升，奄奄一息——"

这回小福子话还没说完，就被越祺然激动地打断了："这什么缺德问题？"

可谁知小福子比越祺然的反应还激烈，嘴唇哆嗦着，磕磕巴巴道："书、书上说……如果被提问者还没听完题目就着急打断，那么、那么就肯定是……这正是奴才最不想面对的答案啊……您怎么能？怎么能……呜呜呜……"

相比泣不成声的小福子，越祺然倒还淡定，只有那略带恍惚与迷惑的目光能透露他复杂而混乱的心绪。当初他常与男子态度暧昧，制造他可能有龙阳之好的错觉，与性情大变一样，只是为让母后打消让他取代大哥的念头，后来又是为了麻痹阉党。可现在《男风十兆》里应验不少，莫非假戏真做了？

"呜呜，太子您和奴才说实话，您是不是——是不是喜欢上庄少傅了？"

正沉思的越祺然听到小福子的问话，挑眉道："这么明显？"

"天哪——铁定是了！换作以前您肯定会狡猾地反问奴才为什么这么问，可现在……"小福子绝望地抱头呻吟，"现在您就这么'上钩'了！恋爱中的人智商果然都有问题——"

"好了！咿咿呀呀地瞎叫唤什么？头疼就去吃药！"越祺然本就心烦意乱，更经不起小福子嚷嚷。

他深吸几口气，按着突突直跳的太阳穴，闭目沉声道："你放心，正经事绝耽误不了……小叔叔他，已经彻底回不了头了吧？这次的刺杀，多半就是冯立给他的'见面礼'，也是对他的最后一次试探。"

听他问起正事，小福子也收起夸张的表情与肢体动作，颔首应道："是，据手下来报，那批载着货的船队就在您回宫的同时出发了。这些船只中有一小部分是京官中阉党一派以修葺府邸为名，一路将南方木料载入京中的货船，想必这些人也都在里头分一杯羹。剩下大部分就是北上准备折返的运粮船。"

"秋收之后，漕运的粮船往来会更为频繁，船队规模也会加大，才足够让人眼红。小叔叔恐怕要等到那之后才会动手。"越祺然的唇角勾出一个冰冷的弧度，"等入冬以后，记得让我们的人也帮他添一把柴，让火烧得更旺些……"

"奴才明白！"小福子先是踌躇满志地应下，接着又犹豫着低声问道，"只是……主子真的要看着齐王……"

"其实我心里明白，就算当初我劝下了大哥又如何？大哥依旧是陈浑总揽朝政大权的绊脚石，陈浑迟早会想办法'搬开'。唯有真正将阉党铲除，一切悲剧才能停止。"越祺然眉间是难以舒展开的"川"字，他略显疲惫地往后一靠，幽幽低语，"小叔叔也是如此，既然我劝不了他，就只能成全他。毕竟我们所期盼的东越国的未来，是一样的，我绝不会让他的牺牲白费……"

太子遭袭算得上一件震惊朝野的大事，但刺客中没能留下活口，圣上虽下令全力彻查，也多半只能成个无头案。倒是太子遇刺后变得神经兮兮，疑神疑鬼，除了小福子外再不肯其他下人近身。

更夸张的是，他每到一处都要将房门紧闭，再在百步外布置数十名侍卫严加把守的过激反应，成了文武百官，乃至市井百姓茶余饭后的谈资。

其实，对于这位不学无术外加断袖传言加身的二皇子，朝野上下几乎人人心里都清楚他之所以能被立为储君，不是凭借什么才能、品德，反而恰恰是他的无德无能，才让阉党一派允许他的存在。而经过刺杀事件后，众人对越祺然的评价便又多了"怯懦"二字，距离"明君"二字也越来越遥远。

眼看着如此下去未来东越国当真要成为阉党的天下，不少良心尚存的朝臣纷纷踏足太子寝殿，想趁着越祺然停学养伤的几日进行规劝，却都被以太子身体抱恙为由拒之门外。

这批大臣倒也颇有锲而不舍的精神，心想着你养伤期间身体不适是吧？那就到潜心斋等着。这都能去书斋听讲了，那顺带多听几句劝总没问题吧？但道高一尺魔高一丈，越祺然复学的第一日，大批大批的东宫侍卫就将书斋里三层外三层包围起来，由小福子监督着，奉太子命一个朝臣都不得放入，除了庄斯文庄少傅。

于是姗姗来迟的阿学才走到书斋外围，便被这批求见太子不成的朝臣围了起来。

"庄贤侄啊，这东越的未来可都系于你一身了！你要多多劝谏太子走正道啊——"

"是啊，是啊，这太子不肯见我们，只能靠你了……"

"庄少傅乃太子之师，讲授学识的同时，还请务必注意太子的德行培养！"

阿学只得全程弯腰拱手，一一应下："斯文必定牢记……定会多多规劝太子……您放心……"

待终于把这批老臣都哄离，阿学已是满头大汗，窝了一肚子火踏入书斋："你存心拿我当挡箭牌吧？"

"哎，别这么火气嘛，先坐下凉快凉快。"越祺然笑吟吟地招呼她落座。

夏季最炎热的日子已经过去，但为了体现自己的骄奢淫逸，越祺然还是坚持在书斋中摆一大盆冰消暑。

靠近冰盆坐下，阿学随手端过茶碗，饮下几口半温的茶水败火后，才开口道："你这招不错嘛。"

"你是指拿你当挡箭牌，还是指我借着装胆小终于有了名正言顺摆脱阉党监视的理由？"越祺然含笑挑眉。

听他毫不犹豫地把话挑明，阿学这才确认可以在这书斋里说真话了。

"我就猜你不至于这么胆小！这倒是个好办法，这样一来你看起来对阉党就更构不成威胁了！"说着，她起身踱到书案前，探身一看，"都不用装了怎么还看小说啊？"虽然看的是《断袖少主弯直记》令阿学深感欣慰。

"研究。"越祺然淡淡地吐出两个字。

"这有什么好研究的？"阿学不以为意地问了句，便重新谈回正经事，"对了，其实那天你走后不久，越大哥就来看我。他说这次刺杀是冯立为表现'诚意'送给他的'见面礼'，没能及时提前支会你一声，他很抱歉。不过因为你前几天都在寝殿闭门不出，所以这话我今天才给带到。"

越祺然对此抱以不屑的一笑："这我早猜到了。要是都等到他来告诉我，那我不知已死了几回。冯立意不在要我的命，只是想给我一个下马威，顺带试探探我与他罢了。"

"越大哥也是一番好意。"阿学蹙眉。

"我还算了解他，他总是认为生为越家人，就应该为这特殊的身份承担责任，莫说只受点小伤，就是真送了命又何妨？"越祺然双臂交抱，有些阴阳怪气地说道，"他真正感到抱歉的只是拖累了你。"

阿学也不想与他磨嘴皮子，便取过纸笔低声道："你有伤不方便练字，那就由我写给你看吧。"

心知她并非单纯要练字给自己看，越祺然便也收敛起漫不经心的笑意，认真看她将心中所想一一写下：

之前越大哥把他和阉党接触的原因告诉我了，虽然我不知道他具体要怎么做，但我明白削弱阉党势力是利国利民的好事，无论成功与否，他有这份心就应该和你是同一阵线的才对。但你对这事的态度为什么总这么别扭？你为什么不同意他打入阉党内部？我问他的时候，他也不肯告诉我。

"如果你知道他真正要做的事情，也不会同意。"越祺然默默看完，只淡淡说了一句。

"真正要做的事情？"阿学急切地想要追根究底，"你果然知道——越大哥想怎么做？可能会遇到危险？"

不是可能遇到，而是注定要……越祺然抿唇，对上阿学清澈中带着关切的眸子，不禁有些羡慕起越之谦来。

"我说，你就不能多关心点自己的学生？从进屋开始，你就没问过我一句伤怎么样了。"沉默片刻，他突然心情不佳地抱怨起来，"我小叔叔好歹是太子太傅，是你的上司，比我们都长了一个辈分，犯得着你这么操心吗？"既然越之谦不想让阿学太早知道，那他也只好帮着隐瞒。

"这……"阿学被他一问，顿感惭愧地垂下脑袋。本是想好好忏悔一番，脑海中却莫名又闪过《男风十兆》中的点拨，此时不趁着他有伤"调情"，更待何时？

思及此，她又巴巴地抬眼瞧他，脸上堆满讨好的笑意："你伤口愈合得怎么样啦？今天换过药了吗？我帮你换？"

想到那日那双帮他拢上衣襟时在他胸膛上轻拂过的手，越祺然心中莫名一热，鬼使神差地颔首应下，还扬声将小福子喊来，命他去取药膏。

"什么？明明今早出门前奴才刚——"

小福子脱口而出的提醒被越祺然以一个恶狠狠的眼神制止住，愣是硬生生改了口："奴才刚要给您换药，您说上书房要迟了，就没顾上换。奴才这就去取药！"

"快去快去——"越祺然挥挥手，催促他快去快回。

这主仆两人微妙的眼神对话都被阿学看在眼里，当下只试探着问："你是不是换过药了？"

"没有！"某人坚定地摇头。小福子确实一早就给他换过药，但越祺然就是想让阿学亲手给他换一次。

成大事者不拘小节，阿学见他如此肯定，便也不再纠结这个问题，转而开始暗暗给自己做思想工作：尽力调戏光荣，脸红退缩可耻！

所以等小福子带着药膏与纱布折返回来时，阿学早已在心中把这个口号默念了不下百遍。

至此，歪理也成真理了。

"给我吧！"于是跃跃欲试的阿学几乎是主动从小福子手中把两样东西"抢"过，"你还是去外面守着就好。"

小福子目中含泪："太子爷，您——"您不能自甘堕落啊！

"还戳在那儿做什么？都让你出去了！"但令小福子绝望的是，越祺然居然也是一副迫不及待的模样！

世风日下，触目惊心啊！

但主子让奴才滚蛋，奴才不能不滚。于是小福子还是被两人赶出了屋，他后脚才跨过门槛，这边阿学就已然高挽起衣袖，准备"大展身手"了！

第一步，先扒开上衣！

第二步，解下绷带！

第三步……第三步……看到他肩头那足有一掌长的伤口时，阿学怔住了。

"很难看？那就别看了——"越祺然见她傻傻盯着自己的伤口瞧了许

久，便抬起另一手要将上衣重新搭上。不知为何，他有些不愿让阿学看到自己身上有这样丑陋的疤痕。

阿学却一把按住他的手，连连摇头："不是的！只是……觉得当时一定很痛。"

顿了顿，她又突然提高音调，咬牙道："你替我挨了一下，我欠你一个人情！你什么时候想找我讨回来都行，我随时奉陪——"

"你这哪是要还人情？倒像是要和我决一生死。"越祺然好笑地撤回手。

"太子爷的人情哪里是那么好还的？"阿学冲他翻个白眼的同时，手上也动作起来，先用指腹沾上些药膏，再往伤处轻轻涂抹，"万一你一时兴起，给了我一个堪比上刀山下火海的任务怎么办？所以当然很难下定决心喽。"

说着，她又弯腰凑近他的肩头，学着儿时自己摔破了膝盖后老爹给上药的模样，边抹膏药边轻轻对着伤口吹气。

"我怎么可能让你——"话至一半，却已忘言。越祺然侧首，凝视着阿学专注而认真的脸庞，发觉她的睫毛竟格外纤长，此刻正扑闪扑闪着，和她那在他肌肤上一下一下，轻轻拂扫着的指腹一样，挠得他心里又痒又躁。

这种蠢蠢欲动、脸红了心却不敢跳的感觉，比那日他闭目假寐时还明显，还强烈！已在《男风十兆》的指导下扪心自问了那一番的越祺然感到自己终于无法再自欺欺人了……

"现在敷药还是很疼吗？"而另一边，药上到一半，阿学发觉越祺然肌肉逐渐紧绷起来，搁在案上的手还倏地攥成了拳，便停下手上动作看他，"我看你脸都憋红了哎，痛就喊几声，我不笑话你。"

"……"听到她的疑问，越祺然一惊，如梦初醒，也顾不得许多，就在阿学诧异的目光下将手边搁凉了的半碗茶仰头灌下肚去，一滴不剩。

阿学不禁错愕："喝茶能止疼？"

"能。"凉茶下肚，心中燥火稍褪，但越祺然面色依旧严峻，只答了她一个字。

不明就里的阿学暗道一声"奇怪"后，也就不再与他对话，只专心地将剩下的药膏替他敷好。

而不用分神应话的越祺然也再度陷入忘我的沉思状态，目光看似追随着阿学的双手，实则满腹心事，根本不知道那双手正在对自己做什么，只是觉得这手指尖纤细比女子的还要美。

他突然感到不可思议，这段时间以来，就是这样一双手，一回回地握住他的手，带他习字的吗？是因为庄斯文本就有些女相，还是自己心鬼作祟，才越看庄斯文越像女人呢？

是啊，男人还是女人，这是一个问题。

越祺然人生二十载，在此之前从未想过自己会在感情问题上面对这样匪夷所思的抉择。再者，就算他说服了自己，那庄斯文呢？庄斯文又会怎么想？越祺然记得庄斯文在外可是有不少风流韵事的，就连鲁步婉不也在不知不觉中移情到庄斯文身上了吗？游湖那次，他这个旁观者可看得清清楚楚，那个曾经整日只想黏着自己的表妹，并不欢迎他啊。

"喂，你、你一直盯着我看做什么？"毕竟是要做"坏事"的人，上完药准备给越祺然重新包扎上纱布的阿学再次出声问他。

"哦，没什么，我没在看你，只是在想事情。"越祺然可一点没撒谎。

阿学心想方才他眼底的神色确实是一变再变，薄唇紧抿，大约真是在思考什么难题。于是她也不再踌躇犹豫，深吸一口气开始对越祺然动手动脚……

这纱布自然是要一圈一圈从他的胸前和臂下绕过的，哪些是敏感部位，研读《男风十兆》许久的阿学表示门清，就不信越祺然能没一点反应——怕痒都该笑两声吧！

但不幸的是，由于越祺然过分纠结在自己是否真的被"掰弯"这个关乎国家社稷的大事上，所以阿学那不安分的、趁机吃豆腐的十指，并没能让他做出一丝一毫的反应。

反倒是阿学摸着摸着，自己先红了脸，纱布缠到一半，愣是无法继续了。

天可怜见，之前那次仅仅是看着越祺然的精壮胸膛她都想溜之大吉了，更别说上手摸了这么久，万一突然流起鼻血来就太丢脸了！

就这样，各怀心思的两人在一片静默中"僵持"着，直到一声响亮的喷嚏响起，才双双惊醒。

"对不起！我很快就好——"阿学这才想起越祺然的上衣几乎是完全

敞着的，乘着大冰块的盆又距离他最近，拖久了恐怕要着凉。身上有伤的人可不能再感染风寒了。

越祺然对此却不以为意，反而笑着调侃道："没想到你脸皮这么薄啊？"庄斯文你到底为什么脸红？

"我当然不皮厚，我肤浅着呢！"阿学也不知自己是怎么想的，随口就对出个金句来，引得越祺然哈哈大笑，肩膀直颤。

"别笑这么用力啊，小心伤口裂开——"她警告着，狠狠将最后一截纱布和起头处扎紧，宣告换药结束。

"裂开也不错啊，你还可以再给我上一次药。"越祺然还在继续危险的话题。他清楚地知道不该再往暧昧的方向说下去，却又无法控制自己。

这意思是……他喜欢自己给他上药？为什么喜欢？看她忙活就开心，还是……阿学发现自从自己从老爹那里接下这秘密的试探任务后，就总在猜测越祺然的心思。

既然她在迂回试探的路上屡战屡败，那何不换个思路，索性趁机直截了当地探问他的想法呢？

"越祺然，你到底是不是喜欢男人啊？"

本也没指望着心血来潮的一问能得到什么正儿八经的答案，所以阿学用的是半开玩笑的语气。却不想闻言的越祺然竟收敛起一贯吊儿郎当的笑意，异常认真地盯了她半晌，才缓缓吐出四个字："或许是吧。"

"你是认真的？"阿学心中咯噔一下，"没骗我吧？"

"我为什么要骗你？你希望我喜欢男人还是女人？"越祺然反问，直视着她的双眼，想从里头看出端倪。

这一问再直白不过，言下之意呼之欲出，心中所想昭然若揭。他知道自己一定是疯了，疯得不知所起，疯得万分矛盾，又疯得心甘情愿……

"我……"但阿学避开了他的视线，只是打哈哈道，"哎呀，我没说你骗我啊。而且我为什么要希望你喜欢男人或者是女人啊？虽然我是你的老师，但婚姻大事可不归我包办——"她努力说得理直气壮，心安理得，面上是在越祺然看来有些残忍的无辜神情。

"你说得对。"沉默片刻，越祺然压下心中的怅然若失，自嘲一笑。

阿学的情绪也莫名低落，疑惑地自问：终于得到答案，试探也完成了，她为什么反而高兴不起来？

将她的迷惑与沉思收入眼中，越祺然忍不住再次开口："庄斯文，你知道我为什么一直表现得讨厌女人吗？"

"不知道。"阿学先是摇摇头，随即想起鲁步婉的话，"对了，我第一次见到鲁步婉那天，她好像和我说过……说你自从出了什么意外后就变了个人似的。在那之前，你好像对她没那么冷淡。"

"嗯，那次意外，我被一个全心信任的人抛弃了……"不像鲁步婉那般避讳这个话题，越祺然只是扭头将目光投向窗外，对阿学娓娓道来，"大概是六岁那年吧，我出宫玩正要折返时，在马车下发现了一个昏迷不醒的同龄小女孩。后面的段子就很烂俗了，无非我将她带回宫，治好了她，将她留在宫中。"

皇家子弟都这么早熟啊？阿学瞠目。那这么说，应该是越祺然爱上了自己救回的女孩，而那个女孩爱上了别的男孩，于是越祺然幼小的心灵受到伤害，从此对异性心灰意冷，转而投靠同性怀抱……

"你在想什么呢？"才默默把情节脑补完毕，阿学就接收到了越祺然的白眼，"我的兄弟很多，却没有姐妹，所以我将她当作自己的妹妹看待。"

这情节更有看点啊！

见她的思想已经无法净化，越祺然也不打算再强调纠正，只接着道："她在宫里一住就是两年，我将她当作亲妹妹来照顾，母后也对她十分厚待。她虽无公主之实，可吃穿用度一般无二，没有人敢给她一点脸色看。两年的时间里，她也完全适应了宫廷生活，一口一个哥哥地叫我，我心满意足，也就再没烦着母后给我生个白白胖胖的小妹来陪我了。"

"那后来呢？"阿学等了阵，发觉越祺然好像出神了，眉头紧皱起来，就边出声，边抬手搭上他的肩膀。

"后来啊……"越祺然看她一眼，将手覆在她的手背上，"她常常央我带她去皇家后山的猎场玩，我们每次也都玩得很开心。可有一回不知怎么的，我在坡边一个没注意踩空下去，幸亏被半山腰的矮松给托住了。那时候她吓坏了，我还算镇静。找让她立刻回去告诉母后，让母后派人来救我——我不敢让她上前，怕那土松了，她也一道掉下来……"

说到这里，越祺然的呼吸失了平稳："可你知道后来我等了多久吗？整整两天两夜！我一动不敢动，漫长的夜里那些野兽的叫声让我胆寒，但凡有一丝风，我都要心惊肉跳一阵，害怕自己会因此从矮松上掉落！"

"也许她回去搬救兵迷路了呢？"阿学翻过手掌，主动握住他的，轻声道。

"那两天两夜里，我也一直这么告诉自己，我一遍遍对自己说，我的妹妹虽不是亲生的，但两载朝夕相处，她绝不会抛下我，她肯定是遇到什么麻烦了。"祺然苦笑，"但事实上，从那次之后，我再也没有见过她……"

再没见过？阿学露出诧异的神色。

"第三天清晨，我突然听到了大哥喊我的声音。又惊又饿了那么久，我的情绪已经快到崩溃的边缘，体力也渐渐不支，迷迷糊糊中以为是自己幻听了。直到大哥腰上缠着藤蔓，顺着山壁降到我身边，我才敢相信这一切是真的……"谈到他大哥，越祺然薄唇一勾，眼底也满是敬慕之色，"我大哥也不过比我大三岁呢，一个只有十一岁的孩子，看到自己的弟弟命悬一线，甚至来不及再折返回去找大人来帮忙，就自己这么冒冒失失地下来了。结果可想而知，我们两个加在一起太重了，才往上爬了一半，藤蔓就断。大哥紧紧抱着我一起顺势往下滚，不知道过了多久才停下来，我浑身都痛——但是还能感觉到痛，我就知道自己还活着。"

阿学握着他的手微微使劲，不知该说些什么。

而越祺然只是摇摇头，示意自己没事，继续回忆："虽然还活着，但我那时候几乎也就是不省人事的状态，大哥喊我，我都没办法应话。其实大哥也伤得不轻，却硬是背着我往前走。我靠在他的肩头，意识时有时无，隐隐约约觉得天色又渐渐暗下来。我找回点力气，让他把我放下先回去找人，他不肯。呵，他说夜深了，怕丢下我，我就被野兽吃掉了……于是他就背着我一直走啊走，后来天又亮了，我听到他长出一口气，猛地跪倒在地——从他背上摔下的那一瞬，我看到了远远奔来的宫人。"

听到两人得救，阿学也跟着松了一口气似的，抬起另一手按住心口，方才因为担忧而绷紧的小脸上有了一丝笑意。

"都是过去的事了，怎么还听得这么紧张？"越祺然观察着她的小动作，浅笑着问。

阿学不假思索地说："因为你讲得好啊，比说书的还好。我的心情就忍不住跟着……"

"我可不如说书的。他们能把没经历过的事情说得绘声绘色，我所说的可是我最深刻的记忆。"越祺然歪着脑袋耸耸肩。

"那……那个女孩后来去哪儿了？你为什么再也没见过她？"阿学注意到，他甚至不愿再提及那个女孩的名字。

"我醒来以后才知道，她逃回去之后，没有告诉任何人我出了事，而是找了个理由立刻出宫，处心积虑地摆脱了跟随的宫人，就再也没有回来。她大概是怕害得我命悬一线会受到很重的责罚吧……"越祺然皱眉沉吟，"所以等到我母后和大哥发现事情不对时，已经过去将近一天了。没有人知道应该去哪里找我，所有人手都派出去也和大海捞针无异。大哥在第三天突然想起我常带她去后山偷玩这才来碰碰运气。"

这样想来，鲁步婉那日溜得比谁都快，虽也是求生本能，人之常情，但对越祺然来说又何尝不是旧事重演？她若能率领家仆抵挡一阵，恐怕也就无需他出手自保了。

于是阿学无声地点点头，隔了半晌，才启唇问他："所以遇刺那天，你才说我是第二个没有抛弃你的人。第一个是你大哥？"

"嗯，我大哥并非母后亲生，而是父皇还是太子时，一个侍妾所生。那侍妾难产而亡，我母后膝下无子，倒也将大哥当作亲子抚养。可有了我后，母后便开始偏心我，大哥也毫无怨言。"越祺然低叹着将阿学放在他肩头的手牵下，却没松开，只是起身往窗边走。

不忍因为抽手打断他，阿学也只得跟在他身旁，与他并肩立于窗前，等待他的后文。

"其实我才是大哥太子之位的最大威胁，他却舍命救我。所以那次意外后，我就开始装出厌学的模样，务必要做到处处不如大哥好。所有人都被我骗过了，连太医都说我多半是受惊吓过度，所以才转了性情——"越祺然略一调整情绪，换上轻松的口吻，扭头笑问她，"我的演技是不是很好？"

阿学莫名精神一振："那这么说你讨厌女人也是装的？"

"不全是。龙阳之癖固然能让母后打消培养我当太子的念头，但更因为我忘不掉被抛下的滋味，哪怕我知道这只是一种偏见，我还是习惯了尽量不去接触她们。其实也不止女人吧，我很少去相信什么人。"越祺然淡淡地答道，"省去不少麻烦，也省去了失望。"

一朝被蛇咬十年怕井绳，阿学懂，更庆幸自己那日不曾落水暴露身份，否则他现在就不会握着自己的手了吧？

真心当作亲妹妹对待了两年的人置他的生死于不顾，让越祺然不愿也不敢再信任别人。而唯一令他笃信的大哥，又以死亡这样残忍的方式永远抛下了他……

"我不会丢下你。"思及此，阿学转向他，另一手也有些急切地握上他的胳膊，"相信我！"

"这样的眼神……真的很容易让人误会啊。"越祺然却抬手覆在她的额上，挡住她凝望他的目光，低笑道，"我看你被捅成马蜂窝估计会比我丑，所以下次再遇上刺客之类的危险事情还是躲远点吧。"

这思维跳跃得也太快了吧？而且她这么认真地承诺，某人却当听笑话一般！

"下次？有下次再说吧！"于是她只不爽地应了句，便甩开他的手，又腰道，"好了——怎么说我也答应了那些老臣要对你严格要求，多多规劝。所以我现在就开始抽背之前讲读过的《通鉴》，背不出来的，等伤好以后统一罚抄一百遍！"

"你这翻脸比我翻小说还快啊！"越祺然一脸"我好怕怕才怪"的欠揍表情。

阿学赤裸裸地威胁道："我觉得把刚才外面那些前辈请回来一两个，可能会让你把《通鉴》翻得比我翻脸还快？"

"少傅大人请抽查——"某人乖乖双手奉上《通鉴》。

"这还差不多……第二十三卷，春，正月，丙戌朔，魏主大会群臣……往下背——"

第九章
DI JIU ZHANG

君子如玉雪中藏

　　试探终于得到答案，但那日回府后的阿学并未将结果告诉庄焱。她看得出越祺然的玩世不恭、不学无术都只是伪装，也相信只要给他时间，再加上越之谦的帮助，他一定能在与阉党的周旋中慢慢找到转机。

　　帝王合格与否，与他喜欢男人或是女人全然无关，只看他为国为民之心是否坚定，权衡驭下之术能否服众。阿学有自己的判断，并认定越祺然会是个好储君，也会是好皇帝。但老爹对此怎么想，她没有把握，所以她自作主张暂且替越祺然瞒下真相，相信等除去阉党之后，总有解决的办法。

　　至于阿学自己，没了试探任务，再加上圣上又特批放缓越祺然功课学习的进度，好让细皮嫩肉的太子爷早点把伤完全养好，便就此清闲下来。

　　东宫中的日子似乎又恢复了往日的风平浪静，要不是每日对书斋严防死守的大批侍卫仍在提醒着众人，几乎没有人还能记起不久前发生过刺杀事件。足不出户的太子爷每天念念书，开开小差，时不时将他那没心没肺的大笑声传遍半个东宫，一如阿学初来时，岁月好似静止了一般。

　　从春花到秋叶，金黄色落叶铺满了宫道，阿学掐指一算，发现距离自己正式来东宫走马上任那天，已过去了半年。还记得那日她与越祺然初见，同桌吃肉，喝酒猜拳，为试探他喜好男风与否而被淋了一身酒。怕暴露身份匆忙出宫时，她又撞上了越之谦，意外地发现他与传闻并不相同。

再后来，第二天发生了什么呢？第二天她被越祺然的"假用功"蒙骗了半日，又在与他讨论小说剧情时被越之谦"逮住"，再之后，他们三人便一道用起了午膳，当然了，越祺然是被罚站着吃的那位。

可一转眼，随着越之谦与冯立越走越近，越祺然对他也愈发疏远冷淡，见了面，连一声小叔叔都不肯再叫，只平淡地称呼其为齐王。阿学明白阉党乐见两人反目，两人在明面上的关系必须闹僵，才能让阉党中的两派分别信任他们，可她也看得出，越祺然的这份做戏中是真有几分气恼的。

她不知道他在气什么，只能尽可能在他面前吹点耳旁风，再努力做和事佬，想要缓和两人的关系，越之谦却反应平平，对此不甚热心，越祺然更是嘲笑她剃头挑子一头热。结果可想而知，直到秋装换了冬服，阿学都没能将两人的关系拉近多少。

而正当她还一心为如何花样翻新为两人寻找和解契机而苦恼时，一个一石掀起千层浪的消息毫无预兆地在某日午后传来——

皇上突然病重，难以理政，交由太子监国。

"儿臣……接旨。"

随着越祺然接旨起身，送走宣旨的冯立，阿学不由得在心中暗叹，好不容易拉两人一道进膳，还没聊两句就出了这么大的事儿……

"你还好吧？"阿学见越祺然一脸深思，看不出悲喜，便将疑惑的目光投向身边的越之谦。

越之谦只是淡笑着冲阿学摇摇头，进而起身道："看来这顿饭又要辜负小庄的美意了。太子监国，需得动用整个东宫官署来处理朝政。事出突然，政务繁忙，我担心一日不理便要堆积如山，所以还是先去着手安排，以免耽误了。"

"等等。"越祺然却转身叫住他，面无表情道，"本太子监国这段时间，所有的奏折直接送来潜心斋过目，不劳齐王经手。齐王只需照常负责统领东宫之事即可，朝堂政务由庄少傅帮本太子协理。"

这是要将越之谦排除在外？阿学惊讶地望向越祺然，不知他在打什么主意。

"微臣遵命。"越之谦却莫名欣慰一笑，对他行了君臣之礼。

之前两人尽管生疏冷淡，行这尊卑分明的君臣之礼，却是第一次。阿学看在眼里，心中生出一丝全无道理的不祥之感。

这一礼好似什么信号，将叔侄两人的距离彻底拉开了……

"好，你去忙吧。"越祺然沉默片刻后，才颔首让他离开。

阿学目送着越之谦转身离去，出于谨慎地将书房的门重新关上，然后踱至越祺然对面，低声问道："你还好吗？"

"什么？"大约是出神思虑着什么，越祺然半晌才有些迷茫地与阿学对视。

"我父亲生病时，我就十分着急，你不担心吗？"阿学以为他的反常冷淡是源于皇上病倒。

谁知越祺然却抿唇道："不，我的感觉很复杂。从大哥死后，我就对他失望透顶，他只想着阉党势力能让他坐稳皇位，却不顾这会产生多少后患，甚至连亲生儿子的死——他都可以为了一时的安稳享受选择淡忘！"

"我始终不知道你大哥的事……越大哥说这是你的心结，还得你自己肯对我说出来。"阿学伸手轻握住他垂于身侧，紧攥成拳的手，温柔地凝视着他，"你可以告诉我吗？"

闻言，越祺然怔怔地低头，看向那包裹着自己拳头的双手，并没有立刻言语。阿学以为他仍是不能放心对自己敞开心扉，眼底闪过一丝失落，只得无声地缓缓松开手。

她松得很慢，像是在拖延时间，终于连最后的指尖都要离开越祺然的手背时，他反手抓住了她的手腕！

"再给我一点时间，可以吗？"她听到他恳求中的脆弱。

"没问题，只要你想说，我随时愿意听，愿意替你分担。"阿学没有犹豫地点头应下，笑眯眯地用哄孩子的语气逗他，"那现在我们就专心监国，处理好朝政，好不好？"

越祺然扯扯嘴角，眉头终于舒展些许："好……"

可监国处理政务并不容易，越祺然又将越之谦这个老将剔除在外，令阿学这个"装"少傅身上的担子异常沉重。光是每日呈报到潜心斋来的奏折就多达百件，阿学需一一过目，挑出些重要的与越祺然商议，朱批之后，再发还到有司处理。

一开始，阿学也是忙得焦头烂额，夜里做梦都是无数奏折在追着她满东宫跑，但好在有父亲的点拨，再加上她也不笨，许多事情触类旁通，熟练上手之后，办事效率就渐渐快了起来。所以平日里寻常事务的奏折虽多，但对得了父亲经验的阿学来说都不难应付。

不过越祺然的表现大大出乎阿学的意料——竟是无师自通，游刃有余！除了言简意赅、正中要害的朱批外，每有朝臣当面请示事务，他也三言两语就能梳理清晰，接着略一思索后，便有了妥当的主意，遣人去办，可谓思维敏捷。还有他对朝廷各个官署所负责的领域职权，也都了如指掌，那些想欺负新太子监国不了解下情，相互推诿责任的偷懒官员在他眼皮子底下都只能乖乖办事。

其实不要说阿学了，朝野上下几乎都对越祺然大大改观：圣上突然病重，太子临危受命，处变不惊，有条不紊地把朝政处理得妥妥帖帖，丝毫未乱，东越未来又有望了啊！

众人看好越祺然的同时，阿学这个教导太子的少傅也成了热门人物，尤其是当初踩破门槛要对越祺然进谏的朝臣，更是又开始轮流踏足潜心斋，一把鼻涕一把眼泪地感激阿学成功改造了顽劣的太子，终于把阿斗扶了起来！

"苍天有眼啊，竟有如此少年英才将太子带上正道——"

"是啊，日后太子即位，百姓受益，都该感谢庄少傅的辛苦教导！"

"自古英雄出少年，庄相真是好福气啊……不像老夫那不争气的儿子……"

于是每日阿学除了说"不敢当"，就是"太客气"，然后边说边快步往前，书斋在即时便一脚跨过两米，踏入其中，将房门"砰"一声关上……

"那些老臣夸你也夸不腻的。"越祺然随意抬眼一瞧，见阿学又是一副逃命似的模样，便能想象出情形来，"只怕都想将你招为女婿吧？"

招女婿？阿学一阵恶寒。对他们的话，她都是左耳进右耳出，但经越祺然这么一提醒，似乎还真有几位提过自家女儿兰心蕙质，待字闺中云云。

发觉阿学在发怔，越祺然不由得搁笔挑眉，一脸吃味却不自知："怎么？你真有看上眼的小姐了？我还以为你挺属意我那表妹的。"

看上哪家小姐了？属意鲁步婉？这都什么跟什么啊！

阿学无语的同时，玩性大起，回敬道："你这么关心我的婚事，是不是自己红鸾星动了觉得空房难守啊？要不要我帮你出去吆喝一番，看有没有要招太子为婿的？"

"你敢！"越祺然咬牙。

"哈哈哈，好啦，说点正事。"见他窝火的模样，阿学也见好就收，走到一旁临时设置的小案前坐下，边整理案上奏折，边说，"我刚才只是从招女婿突然想到，陈浑前几日居然上表启奏他收了个义子，明摆着是和冯立这个门生分了亲疏。是越大哥开始动作了吗？"

越祺然虽出言证实，但似乎并不想多谈，只淡淡道："嗯，近日来阉党内部确实起了些摩擦和纷争。"

也没在意他的态度，阿学此时的注意力已被手边的一道密折吸引了过去。监国这半月，倒是第一次见到御史台呈上的密折，不知是检举何事的。

怀揣着好奇心展开来看，阿学脸色唰地一白，双唇紧抿，越看越心惊。

"怎么了？"诧异阿学不再与自己搭话，越祺然起身走到她身后，俯身一看之下，唇边笑意也瞬间凝固，神色复杂。

"这是……真的吗？"阿学颤抖着声音，没有回头看他，"越大哥和冯立一党利用职权之便，以运粮为名借漕运贩卖私盐？上面还说，许多高官权贵也参与其中，都是用运送修葺府邸梁木的借口，梁木从南方运来后，重新南下的船里其实满载了私盐？"

贩卖私盐在东越一向是抄家乃至斩首的重罪，越之谦要打入阉党内部，也不必冒这样大的风险来表示"诚意"吧！

"这到底……"没等到越祺然的回应，阿学正待扭头再问，却见门被小福子推开。

小福子难得一脸严肃，低声道："太子爷，陈浑陈大人在外求见。"

越祺然监国以来，在外陈列侍卫的习惯依旧未改，所以陈浑想要入内，也需经过小福子通传。

"让他进来吧。"越祺然面色平静，并不意外陈浑的到访，略一沉吟后便吩咐小福子出去引路。待小福子领命而去，他重新垂首对上阿学的目光，却显露出一丝犹豫。

知道他在为难什么，阿学郑重道："你放心，我只在一旁整理折子，不会在他面前露出什么破绽的。至于这个……就等他走了之后再说吧！"说着，她就将手中那密折倒扣到一边，然后冲越祺然浅笑，让他安心。

"谢谢。"越祺然微讶，随即放松一笑，伸手轻按了按她的肩头。

"老奴给太子殿下请安——"

两人正心照不宣地对望，陈浑却已入内，用他那尖厉的嗓音破坏了这美好的氛围。

"陈大人来了啊？快不必多礼。"越祺然在抬头的瞬间，脸上已换了一副神色，绕过书案，大步走向陈浑，"陈大人可是先帝时候的老人了，若能来指教一二，我可是不甚荣幸啊。"

阿学也随着他起身，却没有那般热络地上前，只是拱手对陈浑行了个平级的同僚礼，嘴上却相当客套地奉承："晚辈见过陈大人，久仰久仰……"

"使不得，使不得……庄少傅太客气了，老奴可不敢当。"陈浑也还上一礼，并客客气气地寒暄了句，"太子在与少傅议事？老奴来得不是时候？"

"哪是什么议事？不过是折子太多，又都是些没事找事的，哈……"越祺然答着，还打了个呵欠，"看着实在无趣，所以才找庄少傅闲谈两句罢了。"

"哎，太子殿下这才看了几天折子？以后真登基为帝了，可不能再这样贪懒了。"陈浑的面色发黄暗沉，额上一道道又长又深的褶子预示着他已到了知天命之年，那双泛着精光的三角眼却不显老，正锐利地盯着越祺然，似乎想要看穿这个太子所说是否真心。

而阿学见两人算是聊上了，没自己什么事，便重新坐下，又从手边的一沓折子上拿下一份展开来看。不过这动作明显只是个幌子，她的眼睛停留在纸面上，却没看进一个字，只是专注地听他们对话。

"父皇正当壮年，我可不想这些。"越祺然对此不以为然，笑着指了指一旁的座儿，"陈大人有事坐下慢慢说，我让小福子上茶。"

他说着便要扬声喊来小福子，却被陈浑拦下："殿下不必如此麻烦，老奴站着说几句话就走。"

"洗耳恭听。"越祺然笑得可圈可点，摆出认真聆听教诲的姿态，语气也十分真诚。在一旁听着的阿学不由得起了一身鸡皮疙瘩。

"太子言重了，不过是老奴一些掏心窝子的话罢了。"陈浑先是眯眼笑着，随即压低音量，凑近越祺然道，"老奴知道太子孝顺，可凡事都得未雨绸缪。太子真不怕陛下百年之后，会出什么岔子吗？齐王当初因过继而错失与陛下争夺皇位的机会，谁知他心中是否存有不甘。万一……后面的话，不用老奴说，相信太子明白。"

越祺然从头到尾都仔细听着，末了苦着一张脸，唉声叹气道："哎，不瞒陈大人，我也确实担忧过此事！先人有言，害人之心不可有防人之心不可无，所以这次监国，所有的折子，我都没让过齐皇叔之手，还让他只管理东宫的日常事务。可除了这些，我也不能再做什么了——"

"太子这做法老奴也已得知，但如此防范只怕收效甚微啊！更何况……太子恐怕还不知道吧？齐王如今已和我那不肖的门生冯立勾结在一起，背地里做些拉拢朝臣，贩卖私盐的勾当！所谓兵马未动，粮草先行，要想密谋篡位，一需兵，二需财。您想想，那么多白银流进齐王的口袋，他能收买多少势力？难保他没有野心啊！"

手一颤，笔锋失了准头划过纸面，留下一道不规则的墨痕。陈浑这一席话令阿学听得心惊肉跳，握着的笔差点掉落在地！

"难道这就是陈大人又收了个义子的原因？"越祺然只反问道。

"不提也罢，养了个白眼狼！"陈浑重重一哼，"到底是姓冯不姓陈，自以为找到个靠山了，就学会自高自大了！"

若陈浑所言非虚，那么越大哥的离间计划确实起到了作用。阿学暗暗想着，又听越祺然用恳切的语气说道："陈大人是想清理门户？我很愿意代劳啊。"

"太子殿下这可误会老奴了！老奴完全是为社稷，为太子您考虑啊——"陈浑急忙否认，说得冠冕堂皇，"老奴也苦口婆心劝过他，可他不听劝啊！这贩卖私盐是严令禁止的，对社稷对百姓都是有害无利，于公于私，太子爷都应当查办啊！"

"确实，冯立能有今天的地位还不是全靠陈大人的提拔？可如今……我看他可不止自高自大那么简单，而是……"越祺然略一犹豫，最终还是从怀中掏出一封信，递给陈浑，"陈大人看看这信便知晓了。"

信？两人的对话暂停，阿学忍不住借换折子的动作，悄悄抬眼看去，只见陈浑接过信才读了几行，就面色铁青，气得拿信的手都直哆嗦。

"好一个冯立啊！好啊——"

揉成团的信纸被陈浑狠狠砸在地上，发出"啪"一声脆响，吓得阿学急忙垂首。她感到有一道阴沉的目光向自己直刺而来，压迫得她连大气都不敢喘一下，却还是坚持装模作样地在奏折上批写了几字，等待陈浑将视线移开。

然而没有，那令阿学浑身不舒服的目光始终停在她身上，越祺然也一声不吭……她突然意识到这时继续装糊涂，只怕反而惹陈浑猜疑！

"陈大人怎么从看完信后就一直盯着晚辈，可是有话对晚辈说？"于是阿学将心一沉，施施然放下笔，起身笑问。

像是没想到阿学会如此坦然地直接点明，陈浑一怔，才似笑非笑道："老奴只是佩服庄少傅的定力，竟然还能专心伏案？"

"太子爷是晚辈的学生，晚辈有什么不放心？"言下之意，越祺然所思所想，和他将会采取的行动，都是出自阿学授意。一切尽在掌握，有何需要担忧分神？

"原来如此……"陈浑探究地打量阿学几眼，见她神色淡淡，没有一丝破绽，又试探道，"可老奴听说，您与齐王也过从甚密。"

阿学轻笑一声，只吐出八个字："知己知彼，百战不殆。"

"好，好——"陈浑沉默片刻，突然也跟着笑出声来，"有庄大人辅佐，太子殿下也可高枕无忧了！"

"陈大人谦虚了，姜还是老的辣，少傅再三对我耳提面命，让我多多结交经历过大风大浪的元老。"越祺然看准机会，接着拍马屁，将陈浑的注意力从阿学那里拉回来，"这封信前几日我就已收到，他在信中所许给我的利益虽然诱人，可看他这么急于要将陈大人您取而代之，叫我怎么放心日后他不会对我过河拆桥？您好歹是提携过他的人，我却什么都不是啊！但一时我也狠不下心来拒绝，就一直压到了现在……"

陈浑果然不再盯着阿学，急切地对越祺然道："太子殿下万万不可——他已和齐王勾结，却又派人传信给您，怎会诚心助您？其中必定有诈！"

"齐皇叔会和冯立一起顶风作案，我之前确实不知，多亏陈大人告知。冯立这样脚踏两只船，我定是信不过的！"越祺然说到这里，十分谦卑地对陈浑一拱手，"冯立这条贼船是不能上了，但究竟要怎么做，还望您能指点一二啊。"

"这事不难办啊！殿下也不必太过于担忧，既然他们已经触犯了王法，那么只要秉公查办此案，不就可以名正言顺地……"陈浑原形毕露，笑得奸诈。

真要查办起来越大哥怎么办？阿学心中虽乱，面上却不露声色，扭头冲越祺然装腔作势地微微颔首，像是示意他采纳陈浑的做法。

得了阿学首肯，越祺然才又为难道："查办说起来容易，做起来却有些难处……陈大人也知道我当太子不过半年多，论资历、论势力，都不是皇叔和冯立的对手。"

"若殿下放心，老奴愿效犬马之劳！"

陈浑的主动请缨，正中越祺然下怀，于是他当即拊掌笑道："那真是太好了！有陈大人的帮忙，必定事半功倍！"

"一切有劳陈大人了。"阿学也连忙扯出笑容，跟着附和了句。

"太子殿下抬举，庄大人也太见外了。没有其他事，老奴就先告退了。"

目的达到，陈浑也不多逗留，随意客套两句，便状似恭敬地躬身后退，最后转身出了书斋。

"呼！"

怕陈浑去而复返，直到小福子在门边打了个"放心"的手势，阿学才如释重负地长出一口气，只觉双腿发软，出了一身冷汗，无力地跌坐回去。

"应变很对。"越祺然的目光不离阿学，蹲到矮案前，跪坐下来，握住她冰冷的手，低声笑道，"你做得很好。"

"那当然了——"得到夸奖，阿学扬扬得意起来，"老师怎么会输给学生？再说了，要不是你装得不够好，他也不会来试探我。"说实话，刚才的机智应对之举，回想起来，不用越祺然来夸，阿学自己都佩服自己的。

越祺然却默了默，一本正经道："也是，毕竟你是姓庄的，肯定比我会装。"

"……"阿学无语凝噎，冲他直翻白眼。

"啊哈哈，我以后都不说这种大实话了，你别生气嘛。"越祺然像是被她盯得发毛，打着哈哈抽手，收拾案上四散的奏折，"不如这些折子我帮你看了？"

"原本就是我在帮你看。"阿学没好气地纠正一句，瞥见他将那份孤零零倒扣着的密折也胡乱拢到那一堆普通折子里，这才想到正事，急忙按住他的胳膊，"等等！"

察觉到他似乎有意含混过去，阿学不由得正色问他："刚才越大哥的事情，你还没和我交代清楚。"

面上的笑容一僵，越祺然不甘地将一捧折子重新放下："你想知道什么？"

"陈浑说的，还有这折子里写的，都是真的？"阿学还抱有一丝侥幸，"越大哥是不是使了什么障眼法？"

"都是真的，贩卖私盐，他确确实实在参与。冯立尝到甜头后，他就故意将风声透露给陈浑，陈浑必定眼红。但冯立既然瞒着陈浑与小叔叔联手，就绝不会让陈浑来分一杯羹，双方的矛盾就会因此加剧。"越祺然面无表情地打破阿学的幻想。

阿学抿唇："那刚才那封信呢？"

"假的。小叔叔命人仿照冯立的字迹所写，再收买冯立身边的人送来给我，造成假象。在信里'冯立'不愿屈居陈浑之下，想通过辅佐我来改变局面，以帮我登基为条件，希望我能在为帝后让他取代陈浑神威军尉的位置。"他的语调平平，听不出想法，"从一开始，这些就都是计划好的。陈浑收子，就说明他已存了铲除冯立的心，所以根本不会对这封信的真假再仔细求证。而他现在想名正言顺地除掉冯立，就只能和我联手。"

"一开始就计划好的？"阿学霍地起身，"你之前一直反对越大哥打入阉党内部离间，就是因为你也早知道他的打算？"

"对。"越祺然没有起身，只是仰头看向她。

他平淡的态度让阿学更加恼火，大声吼道："我问过你那么多次原因，你为什么都不告诉我！如果我今天没看到这份折子，你是不是打算一直瞒着我？现在我知道了，你还这副嘴脸，什么意思啊？"

"我这副嘴脸？"这回轮到越祺然像被点燃的炮仗，气得一下从地上弹起来，与阿学针锋相对，"是谁用审问犯人一样的口吻甩脸色给我看的？交代？我交代什么？是他越之谦先瞒着你，你要吼去吼他！"

"我哪有给你脸色看，我只是不想你嬉皮笑脸地糊弄我——再说了，他瞒着我和你瞒着我能一样吗？"阿学也不示弱。

越祺然听到这话似乎更生气了，又将音调抬高："他和我哪里不一样？"

哪里不一样？阿学一怔，还真说不出个所以然来。她只知道同样是瞒她，她就是气越祺然的隐瞒。就算所有人都把她庄博学当成傻子蒙在鼓里，他越祺然也不行！

"我们先不争论这个。"沉默半晌，阿学突然绕过几案，拽过越祺然的胳膊就要往外走。

他定在原地不肯动："去哪里？"

"当然是去阻止越大哥继续下去。"阿学理所当然地答道，"陈浑已经插手进来，一定会把他和冯立往死里整。冯立怎么样我不管，但越大哥必须立刻抽身！趁现在也许还来得及。"

"不去。"越祺然见她绕了半天还是一门心思想着越之谦的事，脸色愈发难看。

又使劲拽了几下，阿学见他当真不为所动，愤愤地松开手："你不去我自己去——"

"你去也没用！"越祺然却在身后喊住她，"他是不会停下来的！"

不帮忙还说风凉话？阿学气不打一处来，脑袋一热，就回身质问道："你不试试怎么知道？你也太冷血了吧！难道你真打算查办他？"

"我冷血？"

看到越祺然一脸受伤的神色，阿学稍微冷静下来，也觉得自己说得过头了，便想要道歉："不是……我，对不……"

"没错！我就是要查办他，他犯了重罪，我代父皇监国为什么不能办他？"越祺然却神情激动地打断她，恶狠狠道，"是啊，我冷血，我早等着这一天了，我为什么要去阻止他？我好不容易抓到他这个把柄，当然不能让他好过——陈浑说得对，越之谦不可能没有野心，我还不如就趁机把他除掉！"

"你疯了！"阿学难以置信地惊呼，"你知不知道自己在说什么？"

两人的争执声越来越大，守在门边的小福子生怕连百步之外的侍卫们都要听去了，急忙出声劝说："我的两位爷啊，可不能再大声了，这是要把人都引来吗？"

"你闭嘴！我心里有数——"

谁知两人竟异口同声地喝退了他。

"越祺然，我最后问你一遍，你能不能冷静下来，和我一起去劝劝越大哥？"阿学把目光从小福子处收回，深吸一口气，盯着他沉声问，"你能不能帮他？"

"我说过了，与其留他日后成为我的劲敌，倒不如现在就一不做二不休。"越祺然毫不退让。

阿学气结："你鬼迷心窍了？好，好……你以为我非得靠你才能帮越大哥吗？你就监你的国、查你的案去吧！我病了，恕不奉陪——"

"庄少傅慢慢养病，不急。"越祺然冷笑着耸耸肩，"有陈浑帮我，我也确实不缺你一个。"

此话一出，阿学只觉如遭雷击，泪珠子就在眼眶边打转了！这些日子，她和越祺然确实经常起争执，可从没有哪次把话说得这样重，他居然说他不需要她了！

"好，我走……"红着眼，阿学转身夺门而出，头也不回地小跑离开。

望着她消失在走道尽头的背影，小福子扭头踏入斋内，万分不解地问道："太子爷，您刚才怎么——怎么净说些莫名其妙，抹黑自个儿的话啊！"

越祺然回身走向书案边，嘴里喃喃着："这样吵一架，让他和我赌气不来也好，最好能就这样避开……可……"

以为他是有什么吩咐，小福子连忙又凑上前几步："您说什么？奴才没听……"

"哐当！"

但他话音未落，越祺然却猛地探身上前，将一桌子的东西全部大力扫落在地，末了还将书桌一脚踹翻！

"可是他为什么总想着越大哥、越大哥！"他压抑着低吼，"我到底哪里不如他，为什么我们就是不一样？"

目瞪口呆的同时，小福子也算明白了一件事。

"奴才虽然不知道为什么，但有一言不吐不快……"

"说。"越祺然喘着粗气。

"您刚才这一番算不算是……醋意大发？"

"滚——"

·第十章·
DI SHI ZHANG
方知此情有多浓

　　那日与越祺然大吵一架后，阿学一回府就缠着庄焱让他必要的时候一定要帮越之谦一把。庄焱似乎也不意外，略一犹豫后就应下了，并且纵容着阿学赌气称病，没再去过东宫。

　　起先几天，阿学还能靠整天窝在书房看书解闷。可不到七天，她就开始坐不住了，满脑子都在琢磨这几天越祺然监国处理政务还顺利吗？他和陈浑少不得要接触，会不会露出马脚？

　　"其实他也是为大局考虑，而且越大哥谋划了许久，应该早有办法全身而退，我不该贸然让他去干涉，打乱越大哥的计划。而且仔细一想，我当时态度也确实不好……"阿学边铺开纸，边自言自语。她从不认为越祺然那天说的是真心话，只当两人都在气头上，话赶话而已。

　　况且这叔侄两人可以说志同道合，又都自有打算，她还是相信越大哥的能力，少杞人忧天，也对越祺然多些信任和理解才是。

　　"正好今日在家把接下来半年的教学计划写完，明日就回东宫，给越大哥指点指点，顺道问问他究竟怎么想的……"

　　这样想着，阿学这几日总挂着忧愁之色的小脸上终于有了一丝往日的神采，心也静了下来，于是开始翻阅书卷，提笔逐条书写教学内容。

　　窗外飘着小雪，蔓延着属于冰雪的宁静。书房中，笔端纸面接触的细

碎摩擦声与书页翻动声则带着熟悉的眷恋。阿学唇边挂着笑，眼底是恬静而知足的悠然，脑海中渐次闪过那些与越祺然在潜心斋相处的画面，有笑有闹，虽时不时被他这个狡猾偷懒的学生气得跳脚，也曾因屡次试探失败而灰心丧气，但如今坐在案前回想起来，也是岁月静好。

小福子说自她来后，越祺然笑得比从前多了，也笑得更开怀了。她又何尝不是？过去三年与狐朋狗友一起出门胡闹的日子固然少不了笑声，回忆起来却是一片模糊。而不知为何，唯有书斋那一方天地中的越祺然，他的一举一动，每一次挑眉与坏笑，每一次皱眉与叹息，都叫她记得清清楚楚……

光影在纸上变幻着，转眼便将至正午，雪却没有停下的意思，难得的冬日阳光不知何时也被云层藏了起来。

"吱呀——"

门从外被推开，响声打断了阿学的思绪。

"爹？"她抬头看去，起身绕过书案，"您怎么来了？催我去吃饭呀？"

庄焱面上没有熟悉的笑容，反而显得忧心忡忡。

"是不是出什么事了？"阿学从未见过爹爹如此神色，心中生出不妙的预感。

对上女儿急切的目光，庄焱透过她的肩头，瞥向书案，不答反问："又把自己关在书房一个上午，是打算回去上任了？"

"嗯，我有点想……"阿学像是被人窥见了小心思般，羞赧地垂下头，"想回去了。"

"唉，与其让你明日从别人口中得知，倒不如爹来告诉你，在家里总比在外面好，先有个心理准备。"心知再也无法拖延，庄焱不由得叹道。

果然是坏消息。阿学心中咯噔一声，又急急抬头盯着自己老爹，用目光询问究竟发生了什么。

"其实就在前两天……齐王和冯立贩卖私盐一案已查实，证据确凿，赃款所得五百万两白银——"犹豫无用，庄焱最终狠心道出真相，"贩卖私盐是重罪，首犯斩首抄家，从犯革职。冯立只待秋后问斩，而齐王毕竟是皇亲国戚，免于一死，但被削去一切官职爵位，终生软禁王府中。"

闻言，阿学难以置信地向后一个趔趄，撞上身后的书案后才站稳："老爹，我今天不想听鬼故事，您别吓我……"就算不能全身而退，又怎么会落到如此地步？

"东越国法，除谋反外，罪莫大于贩卖私盐，格杀勿论。齐王能免于一死已是不幸中的万幸！"庄焱见女儿失了魂似的，不由得皱眉劝道，"阿学啊，爹知道你敬重齐王人品，将他视为大哥，但他犯下这样的重罪，不……"

阿学大声地打断他："可他不是真的想这么做的，他才不是罪人，他是——"

"爹知道！"庄焱伸手用力按在阿学肩头，用从未有过的郑重语气道，"爹知道这其中必有隐情，但那又如何？前太子谋反一案就是前车之鉴！阿学，爹知道你心地善良，正义感也强，然而很多事情并非凭借一人之力就可以扭转，需要耐心经营，耐心等待，不能冲动啊！"

可阿学心绪激动，竟是一个字都听不进去，带着哭腔喊道："我不想听这些大道理，我只知道，他不该被这样对待！爹您答应过我要帮他的！还有越祺然——他不是在监国吗？那这罪是他定的？"

"他怎么能这么对越大哥！让越大哥这样苟活……这样苟活着……"他心里该有多苦啊！

"唉……你现在太激动了，等你冷静下来，爹再和你说，好吗？"庄焱重重地叹了口气，摇摇头，最后拍拍阿学的肩膀，转身出屋，将门带上。

冷静？阿学很想冷静，于是她坐回书案前，闭上眼不断深呼吸，想让自己的心情平静下来。可脑海里闪过的全是越之谦那让人如沐春风的笑，耳边响起的净是他一次次提点她的话语！

削去一切官职爵位，一辈子被软禁在王府中，余生只能在四方天地里度过，还要以一个罪人的身份被载入东越史册，这就是越之谦的下场！而真正的恶人呢？陈浑一举除去威胁他地位的齐王和冯立，未来更是有恃无恐地作威作福！

想到陈浑那张堆满肥肉，令人作呕的麻子脸，阿学就一阵恶心，霍地睁开眼，才发觉自己的泪水已将案上她刚起草完毕的教学计划打湿了大半。

"越大哥……怪不得，你让我快一些写完它……"阿学怔怔地盯了它一会儿，恍然大悟。原来那日越之谦就想到他可能等不到这一天了！他从一开始打的就是玉石俱焚的主意，她却傻傻地以为他准备好了万全的后路！

是她天真了，只想到与阉党接触，可能有目的暴露的风险，那么大不了放弃这个计划，直接撕破脸对峙。可她万万没料到，越之谦竟会选择这么决绝的方式让陈浑相信越祺然的同时，与冯立一派同归于尽！

他那样博学，就算不辅佐帝王治国兴邦，成为一代名臣，但至少也可以对着春花秋月，吟诗作对，谈经论道，在这东越传为美谈。可现在……这么冷的天，外面还飘着雪，王府肯定已被抄家过一遍，那些兵卒子与下人又跟红踩白，他会不会连炭火都没有？

阿学再也坐不住，猛地从椅上弹起，红着眼冲出屋去，也不顾家仆的阻拦，一路狂奔出相府。

"公子——您去哪儿？外面还下着雪啊！"

哪里还想得到要撑伞，阿学心中只有一个念头，就是立刻见到越之谦！就算早已有了这样的打算，可当这一切真的来临时，从高贵的齐王一夕之间沦落为人人喊打的罪人，他一定还是痛苦非常！

也许她什么都做不了，但至少她要亲口对他说上一句：我永远当你是大哥，永远记着你，总有一天会替你平反！

怀揣着这样的念头，阿学在渐大的风雪中跌倒又爬起，爬起再跌下。等她跑到齐王府门前时，早已摔了一身一脸的泥雪，让人瞧不出身份与模样了。

"什么人？"看守在王府门口两侧的卫兵长戟一叉，将阿学拦住，厉声喝道。

"我是……"阿学开口，却怔住了，她不能说出自己是谁，"我、我是曾经受过齐王恩惠的人，听说他出事了，就来看看他！"

那两名卒子将她上上下下打量半晌，见她一身污泥，脸上也是，便轻蔑地笑道："齐王？现在早没什么齐王了！你可知道这里面的人犯的什么事？别惹祸上身，快走快走！"

"请官爷行个方便，我只求见他一面！"阿学坚持恳求着，"官爷我很快就出来！"

"呵，上面说了，没有圣上旨意任何人不许入内！你不要命，总不能让我们哥几个随随便便帮你冒这个险吧？"其中一名卒子说着，伸出手，对着阿学掂了两下。

阿学当即明白这是冲她要好处的意思，急忙在身上摸索起来——出来仓促根本没带钱袋，男子打扮头上也没个值钱的金钗能送……

"我出来得匆忙身上一时没东西可孝敬官爷，请官爷先通融一次，我见完面立刻回去取钱给……啊！"

话还没说完，阿学就被那卒子用长戟一扫，往后跌下了王府门前的台阶，好在地上雪厚，她只在地上滚了几回，没有摔伤。

狼狈地撑起身，浑身是雪的阿学冻得直哆嗦，却还是颤抖着嘴唇央求："官爷，我不会赖的……请你们行个方便吧！"

"当我们哥几个傻啊？没钱还想办事，哪儿来的疯子，我呸——"要钱的卒子往地上吐了口唾沫星子，"快滚！"

疯子？阿学怔怔低头，发现几番折腾下来，自己确实邋遢得不成样子，若是往路边一蹲，没准还会有人以为她是个叫花子。

风雪还在不停呼啸，阿学虽冷，却也冷得清醒不少。从最初惊闻噩耗的愤怒与心痛中缓过神来，她仰头望着阶上居高临下俯视她的卒子，心中明了她是不可能见到越之谦了。没有圣上口谕，就算她穿袍戴冕，以当朝宰相之子、太子少傅庄斯文的身份请求入内，这些卒子也还是会把她请离，不过是态度和方式的区别罢了。

"还不快滚！否则把你拉去送官了！"那卒子见阿学还坐在地上，又喝道。

再僵持下去有害无益，理智回巢的阿学选择无声地撑起身子，最后看了眼被摘去匾额的齐王府，转身拖着步子往回走。

"公子？公子快过来……"

走出一段距离后，阿学便听到有人压低声音喊自己。扭头一看，却是早就在小巷中等着自己的马车夫，但他此时赶着的只是辆普通的马车。

"公子您怎么弄成这样了！快到马车上，咱们这就回相府！"那车夫也是看着阿学长大的，从未见自家小姐这般狼狈伤怀。

"记得多绕几个弯再回去，然后从后门进。"阿学浑浑噩噩地被他扶上马车，却不忘叮嘱了句。

相府的人冒着大风雪去探望刚刚被废的齐王只会惹来麻烦。所以换马车，又让车夫将马车停在这么偏僻的地方，定是老爹的交代。

"是。"

车夫不明就里，却还是照办，驾着马车在京内的小巷中弯弯绕绕好一阵子，最后才进了通向王府后门的小巷。

后门处早有吴妈和阿学的贴身婢子焦急地等候在那里，见马车停下，就将阿学扶了下来。

"不要停下，继续在京里绕绕，晚点再回来……"阿学此刻脑袋疼得厉害，浑身无力，却还是强撑着交代了车夫一句，这才跟两人入府。

"您怎么折腾成这样了？快去把衣服换下，洗个热……小姐！小姐——快来人！"

可吴妈话音未落，阿学便脚下一软，眼前一抹黑，栽倒在了她的怀中……

自阿学晕倒那日后，冬季便也走入一段最沉寂的时光。风雪时强时弱，却是终日不停，街上行人寥寥无几，几乎家家户户都开始烧炭取暖。身为病人的阿学，房内炭火更是从未熄灭过，以此驱逐寒气。

这装病成了真病，实非阿学所愿。冒着大雪去探望越之谦的冲动之举，让她尝到不少苦头，回府就开始昏迷发热，一连三天退烧不下，只偶尔迷迷糊糊之间能感到总有人在自己的病榻前晃来晃去外，再无其他知觉。

好在她这个混世魔王从小就习武强身，四处玩闹，身子骨比寻常千金要强上不少，连续睡过几天之后，倒也好了大半，只留咳嗽不止，还需慢慢调养。庄焱更是心疼女儿的身体，一口气又代她请了百日的病假，勒令她在屋内好好休养生息，哪儿都不许去，什么都不必想！

起先病得厉害，阿学对老爹的这一做法也没异议，但将近半月下来，除了偶尔咳嗽，她几乎已无病色，浑身也早就满满都是劲儿了。可庄焱仍不肯她下床走动，更别说允许她出去走走了。她想在榻上看书解闷，也被严格控制了看书的时间，理由是读书伤神……

"爹，我真是好得差不多了，您能不能放我自由啊？"这两天闷坏了的阿学再次对前来探望自己的老爹抗议。

庄焱仔细打量她的面色后，勉为其难道："每日许你多看一个时辰的书吧。"

"您这样让我每天就躺在床上，什么都不能做，我更容易多思多虑啊！"阿学瘪嘴抱怨。

"爹知道阿学聪慧，事情已过多日，你定能想通。"庄焱一脸"我就怕你不多思"的笑意，吃定了她。

越之谦的事情，一搁多日，父女两人都默契地没有提及，阿学也没有再执着于去看望越之谦或是其他。但这并非阿学已将此事遗忘，只是冷静下来后，她想得更深更多了。

"我确实想明白不少，可心中还是不舒坦，还是……"阿学低叹一声。有些事情，到底意难平吧。

"好，好，想明白就好，这才是爹的女儿。"庄焱老怀欣慰地摸摸胡子，眯起笑道，"既然你多少也能释怀了……有一个人想见你很久了，只是怕你见到他后更难受，才拖延到现在……"

阿学心跳一乱："谁？"会是越祺然吗？

"自然是太子爷。"庄焱观察着女儿神色微妙转变，接着道，"你若还是不想见，爹再去回了他便是。你是他的老师，当学生的来探病，为师者未必要见。"

"他来过几回了？"阿学只是低声问道。

只见庄焱略一思索后才道："你起初病倒那几日每天都来报到，后来隔日来一次。"

"我怎么都不知道？"阿学惊诧。

"哦……爹每回都只让他在院外站一会儿就走。"庄焱口吻十分不以为意。

听着老爹理直气壮让当朝太子爷罚站在门外的话，阿学哭笑不得。

"爹，他明日若再来……就让他进来吧。"她一顿，又补充道，"不过我现在病中休养，太容易让他看出我是女子，到时把帘子放下相见就好。"

"阿学啊，你别怪爹唠叨，爹还得再问问你，你觉得太子如何？"庄焱只颔首算作同意，转而又问起她对越祺然的想法。

阿学当即心中警惕起来，面上只憨笑道："太子很好啊，他监国的表现不是有目共睹吗？虽没有多突出，但朝政都办得井井有条。"

"爹不是问这方面，是问你对太子……有没有好感？"眼见自家女儿和越祺然相处的时间也够长了，庄焱也心急起来，索性挑明了问。自家女儿若是不满意，别说太子爷了，就是天王老子他也不给嫁。

"爹——您、您这是问什么呢！"阿学心跳漏了一拍，嗔怒道，"我每天可是正正经经在教太子读书！"当然了，也曾为试探任务正正经经地调戏过他，调戏到她自己脸红心跳为止……

瞧瞧阿学这一边嘴硬、一边红霞扑面的模样，庄焱这个过来人心里立刻了然，心道这女儿还是随娘，当年阿学她娘也是死活不肯承认爱上了他呢。

"哈哈，是爹老糊涂，不该问，不该问——"目的达到，庄焱笑眯眯地起身来，"你好好休息吧，明天太子定要来的，爹会让吴妈替你把帘子放好，露不了馅。"

"嗯，嗯，我知道了。"阿学只用力地胡乱点头，"我要看书了，病假结束还要继续给太子讲读呢！"

脸皮薄的女儿盼着自己快走，庄焱怎会不知，当即乐呵呵地出了屋，替她将门带上。而屋里的阿学在门被关上后，并没有选择读书，只是失神地双手捂着脸，时而痴笑，时而蹙眉喃喃自语……

也不知是病榻上时间难磨，还是等待的光景让人难耐，昨夜迟迟入睡，今晨又早早醒来的阿学已经是第十八次望向门口了。

"来了，来了——"

正当她再次失望地收回目光时，门却被吴妈打开了："您快往里些，我给您放下帘幔！"

幔子放下后，隔着这一重模糊的阻挡，心中微乱的阿学又忍不住问一句："是太子来了吗？"

"可不是吗？他前阵子几乎天天来……"吴妈说到一半，突然换了口气，

"老奴给太子请安——"

原来主仆二人说话间才布置好，终于被允许入屋相见的越祺然已迫不及待地入内了。

"嗯，你先退下吧。我和你家公子单独说说话。"半月多未见，猛地听到越祺然低沉而带着磁性的嗓音，阿学竟忍不住有些出神发怔。

吴妈退下后，越祺然隔着帐子的身影突然矮了一截，大约是没找凳子坐，直接跪坐在了床榻边。

看着这阔别多日的身影，阿学默然，只因意外地感到自己其实还颇为想念这身影。

"庄斯文，你还在生我的气？"他见阿学不吭声，就闷声问道。

阿学一开始只是摇摇头，但又想起他可能看不真切，才想出声，好巧不巧就咳嗽起来。

"咳咳咳——"

"你没事吧？"越祺然身形一动，作势要掀开帘子查看阿学的情况。

这让阿学吓了一跳，急忙阻止他："你别动！别掀帘子——"

以为她是不肯见自己，越祺然失落地放下手，重新跪坐下来，沉声问："你心里对我还是有气，你怪我对小叔叔的事情袖手旁观，对不对？"

略一犹豫，阿学选择暂时沉默，等待他的后文。

"无论你怎么想，我认为我的选择是对的，我不会后悔，也不能后悔……但那天我对你的态度确实不好，我向你道歉。"越祺然果然缓缓地低声道，"你知不知道？其实我挺嫉妒小叔叔的，你对他的事情那么关心，还为了他和我吵……我是被你气急了，才说了那些话。"

嫉妒？阿学微讶，想都没想就脱口而出："这有什么好嫉妒的？再说了，我难道不是更关心你吗？"

校场挑衅那次，她选择跟上他；游湖那次，她选择替他挡刺客；越之谦说想当皇帝那次，她选择站在越祺然那边；诉说往事那次，她选择握着他的手承诺他永不抛弃……

唯一一次，他射伤越之谦后，她明知素心能照顾好越之谦，却还是执意送其回府，确实是出于关心越之谦的伤情，但更因为她在心中对越祺然有着不一样的期待，才对他无故伤人的举动失望气愤，不想见他。

"你更关心我？真的吗？"越祺然似乎精神一振，话音听起来也不像方才那般颓唐萎靡。

这回阿学又不应声了，因为她自知失言了，怎么可能再重复一次？她现在的身份是男子，而越祺然又喜好男风，万一真的……她毕竟是假男人，总有一天会被越祺然察觉，到那时她就把他骗得太惨太狠了！她不愿他痛苦，更不想因此被他记恨，倒不如就维持现状的好……

"你放心，这些日子风声没那么紧了。当年伯父的旧部有不少对伯父忠心耿耿，自然也都在想方设法关照小叔叔。我也借着他们的手，替小叔叔打点了一番，再加上还有素心贴身照料，他虽被软禁，但也不至于过得太苦。"见她不吭声，越祺然也不再追问，话锋一转，从袖中掏出一封信，透过帘子的缝隙递入，"对了，这是他托我捎给你的信。"

越之谦的信？阿学忙不迭伸手接过，二话不说就拆开来读。

小庄：

听说你病了，大哥知道你是替我难过，但你因我而病，我心中更加难过。希望你能快些好起来。

另外，你与阿然在闹别扭？不是他不愿意帮我说情，而是帮了我就等于前功尽弃。他心里早就猜到会有这一日，他想要阻止我的心，和他当初想要阻止他大哥的心一般无二。没能劝下他大哥，也没能改变我的结局，他心中其实比谁都难过，只是他不善于好好表达。所以你莫要因此与他有了隔膜。

还记得我们那日讨论《尹文子》时，你说过的话吗？你真的很了解我。你说我看起来很像是会用大道治理国家的人，我的想法确实如此。

计利当计天下利，求名当求万世名，这就是我选择的道。

勿念。

你的越大哥

字迹工整，力透纸背，可见写信之人身体康健，精神尚佳，倒比越之谦那洋洋洒洒的一席话来得更让阿学放心。

听见她逸出的轻笑，越祺然也不由得跟着笑道："看来我说再多都敌不过小叔叔的一封信啊……"

只是这笑里多少有些苦涩，阿学何尝听不出来？

"我早不怪你了。"于是她轻声与他诉说心中所想，"赌气在家的那几天，我总是对你有些……放心不下。原本那日要不是听说越大哥出事，第二天我就已打算回东宫去了。再之后，我确实病倒了，父亲也没告诉我你日日都来……"

要是她总和他那张欠揍的嘴计较，那两人早就绝交百来次了。

"最冲动的那阵过去以后，我也想通了很多来龙去脉。你嘴上不说，心里是不赞同越大哥用自己的性命和声誉做代价，去削弱阉党的势力。你和他都知道，如果换一个方法，或者慢慢等他们内部的矛盾逐渐激化，需要太长时间，变数太大，牺牲到最后也许更大。所以你再不甘，也只能选择与越大哥合作，在他身败名裂，拉冯立下马的同时，获取陈浑的信任。"

这些日子阿学反复琢磨着越祺然对越之谦的每一次"挑衅"，其实都是想在无法回头之前，劝他停手。在这个局开始之前，越祺然纵容自己将亲情放在家国利益之上。可一旦入局，他就只能选择大局，选择理智，才不会辜负了越之谦的苦心。

他不是无情，反而是至真至性。

"我知道你从没有把越大哥当作继承皇位的威胁，更不会趁机借阉党的手就此除去他。我了解你，你不是那样的小人。"阿学偏头一笑，"如果你真讨厌他，肯定亲自动手，就像是那天在校场上一样，直接一箭解决他。"

越祺然的声音有些发颤："你……你当真这样想？"

"嗯。"阿学颔首应声。

"你知道吗？我常常在无人时自己，生在帝王家，面对尔虞我诈、似真似假的亲情，我享受了多少，又承受了多少。如果我能够舍弃富贵，是否也同样能抛开那些痛苦。但我还是庆幸老天，让我有一个真心待我的大哥，哪怕后来我刻意改变，他也从未放弃过以一个兄长的身份教导我。我也很庆幸我的小叔叔是一个心怀天下甚至于捐命相赎的仁者，没让我在铲除阉党的道路上孤立无援……"隔着纱幔，越祺然改坐为跪，指天誓日，"我越祺然在你面前对天发誓，只要我坐上皇位，我定会为他平反，让他在万世之后依旧被人人称颂——"

没想到他会对自己跪地起誓，阿学又惊又喜："当太子的人怎么说跪就跪？我信你，你快起来吧！"

"那你能原谅我了？"越祺然又问。

又瞥了眼信纸，阿学心中有了主意："唔……还有个条件。"

"不管是什么，我都尽力做到！"越祺然不假思索地应下。

"你之前说过的，给你一点时间，你就告诉我你大哥的事情。"阿学想替他解开这个心结。毕竟无论是没能劝下他大哥，还是没能改变越之谦的结局，都并非他的错啊。

帐外的人突然沉默了，良久没有再回话。但就在阿学低叹一声，以为他会就此转身离去时，越祺然的声音再度响起：

"我大哥只是想肃清阉党，却反被诬陷成谋逆。其实我一直不赞成大哥直接在宫中诛杀陈浑和冯立，那样太过于冒险，毕竟禁军都掌握在陈浑手中。更何况大哥什么都好，就是性格太过于耿直刚烈，无法坐视阉党继续左右朝政、陷害忠良，屡次在朝堂上与阉党势力针锋相对，早就成了陈浑的眼中钉肉中刺。我时不时劝他暂时忍下，另想他法，可最终我也没能成功劝阻他……"

"你尽力了。"阿学竟有些庆幸自己此时看不清他的神情，她害怕看他那满是哀痛的眸子。

只听越祺然先低声一声，接着深深吸气过后，才终于将谋逆事件的隐情道出："大哥一直在联络自己人，以筹备击杀陈浑等人的计划，直到有一天，他突然告诉我机会来了。父皇要去祠堂祭拜祖宗，陈浑和冯立等人都会先行到祠堂准备祭拜事宜。祠堂堂下廊屋众多，正可以在帘幕后藏匿士兵，只等陈浑等人入内，便可一举击杀。但事有不密，不知是谁走漏了风声，陈浑事先得知，将计就计，只先派了手下的小太监前往，撞破大哥与谋臣布下的卒子，一面奔逃一面惊呼'太子造反'，接着陈浑便率领禁军千人前来包围祠堂！身处东宫的大哥本还想奋力一搏，将所有能招募的亲卫全部纠集，赶往父皇所在大殿，想趁陈浑等人回大殿时将其诛杀——"

听到这里，阿学倒吸一口冷气："可你父皇听信谗言，反以为你大哥率兵而来是想谋逆弑君，任由陈浑他们率禁军将他就地格杀，还血洗了所有参与谋划的东宫官员与朝官？"

那日从宫中运出的尸体不下千人，阿学正巧在街上目睹，至今历历在目。

越祺然却冷笑："呵，我大哥一向孝顺，父皇怎会不知？只是双方实力悬殊太大，他选择了弃子保位。"

难怪他要怪他父皇冷血，可……

阿学微微蹙眉，思忖着还是将心中所想轻声道出："我明白你怨你父皇不肯保下你大哥。但你有没有想过，当时事态混乱，你父皇稍有不慎，陈浑便可将他也一并杀去，再栽赃太子弑父，宣称自己迟来一步，只来得及将谋逆之人就地正法。如此一来，陈浑成了平乱的功臣，越家后人众多，随便再辅佐个幼帝上位轻而易举，从此后阉党更是为所欲为。也许你父皇的用心在此……"

她一本正经，严肃郑重地替越祺然分析，谁料后者却突然哈哈一笑"看不出来啊，你的脑子有时候转得还挺快！"

"越祺然——"她气结。

见帐内的人好似是扭过身去了，越祺然不由得失笑："你真是把我当傻瓜了……"他怎么会没想到？可他不知道该不该这样去相信。如果父皇真有心铲除阉党，真有这么深远的担当，这么些年为什么全无作为？

他只是不愿让还在病中的阿学思虑过多，才刻意扯开话题。

"什么意思？"阿学跟不上他的思路，又转过头问。

"没什么。"越祺然不再继续这个话题，转而固执地问了第三次，"我就问你到底原谅我没？"

这回轮到阿学沉默了，她不怕什么危险，只怕自己卷入朝堂纷争后也会连累家中。可她有爹撑腰，有娘撒娇，还有个不成器的哥哥能给她出出气，而越祺然呢？他难过的时候，需要陪伴的时候，身边又有谁呢？

久久等不到阿学的回应，越祺然眼底的光渐渐灭了，起身就要离开："我知道答案了……"

"我原谅你。"不忍看到他失落的背影，阿学脱口而出，"你放心，等我病一好，就回东宫去帮你一起对付陈浑。虽然他那张老脸实在倒胃口，不过为了你，我还是会忍一忍的——"

"当真？"越祺然大喜过望。

"当真——"这是她听从自己心意做出的选择，就不会后悔。

"那既然这样，让我看看你吧。"

这半月来，他在书斋之中只觉每处都是她的身影，但又转瞬即逝，只想能真真切切瞧上她一眼。可他又怕自己的出现惹阿学气恼，加重病情，便只每日站在院外往屋内望上一阵，聊以慰藉。

"别——"阿学见他说着又要伸手掀帘，不由得大急。

越祺然的手僵在半空，皱眉："为何？"难道是已经察觉到了什么，所以想疏远他了？

"咳咳……我风寒尚未痊愈，传染你就不好了。"一时也胡诌不出什么好理由，阿学只得装模作样地咳嗽两声。

原来还是为他着想。越祺然面上一松，眼底泛起笑意："好。那你好好休息，我在东宫等着你。"

"你放心，我说过不会丢下你，就保证不让你孤军奋战，我庄博……斯文，说到做到！"阿学起了些玩性，从帘缝中钻出一只手去，勾起小拇指，"要不要拉钩？"

默默凝视她纤细的手片刻，越祺然淡笑着用小拇指钩住她的，郑重道："人不负我，我定不负人。"

卿不负我，我也定不负卿。不，就算卿他日相负我，我亦不忍负卿……

如果没有奇迹发生，越祺然想这大概是自己这辈子都不会说出口的承诺了。他在心中默默做下一个决定，不再犹豫。

"那我先走了，好好照顾自己。"松开她的手，越祺然转身出屋，朝庄焱的正书房走去。

推门而入，庄焱似乎等候他多时了，不卑不亢地作揖请安："老臣参见太子。"

"庄相多礼了。"越祺然开门见山，面上是温和却又坚定的笑，"之前答应庄相的联姻之事……请恕我不能遵守约定了。我与贵千金素未谋面，怕辜负了令嫒。倒是……倒是贵公子与我……意气相投，我愿与他义结金兰，荣辱与共，同生共死，以表达我的诚意！"

"请庄相成全！我定将庄斯文视作亲弟！"怕庄焱不同意，越祺然竟纡尊对他行了个大礼，"义子与女婿并无不同，都是半个儿子。您也一样是我父，请受我一拜——"

庄焱急忙伸手托住他的胳膊："哎，不必不必——"

"您不同意？"越祺然瞧他一脸老狐狸般的微妙笑意，猜不透他所想。

"太子不妨先见一个人，再决定要不要与我女儿解除婚约。"庄焱却不急着回答他，抬手指向屏风后，"还不出来？"

屋内竟还有一人！

越祺然陡然一惊，想来是他一心担忧庄焱不肯成全，这才失了警觉。

然而，那从屏风后转出，将遮住大半张脸的风雪帽缓缓摘下之人，更让越祺然惊诧得说不出话来：

"你、你是……"

都说好事成双，那日早晨阿学才送走越祺然，将越之谦给自己的信妥当收好，午后便又拿到另外一封信。那信上的字迹她再熟悉不过，正是她那逃官的老哥所写！

"这么说……哥要回来了？"阿学一目十行地跳过庄斯文那些漫无目的乱抒情的字句，视线锁定在最后一行。说是他在采风过程中结识了一名好友，不日就将带好友回京做客。

庄焱颔首，笑得颇为欣慰："是啊，大概就在这三五天了吧。"

"那他回来了……我岂不是就……"岂不是就不必继续冒充太子少傅了？

见女儿神色黯然，庄焱心中明镜似的"他回来就让他继续在家里蹲着！谁让他自己要逃官？现在朝野上下认的都是你这个太子少傅，你和你哥长相虽然相似，但贸然换回来，恐怕不合适。"

"真的可以吗？"阿学双眼一亮，抬头望向自家老爹，眼里写满"老爹英明神武"六个大字！

提及女儿的为官表现，庄焱那是一脸骄傲："当然了！我儿这太子少傅做得人人称赞，把烂泥糊上了墙，为何不能继续当下去？"

"太子不是烂泥——"阿学忍不住要替越祺然说句公道话，"他其实……

其实……"可话到嘴边，又说不出个所以然来。

看她急着维护越祺然的模样，庄焱在心中暗暗掬了一把老泪，果然是女大不中留啊！等事情一了，恐怕这女儿就得拱手送人了，真是有些不甘心哪！

"好了，好了，爹知道你一心辅佐太子……你就安心再养几天病，等咳嗽的毛病痊愈了，想在潜心斋待多久就多久！"心中虽不舍又不甘，但深知"留来留去留成仇"的庄焱还是承诺阿学。

那她一定要快些把病养好才是，阿学闻言不禁垂首莞尔。

"阿学……阿学？哎，那爹先去忙了，你再躺会儿补补眠，听吴妈说你昨夜一整晚都兴奋得睡不踏实……"

庄焱唤了阿学几声，发觉她早已面上带笑地在神游太虚了，再次重重一叹，在心里把骗走女儿的心的臭小子数落上几遍，这才离开。

"啊？"后知后觉的阿学在房门轻合的瞬间才回神，捂着脸低喃，"吴妈又乱说了，我哪有兴奋？"

"啊——"

阿学这在屋内正心虚呢，却突然听到外边贴身婢子小翠的惊叫，不由得扬声道："怎么回事？"

"没事，没事。小翠那丫头最近也不知动了什么春心，总是心不在焉，毛手毛脚——刚才搬花盆给砸了脚，我这就带她去上药。"吴妈的大嗓门随即传来。

小翠一边嚷嚷着疼，一边不忘回嘴："我哪有动那什么心啊！"

"你这小妮子还死鸭子嘴硬？小心我把你扔在半路上，你就自个儿一瘸一拐地去看郎中吧……"

随着吴妈和小翠的走远，两人拌嘴的话音渐渐听不真切了，可吴妈那一句"死鸭子嘴硬"臭名其妙地不断在阿学脑海中盘旋，挥之不去……

这人啊，越是心虚时，越觉得别人的一言一行都是针对自个儿，像阿学便是越想越怀疑吴妈会不会是在指桑骂槐？

"我才不是死鸭子——"她猛地闭眼一喊，仰面躺倒下去，将被子一扯蒙住脑袋。她只是因为白天都窝在床上不活动才特别精神的！对，就是这样，就是这样……

也许是自我催眠起了作用，又或许是温暖的被窝让人身心放松，阿学乱了的呼吸渐渐平稳下来，脑海中盘桓多日的思虑也暂时散去。这些日子她面上虽表现得轻松，心结却不曾完全解开，直到今日见过越祺然后方释怀。再加上老哥也要回家了，她这个冒牌货心里算是更有底了。

阿学这样想着，舒服地轻轻逸出一口气，才发现屋内一片静谧，就连屋外连日不断的风雪也不知何时悄然停止了。天随人愿，再没有呼啸的寒风来扰她这一场清梦……

当初阿学这病，也有一半是心病，越祺然这味"心药"一来，自然是药到病除。因此又过了不到两天光景，连咳嗽声都极少听见了。不过庄焱不放心自己的宝贝女儿，决定听从医嘱，改药补为食补，从饮食入手，替阿学再调养了半月身体，才许她回东宫复职。

这食补就食补吧，阿学没意见，不就是大鱼大肉地吃吗？她愿意一直补完这个冬天！可她万万没想到，所谓食补便是一日三餐全吃寡淡无味的药膳！

就给大病初愈的人吃这个？实在是没天理！

于是某只想要偷腥的"小猫"就把卧房门一关，迅速改装一番，再由窗子翻出，一路从后院摸出了相府……

"小二，上几道你们店里最拿手的荤菜，是荤的就行！再来一壶好酒！"

一刻钟后，乔装打扮过的阿学出现在了京城最出名的酒楼——熙熙楼的二楼，并且很快引来了众人的侧目。

熙熙楼既是京中酒楼的翘楚，来这里吃饭的人非富即贵，都不差钱。所以阿学将银两豪气地拍在桌上的举动并不稀奇。稀奇的是熙熙楼中少有孤身的姑娘前来吃喝，更从来没有上来就要酒要肉的姑娘。

"这姑娘……啧啧……"

"哪里来的土财主的女儿吧？"

"不过这小娘子声音悦耳，看背影也不错，不知道容貌如……妈呀！这鬼见愁啊！这饭没法吃了——"

周遭几桌的议论声阿学自然收入耳中，因此相当配合地转过头去给身后那桌的两个年轻官家子弟看一眼容貌如何，成功吓得他们当即结账走人。

其余人见那两人反应古怪，也纷纷投来好奇的目光……

"小二，结账！"

"小二！我们要换桌——"

一阵乒乒乓乓的喧哗过后，二楼西北角呈现清场状态，只留面带　瑟的阿学一人独坐。

"没想到我这化妆的手艺这么出色啊……"

如今"庄斯文"正在病中，不便出门，所以男装行不通。女装虽很少人见过，可到底不放心就这么出门晃荡。于是阿学灵机一动，给自己点上大大的媒婆痣，再抹上烈焰红唇，最后用金花钿贴满半个额头……

一位长相如狼似虎的女子就此诞生了！

有了如此糟心的相貌，想必正常人都不会多看上一眼，更别提认出本尊来，阿学这才能有恃无恐地在熙熙楼抛头露面。不过她还真没料到，这副尊容居然能不费一两银子地替自己达到包场效果。

要是越祺然看到我打扮成这样，不知道还能不能认出我？思及此，阿学笑弯了眉眼，无聊地探头向酒楼下张望。

冬天里风雪最大的日子已然过去，如今空中虽时不时会飘些小雪，却也不复酷寒，挡不住人们出门踏雪的步伐。街市两旁的摊子数量尽管比不上其余三个季节时多，却也比最沉寂时要热闹不少。

之前被勒令不准离家的孩子们也在街上窜来窜去地跑动，相互扔雪球玩，直砸在脸上也不喊凉，只发出天真无邪的嬉闹声，与摊贩子们的吆喝声交织出民间生活的气息。

这是在皇宫中难以见识的热闹与淳朴，阿学多么希望此时此刻越祺然就在自己身旁，同她一起看，一起笑。

"客官，您的菜齐了！"

正发愣间，小二已托着盘端上酒菜，一一在阿学桌前摆好：红烧熊掌、三丝拼盘、清蒸鲫鱼，还有她最喜欢的糖醋里脊！

这一病让阿学都快忘记肉是什么味道了！如今对着桌上这几道菜深深

吸上一口气，精神大振，再也按捺不住馋虫，狼吞虎咽起来！

几口肉下肚后，阿学才想起喝酒，仰头就打算一口闷，却不料太久没喝，竟被呛到。

"咳咳咳——"

"喝点茶吧？"

一杯茶递到眼前，被呛出眼泪的阿学顾不得许多，随手接过饮下，这才缓过一口气来，并用尚有些婆娑的泪眼打量起来人。

这是一名尚未束冠的美少年，高鼻深目，英气勃发，脸庞全无稚气，反而线条刚毅。他身着华服，但腰间配饰并不打眼，只是普通玉器，让阿学一时看不出他的身份地位。

"多谢这位公子。"但无论如何对方出手相助，阿学还是大方地起身冲他施礼道谢。

"是小生该谢谢姑娘才对！"那少年人却直勾勾地盯着她，双眼发光，诗兴大发，"梦里寻他千百度，蓦然回首，那人却在熙熙楼上处啊！都是缘分让小生遇见了你——"

"哦呵呵，是吗？"阿学笑得僵硬。这一番搭讪也太老土了吧？唱得跟戏文似的，起一身鸡皮疙瘩……

还有，是她面上的妆掉了，还是他的眼睛瞎了？居然能坚持直视她这么久？

那少年人连连点头，继续兴奋道："真是没承想本以为只有梦中才能见到的人，居然真的存在！敢问姑娘芳名？可是唤作如花？"

"噗——"阿学正喝茶压惊，却敌不过他继续语出惊人！

"你的梦中情人就长我这样？"阿学憋着笑指向自己，"这位小哥你是发烧了还是喝醉了？"

"梦中情人？非也非也，姑娘误会了。"那少年人"咦"了一声，有些纳闷地问，"你没看过《断袖少主弯直记》？"

她不止看过，还写过呢！阿学扶额，她才不要对这种多半有病的读者承认！

"呃，这个……我听过啊，但是没看过，等改日我看完了咱们再聊啊……"

这饭也是吃不下去了，三十六计走为上计，只能割舍下剩下大半桌的酒肉了！于是阿学边说边开溜，最后一个字音落下时，人已到了楼梯口处。

"喂——姑娘你家住何处啊？到时你看完了书要怎么找你啊？"

身后是那少年人的喊声，阿学只管脚下生风，跳下楼梯，夺门而出。逃离酒家还不够，她生怕对方尾随，于是一连狂奔出好几条街巷后才在一处拐角停下脚步，背抵着墙直喘粗气。

"呼呼……果然人不可貌相，长那么帅气却是个美丑不分的痴汉，还想知道我家住何处？可怕——"阿学念叨着，又探出脑袋，警惕地四下打量，"刚才也没顾上看他是不是个练家子，不过应该是没跟上。"

街道上人不多，几眼就能看上一遍，确实没那美少年的踪影。但夜长梦多，阿学还是又一路往相府方向小跑回去，浑然不知来回奔跑的自己已成为今天街市上最令人发指的"亮丽"风景……

偷偷出入相府对阿学来说是熟门熟路的。不多时她就从后院翻墙而入，神不知鬼不觉地潜回闺房，换上被炭火烘烤得温热的冬袄，并把外出的罪证"消灭"干净。

无论如何这次改善伙食的偷腥计划还是圆满完成了，心情愉悦的阿学将房门打开，笑眯眯地伸了个懒腰，目光沿着院中的蜡梅枝头一路向下——

"啊！你、你——你怎么会在这里？"

蜡梅树下竟站着个人，而且不是别人，正是那名刚刚被她甩掉的美少年！强行搭讪还不够，居然尾随到她屋外，企图入室，欲行不轨——简直是饥不择食的登徒子啊！

"哈？小生和姑娘果然是三生石上结因缘啊！"少年人闻声，扭头看向阿学，顿时挂上惊喜的笑意，就要迈步上前。

"停——"阿学暴喝，"不许过来！你知不知道这是哪里？容不得你胡作非为！"

那少年人一头雾水地停下脚步，反问她："这里不是相府吗？"

"你既然知道是相府，还敢随意入内？"阿学不可思议地瞪大双眸，"识相的就自己快点离开，否则我要报官了！"

"报官？那不行——"少年人一听报官，就大摇其头。可他嘴上说着不行，脚下却没有要移步的意思。

阿学气结，正要扯开嗓门喊人，却先听得另一个熟悉的声音在院落门口响起："报什么官？庄博学你又在胡闹什么？"

那五官与她有七八分相似、一双朗目笑得人畜无害的英俊青年，可不就是她阔别半年之久的同胞哥哥庄斯文吗？

"庄斯文你还知道回来！"也顾不得那无赖还站在院落中央，阿学跳下台阶飞奔过去，狠狠砸了她哥几拳。

"你这做妹妹的还有没有良心？这么久没见，连声哥都不喊就招呼拳头啊？"庄斯文装腔作势地"哎哟"两声，受伤地捂着心口，"不想我？"

"可你这做哥哥的良心也没好到哪里去啊！我确实想你……天天就都想着你回来了怎么揍你！"阿学吸吸鼻子，红了眼眶，却还嘴硬着。

庄斯文轻笑着拍拍她的脑袋："好了，我这不是回来了吗？你什么时候手痒了，就找哥打架，随时奉陪。"

"我才不是因为手痒，还不是你突然逃官可把我给坑苦了！"阿学噘嘴退开半步，不满地抱怨。

"哦？我刚才怎么听爹说你当太子少傅当得风生水起，还舍不得辞了？你要是真觉得累，那哥现在就去和爹说一声，我俩换回来——"

见他来真的，转身就要走，阿学急忙抓住他的胳膊，干笑道："我开玩笑的！你长途跋涉这么久时间，四处采风一定很累，更需要休息，所以既然回府了就继续在家里边休息边创作就好！"

"真的？"庄斯文得寸进尺地挑眉，"你可别勉强。"

"看我真诚的大眼睛。"阿学使劲眨眼。

庄斯文盯着她审视半响，这才耸肩道："好吧，信你这一回。谁让我是你哥呢，你喜欢的官位，肯定要让给你。"

"谢谢哦——"阿学咬牙。

要不是为了越祺然，她才不会给庄斯文得了便宜还卖乖的机会！

"阿文，你们兄妹两个感情还真不错。"

听到那变态插话进来，阿学当即倒吸一口冷气，回身看去："你怎么还在？等等……你刚才叫我哥什么？"

"瞧我，忘给你介绍了。"庄斯文上前几步，走到两人中间，"阿学，这就是我在信上说的那位朋友，水雨廷。我刚刚带着他来见你，可你不在屋里，所以我就让他先留在这里赏赏梅。不过——听你们的对话，似乎已经认识了？"

"你朋友？"阿学差点背过气去，"你知不知道他不久前还在酒楼里对我说了一堆酸掉牙的小说台词啊……而且我都打扮成那个鬼模样了他还——"

等等，不对啊！阿学猛然意识到什么，抬手一摸脸。她方才在屋内洗脸时分明已经把丑妆卸掉了。水雨廷怎么会一眼认出她？

"你从一开始就知道我是谁？"阿学收起夸张的语气，眯起眼，沉声问道。拜这半年的为官经验所赐，她比从前更细心敏锐了。

水雨廷又开始泛酸："非也非也，怪只怪那惊鸿一瞥——"

"说人话。"阿学叉腰。

"姑娘在熙熙楼上往下看时，正巧被我瞧见。姑娘的双瞳像秋水般波光潋滟，笑中含情，有如盛开出桃花一般，故而看一眼就能记下，怎么乔装打扮都能认出。"水雨廷笑得可圈可点，那英气而刚毅的眉目似乎天生就是用来收买人心的，叫人相信他所言非虚。

所以阿学信了，就在这个寒冬腊月里，有一朵烂桃花开进了她家院子里……

"好吧，那这个误会咱们就一起忘了？"

"恕难从命，小生永远难以忘怀姑娘那回眸一笑……"

"打住！你能换个正常的方式说话吗？别背小说台词！"她扶额，无奈地看向庄斯文，"哥，他平时都这么和你说话？你受得了？"

"怎么受不了？他嘴里说出来的多半是《断袖少主弯直记》里的台词，听着就舒坦啊！"庄斯文瑟满满，"你不觉得与有荣焉吗？"

难怪这词儿听着如此耳熟，原来是……阿学汗颜，急忙与庄斯文划清界限："这些文绉绉、酸溜溜的对白可都是你一人完成的，我这个只出创意的人不敢居功。"

"你说什么?"谁知阿学此话一出,水雨廷竟激动地上前几大步,"这书里的情节都是你想出来的?"

"算不上都是吧……但有很大一部分是……毕竟庄斯文的脑洞比他的心眼还小……"

两人的距离不到一个手臂,阿学才发觉自己不得不仰视水雨廷。这人的个头还挺高挑魁梧的,总算让她在他身上找到一样与长相比较般配的存在。

"亏我之前还以为是阿文谦虚……你知道吗?除了台词,小说里每个出人意料的情节和人物,我也都铭记在心!在酒楼里,你的扮相不就是有意还原第二册第五章中那位心灵美的如花姑娘的形象吗?"

第二册是去年这时候写成的吧?原来她下意识把自己扮成了自己曾经构思出的人物啊?这就难怪水雨廷在酒楼里那些无厘头的问话了。不过……

"在第二册第几章出现你都记得?"

"自然。"水雨廷邀功似的解释道,"因为我怕等连载的时间久了,就专门整理出现今所有已出的小册子,画了一幅人物关系图和情节结构线!"

阿学瞪目:"你整理这些做什么?"

"研究啊!你不知道,我一直以来的梦想就是也能成为像'斯文败类',也就是像你们兄妹两个一样的畅销言情作家!"水雨廷眼中迸发出壮志满怀的光芒,"我希望有一天,我写的书能做到东越人人手一本!"

"这样啊……做人总要有一些幻想,哦不,梦想嘛!"

得到她的鼓励,水雨廷更是兴奋地一把握住她的双手,热泪盈眶:"那有空暇时,小生可否向姑娘讨教一二?不求一夜热销,但求下笔有神!"

阿学一怔,没有立即回答,反而眼底闪过一丝若有所思的神色。

"可是小生哪里惹姑娘不喜?小生愿一直等下去,等到天荒地老,海枯石烂,等到姑娘愿意传授衣钵的那一天!这一世若等不到,那就来生再续前——"

"够了!"阿学头疼地低喝一声,抿唇道,"教你可以,两个条件,第一,现在先把手放开。"

水雨廷垂头一看，急忙撒手："是小生唐突，小生愿做任何——"

"第二！"阿学揉着发疼的眉心打断他，"你和我哥怎么说话我不管。但在我面前不准背台词，好好说话，说人话！"

"小……"水雨廷开口又要犯病，被阿学一瞪，忙不迭改口，"我尽量。"

"阿廷啊，你可要多向她讨教，别看是个姑娘，她那脑袋瓜里装的东西我可是想都不敢想！"庄斯文在一旁看了许久的好戏，最后还不忘奚落阿学。

阿学白他一眼"也没见你不敢写，有本事你别写！我另外找人合作去。"

"别，别……好阿学，哥哥刚才是在夸你呢。"庄斯文讪笑。自从两人合力创作以来，他最吃不消的就是阿学这一必杀技。

"哈……最好是。"阿学懒懒地应着，打了个呵欠。

见妹妹面露疲色，庄斯文也收起玩笑之意"你大病初愈，还是要多休息。哥就不打扰你了，阿廷会在我们家小住一段时间，我再带他熟悉熟悉环境。"

"嗯，那你们随便转转吧。"随意地颔首，阿学转身就往屋里走，"我去睡了……"

"走，我带你去你的厢房看看。"

"阿文收留之情小生铭记肺腑——"

身后传来两人渐渐远去的脚步声，阿学回身关门，动作极慢，盯着水雨廷的背影，眸光闪烁。

一声轻响，房门却在这一刻将全部视线阻隔。屋外，水雨廷已在庄斯文的带领下拐出院门，院落里恢复一片沉静。而屋内，阿学保持着关门的姿势没有改变，抿唇不知沉思着何事……

之后的日子，大约是拜那日庄斯文在府中四处找她所赐，阿学被吴妈和小翠严密"盯梢"，再难溜出相府。有庄焱带领一众忠心家仆严防死守，在家中养病的日子着实无甚乐趣。反倒是水雨廷的出现似乎给她带来了意想不到的好处……

"庄博学！你又看书装什么深沉呢？"才住进两日，水雨廷已自来熟到也不知会一声，就一屁股坐上了阿学的书案。

"谁准你对我直呼其名的?"阿学从书堆中抬首,横他一眼,"还有,没看我这儿正用功吗?"

水雨廷委屈地苦着脸道:"这样毫不客气地直呼其名容易达成欢喜冤家的结局。许多书里都这样写,我就想试试……既然你不喜欢,那我怎么称呼你?学儿?"

"哕——"阿学胃里直泛酸,硌硬他道,"这又想试试缠缠绵绵到天涯的滋味?"

"被你看穿了。"水雨廷老实不客气地承认道。

真是棋逢对手……阿学不禁扶额:"你还是按照剧情来,刚认识的这段时间里,规规矩矩地叫我一声庄姑娘吧。"

"那不知庄姑娘何时有时间?"水雨廷从善如流,眼巴巴地望着阿学。

"在我研究完这本书之前,不接受任何咨询。"阿学举起《六韬》在他眼前晃了晃,谁知竟被他一把牵去,"喂,你做什么?"

只见他连看都没看那书,就随手往后一扔,接着在阿学杀人般的目光逼视下朗声背诵起来:"文王将田,史编布卜曰:'田于渭阳,将大得焉。非龙、非螭,非虎、非罴,兆得公侯。天遗汝师,以之佐昌,施及三王……'周文王准备去打猎……所获得的不是龙,不是虎,也不是熊,而是要得到一位公侯之才。他是上天赐给你的老师,辅佐你的事业……"

这本《六韬》虽是兵书,但内容十分广泛,是阿学接下来要给越祺然安排的课程。

可她大约确实没有这方面的天赋,搬了一堆笺注辅助阅读,磕磕绊绊半日下来不过读了十几页。可反观水雨廷,不但能从头背起,还能背一段就讲读一段大意,凡有典故或者难懂处,也能一一详解,完全不打磕巴,那叫一个倒背如流,口若悬河!

阿学起先只是傻怔着,到后来发现水雨廷没有要停下来的意思,当即一拍脑门,起身迅速把地上的《六韬》捡起,又坐回原处,提笔猛记他话中精要。

如此一来,省去翻找各类笺注的时间,书页哗哗翻得直响,不过一个时辰的进度就胜过之前两日的总和!按照这个速度,复职之前定能研读完毕，让阿学心中乐开了花！

不过功课顺利推进的喜悦没能持续太久，一到用膳时间，面对一桌子药膳，阿学就霜打的茄子似的将脑袋搁在桌上，一副有气无力的模样。

见她顶着一张苦瓜脸，水雨廷纳闷地问："庄姑娘为何不吃？可是身体抱恙？"

"别诅咒我。我只是想吃糖醋里脊，不吃肉没胃口。"阿学没好气地哼哼着，"没胃口我就想不出要再传授点什么技巧给你比较好。"

一听"传授技巧"四字，水雨廷转头就走："我这就去厨房让他们做！"

"回来！"阿学扯住他的衣袖，"厨房要是肯做，我还犯得着和你说吗？"

"这……所谓君子远庖厨，小生……我虽愿为姑娘赴汤蹈火，却爱莫能助。"水雨廷满脸为难。

"谁让你做了？"她好笑地提醒他，"出门左拐第三条街，熙熙楼的小二正对客官你翘首以盼呢。"

水雨廷闻言一拍脑门："这容易，你等我！"

"快去快回。"对着他打了鸡血般飞奔而去的背影，阿学倚在门边大声叮嘱，"我不吃凉掉的——"

就这样，阿学在水雨廷的帮助下过上了充满书香与肉香的日子。当然了，阿学心情好时也偶尔会传授他一两句"开脑洞大法"，毕竟来而不往非礼也嘛！但她也曾嫌他太过于黏人，便随口胡诌坐在屋顶吸取天地日月之精华就能让灵感大增，以此打发他去做一名安静的美男子。

不料，水雨廷竟当真在屋顶上从天黑蹲到了日出，脑洞有没有大开阿学不清楚，只庆幸这大冬天的脑袋没冻坏就算不错了！所以阿学自那以后也不敢再胡说八道，老老实实回答他的日常三千问。

也许是话说多了反而不咳嗽，大约在水雨廷入住半月后，庄焱就确认已有将近五日未曾听闻自家女儿的轻咳声——养病结束！

这也就意味着阿学终于要重着男装，回东宫复职了！

"博学，没想到你男装也这么好看啊，不考虑用自己做原型写一本小说？"也不知何时起，水雨廷擅自改了对她的称呼。起先阿学听来还觉得别扭，可他坚持按照剧情理当更进一步，她也只好作罢。

阿学皮笑肉不笑:"呵呵,我觉得拿你当原型写本书可能更畅销……"

"小生绝无调侃之意,确实是初见博学时便感到惊为天人,如今男装打扮更是令人怦然心动,废寝忘食,寝食难——咦,人呢?"

前一刻还在院内的阿学早已逃也似的夺门而去,她已经不指望水雨廷哪天能不犯病了,只是这并不代表她就相信水雨廷就是这么个时不时文艺泛滥的年轻人。庄斯文看人什么眼光暂且不论,然而自家老爹首肯庄斯文带朋友入住家中这么久时日,这还是开天辟地头一遭!

因此甫入潜心斋,阿学便特意将水雨廷的存在告知了越祺然。

"庄斯文,你这是胳膊肘往外拐啊?说不定你父亲收留的是个朝廷钦犯,现在就这么被你给检举揭发出来了。"

越祺然起先还不满阿学一来就念叨旁的男人,后听她是替自己在观察"可疑人等",眉眼又染上藏不住的笑意。

"真有这号钦犯?"阿学倒吸一口冷气。果然是披着羊皮的大灰狼吗?

那天在院中,水雨廷握住她的手时,她就留了心眼。因为他手上起着厚厚的老茧,且从老茧所长的位置来看,也并非长期握笔所致,反倒像练剑练出来的。于是她又观察他离开时步伐稳健,很明显就是个练家子。加之后来他去熙熙楼买回的酒肉皆如同刚出锅时那般烫嘴,更是必须轻功卓越方能做到……

如此说来,水雨廷倒也符合背负无数条人命的钦犯设定啊!果然每个装疯卖傻的人都是相似的,但装疯卖傻的方式各有不同……

不过他入住相府这么久,京城似乎也没见传出什么惊天命案。

"噢!你敲我的头做什么?"阿学正将所有疑点往钦犯方向梳理,额上却莫名一痛。

"敲醒你啊!"越祺然好笑地收回手,交抱双臂,"你还真信他是什么通缉犯啊?"

阿学这才算明白他纯粹就是在胡说,不由得揉着脑门嘟囔:"才没有真信,只是因为是你说的,所以我才要认真地思考一下啊……"

"因为是我说的吗?"越祺然眸中泛着别样的光芒,低笑一声,"傻瓜——"

"为师要是傻，那教出来的学生也是傻瓜！"阿学反唇相讥。这是他第二次说她是傻瓜了，是可忍，孰不可忍！

"好了，不逗你了。"见她跳脚，越祺然以空拳抵在唇边，低咳着收起玩笑之色，"若我没猜错，这个人虽不是朝廷钦犯，但同样是不该出现在京城中的人物。"

不该出现在京城的人物？阿学一脸迷茫。

"他应该就是东海王洛霆。"越祺然也没继续吊她胃口，直接点明道，"各地藩王非召不得入京，若是被发现了，定要治罪。不过住在相府倒是个好主意。"

"窝藏私自入京的藩王好像比窝藏朝廷钦犯更严重吧？"阿学头疼。

越祺然思索片刻后，竟一脸认真地颔首道："藩王私自入京多半是要谋反，藏匿逆臣的罪名确实更大。"

"难道他想趁皇上病着，图谋不轨？"闻言，阿学不禁蹙眉，"若真是这样，他必定联合了别的藩镇，否则就他一人只怕要后院起火……那岂不是大事不妙？"

东越有八个藩镇，全是外姓藩王掌控，地方势力与天子势力始终在暗中较量。阿学也曾听自家老爹提起过圣上有意削藩，将地方兵权收回，但又恐藩王因此造反，所以迟迟没有动作。

至于各地藩王，也是面和心不和，故而也无一敢主动出击，生怕才出兵京师，自个儿的老巢就被别的藩王给端了。

"是啊，他一个人想成事可不容易，不然他也不会应我之邀入京。"越祺然勾唇，那高深莫测的笑容让阿学感到陌生。

"你让他进京的？"阿学似乎抓住了什么念头，急切地追问，"我父亲也知道？你想做什么？"

察觉到她的不安，越祺然抬手按住她的肩头，笑中带柔："庄相都把你送到我身边了，你还觉得他会不知情吗？不管是我、你父亲，还是洛霆，我们都有一个共同的目标——铲除阉党。这就是我想联合他们做的事情。陈浑手握十万神威军，是他最大的筹码，我若不与藩王联手，借藩镇之兵来对抗他，就永远只能落在下风。"

以前在阉党一事上，越祺然对她总是讳莫如深，不肯多说。所以她总觉得与越祺然之间像是隔了一层无形的纱幔，再难拉近距离。

可今天，今天是第一次，第一次他肯这么直接地告诉她，他想要做什么，想怎么做！这是不是代表，他终于完全信任她了？他把她当自己人了？

"可你这样算不算与虎谋皮，万一洛霆他……"欢喜不过一瞬，更沉重的忧心就占领了阿学的全部思绪，"你得留条后路！"

对上她满含忧虑与关切的眼神，知道她是怕他一着不慎也落得个越之谦般的下场，越祺然再也忍不住将落在她肩头的手上移，轻揉揉她的脑袋。

"别怕，洛霆从小跟着他父亲南征北战，十六岁丧父后继承王爷，藩镇内无半点动乱，可见是个聪明人，所以他知道应该与谁合作才是明路。庄相做事也有分寸，就算真出了什么意外，庄家应该也不会受到太大的波及。"

也许是太过于忧心，阿学竟没注意到某人今日一再越界的亲昵动作，更未捕捉到他眼底那抹异样情愫，只道了一句："只要你别学越大哥做傻事就好。"

对此，越祺然不以为意地耸耸肩："做傻事的人一个就好，我和小叔叔的想法从来不同。你放心好了。"

这倒是……阿学点点头，算是信了。

等了片刻，没见她再开口，越祺然不禁有些郁闷地问道："洛霆的事情谈完了，你都没有别的话要说？"

"啊？对了，确实有事……我觉得监国期间功课也不能落下太多，你现在处理事务肯定也熟练了，那白天的时间不妨还是继续用来学习。"阿学一拍脑门，从袖中抽出新的学习计划表，往前一递，贼笑道，"你看看有什么不满意的，没有最好，如果有也憋着别说。"

"我不是说这个——"越祺然随手接过，丢到一边案上，咬牙强调道，"我的意思是，你没什么话要对我这个人说的？"

这个，曾经阿学也觉得她有满腹的话想对他倾诉，可踏入书斋后又找不出半句合适的话来。总不能现在才补上一句"好久不见，别来无恙"吧？

于是沉默半晌，阿学还是在他期待的目光中摇了摇头："我……一时忘了。不如我们先开始讲读？边讲我边回忆？"

看她说着，已掏出一本写满批注的《六韬》，越祺然先是对她的不解风情抱以忧伤一叹，随即又道："你其实不必准备太多。"从前他不知她的辛苦，如今怎还舍得她挑灯夜读。

"那怎么行？你的十万个为什么还等着我来解答呢！"阿学笑嘻嘻地指指书案，"快坐回去，我们开始了——好久没上课我还真有些怀念。"

果然大部分人是好为人师的，阿学也不例外，迫不及待要给越祺然讲读了。这次她在洛霆的帮助下有备而来，底气十足，不怕被问倒！

"好！那就请少傅大人指教了。"越祺然依言坐回去，摆出好学宝宝的神情，直溜溜盯着阿学。

"首先，我们先了解一下这本书的脉络……"

一个讲得起劲，一个听得认真。时间溜得极快，复课第一天的教学在一派和谐的氛围中结束了。小福子早已在书斋门口待命，准备相送。

可阿学并未抬步，只因觉得有什么事情忘了做，心里直别扭，可究竟是缺了什么呢？

"少傅大人这是想留下来共进晚膳？"看她呆呆盯着自己，没有要走的意思，越祺然调侃着笑问，手还颇不老实地覆上她的手背。

阿学一惊，抽回手的同时也想起缺少的部分原来就是那个"试探"任务啊！突然之间，不必再想方设法调戏越祺然，反倒有些……空虚？

"不、不用了……我先走了！"被自己这个古怪的念头吓到，阿学转身落荒而逃，还撞得小福子向后一个趔趄，"啊，你也不用送我了，自己先站稳吧！"

望着她仓皇而逃的背影，越祺然捧起她落下的那卷《六韬》，越翻笑得越甜蜜。

小福子看不下去："这些书您三年以前就烂熟于心了，刚才听一遍不够，现在还要再看一遍？"

"你懂什么？她喜欢教，我喜欢学，岂不是相得益彰？你也不许露馅！"越祺然不以为意。

小福子表示他这个注定要单身一辈子的人参不透恋爱中人的想法，比如越祺然才把书卷放下，又对自己的手翻来覆去瞧起来。

"主子您的手怎么了？"

"没什么，本太子只是突然发觉自己还挺有魅力的。"比如只是碰了下手背，某人就羞红了脸。他以前怎么没发现某人的演技这么差呢？居然被骗了那么久……

"那您为何不现在就与她表明心意？"

"我要和小叔叔公平竞争。"越祺然挑眉。

小福子忍不住纠正他："这个竞争从一开始就不公平……"

"哦，也对。那本太子更不急了，等她确定她自己的心意也不迟，左右她早就是我的人了！"

·第十二章·
DI SHI ER ZHANG
你断袖求我谈情

当某人得意的沉笑声还在书斋内回荡时，一口气冲出承华门，在相府马车上坐定的阿学才发现《六韬》被自己落在了潜心斋。

她也不知道自己究竟在慌乱什么，脸上也发热得厉害。从前她可是能主动对越祺然摸摸小手，抛抛媚眼的，现下人家不过是随意碰了碰她的手背而已……

难道是大病初愈的人比较合适走含蓄路线？

不，不对！仔细回想起来，今天越祺然的举动和语气都不太对劲！至于怎么个不对劲法……比往日都更放肆了？又或者是更随意了？

一连想出许多个形容词，都无法准确概括，阿学只能逐个排除摸索，终于一个模糊的猜想渐渐成型——

"吁！"

马车猛地一颠后停下，正凝神思索的阿学一脑门磕在车壁上，发出一声闷响。

"公子您没事吧？"那马车夫急忙撩开帘子问。

"还好……"阿学捂着额角，还保持着龇牙咧嘴的状态，"出什么事了？"

回答阿学的是道明丽而愉悦的女声，有些耳熟。

"庄斯文，我总算见到你了！"

这不是鲁步婉的声音吗？阿学微讶，走出车厢，发觉原来已经到相府门口了。

"公子……这位小姐突然就从路边冲出来，所以……"马车夫惭愧地望着阿学额角的红肿。

"不怪你。"

跳下马车，阿学安抚了马车夫一句，却不料鲁步婉紧接着就是一句："那怪我喽？"

"呃……鲁小姐能来看斯文，斯文倍感荣幸，怎敢有责怪之意？"阿学知道她的小姐脾气，先是对她作了个揖，接着对马车夫使了个眼色，让他快些驾车离开。

"不、不是……"待车夫驾着马车拐到相府门侧，鲁步婉又红了脸，垂头绞着手中丝帕，"对不起，我总是有些管不住自己的嘴，我不是那个意思……确实是我不对。"

说到这里，她居然对着阿学深深弯腰道歉："真的对不起！"

"一点小事啊，哪儿这么严重？"面对大小姐的十万分歉意，阿学受宠若惊，忙不迭将她扶起，"我真没放在心上。"

"不止这件事！主要是为了之前在湖边那次……"鲁步婉虽然直起了身，却仍不抬头，一口气往下说，"那次刺客一来，我被你一推之后就吓晕过去了！后来的事情我根本不知道，等我醒来的时候已经在鲁府了！我再想带人回去帮忙时，刺客都被正法了……"

阿学听着，点点头："这样啊，其实那件事也过去很久了，你不用耿耿于怀的。"那样混乱又血腥的场面，像鲁步婉这样的大小姐还是被吓晕过去比较轻松。

"我真的不是在找理由推脱！"鲁步婉却误将阿学的淡然理解为怀疑，一把抓住她的胳膊激动地赌誓，"我发誓如果我当时清醒着，我一定不会抛下你的！"

"我相信你啊。"阿学不明白鲁步婉为何一直与自己纠结此事，只能选择生硬地转移话题，"对了，你找我有什么事吗？"

盯着阿学瞧了好几眼，鲁步婉依旧看不出端倪，只得讷讷道："我就是……一直想找你解释那天的事情。出事之后，爹说我总往外跑才会遇上这种危险的事情，就不让我出门了！等我好不容易央着爹同意我出来，你又病了——你真的相信我吗？"

见她又绕回老问题上，阿学忍不住扶额呻吟起来。

"你怎么了？病还没好吗？"鲁步婉关切地上前要扶住阿学。

不敢与她做太亲近的接触，阿学不着痕迹地退后半步，叫前者的手落了空。

"之前的病是好了，就是可能刚才撞了一下头，现在有点晕。"阿学装模作样地晃晃脑袋，"我可能要失陪了……"

"好，好，那你快回去休息会儿。"鲁步婉听阿学说头晕，先是也跟着蹙眉，转而又露出羞涩的表情，"反正你我相见，也不在这一时……我过段时间再来找你啊。"

看着鲁步婉百转千回的面部表情，和那暗送秋波到快要抽筋的双眼，阿学心中暗道不妙，一句话也不敢再接，连连让对方留步，自个儿迅速晃悠进相府。

"还能走直线吗？要不要我扶你？"

阿学闻声扭头，发现水雨廷，哦不，应该是洛霆了，正倚在大门后，一脸"我刚看了一出言情好戏"的兴奋神色。

不过从他此刻的用词来判断，处在未发病状态。

"不必。"阿学也不是真晕，立刻在他面前走了段直线。

当然，洛霆也跟上来，饶有兴致地追问道："你真相信她的话？"

"我看起来就那么不真诚吗？"阿学停住脚步看向他。她就纳闷了，一个两个的都不信！

"那倒不是。"洛霆摸摸下巴，分析道，"可能是因为太真诚了，反而让人觉得不敢相信吧。你好像是一下子就接受了她的说辞，没有任何怀疑。如果非要说为什么……大概是你的相信显得缺乏理由。"

阿学却蹦出牛头不对马嘴的一句："你今天说话好像很不一样哦？"

面对她半是质疑的发问，洛霆若无其事地歪歪头："你肯定都告诉了东宫里那位，所以他也肯定把我的身份告诉你了。"这意思就是他没必要再特意掩藏自己的另外一面。

见洛霆没一点被拆穿后的尴尬，阿学感到一阵无力："好吧……"

"你还没正面回答我的问题，你真相信她并非贪生怕死才溜之大吉的？"洛霆却异常执着地又追问一遍。

"相信啊。你不知道当时的情形，那剑就蹭着我们俩刚牵到一起的手边砍下去的，她吓晕过去很正常。"阿学不假思索地应道，"至于如果重来一次，她没被吓晕会如何……我希望她还是照样离开。刀剑无眼，谁知道她留下会不会白搭上一条命呢？"

在这点上，阿学与越祺然一样，不希望自己关心的人留下冒险。她知道越祺然伤心的是那个女孩将他彻底抛下的行为，而非不肯与他同生共死。

"你这人倒是心宽……"洛霆先是一怔，随即笑问，"那你怎么没被吓晕？"

"这个……我和她不一样嘛。庄斯文没和你说？"谈起自己的光辉史，阿学得意扬扬，"我练过的，但凡打架都少不了我！"

大约是没见过女子谈起打架还一副引以为豪的模样，洛霆勉强一扯嘴角，算是配合地笑过了。

"还有问题吗？我要回屋休息了。"阿学还想独自琢磨琢磨要怎样应付移情到自己身上的鲁步婉呢。

"问题倒是没了……对了！你不在家，我这一日闲来无事，便画了一幅画。"洛霆说着，也不等阿学同意，便拉过她的手腕，将她一路领到自己屋中，"你来看——"

他还会画画？

带着好奇心，阿学自个儿踱到书案前，低头端详起来。本以为他一个行军打仗之人，多半会画些万马奔腾之类的浩大场面，又或是边塞风光之类的壮阔风景，却不料纸上仅画着一人，还是一名身着绿罗裙的年轻女子，回眸一笑间顾盼生辉。

"画工不错啊。这才是你的梦中情人吧？"阿学扭头看向他，调侃道。

洛霆诧异地瞪大眼："你看不出这画的是谁？"

"你这么一说，是有些面熟……"阿学便又审视画上女子几眼，沉吟道，

"不会又是根据小说里的哪个人物画的吧？"

"呼……算了。"洛霆一脸"被你打败"的神情，进而十分不情愿地飞快吐出一句，"这画上的是你。"

"什么？"阿学怀疑自己耳背了。

洛霆爆脾气上来，提高音调又怒吼一遍："我说这画上的人就是你！你自己长什么样不知道啊？"

尴尬，四目相对却无言以对的尴尬。

良久之后，阿学才讪笑起来："呃，你这么一说，好像还真是我。但我不记得自己有这身衣服啊。而且我也从来不笑得这么……斯文。你这画的是我，又不是我啊。你怎么突然想到画这个？"

"嗯，画这个当然是有理由的……"洛霆的气势骤弱，将视线移向前方角落。

阿学看他吞吞吐吐的，就追问道："什么理由？"

"咳咳，你等等啊。"

只见洛霆又是一咳，然后莫名其妙地转过身去，背对着阿学又犯起病来"所谓我手画我心，这画上之人就是小生心目中的博学。这半月来你我朝夕相处，今日博学乍一离府便是一日，小生便觉得异常难熬，只得作画来打发时间。小生想博学明眸皓齿，衬上绿色罗裙必定更显清丽，所以擅作主张，至于这回眸一笑，那日在街市人海中抬头望去的一眼，就是如此感觉。"

"洛霆，"阿学耐着性子听完他的长篇大论，接着转到他对面叉腰道，"你别装了——"

微微低头俯视阿学，见她非但没有动容之色，反倒十分不满的样子，洛霆不由得皱眉："装？我装什么了？"

"你之前背台词的做法……还有喜欢看《断袖太子弯直记》，难道不是为掩饰身份？现在我都知道你的身份了啊，你就不用再装成个深受言情小说荼毒的无知青年了吧？"阿学也不与他兜圈子，直接挑明道，"我知道你是来帮越祺然的，也理解你年纪轻轻当个藩王不容易，所以我还当你是朋友。你就没必要也对着我演戏吧？"

"哈？谁说我之前都是装的？"这回洛霆的眉头直接呈现出一个深深

的"川"字，"我每天处理藩镇事务还不够累，只为了装模作样还要辛辛苦苦追连载，然后背下那么多本小册子？我是不是傻啊？"

"如果不是装的……那确实有点傻。"阿学低喃。

洛霆危险地眯起眼："你说什么？"

怕他发作，阿学干笑着摆摆手，咽下口水："我是说如果你不是装的，那我确实有点傻，居然误会了你。"可如果不是装出来的，那洛霆就是典型的高智商却低情商的人啊！

"这还差不多。"洛霆见她还算识趣，便只哼哼一声，"刚才的话你听明白了吗？"

阿学点头如捣蒜"明白。"怎么不明白？翻来覆去还是那些台词嘛……

"这么说你这就接受了？"洛霆先是一喜，随即纳闷起来，"按照剧情应该没这么快才对……"

"接受？什么意思？"阿学也是一头雾水，"你难道不是又想背台词了，就靠我来找找感觉？"

闻言，洛霆大喊冤枉："我刚才不是在背台词！若真是台词，我早就随口说来，何必背过身去看小抄？都是我自己写的！"说着，他还将左手掌心朝外，伸到阿学眼前。

阿学定睛一看，果然他掌心上密密麻麻所写全是方才他所说的话。再将目光从他掌上移开，一路往上，对上他的一双英朗眉目，阿学突然想到自己也曾在初见第一天认为洛霆就是她不小心招来的一朵"烂桃花"……

"你不会是认真的吧？"

这回洛霆没有再答她，反而绕到桌后，取过笔在画边题下一行字：

魂兮梦兮，吾心所依。

"洛霆，你一定是言情小说看多了——咱们认识还不到一个月！"阿学不能接受他这毫无铺垫的爱意。

"我相信我第一眼的直觉，也相信缘分。"洛霆抿唇，"是《断袖少主弯直记》，是命运，让我们走到了一起！我入住相府也半月有余，与你朝夕相处的时间也不短，就算认识不到一月又何妨？"

尽管知道洛霆是认具在说，可他那一股改不掉的浓浓言情狗血腔还是让阿学鸡皮疙瘩起了一身!

"你以为我每日黏着你,当真只是为了讨教那些问题?"看阿学没反应,洛霆又补上一句,"你仔细想想这些日子,你认真回答过我几次?"

不用仔细想了,一次都没有!

阿学惭愧之余,也开始认真考虑洛霆话中的虚实。他从第一天出现在她面前就以玩笑相对,所以她便从不把他的话当真。但回想起来,这些日子洛霆倒也算任劳任怨供她使唤。可如果这就算爱情,那么小福子对越祺然岂非一往情深?

"那个……我觉得你还是少看点言情小说吧。"最终阿学得出了神结论。

"你——"得到这风马牛不相及的答案,洛霆气结,就要伸手去抓她,进一步表明心意,却被阿学灵巧地躲过,"你回来!"

傻子才回去!

阿学急忙闷头往外冲,却与迎面而来的庄斯文撞个正着:"哎哟——"

"阿学?你这又是急着去揍谁呢?"庄斯文扶住阿学,笑问。

"你妹妹在你眼里就是这么个恶人啊?是有人要打我啊!"阿学不满地挣开他。

"什么?"庄斯文目光扫向屋内的洛霆,"那小子欺负你?看哥去帮你出气——"

于是阿学果真驻足做围观状,看着庄斯文一挽袖子,踏入屋去,然后一巴掌重重拍在案上:"你要是再敢惹阿学不开心,信不信我让你这辈子都看不到《断袖少主弯直记》的结局!"

"好!好!庄斯文你够狠!有本事别用这个威胁我,试试手底下的真功夫啊!"

"打就打,我之前那都是让着你——"

滴答,滴答……阿学听见自己的心在流血,她的好哥哥就是这么帮她出头的,要他何用啊!

不忍直视两人泼妇似的打架方式,她选择捂着心口默默离去。

而在她离开后,原本打得"难解难分"的两人也瞬间向后弹开十步,无声地斜睨彼此,井水不犯河水。

"你和她不是偶遇。"还是庄斯文先打破沉寂，用陈述的语气说道。他说这话时，视线就锁定在那题了字的画像上。

"我比与你约定的时间早来了几天，闲来无事便想先见见相府千金。"洛霆大方承认，"但若不是她偷溜出府，我和她还确实不会'偶遇'。"

顿时屋内气压更低了，庄斯文面上哪还有平日里漫不经心的笑容："别把心思动到她身上。"

这是赤裸裸的警告。

"男未婚女未嫁的，有何不可？你书里不也写着自由恋爱吗？"洛霆直直迎上他的逼视，毫不退让。

庄斯文抿唇："我再说一遍，不准利用阿学。别以为我不知道你为什么想打她的注意。"

"利用？"洛霆轻笑，"这女婿都还没正式进门，你们庄家也偏心得太早了吧？一样娶她就能得到好处，我接近博学就是假意，他和博学相处就全出自真心，这是什么道理？唉，可怜我平生第一次表白，换来你们兄妹俩这么不友善的对待……"

也许是觉得他所说有理，略一沉默后，庄斯文面色稍稍缓和，只道："你既然知道，何必自讨没趣。我看阿学与太子两人算是情投意合。"

"情投意合？那也经不起乱搅和！"洛霆说着，将画像小心翼翼地收藏起来，"你看着吧，不用我出马，太子那个亲爱的表妹也会帮我搅乱这锅粥……"

假使阿学昨日仍然在场听到洛霆的预言，恐怕她此刻再不情愿也得拍手叫绝——真是太准了！

因为就在第二天，也就是此时此刻，潜心斋内，越祺然和阿学正因鲁步婉之事起争执。

"我才问你一句，你就摔书摔笔的，什么意思啊？"

阿学不过是想到鲁步婉最初心仪的是越祺然，若他能回心转意，自己这个移情对象估计也就没有存在的意义了。所以就将鲁步婉昨日那一番解释的说辞转述给他听，顺带试探试探他的心意。

可谁知道，她才问出一句，越祺然就发起了无名火！

"我都说了，我不喜欢她，也不喜欢别的什么女人！"越祺然在书桌前来回快步转着圈，以此宣泄他的焦躁与不满，"你还硬塞给我，我能不生气吗！"

"可你不能总这样啊！至少她是你表妹，你就不能试着接受她？"阿学看他还是这么厌恶女人，心中莫名失落，不是滋味，"难道你还想打一辈子光棍啊？"

越祺然喘着粗气定住脚步，红着眼回身看她："你就这么急着给我找太子妃？"这个女人怎么能这样"无私"地把他往外推？她心里难道没有一丝吃味？还是她当真完全不在乎……

再次从他眼底捕捉到受伤的神色，阿学不由得放软了语气："你、你——我没想那么远，就是希望你能慢慢打开心结……"

至于太子妃……是啊，早晚会有的，不用她操心，她也操心不来……

"你怎么了？我是不是吼得太大声了？"越祺然见阿学看向自己的眼神变得迷茫，不禁懊恼自己没能压下情绪，"既然你没想到那么远，那这件事以后我们就都不提了，好吗？"

他走近她，双手握上她的胳膊，放柔语气，轻声道。

不提就能不存在吗？他身边以后会站着谁呢？高矮胖瘦似乎都不合适，什么气质她想象起来也都别扭。她好像……不喜欢那里站着别的什么人。

于是阿学微微颔首，低应道："好，你不喜欢提，我就不提了。"反正她会一直以男儿身的身份陪伴他左右，那么他还厌不厌恶女人，似乎也并不太重要。

她虽扯着嘴角勉强笑笑，可越祺然看得出她心情低落，不知是何事突然叫她烦心。正待开口再问，小福子的低咳声却从门外传来。

"主子，陈大人来访。"

"他怎么来了？"阿学疑惑地抬眼。

越祺然倒是一副心中有数的模样，只叮嘱她道："别担心，在我的意料之中。只是有些事情今日早朝刚刚宣布，还没来得及告诉你，你一会儿什么都别多说。"

“好。”

得到阿学毫不犹豫的应答，越祺然感到愉悦。因为她是全心信任他的。

“请他进来吧。”又用力握握阿学的手后，越祺然才转身让小福子去领人进来。百步之外的侍卫已成常态，经过监国这段时间，朝臣们也都习惯成自然了。

“老奴特来给太子道贺，恭喜殿下啊——”

许久不见陈浑，他还是那副阴沉奸诈的老样子，一双三角眼像毒蛇般盯着猎物不放。阿学只静静站在一旁看着，有些诧异他一入内就作势要对越祺然行大礼，还说什么为道贺而来。

她不在的日子里有什么喜事吗？

“陈大人多礼了。”越祺然上前将他虚扶起来，“我这怎么称得上喜事，倒是父皇的病能有所好转，才是国家社稷的大喜啊。”从他的神色来看，陈浑口中的喜事他也早知晓。

而阿学听到皇上的病情好转，心中就更好奇后续如何了，可偏偏还不能露了声色，那叫一个煎熬！

“唉，这协领六部之权也是太子早就应得的，却到监国一事定下……如此说来也确实算不得什么喜事。”陈浑顺势起身，言辞比神情更加恳切，“圣上重新临朝理政，不知殿下接下来有何打算？”

“我能有什么打算？父皇让我做什么，我便做什么。”越祺然状似认命地摆摆手。

陈浑对此十分不赞同：“话不能这么说！老奴还是那句话，殿下该想得长远些。趁着圣上如今重视您，您得做出些成绩来，可不能继续碌碌无为了。”

“不瞒陈大人……齐王，哦不，越之谦虽已被软禁，但我前段时间去昭文馆巡视，几位皇弟颇为聪颖，不日也将成年。再加上原本就已在担任京官的三弟与四弟……”越祺然重重叹了声，不再掩饰满面的愁容，对陈浑吐露心声，“我就忍不住想到先帝当年不也是在暮年后尤其属意幼子吗？父皇对我的态度始终一般，怕只怕我这太子之位坐不稳啊！”

听他说到这里，阿学心中隐隐约约明白越祺然接下来要做的事了。

"殿下想得对。"陈浑老奸巨猾，只简单回应了这一句，便没有后文了。他不会先摊牌，他要越祺然主动请求"合作"。

果然，见陈浑不接茬，越祺然只好又上前一步，对他深深一鞠："陈大人也曾辅佐父皇顺利登基，不知可愿也助我一臂之力？"

陈浑还是没有吭声，眼珠缓慢地转动着，不知在琢磨什么。

"陈大人相助之恩，他日绝不敢忘！"越祺然再上前半步，沉声道。

"殿下这是折煞老奴了。"眼底闪过一抹精光，陈浑满脸堆笑地扶起越祺然，却仍没明确应下，反而将目光往阿学处投来。

仿佛被毒蛇盯上，阿学心下一跳，一时不知要做何反应，只能先装模作样地踱到越祺然身边，以此拖延时间来思考对应之法。

"啊……"

却不料，她才走近越祺然，后者就猛地伸手将她的腰身一捞，用力将她带到身前——她的上身几乎是紧贴着他的！

阿学下意识地想要挣脱，可紧接着腰侧一麻，却似被人点了穴般动弹不得！

你这是在做什么？她想问，却又怕坏了他的事，只得用眼神质问。好在如今刚过立春时节，天气微凉，她穿得不算单薄，否则这么近距离接触肯定会被他察觉不对劲！

"陈大人不必担心，"越祺然深深望了阿学一眼，便扭回头对陈浑笑道，"庄斯文已是我的枕边人，我与'他'之间没有秘密。"

听到"枕边人"三字时，阿学难以置信地瞪大双眼，紧抿双唇，可他那一句"我与'他'之间没有秘密"又令她心头莫名一悸，耳根发热。

这一惊一羞的神色尽数落入陈浑眼中后，他眼底便划过一瞬即逝的嘲讽之色。

"殿下真是好风流啊。"陈浑皮笑肉不笑道，"但身为储君，可不能沉溺声色之中。"

"陈大人教诲得是。不过阿文也算是一表人才，不仅让我……在政事上也能助我良多，沉溺在这样的声色里，岂不是美事？"越祺然说着，再次俯身侧首，暧昧地凑到阿学耳边喷吐热气，唇还若有若无地与她的耳垂摩擦着，让人面红耳赤。而那一声"阿文"更是酥麻到骨子里。

"轰"一声，阿学的脑海瞬间被炸得一片空白，若不是他的手始终锢着她的腰身，她只怕早已瘫软下去。

"再说了，有陈大人的辅佐，我便是少操心点政事又何妨？"越祺然的嗓音依旧是动情过后的沙哑，将脑袋搁在阿学的肩上，半眯着眼对陈浑道，"我也相信，庄焱唯一的儿子都成我的相好了，他这个当爹的恐怕也舍不得大义灭亲吧？还不是得帮着我？陈大人说是不是这个理儿？"

"对，对，是这个理儿……"至此，陈浑终于笑出了几分真心。因为越祺然的种种表现落在他眼中，浑然就是个头脑有几分聪明，却难成大器的声色犬马之辈。

越祺然又在阿学颈窝处深深一嗅，才恋恋不舍地退开些许，看向陈浑笑问："陈大人这是应承了？"

"瞧殿下说的，殿下是储君，辅佐储君顺利登基是老奴的分内事。哪有什么应承不应承的？"陈浑说得一口漂亮话，"眼下就有一事，老奴需得提醒殿下。"

"请说。"

腰间又是一麻，阿学突然能动了。但越祺然虽解了她的穴道，却没有放开手，她也只好继续配合着，只是利用十分有限的自由空间改换了个舒服的站姿。

估摸着越祺然也是怕她一直被点穴的僵硬姿势保持久了，会被陈浑看出不对劲来。

"太子太傅一职空缺已久，之前殿下忙于监国也始终没有找人补上。现在皇上有意再寻合适人选补上，对于这个人选殿下可要留心啊！"

陈浑的这一暗示，越祺然当即意会："不知陈大人可有推荐的人选？"

"翰林学士梁仇，如何？"陈浑也不绕弯了，"由他兼领太子太傅一职。老奴可担保他绝不是其余哪位皇子的势力。"

可他是你的势力！阿学暗暗腹诽。这些日子在家养病她也不是都闲着，而是向老爹请教出了一份"名单"。哪些人是阉党势力，她都铭记在心。陈浑还是不放心越祺然，还是要安插个人监视东宫官署的一举一动啊！

"好啊！我一会儿就上表请奏。父皇应该会尊重我的意见。"越祺然想都没想就一口应下。

"殿下心中若已有亲信人选，可万万不要勉强……"陈浑狡诈地试探道。

越祺然哈哈一笑，竟似全不掩藏心思："我的亲信不就是陈大人吗？至于母家势力……阿文常与我说外戚不可扶植，恐怕引狼入室。"

"看来庄少傅早有打算啊。"陈浑看向阿学的眼里分明写着"原来你也是在谋私利"云云。

也是，如果外戚强势，那庄焱的相权就会遭到威胁。毕竟在东越，宦官做到神威军尉已是极致，无论如何也不能为相，外戚却不同。所以庄家与其和外戚合作，倒不如选择阉党。

想透这一层，阿学气定神闲地答了句："不过是为长久计罢了。"

"未雨绸缪确实必要。"陈浑也笑得别有深意，似乎和阿学心照不宣了一般。

"对了，陈大人，还有个要紧事要与你通个气。"

仿佛没察觉身边两人气氛诡异的对白，越祺然突然一拍脑门，插话进来。

"何事？"陈浑也被他的一惊一乍吓了一跳，条件反射地转回看他。

越祺然自得地一笑，微微弯身，神秘兮兮地压低声音道："这可是我唯一一张王牌，川南藩王吴恒。"

陈浑闻言挑眉，也不知是惊讶还是压根不信。

"我与川南藩王吴恒早有盟约。他答应我，如果真有人企图篡位，就会出兵以勤王为名义——"越祺然说着，拿手在半空中一砍，"帮我除掉对方，保我上位。"

"保殿下上位？"陈浑玩味地重复了一遍。

他话中明显的嘲讽之意，连阿学都听得清楚明白，越祺然却好像全无察觉般颔首道："不错。我知道陈大人手握十万神威军，在这京师附近便有两三万可立刻调集，可谓所向披靡，万无一失。但我与川南王约定在先，若他到时候真能依言出兵，也不是坏事嘛！所以先和陈大人知会一声。都是自己人，到时别闹了误会。"

"老奴晓得了。"陈浑听后明显脸色不太好，却又强自压抑着，"只是川南王这人老奸巨猾，未必不会明修栈道、暗度陈仓，殿下还是留个心眼为好。"

越祺然闻言一怔，似乎没能明白他话中的含义。而陈浑也不等他反应，紧接着便要告退："老奴想起还有些琐事没处理，先告退了。"

"陈大人快去忙吧。"越祺然只笑呵呵地抬手作势要送他。

"不必了，殿下留步。"陈浑当然不会让越祺然亲自送，只由小福子代为相送。

目视着陈浑走远后，阿学将目光收回，落在斜前方两步的越祺然身上。他正背对着她，可刚才过分亲密的接触过后，哪怕只是看着他的背影，阿学都觉得不自然。

"怎么这么看着我？"毫无预兆地，越祺然回过身来。

"没、没什么……"阿学咻一下垂首。

越祺然定睛一瞧，她的耳根又红了，不由得抿唇一笑："你都不问我什么吗？比如方才为什么要这么对——"

"我知道！"阿学抢白，却仍是不敢抬头看他，"陈浑防着我，你是为了解除他的戒心，所以才……"

"你真的只这样想？就没有什么别的想法？"越祺然走近一步。或者在阿学看来，是逼近了她一步。

不着痕迹地向后挪着步，阿学摇摇头："就、就是这样……"

大片的阴影再次靠近，挡住阿学眼前的光亮，她知道是越祺然又追近一步。可他迈出这一步后，阿学久久没有等到他的下文。

挡不住好奇，阿学最终还是选择抬眼瞧他，发现他正用一种拿她无可奈何的眼光注视着自己。

"好吧——大概是我太着急……"四目相接后，越祺然失笑着摇摇头，转而道，"那我和陈浑的对话呢？不想问点什么？"

阿学老实地点头，偏头略略沉吟后，先抛出第一个问题："你真打算让梁仇做太子太傅吗？"

"陈浑不可能完全放弃对我的掌控，这是在我身边安插人，也是对我的试探。所以我不能以任何理由推拒。"越祺然答得很果断，"不过梁仇既然是兼领，想来多数时间还是会在翰林院办公，不会过多插手东宫官署之事。陈浑只是想通过梁仇的职务之便得知我有无异常动态而已，我有办法做到掩人耳目。"

看他对此胸有成竹，阿学便放心地点点头，接着第二个问题："那川南王……你真和他有盟约？为什么要告诉陈浑？"

"我和川南王当然没有任何盟约。"听完她的第二问，越祺然轻笑起来，"还记得我说过的吗？陈浑虽有十万禁军在手，却仍然要忌惮藩镇势力。一朝天子一朝臣，我越家的皇位坐不稳，他陈浑也不能继续作威作福，所以京城再乱，也绝不能乱到地方起了反心。"

"这么说，不到万不得已，他都不会放弃辅佐你登基？"阿学恍然大悟。

其实陈浑远没有她所想象的那般可以为所欲为，各方能牵制他的力量还是太多，更何况如今阉党刚刚遭受过一次内耗。

当初陈浑除掉处处与他作对的越祺烈也并非兴之所至，而是生死紧要关头做的奋力一搏。还有顺水推舟拔除越之谦这个眼中钉，也是因为他找到了越祺然这个更名正言顺，也更合适的辅佐对象。

作为宦官，陈浑永远只能站在帝王之后，也只有在东越国内稳定无战事的情况下才能利用权力满足欲望。

"是啊，所以你别总担心我出事。"越祺然见她一心记挂自己，眼底笑意更胜，"他因为惧怕藩王会在新旧帝王交替时出兵，所以曾经试图拉拢各地藩王。藩王们心里都清楚，只要藩镇之间达不成联盟，进京师改朝换代就是不可能的事，所以多半送了陈浑顺水人情。然而吴恒这人刚愎自用，且十分看不起阉人，将陈浑派去的人好吃好喝招待了几天后，就直接遣送回去，愣是面都没见上。"

"那陈浑一定记恨他了。"阿学一点即通，"于是你又故意对陈浑说川南王和你结盟，增加陈浑对他的敌意？"

"不错。这等于在陈浑心头埋下了一根刺，只要一个契机，他就会下手拔去。"越祺然勾唇，"但要拔除这根刺，他肯定要付出一些代价。"

"那……还有最后一个问题。"阿学表示明白过后，变得有些吞吞吐吐起来。

"什么？"越祺然鼓励地望向她。

"就是既然今天我们在他面前已经……那以后是不是都要……"阿学硬着头皮问出口，"都要装断袖了？"

这个问题……越祺然愉悦地坏笑起来，又凑近阿学半步，微微俯身与她对视："少傅以为呢？"

看着他的薄唇张合，阿学磕巴不出个所以然来："我、我以为……"

"陈浑认定我沉迷男色，定会对我史加放松警惕。"越祺然紧盯着她，捕捉她每一瞬的神情变化，每一次的眸光流转，"这对我有莫大的好处。所以……"

"所以我帮你！"阿学想也没想，脱口而出。

越祺然得寸进尺地将手搭上阿学的肩，暧昧地低笑："帮我什么？"

"当然是帮你一起装断袖啊……"阿学嘟囔道。

"哈哈哈——"

"你笑什么？"可她话音才落，就听越祺然放声大笑起来。

见她羞恼地又起腰来，越祺然连忙收住嚣张的笑声，冲她暧昧地一挑眉："我只是一想到以后我们在一起的日子，就觉得很愉快。"

那呼之欲出的深情就藏在轻佻浮夸之下，不过阿学没能察觉。

"少不要脸！到校场练箭去。没射中靶心之前不准回来吃午膳！"

"你不是吧？"越祺然被她推着往外搡，双脚都踏出门槛后，还坚持反身一把扒住门框，"等等——你问了我那么多问题，换我问你一个！"

阿学瞪他："快问！"

"咱俩刚才靠那么近，你真没什么特别的想法？想想《男风十兆》？"

"砰——"

话音未落，阿学就将书斋的门狠狠摔上。

"喂，你都不怕夹了我的手？"越祺然在门外惊呼。

"主子您就别在外面丢人了……不知道的以为您脑子被门夹了呢。还是快走吧——"随之传来的是小福子语重心长的规劝声。

再之后，门外就没了动静。

阿学深吸几口气，重新把门打开，人果然已经走远了，心头莫名一阵失落。

"其实真的冒出过一个很奇怪的想法……"

她想要听越祺然唤她一声"阿学"，而不是"阿文"。她渴望知道若这二字从他口中缓缓道出，究竟会是怎样动听悦耳……

第十三章
DI SHI SAN ZHANG
怦然心动情已深

打从陈浑那日"道贺"过后，除了梁仇前来赴任的当日有些"热闹"外，东宫的日子倒也一如往常。而且梁仇上任当天，不过就在太傅府小坐了半日，便被翰林院差来的人找回，此后也再没亲自出现在东宫，只每日派亲信来取必须处理的文书。其余时候的东宫官署日常运作，皆是靠之前越之谦在时就定下的规矩来办。

阿学也曾因想念越之谦，便趁午休时候到太傅府去转转，只可惜物是人非，让她败兴而归——太傅府内的一应摆设用具都已换了新。梁仇是个大腹便便的中年男人，一看就是奢靡惯了的，就算极少来此处办公，也还是着人上上下下重新捯饬了一遍，一改越之谦的素雅之风，全成了些俗物。

但好在眼不见为净，梁仇只要不在阿学眼前晃荡，她也能容忍这太傅府暂时的改观。因为她相信早晚有一天，她的越大哥能再次端坐在案前，带着如沐春风般的笑意与她对谈，为她指点迷津。

就这样，她耐心地在日复一日的寻常讲读中，等待着对陈浑"开战"那日的到来。可不过半月之后，当阿学真从越祺然口中听闻时，又不免惊讶这一天竟能来得如此之快。

"你说皇上命你负责核查清理历年来户部的账目？为什么这么突然？"

"自然是有人在朝堂上推波助澜。"越祺然似乎对突如其来的任命早有预料，对阿学解释道，"百足之虫死而不僵，冯立虽死，可他这么多年的经营并没有在上次贩卖私盐一案中毁于一旦。围绕着他的一批党羽中，有部分人是从陈浑那边投靠过去的，手里多多少少攥着陈浑的把柄，陈浑怕他们攀咬，便让我'手下留情'了。"

当时还是越祺然监国，想在一众党羽中冠冕堂皇地摘出几个人并不难。

"你是说……现在是这些人在找陈浑的麻烦？"阿学蹙眉，"他们不怕陈浑报复吗？"

越祺然继续给她分析："当然怕。但陈浑已不可能再信任他们，一旦找到机会，定会斩草除根，所以投诚这条路行不通，只能与陈浑为敌。要与陈浑为敌，光靠他们现在的力量远远不够，因此还得找个靠山。"

"于是他们找了你？"阿学才脱口而出，便摇头否定了自己的猜想，"不对……你明面上是和陈浑合作的，他们不可能找上你。"

"那明面上本就该和陈浑为敌的，有谁呢？"越祺然循循善诱。

脑中灵光一闪，阿学指向自己："难道是我父亲？"

"不错！"越祺然颔首，畅快一笑，"南衙北司之争人人心知肚明，他们投靠庄相才是最好的选择。有他的暗中扶持，相信陈浑在短时间内会过得焦头烂额。"

"知道他过得不好，我就放心了。"阿学也笑得极不厚道。

见她狡黠的模样，越祺然忍不住伸手轻拍拍她的后脑勺："你啊……根据我和小叔叔，还有大哥这些年来收集到的信息，陈浑勾结工部、礼部，尤其是户部贪污不少钱财，此番能从户部下手，再好不过。只是之后还要继续辛苦庄相了。我核查账目期间，也还需他多多分散陈浑的注意力，能让他顾此失彼是最好。"

"你最近怎么总爱摸我头？"阿学先是弯腰躲开他的魔爪，接着瞪向他。

越祺然一怔，随即坏笑着揶揄道："咱们都是那种关系了，自然要举止亲密些。难不成你想让陈浑怀疑咱们在演戏？"

"你这是'公揩私油'——"阿学随口就改了个成语。

"是又如何？"越祺然无赖地耸耸肩，长臂一捞，圈住她的肩膀，俯身低声道，"当初是你答应上贼船的，现在可不准后悔。"

怕他以为自己要抛下他,阿学连忙摇头:"我没后悔。"

"那就好。"这个答案在他预料之中,但他察觉到阿学浑身不自在,所以还是放开了她,将话题重新拉回正轨,"明日你随我一道到户部一趟吧。"

"嗯。我没看过账,没经验,你让我怎么做,我就怎么做。"她二话没说就应道。查贪这事阿学从未做过,只在历代实录中看过只言片语的记载,还真没什么把握。

见她神色中带着些忐忑,越祺然又抬手按在她的肩头:"别担心,我相信你能做得很好。明天去户部主要是将需要的账目都清点一遍,搬回书斋,不要紧的。"

"这样,那还好,几十本账目我应该抱得动。"

"扑哧——"听到她这呆得有些发傻的回答,越祺然忍俊不禁,屈指敲了敲她的脑门,"想什么呢?那些力气活儿自然有旁人干,怎么轮得到你这少傅大人来搬东西?你要是一直这么犯蠢,我可真要担心了。"

阿学也自知说了傻话,恼羞成怒地鼓起腮帮子道:"你放心,我肯定帮你把陈浑的狐狸尾巴揪出来!绝不会拖你的后腿!"

"我哪是担心你会拖后腿,我是担心……"担心保护不好你啊。

话到嘴边,他到底没能说出口。这种进一步怕逼迫,退一步又怕错过的患得患失感啊,他还真有些无所适从。

"你怎么了?"看他突然愣怔起来,阿学伸手在他眼前晃了晃。

越祺然抓住她不安分的手:"没什么。"一顿过后,他才又浅笑道,"你不是说功课还是不能落下太多吗?查账目忙起来估计没完没了……那今天剩下的时间,你就把《六韬》讲读完,好不好?"

"这么郑重?又不是以后再也没有机会了。"

当时嘲笑着越祺然的阿学并不知道,自己竟会一语成谶。那一日之后,他们确实再也没能在书斋中共读……

翌日春光明媚,正合适将户部的那些陈年旧账拿出来晒晒太阳。阿学本以为只需搬几十本账目回潜心斋,却没想到一遍清点下来,过去五年内的各项名目所记账册,竟有上百本之多,并且每本册子还都不是一般的厚!

所以当上百本账册尽数堆放到潜心斋时，阿学顿觉这个书斋竟有些小！

光是清点、整理和搬运账本，便花掉了一整日，着实累着了参与清点和搬运的东宫执事官们。但这也不全是坏事，因为如此一来，阿学便又多出一日时间用来熟悉账目。

一连两晚，她都熬夜向相府官家讨教看账、算账的方法，拿相府账本反复练手。

"还是忧心得睡不着？"

两宿少眠在阿学眼卜留卜一片青灰，所以翌日一到书斋，越祺然见她这模样，就皱起眉。

"没有啦，就是天气渐渐热起来，不太适应，睡不踏实。"阿学把早就想好的借口道出，然后坐到一旁重新增设上的书案前，"我们开始吧。"

说罢，她也不等越祺然的回应，就取过一本账册审阅起来。从小到大，只要她赌了一口气，就不会让别人得知她背地里下的苦功。

没想到她居然比自己还起劲，越祺然不由得失笑。瞧她那写满"认真"与"严肃"的侧脸，他也不忍再出声打搅她，默默低头伏案，继续核查手里的账目。

两人至此无话，书斋内是少有的安静，只有"沙沙"声在耳畔轻响。可有佳人在侧，越祺然就忍不住时不时抬眼瞧她一眼，当真是今日方知何为心猿意马。

但分心也有分心的好处，那就是佳人始终陪伴，他便不觉得疲惫……

账目一页页翻过，账册一本本看过，日光在案上悄然移动着，不知不觉已到中午。

"主子，午膳时间到了，您和少傅大人要不要先用点再继续？"

"也好。"越祺然抬首，先是瞥了阿学一眼，才吩咐小福子着人布置膳桌传膳。

但直到小福子领命而去，阿学都不曾将目光从手中的账本上移开。

见状，越祺然起身来到她身后，俯首定睛，笑看她如何核账——只见她一手提笔，一手拈着书页，目光上下扫动，不消片刻就能翻过一页。偶尔她的视线也会多做停留，然后沉吟一声，就在一旁准备好的空白册子上

记录下这段账目的疑点。

看她沉着地进行着手里的活儿，越祺然眸光一沉，微微抿唇。两天前她还说自己在做账上一窍不通，可现在无论是她看账的速度，还是对可疑处的敏锐捕捉，都不输熟手……

"哇——你做什么不声不响站在我身后？"

大约是被人盯着看久了总会有所感应，阿学直觉不对，便扭身回头一看，被越祺然吓了一跳！

"不做什么。"越祺然冷冷地吐出四个字。也不知又是谁惹到他，让他拉着一张脸说话。

但阿学心不在此，只将记录本子献宝似的举到他眼皮底下："你看，这账目里果然有不少不对劲的地方。像是里面记载去年南方大旱，作物缺收，所以上缴的粮税不到往年的一半。可那一年我记得清清楚楚，我——我妹妹就到两广一带游玩过，回来时说气候极好，应该并无旱灾。

"还有这里……河南布政使连年都报上极为严重的灾情，从而开'捐监'赈灾，可仔细比照别地赈灾数额，尤其是人口比河南多的地方，所报赈灾数额反倒不如河南。所以我怀疑其中会不会有——"

"等吃完午膳，你去睡一会儿。"这边阿学正说得起劲，越祺然却沉声打断她，冒出一句前言不搭后语的话来。

"呃？难道我找的这些地方都不对？"阿学诧异地追问，可某人愣是再不肯开金口，扭头就到面对门口处坐着，一副坐等吃饭的模样，留她一人摸不着头脑。

更无语的是，之后的一顿午膳阿学吃得压抑又辛苦，压抑的是气氛，辛苦的是阿学的胃。用膳全程越祺然都沉着脸一言不发，却一筷接着一筷往她的碗里夹菜，直堆成一座小山。而且每次"山头"被阿学"削平"一些，他就要立刻填补上。

到最后，阿学只能把碗一摔："越祺然你是不是恨我啊？"

"什么？"越祺然不明就里。

"你要是不恨我，为什么要撑死我啊？你不知道我已经吃了多少碗吗！"阿学悲愤地嚷嚷。

越祺然闻言一呛："咳咳……你自己吃饱了就别吃啊。"

"说起来，你到底在生哪门子闷气？"阿学见他总算肯开口，就盘问道。

"没什么。"他别扭着不愿说，只催促道，"既然吃饱了就快些去睡会儿。"

他怎么老想着让她去睡觉……阿学纳闷，但也知道再问也问不出所以然来，但她眼珠只转溜了一圈，便想出了个好点子——

装睡!

于是阿学也不与他纠缠，乖乖从膳桌上起身，回到自己的书案前，二话不说就伏案小憩起来。为了瞒过越祺然这个高手，她还刻意调整自己的呼吸，模仿出熟睡后的舒缓平稳，然后竖起耳朵，全神贯注监听斋内响动。

不出所料，她"安然睡下"后不久，膳桌边就传来轻响，接着便是越祺然的脚步声由远及近，进而绕到她的身侧。

"唉……"一声低叹过后是一阵衣裳窸窣声。

正奇怪间，一件外裳已轻轻披在了她的肩头。没想到这厮还有这么体贴的一面，阿学心中一暖，唇角忍不住微微翘起。

"做什么美梦呢？"越祺然以为她是在梦中发笑，也轻笑着低喃起来。抬手为她撩开侧脸上的几缕碎发，那恬静美好的侧颜竟让他情不自禁地蹲下身，缓缓凑近她……

伴随着他的接近，阿学听到自己的心跳声叫嚣着，令她紧张得屏住了呼吸。

他要做什么？她不知道该睁眼，还是继续装睡。一时间，脑海中两种想法相互斗争着，僵持不下。

"呵，真不知该拿你怎么办才好啊……"就在她做着艰难的心理斗争时，越祺然却好似察觉了什么，无奈失笑，停止靠近，重新起身。

原本逼近的温热骤然消失，阿学说不出是什么滋味，只得继续听他接下来的动作。

"以后没我的允许，不准再为了学看账目熬夜，下次再让我发现你熬夜逞强，就真把你撑死。"显然是知道她清醒着，越祺然用半大不小的音调说了句后，就兀自将放在阿学手边的半数账目全部捧回他自己的案上。

被识破的阿学脸一红，也不好意思出声，只得将脸全部埋进臂弯。她方才没阻止他靠近，他会怎么想呢？如果没被他察觉气息已乱，他原本又是打算做什么呢？

一阵浮想联翩过后，在春光的沐浴之下，阿学终于还是敌不过倦意，没能想出个所以然来，便昏沉入梦了。

也就在她入梦的瞬间，越祺然的笔一停，瞥她一眼后，才收回目光再次落笔，唯有面上柔情的笑意不曾褪去……

这次清理出的户部账目虽多，但好在越祺然也不是无的放矢，像是一些陈浑的手尚且够不着的账目，他便交给下属执事官去核，减轻不少负担。至于那些极有可能查出端倪的账册则全部被他留在潜心斋中，不假他手，闭起门来，在阿学的帮助下一一详细核查。

阿学也曾不解，越祺然查得如此仔细，为何陈浑没有一点不满？陈浑不是还曾特地派人暗示过越祺然多多"放水"吗？

而越祺然只用一句话便解开了她心中的疑惑："既然陈浑可以用钱买通梁仇为他监视我的一举一动，我为什么不能用钱买通梁仇身边的亲信替我瞒下些事情呢？"让梁仇的亲信去蒙骗梁仇，再让梁仇提供给陈浑错误的消息，当真是四两拨千斤的好办法。

至此，阿学也终于明白越祺然能在陈浑手下，在众人眼底制造假象、瞒天过海这么些年，靠的并不是运气，而是筹谋。

可一个人再怎么胸有沟壑，精明强干，也还是两条胳膊一个脑袋。撇开分配下去的账目，剩下的查账工程仍旧浩大，所以一连半月下来，两人几乎是足不出户地窝在书斋内办公，甚至常常直到宫门快要落锁，阿学才踩着点儿离开东宫。

而越祺然更是不分白天黑夜，有时阿学次日来时，便会发现前一晚自己走时还未看过的　两本账册都被他彻底清扫过了。说是由她帮他，可实际上，大多数的账册仍然是越祺然所查。她能做的往往不过是替他誊抄下可疑之处，以便日后再行细细查证。

看着他没日没夜地核对账目，熬红了眼，阿学几次劝他歇歇，却又无从开口。因为她清楚，就算查账的详细程度可以靠收买梁仇亲信来隐瞒，但时间一天天过去，若不加紧清查账目，拖过了"装装样子查账"的恰当用时，难免要引起陈浑的怀疑。所以她能做的就是陪在他身边，但令她惭愧的是，有时陪着陪着，反倒是自己先睡着了，还要越祺然分心照顾她……

"阿……阿文，醒醒。"

这一日，迷迷糊糊间她好像又趴在案上睡了过去，被越祺然唤醒之时，书斋内已燃起了烛灯。

"夜深了，回相府休息吧。"对上她的惺忪睡眼，越祺然轻笑道，"在这儿睡总是不舒服的。"

"我又睡了这么久……"阿学歉疚地红了脸，"对不起啊，我看离落锁还有点时间，我帮你再抄写些吧。"她说着，就撑起身要伸手去拿笔，却被越祺然握住了手腕。

只见半跪在她身侧的越祺然先是摇摇头，接着松开她的手腕，转而抬手替她将原本盖在身上的披风一拢："我自己来就行。这些天你已经很累了，明日是旬假，记得在家里好好休息。"如果不是卷入他的生活，或许她还在过着无拘无束，穿着男装四处逍遥的日子吧？

不知他眼底的歉意又是缘何而来，只是随着披风的拢紧，属于他身上特有的、清爽干净的男子气息便将她包围起来，惹得她面上微微发烫，脑中也有些混乱。

阿学知道他总有分寸，也从来固执，便低声应下："好吧。那你自己也别逞强。如果来不及，就派人到相府找我。"

"少傅大人近来总算懂得多关心学生了啊。"越祺然开怀，一手撑地，微微前倾，想借着这一片灯烛荧煌，看清她这一垂首间究竟想要藏住怎样的神情或是目光。

"我才没——啊！"

发觉他又靠近自己，阿学心慌意乱，几乎是受惊一般弹起身，就要往门口冲。可她才跳起半步，就被什么东西绊住，一下失了平衡往后跌去——

"你……"

脑袋没有硬生生着地，而是被宽厚的手掌托住，整个人都几乎跌入越祺然怀中的阿学脑海一片空白，只能直勾勾盯着他。

而此刻依旧保持半跪姿势的越祺然也无法言语，只因将阿学牢牢接住的那一瞬，芳馨满怀，让他乱了心神，也忘了呼吸。他忘情地凝视着阿学，烛光下她娇颜绯红，平日里机灵有神的眸子迷上一层雾气，变得迷离……

一点点俯身，一寸寸靠近，他犹豫着又期待着，他对她的心意还是没有十足的把握，却无法控制自己再一次接近她。

他的目光紧紧锁着她，不肯放，也不敢放，可下一瞬，她却将视线移开了。

"你……你这么跪着不累吗？"阿学不自然地微微偏头，低声问。

"只要我愿意，就永远不会累。"越祺然嗓音沙哑，没有放手的意思。

阿学不敢深想他言外之意，一个扭身强行从他怀中滚下，与他拉开半步的距离——如果不是披风还被他跪在膝下，她可能更愿意转身就走。

发现自己的膝盖被她恶狠狠地瞪着，越祺然不由得干笑一声："失误失误。"

"那就快起来啊，还想害我再摔倒一次吗？"阿学抿唇。

"好吧……"越祺然摸摸鼻梁，不情不愿地站起身，然后向阿学伸出手。

盯着他的手掌瞧了片刻，阿学心想拒绝他扶自己，就太此地无银三百两了，所以就将手搭上他的，借力起身。可站好之后，她又不知该如何面对他了。

"还不回去？在等我送你？"倒是越祺然率先用调侃的方式化解了这尴尬。

"你自己真的可以搞定吗？"阿学又低头瞥了眼剩下的十来本账册。已经过去将近一个月，不能再拖了。

越祺然故意大声道："没有你让我分心，我一个人看得很快。"

这下阿学果然气恼，也不说话，只横了他一眼，就气鼓鼓地从他身旁抢过，顺带还把照例立在书斋门外等着送她回去的小福子也瞪了瞪。

"哎哟，庄大人您别恼！"小福子在外也听到了，急忙提灯赶上，"太子爷他就是个刀子嘴豆腐心，他不是那意思——"

"我知道。"阿学又埋头走出百步，才突然开口道，"他只是想赶我回去休息，我一时中了他的计。"

小福子继续给越祺然帮腔："瞧您说的，主子这是为了您好，哪有什么中计不中计的？您不知道，每晚您走了之后，主子为了能早日查完这些账目，几乎每天睡不上两个时辰！要不是奴才实在不会，也真想替主子分分忧啊！"

不到两个时辰？身体会垮的！阿学停住脚步，作势要折返，却被小福子一拦。

"您这是要去哪儿？"

"回去盯着他，让他现在就去睡觉。"

"咳咳……别啊，您这再不走宫门就要下钥了！"见阿学不为所动，小福子只得又添一句，"难不成您想要和太子爷一道睡书房啊？"

阿学立刻羞恼地低喝道："胡、胡说什么！谁要和他一起睡！"

"是，是……是奴才胡言乱语，您别和奴才一般见识。"小福子急忙又劝，"奴才保证回去就帮您盯着太子爷，让他立刻就寝，您就先回去吧。您这会儿要是回去，太子爷肯定要怪奴才多嘴了！"

"这……好吧。"看他一脸为难，阿学也只得作罢，重新在他的引领下往承华门走去。

宫道上静悄悄的，春夜里的凉风仍有些料峭，她将披风收拢，想到方才的乌龙，还有那被紧紧拥住的一瞬，竟不自觉宛然一笑，再次回望那一片烛火中的书斋。

她很感谢那个地方，让她遇见了他，与他朝夕相对，不离不弃……

旬假当日，阿学按照越祺然叮嘱的好好休息，放松身心，所以她选择坐在屋顶发呆。过度的脑力劳动之后，发呆是最好的放松。可这脑子好似与她作对，怎么都不肯放空，时不时就有些让她脸红心跳、心乱如麻的画面与想法窜出来，难以抗拒，更无法忽视。

是的，再也无法说服自己继续忽视，阿学戒不掉去回味越祺然第一次帮她盖上披风时的温暖，更忘不掉躺在他怀中那一瞬与他对视的怦然心动。

从前她可以告诉自己，是因为要完成试探任务，所以她一个姑娘家家的，主动调戏起男人来难免会心跳加速。可如今，书斋内每日的朝夕相伴，有时仅仅是不期然的一次对望，都会让她的心跳乱了节奏。

从前她也可以说服自己，美男当前，谁不动心，因此一次又一次的迷乱被她强行忽略。可如今，她甚至不敢看他的眼睛，就怕自己会陷进他那幽微中含笑的目光中无法自拔。

从前她以为越祺然只是一个玩世不恭、不学无术的纨绔太子，所以她能义正词严地在心中告诫自己这种人绝不能爱上。可如今，她清清楚楚地感受着他匡扶江山社稷之心，为他的步步为营所折服，在不知不觉中竟已习惯了事事有他。

……

"博学，你也来这里汲取天地日月之精华？"

正沉思间，洛霆的声音突然从身后传来，紧接着一个人影就迅速闪到身边，与她并排盘坐下来。

阿学懒懒地看他一眼："我说的鬼话你还相信啊？"

"我原本倒是不信，"洛霆对她的嘲笑只是耸耸肩，"不过那日从天黑坐到天亮，还真找到了些特别的感受。"

"什么感受？"阿学好奇地问。

仰头望天，略一沉吟后，洛霆才答道："周围都很安静，才终于可以听到自己的声音，属于心底的声音。"

尽管知道他大概又文艺上了，但此刻也为情所困的阿学并没心思计较，反而问道："那你听到了什么？我觉得我心底的声音很吵，吵得我心烦。"

"出什么事了？"洛霆闻言皱眉，重新扭头看向她，不答反问。

"出事？没事啊。有越祺然在，能出什么事？"阿学不假思索地回道。

可听了这话，洛霆眉间的"川"字就更深了："你很信任他？"

"当然。"阿学依旧没有丝毫犹豫。

"那他信任你吗？"洛霆又问。

阿学挑眉："什么意思？"

"没什么意思。我只是猜测，他大概还有许多计划没有告诉你。"洛霆也不知自己为何要鬼使神差说这么多挑拨离间的话，"你对他毫无保留，他却未必。这样不对等的信任关系，你不在意吗？"

"不告诉并不代表不信任啊。"阿学却不以为意地莞尔，还反过来打趣洛霆，"你们带兵打仗的人是不是特别一根筋啊？"

这回轮到洛霆挑眉问她凭什么这么说。

"嗯……这么说吧，有时候不说出来，反而是源于深信对方懂自己。"阿学不由得记起两次被陈浑"突击检查"时的情形，轻笑出声，"我在完全不知情的情况下配合他演过不少好戏呢，他不告诉我，并不影响什么啊。而且我相信他有自己的打算，等他觉得是时候了，就一定会告诉我，只是时间问题，不是信任不信任的问题。"

"更何况……如果真要计较起来，我才是瞒他瞒得最深呢……"思及此，阿学面上的笑容又黯淡下来。她从一开始就选择了以庄斯文的身份去接近越祺然，除了一直这样当个冒牌货，她竟不知还能怎样留在他身边与他一道面对未来的难题。

看她情绪低落，洛霆嘴皮子碰了几回，却拙于言辞，说不出什么安慰的话来。

"你说喜欢一个人是什么感觉？"沉默半晌，阿学又偏头看向他，问得迷茫，"爱上一个人呢？"

洛霆自嘲一笑："你拿这种问题问一个连表白都要参考小说台词，最后还得抄写在手上以免太紧张忘词的人？"

"对啊，我知道你情商低，但病急乱投医嘛。"阿学老实不客气地承认。

强忍住直接跳楼，了此残生的冲动，洛霆咬牙道："我建议你去找阿文讨教讨教，他毕竟是要当东越言情小说第一人的家伙。"

"有道理！"阿学一拍脑门，"我怎么没想到！"说着，她就兴奋地起身要下屋顶，可转身之际，手腕却被洛霆扣住。

她诧异地回身望他："你还有事？"

"你也回答我一个问题吧。"洛霆心有不甘地抬头直视她，"既然你不清楚喜欢一个人甚至爱上一个人的感觉是什么，那你为什么不肯相信我对你的表白是真心的？"

"这——"阿学一时语塞，挠头许久，才勉强表达出心中所想，"可能也是一种感觉吧。从一开始你给我的感觉就不太真实，总是在背台词，说话做事都像你说的那样在刻意按照剧情走……也许只是我的偏见，可我确实一时间难以接受这种培养感情的模式。我甚至会觉得，你可能也只是沉浸在自己预设好的感情和剧情里，随便套一个女主角进去，你都能像对待我一样对待她？"

"所以越祺然对你是独一无二的？"

洛霆此番举一反三的能力令阿学刮目相看，也有如醍醐灌顶让她茅塞顿开！

就是这种感觉，独一无二，她和越祺然这一路走来，每一天每一个时辰都不可复制，无法重来。点点滴滴的心动心累在心间，早已成了割舍不掉的一部分。起先她还可以不承认，不去想，可最近越祺然有意无意的亲近举动，让她再难回避。

一样是相遇，她遇见越之谦，就只当他是可亲可敬的大哥，遇见洛霆，就只当他是个有些让人头疼的好友。可偏偏只有越祺然，她没当他是学生，更没当他是哥们儿，就只当他是越祺然，与她棋逢对手又独一无二的越祺然！

其实早在不知不觉中，她就在被他吸引着，甚至哪怕得知他可能喜欢的是男人，她都没能阻止自己的感情……

"你怎么不说话了？"洛霆看她面上神色变了几变，不由得怪道。

"我好像不需要去问老哥了，但……"阿学不知自己该不该笑，"似乎想通了也不是什么好事。"

她有主动表白心意的勇气，也有认准之后就穷追不舍的决心，但她和越祺然的问题并不出在这里。而是他对她所有的信任与感情会不会因为性别而改变。

这一步一旦踏出去，如果失败，就不可能再回到原点。越祺然对女人的厌恶如鲠在喉，她究竟要不要冒这个险？或者还是再多试探试探他的心意再做决定？

"这样看起来，我无意间帮了自己的情敌？"尽管阿学语意不明，洛霆还是猜出了七八分。

阿学无奈地扶额："洛霆，你应该不是认真的吧？"

"或许是，或许不是吧。"洛霆苦笑，"你不是也花了很多时间才看清自己的心吗？况且既然你觉得我的感情不真实，那咱们就慢慢来，也许有一天你会觉得我也是真实的。"

"好吧，我不拦你，也拦不住你。"阿学也拿他没办法，只叮嘱了句，"不过这次不准在屋顶待太久——这天气夜里还挺凉的，别着凉了。"

洛霆眼中有光芒闪过，面带嘚瑟："你还是关心我的嘛！"

"因为我当你是朋友啊。"

于是阿学仗义地拍拍他的肩膀后就迅速下了屋顶，想着这回旬假没白放，至少想通了一件人生大事！然而她怎么也没想到会有另外一件同样重大的人生大事，在同一天的午后毫无预兆地造访……

"噗——你说什么？鲁家来提亲？人都已经到正厅了？"正在喝茶的阿学将茶叶尽数喷在了前来报信的庄斯文脸上。

庄斯文一抹脸，咬牙道："是啊，指明要让庄斯文做鲁家的女婿呢！看你干的好事——"

"不好意思啊，哈哈……"阿学紧忙起身抽帕子在他脸上帮忙糊了一把，讪笑着问，"那爹打算怎么应付啊？"

"我怎么知道？我一听大事不好，就往你这边跑了。"庄斯文夺过她的帕子，不让她继续胡作非为，自个儿边擦拭边说，"我总不能还待在前院给人抓个正着吧？要知道鲁步婉认的可是你的脸。"

阿学一时也没了主意："那我赶紧换上男装出去？"

"你出去做什么？答应娶人家？"庄斯文不赞同地摇摇头，"就交给爹来处理吧。客客气气地回拒了便是。"

"呃……不过我有点不放心。"

"你是好奇吧？其实我也有点。"

就这样，臭味相投的两人对视一眼，便悄悄摸向了正厅的后堂……

第十四章

DI SHI SI ZHANG

风流情债欠不得

　　"融庆兄此番登门，说实话我确实不曾料到……这婚姻大事虽说是父母之命，媒妁之言，但为两家孩子着想，还是尊重他们的意见比较好啊。"

　　被掀开一条缝的帘幕后，阿学与庄斯文两人四眼正直溜溜地在正厅中扫视，最终一致落在了那位坐于客座首位的中年男人身上。

　　此刻庄焱正满脸堆笑着与那人交谈，称呼他一声"融庆兄"。阿学立刻得知那人正是鲁步婉的父亲鲁融庆。

　　让她庆幸的是，鲁步婉今日并未跟来。

　　"老弟说的是，我也知道此番登门唐突。不过我想着你我多年交情，先私下通个气也好。至于小辈们的意思，实不相瞒，我那女儿原来确实是一心系在太子爷身上，可近来不知怎的整日在我耳边念叨亲事只和你们庄家谈——"鲁融庆长得也算慈眉善目，额宽面阔，只是中年发福，体型欠缺了些，"我想着女儿家面子薄，大约就是看上你家斯文了，这不也还没惊动媒人，就先来和你商量商量？"

　　阿学闻言心中咯噔一声，她最担心的事情还是发生了，鲁步婉这回才是真的爱错了人啊！

　　"这……可犬子从未对我提起令千金啊……这京中可还有第二个庄家？"尽管是背对着庄焱的，阿学也能想象出自家老爹那满面诧异与为难的神色，演技一流。

可鲁融庆也不是吃素的，并不肯让庄焱就此含混过关："老弟说笑了，她中意的肯定是你家斯文。她前段时间不是总往东宫跑吗？你儿子也在东宫，所以两人肯定是处过的。就前几天，她还溜出门过，我后来一盘问才知道也是来找你们家斯文的！"

"还有这回事？我倒是确实不知。"庄焱还是继续装，"那不如这样吧，融庆兄在此稍等片刻，我去后院找阿文问问情况，再来答复你？"

鲁融庆二话没说就爽快应下："如此甚好，我等着。"

"快……"

见庄焱转身就要步入后堂，庄斯文急忙把阿学一拽，拉着她往后跑，以免庄焱掀帘时叫鲁融庆瞧见他俩。而庄焱怎会不知自家两个兔崽子的习性，一入后堂便转到后院，快步向前，冲着两人的背影喊道："好了，好了！都跑出这么远了，还不停下？难道还想躲着我吗？"

于是两人闻声止步，转过身来等庄焱慢慢走近。

"爹……"兄妹俩默契地挂上同样讨好般的笑容。

"偷听了这么久，也听明白了吧？"庄焱嗯哼一声，斜睨着他们，"你们谁出去收拾残局？"

庄斯文立刻把头摇得像拨浪鼓般："冤有头债有主，鲁小姐想嫁的可不是我。"说罢，他还不忘将躲在自己身后的阿学揪出来，往前推了一步。

冲庄斯文翻了个白眼，阿学苦着一张脸向老爹检讨："爹，我也没想到……你也知道我从小到大都和男孩子玩在一起，没有什么闺中好友，再加上我看鲁步婉老被太子冷落，就想多安慰她。谁知道她居然会、会移情别恋到我身上……"

"你啊！"庄焱重重一叹，"现在说这些还有什么用？你总得想个说法，让爹去应付了鲁融庆吧？"

"就说我另有心上人？"阿学提议，"或者我从小已经定下一门娃娃亲了，不好悔改？"

"如果人家让我说出女方是谁呢？"庄焱不赞同地摆摆手，"爹去哪里给你找出一门娃娃亲来？咱们两家虽说不算过从甚密，可京中大户人家是数得过来的，哪家和哪家有亲事，不消几日就能传开，鲁融庆可不是个糊涂人啊！"

此路不通，可阿学抓耳挠腮了半晌也没想出其他法子来。

"你平时鬼主意不少，也有黔驴技穷的一天啊？"始终在一旁好整以暇看热闹的庄斯文突然出声，"要不要考虑向哥哥我讨教两招？"

"你有办法？"阿学像抓住救命稻草般拽住庄斯文的胳膊，"快说啊——当我求你了！"小女子能屈能伸，不就一个"求"字吗？

看她这么容易"就犯"，庄斯文略感扫兴，轻咳道："说来也简单，京中的人不行，就找宫中的呗。太子爷的亲事，鲁家总不会也要抢吧？"

"你这什么馊主意——"阿学用力抛开他的胳膊。

"这主意哪里不好了？你喜欢的是男人，鲁步婉就半点机会都没有了！"庄斯文这一句话如同一根刺扎在了阿学心头，就好像在说"越祺然喜欢的是男人，你庄博学就半点机会都没有"似的。

于是她愣了许久，发觉庄焱和庄斯文都等着自己表态后，才嗫嚅道："那……鲁家人会相信吗？"

"怎么不会？你和太子爷这些日子不是一直在装断袖情深吗？"庄斯文说到这里，笑得暧昧而诡异，"我还听说，每到黄昏和入夜，潜心斋里都会传来些微妙的响动，特别是昨晚书斋里还传来好几声——压抑的惊呼？"

这回阿学还来不及反驳，倒是庄焱率先动气，喝道："什么？就算是他的……咳咳，那小子居然敢对你动手动脚？还有庄斯文，你一早知道怎么现在才说！就看着你妹妹被别人占便宜啊！"

"没有啦，爹！"阿学忙不迭摇头，"他是为了麻痹阉党才让我配合他装一装他的……相好，但是他真没有胡乱占我的便宜！昨晚是我差点摔倒才喊出来的，至于平时的什么微妙响动……可能是我睡相不太好，他总要把我摆正，所以才会有些动静吧！"

生怕老爹继续追问，阿学又腰瞪向庄斯文，转移话题："不过话说回来，这种事情不都是传给陈浑的耳目听的吗？你怎么知道的？"

"这有何难？陈浑知道了这么好的消息，就不会想着传出去搞坏越祺然的名声？"庄斯文得意地挑挑眉，"要写出东越第一言情小说，怎么能没有第一时间收集各色绯闻八卦的渠道？"

"所以你的意思是，凡是消息灵通点的，都知道了？"阿学欲哭无泪。

"差不多吧。"庄斯文斜睨着她颔首，还端出兄长的姿态来安慰她，"看开点，左右是'庄斯文'和太子爷玩断袖，你庄博学的清白还是在的。再说了，你也不是和别的男人整日共处一室，太子好歹也是你的——"

他的话被庄焱重重的干咳声打断，这才想起当日与越祺然的约定，就只用耸肩结束了自己的发言。

"不过，此事虽然荒唐，但用来搪塞鲁家倒也可行。"

庄家的大家长都发话了，提不出更好解决方案的阿学也只能认命。

"那爹你让鲁伯父回去尽量委婉点告诉鲁步婉……"左右龙阳之癖在东越也不是什么惊世骇俗之事，尤其是贵族子弟喜好男风者反而比平民多，只是希望鲁步婉不要遭受太大的打击吧……

"放心吧。他自己的女儿，肯定能安慰好。"既然拿定了主意，庄焱就欲折返，临走前还是不忘叮嘱一对儿女，"爹最近事情也多，你们两个安分点，少惹事，记住没有？"

当场两人也确实在对视一眼后齐声应下，可你不找事，事却来找你，这就怪不了人了。比如躲得过初一躲不过十五，各种绕路躲了五六日后，阿学还是被一个她眼下最不敢见的人堵在了承华门门口……

"你还打算躲着我一辈子吗？"鲁步婉双臂张开，挡在阿学身前，一双眼睛肿得核桃似的，一看便知彻夜痛哭过。

阿学干笑："赶着去核对账目，所以没看到……"

"为什么拒绝我爹？为什么拒绝我？"鲁步婉却不等阿学说完，就带着哭腔质问，"你也像表哥一样讨厌我吗？我就这么惹人讨厌吗？"

"当然没有！"阿学急忙否认，"鲁小姐大方爽利，比很多矫揉造作的千金都好。"

被阿学这么一夸，鲁步婉的眼泪稍停，却还止不住啜泣："那你为什么不肯结这门亲？撇开感情不说，我们两家以前虽然交情也不是顶好的，却也没交恶啊！又门当户对的！"

"令尊没和你说原因？"阿学试探着问。

"我不信！"鲁步婉突然提高音调，"我才不信你喜欢男人！"

冤枉啊，我是真喜欢男人！阿学头疼地扶额："那要怎样你才信呀？"

"你说到底还是不肯娶我，才说出这样的谎话！"鲁步婉见阿学如此，又哭成了怨妇模样，"可你若对我无情无义，当初为什么要安慰我，为什么要替我拾帕，又为什么在那一剑砍来的时候将我推出去？"

不把你推出去，难道死拽着你的手等着一道被砍？阿学好笑地想。

"你还笑？笑什么？"鲁步婉今日倒不是一般的眼尖。

"咳咳……"阿学被呛到，借着咳嗽迅速地调整面部表情，端正态度道，"如果我之前的一些举动，给你带来这样的误会，我很抱歉。可无论是安慰你、为你拾帕，又或者是在紧要关头保你一命，都是出于我关心人的本能，我也只当你是妹妹。"这话何其耳熟，大概是庄斯文小说里渣男的经典台词？

"就只是普通的关心？"鲁步婉上前一大步，抬手按上阿学的肩膀，"你看着我的眼睛，你敢说你对我没有一丝心动？"

阿学敢对天发誓，她没有！可她不敢对鲁步婉直言。对方情绪如此激动，阿学决定用缓兵之计："嗯……这个，你先放开我，我们到一边说？这儿人来人往的。"

"你要是不心虚，怕什么人来人往！"鲁步婉却不退让，转而拽住阿学的衣襟，声泪俱下地倾诉衷情，"你知不知道？在遇见你之前，我眼里只有太子表哥，可从那日校场上所有人都看我笑话，只有你一个人默默留下安慰我起，我眼里也有了你的身影。后来我渐渐发现，我在书斋时，看你的时间比看表哥还多，只要你一离开，我就坐不住——以前我盼望能有和表哥独处的机会，可因为你，我居然只想着出去找你回来！"

被迫聆听鲁步婉哀怨的表白，阿学的嘴张得能塞下两个鸡蛋了！真没想到鲁步婉会有这么细腻的感情，更没料到原来她从那么早就开始移情了……

鲁步婉却把阿学的震惊当作感动，再接再厉继续表白道："其实我也挣扎过，我想自己爱慕表哥那么多年，怎么与你相识短短几月，就变了心？可是我控制不了自己的偏心，爹不让出门的那些日子里，我心心念念的都是与你见上一面而已！"

"是啊，我觉得你不太可能这么快就变心，大约只是生太子的气，所以才想着亲近我气气他？结果一个不小心，把自己也给绕进去，骗过去了？"阿学试图顺着她的话引导。

"我情愿就这么被骗下去啊！我一遍一遍地责备自己的变心，可是我再也回不去了……我渐渐明白，我对表哥只是一个执念，从小我就以为自己一定会嫁给他，所以就在心中把他塑造成自己喜欢的人那样。但表哥就是表哥，不是我想象出来的人，所以我对他的感情不是爱情。"鲁步婉戚戚然道，"我知道，也许你从一开始就认为我爱慕的是太子表哥，所以你就在心里设了一个坎儿，没敢迈过去。现在你知道我的心意了，就不能给我们彼此一个机会吗？"

这个"坎儿"阿学可不敢迈！不过她通过不着痕迹改变方向来后退，已经把鲁步婉引到了角落，总算避开了前来办公的一大拨东宫执事官。

"庄斯文，你有没有在听我说！"鲁步婉倾诉半晌，抬眼发觉阿学正紧张兮兮地四顾，不由得来气，抬起粉拳就往阿学胸口处一捶——

可这一捶过后，便是可怕的安静，两人面面相觑，甚至都忘了喘气。

只因鲁步婉这一拳捶得实在不是地方啊！

"你、你是女——"

"姑奶奶别喊啊！"阿学顾不得许多，欺身上前将鲁步婉的嘴巴捂住，"被人听见就糟糕了！"

"唔唔唔——呜！"正在气头上的鲁步婉拼命挣扎着，双脚不断踢蹬阿学，涨红了脸，可到底还是挣脱不了有点功夫傍身的阿学。

"啪！"

两人较劲良久，却是一声响亮的巴掌声结束了僵持——怒不可遏的鲁步婉终于想起自己的手还是自由的，便狠狠扇了阿学一巴掌！

毫无防备的阿学倒退两步，捂着火辣辣的脸颊，仍有些晕头转向地看着鲁步婉的双唇不断张合：

"你这个骗子！你知道我花了多大的力气才说服自己，说服自己承认爱上了你！可你居然、居然是——我怎么会瞎了眼？我再也不相信爱情了！"

"呃，你先别激动……你听我说，"阿学的舌头有些打结，"我真的没有要骗你的意思！我也是迫不得已，知道这件事的人本来就没有多少——我怎么能未卜先知，知道你会、会喜欢上我？如果我能知道，我肯定先告诉你了！"

鲁步婉捂着耳朵，嗓音尖厉地喊着："我不听你的花言巧语，你就是个骗子！说不定你根本就是故意的，故意用这种方法接近表哥，然后再来招惹我，这样就可以拆散我和表哥，你自己就能和表哥在一起！"

"你这想象力也太丰富了吧？"阿学哭笑不得。

"想象？"鲁步婉又冲上前，指着她的鼻子问，"你敢说你对表哥没有一点点喜欢？"

恐怕远远不止一点点喜欢。

"不说话？你果然——"鲁步婉激动得差点一口气没喘上来，脚下不稳，一个趔趄，好在被阿学拉住。

可鲁步婉并不领情，狠狠甩开她的手："你毁了我，我也绝不会让你善了！你休想接近表哥！"

"什么毁不毁的，事情没有你想的那么严重啊。令尊来说亲之事，除了我父亲、我哥哥和我，再没旁人知晓，对你的名誉不会有半点损害。"阿学对她晓之以理，"没有人会说一句闲话，以后你想喜欢谁，还可以喜欢谁啊！你自己冷静下来想想是不是这样，好吗？"

"你说得轻巧！我苦苦追着表哥那么多年无果，本以为终于碰到命中注定的人，结果——"鲁步婉冷笑，"你突然告诉我你就是个女——呃……"

收回手刀，一把扶住瘫软下去的鲁步婉，阿学在心中默默说了句抱歉，然后扬声叫来正好路过的宫女道："鲁小姐突然晕倒，鲁府的马车就在那边，你快把她扶过去送回府。男女授受不亲，我不太方便……"

与其放任鲁步婉继续情绪失控，然后一个大嗓门就把阿学冒名顶替之事喊出来，还不如用最简单粗暴的方法让她"闭嘴冷静"，先送离东宫再说。

那宫女虽然纳闷，可也不敢询问，只依言将人扶走。

目送着鲁步婉被送上马车后，阿学又略一思索，走到自家马车旁对马车夫道："鲁家小姐已经知道我是女儿身，快回去告诉我爹一声——我怕她赌气把事情告发上去。"

那马车夫一听也大急："怎么会这样？"

"一言难尽。以防万一，总之先让爹有个准备为好。"阿学也是满面愁容。

"好，公子别担心，老爷一定有办法的！"只劝慰了这一句，他也不敢多耽误，当即驱车折返相府报信。

马车绝尘而去，阿学苦笑着又摸上还有些发疼的脸颊，心中一片迷茫。

"少傅大人，您怎么还在这儿呢？"那扶走鲁步婉的宫女正要返回，见阿学还在原地发呆，不由得问道，"您还有什么吩咐吗？"

"不，没事，你去做你的事吧，我这就走了。"阿学冲她摇摇头，抬步入了宫门，往潜心斋方向走去。

经过这一番折腾，耽误不少时间，因此阿学才走到半道，便见小福子迎面跑来。

"少傅大人，您可来了！"

"出什么事了吗？"阿学诧异地问。

小福子忙不迭摆手："没事——就是主子见您平时这会儿早该来了，现在却不见踪影，有些担心，所以让奴才出来寻寻。咦……您这是？"他的视线落在阿学捂住脸颊的左手上，面带疑惑。

"没什么，快走吧！"阿学把头微微一偏，率先抬脚，越过小福子继续往前走。生怕被更多行经的宫人围观，她走得极快，就差用上她那三脚猫的轻功玩凌波微步了，可怜了没有底子的小福子跟到书斋时累得气喘吁吁。

越祺然就在门前来回徘徊，听到脚步声急忙转身，果然见两人一前一后踏入书斋，原本满是焦虑的脸上这才有了些许笑容。

可这笑意还没达到眼底，他就发觉了阿学的不对劲："你的脸怎么了？怎么捂着？"

"没怎么。"阿学闪开半步，让越祺然伸来的手落了空，故意装作牙疼哼哼了两声，想含混过关道，"就是有点牙疼……你快去看账吧，我帮你抄写。"

"让我看看。"越祺然却不吃这套，执意按住她的肩膀，不让她再逃，然后另一手强行扯下了她捂在脸上的左手。"这是谁打的？"

白皙的脸颊上红了一大片，五指掌印清晰可见，越祺然大怒。

"谁敢这样打你？你还打算瞒着我？"

"你别急——"看他眼里都要喷火了，阿学忙扯住他的衣袖，缓解气氛地戏言，"这不是有人要对我不利，是我自己在外边欠下的风流债啦！"这还真应了庄斯文那句"冤有头债有主"，她老哥真是个乌鸦嘴！

"风流债？"越祺然一肚子气愣是被她这一句笑话给打得四散，不知该从何发起了。

见他发笑，阿学心稍定，按他坐回座上，语气轻松道："是啊，我的魅力太大，可是又没办法对人家负责，只好挨一巴掌了。和你一点关系都没有。"

"当真？"越祺然反手覆在她的手背上，扭头看她，"这些日子一直是你在陪我，每次有事我都拉你下水。礼尚往来，我可不希望你有什么难处，却不和我说。"

"扑哧——"阿学听了这话忍俊不禁，可一笑过后，随之而来的便是忧虑，"越祺然。"

很少听她这样认真地唤他，越祺然加重了手上的力道，与她对望"嗯？"

"如果我骗了你，你会不会生气……"鲁步婉气得给她一个巴掌，她心中并不太难过。可由此她联想到越祺然有朝一日得知真相后的反应，便感到忐忑。

"骗？"越祺然沉吟片刻后，轻笑出声，"那要看你骗了我什么。不过我这人很宽容的，只要你不骗我的感情，其他都好说。"换言之，只要她最后选择他，就算把他骗得团团转也没关系。

骗他的感情……阿学心头一窒，下意识地抽手退开来。

"怎么了？"原本被包裹在自己掌中的小手突然抽离，越祺然惊讶地起身，追上一步，握住她的手，"手怎么这么凉？"

"没事，就是突然有点累……"阿学扯出一个比哭还难看的笑容。

从没见过她这样心事重重的模样，越祺然止不住地担忧："刚才还好好的，有没有哪里不舒服？"

"还好，就是想睡一觉。"阿学垂首，不敢看他关切的眼神。

越祺然立刻应道："好啊，那你睡，我守着你。"

"不是……"她摇摇头，将被他握住的手再次缓缓抽出，"我想回家睡。"

感受到她突然而来的疏远，越祺然先是错愕地盯着自己停留在半空的手，半晌才不甘地收回："也好，是我想得不周。在家里休息总比趴在书房里舒服。"他勉强笑笑，"我送你出去吧。"

见他依旧不放弃，向自己伸来手，阿学咬唇，狠心拒绝："不必了。我自己回去，你好好查账……"

说罢，她也不等他反应，就转身夺门而出。

"庄——"越祺然也要追出去，却被小福子拦住，"你做什么？"

"主子，时间不多了，您这一追出去又不知要耽误多少时间！奴才保证看着庄大人平安上了马车再回来！"

小福子说得在理，于是越祺然一咬牙，转身回了书斋。可从小福子离开，再到重新站在他面前这期间，他一个字都看没进去！

"怎么样？"

"庄大人上了马车就往相府的方向去了，不会出事的。"小福子难得不啰唆，一汇报完就要退下，"主子安心做事吧，奴才这就回外边守着了。"

"等等！"越祺然叫住他，"派人去查一查，从昨天到今早她见过什么人，发生了什么事。晚上之前，我要知道答案。"

"是。"小福子领命而去，却开始怀疑擅自隐瞒下阿学方才上的马车并非相府平日那辆，而是东海王所驾一事究竟是对是错了……

"要不要去山上透透气？"

通往相府的路上，一名戴着个大斗笠的"车夫"斜坐在车辕上，挑开车帘，微微扭头笑问车厢内的人。

而坐在车厢内的不是别人，正是阿学。只听她轻叹一声："不必了，该面对的总要面对，我不能让参参一个人收拾我闯下的烂摊子。"

原来阿学之前冲动之下跑出承华门后，才想起车夫已经遭回相府报信，正犹豫要不要暂时借用东宫的马车时，却望见大老远处冲她招手的马车夫打扮的洛霆。大概是身份穿帮这件大事已经在相府中掀起千层浪了，连洛霆这个暂住的客人都已知情，所以才会问她要不要去散心。

"好吧……"洛霆张口，似乎想宽慰她两句，可见她双唇紧抿，眉头深锁，一副无心对谈的模样，也就作罢地将帘子重新放下，驾着马车缓缓驶回相府。

不过才到相府门口，阿学就从管家处得知庄焱一听说出事后便出了府，至今未回，甚至连带着庄斯文也不见了踪影。

"所以还是先去山上转转吧？在这儿干等着多难受。"这次洛霆没给阿学反对的机会，将她从相府门里拽出来，塞进了马车。

被塞进车厢的阿学也没出声对洛霆的自作主张表示不满，直到马车晃晃悠悠在郊外停下，车帘从外面被掀开，她才回过神猛地一惊。

"下来走走？"洛霆朝她伸出手。

"好。"她嘴里虽这么应着，却不见任何动作，从她略显茫然的眼神中很明显判断出她压根没听进洛霆的话，只是下意识在作答罢了。

于是洛霆暗自低叹一声，索性将车帘挂起，然后自己一屁股原地盘腿坐下，微微仰头看向阿学，摆出要与她促膝长谈的模样。

"我说，这件事也不能怪你，京城这么大她想堵你总有一天能堵到，只是没想到第一个察觉你女儿身的不是宫里那些人精，反而是那么个大小姐！不过这也真不算什么大事，你不用这么担心。其实我刚才就已——"洛霆大大咧咧地一通好劝，话里话外十分不把阿学的身份泄露一事当回事。

这些话阿学自然也是左耳进，右耳出，倒是他说着说着，却突然噤声，引起了她的注意。"其实你刚才怎么了？"她的视线终于在他脸上聚焦，疑惑地追问。

"咳咳……其实我刚才一想就知道你父亲肯定能搞定这事。"洛霆却垂眼避开她的视线，巧妙地转移话题，"况且那鲁步婉也未必就会告发你，对吧？"

这个问题阿学方才一路也都在思索，听他这么一问，当即摇头道："你不了解她。她的性子和脾气都算得上火暴，直来直往，有话憋不住。这件事对她打击这么大，加之我怕她直接在东宫嚷嚷开来，非但没有好好安慰她，给她道歉，反而直接把她给打晕了……她醒来以后一定会更气恨我。"

"哼，这也是她咎由自取。"洛霆却冷哼道，"如果不是她见异思迁，又怎会因为你是女儿身而遭到什么劳什子的打击？"

"话不能这么说，确实是我一开始的时候忘记了自己的身份，没有把握好和她相处的分寸。越大哥之前就提醒过我，可现在想来那时候就已经晚了些……"阿学的小脸上写满了懊恼与自责，"我冒名顶替我哥，是欺君之罪，我的家人不可能不受连累。哪怕爹真能压下这件事，可风声已经传出去，谁知道阉党的人会不会因此重新怀疑越祺然，让他之前取信陈浑的做法都功亏一篑，让越大哥的牺牲白费……"

洛霆闻言一怔："你一路都在担心这些？"

"对啊。"阿学不明白他为什么看起来很是诧异。

"这种时候你不应该先想想怎么自保？还在担心那些有的没的？"洛霆挑眉。

"什么叫有的没的！"阿学不满地反驳他，"原本就是我捅了娄子，牵累的可是我的家人和越祺然啊。他们都是……都是对我很重要的人，我当然担心！换作是你的家人呢？你的想法怎么这么自私啊！"

谁料洛霆却骤然站起，倾身靠近车厢，沉声道："可你别忘了，是他们把你拖进了这个局——难道你到现在还相信你哥只是单纯出门采风？你到现在还认为你顶替你哥成为太子少傅只是一个巧合？"

大部分的日光因他双臂往车壁一撑而被阻挡在外，只留些许光线落在阿学的面上与衣上，车厢内莫名变得昏暗而压抑。

"他们各自打着自己的算盘运筹帷幄，却让你一个人为了遮掩身份日日担惊受怕。"此时此刻的洛霆咄咄逼人，双眼微眯，用一种近乎残忍的语气追问阿学，"他们从一开始就将你蒙在鼓里，不曾征求过你的想法就让你蹚进这浑水，又有为你考虑过、担心过吗？你难道就没有想过，如果不是他们，你或许可以和鲁家那个千金大小姐一样活得没心没肺，任性妄为？

"呵，我可不敢和他们比自私比冷血。"

在洛霆的冷笑之下，阿学缓缓垂下头，用纤长的睫毛藏住了一双明眸里的万千思绪。

其实她很早就怀疑过老哥逃官的真正原因，直到从越祺然口中得知被老哥带回来的人其实是藩王后，才终于确定这一切都不是巧合。因此面对老哥的逃官，她的老爹能泰然处之，并在第一时间提出让她顶替，还给了她一个"秘密任务"。

模模糊糊察觉到这些后，她也曾想过一探究竟，亲口问问老爹为什么要让自己以男人的身份去接近越祺然，难道就为了试探越祺然是不是断袖？时至今日，她很难相信这会是唯一的理由。可每每话到嘴边，又问不出口，因为她也会害怕，害怕得到一个不真实的答案，又或者是一个太过于真实，让她难以承受的答案……

见阿学久久没有回应，只是低垂着脑袋沉默，洛霆的眉头越皱越紧，竟开始后悔自己方才所言。他指责越祺然和庄家人利用了阿学的同时，又何尝不是在打自己的脸？他这一番话，多少是出自真心替她不平，多少又是为了动摇她对越祺然的爱意呢？

"对不起……我……你当我没说过这些话——"

垂于身侧的手一攥拳，洛霆终究还是不忍逼她太紧，害她伤心。

"不，你说得对。"阿学却在这时抬头，冲他嫣然一笑，"其实你说的这些，夜深人静的时候我都想过，我不傻的。"

"你都想过？"洛霆被她这一笑晃了眼。

阿学却话锋一转道："我想下去走走了。"

"好……"洛霆先是一愣，随即便让开身子，怔怔地看着她跳下马车，缓步走到溪流边，接着蹲下。

"我都想过，只是我一直瞎想，不敢去问个清楚。不过今天被你这么一问，我突然想明白了，其实这些都不重要。"阿学掬了一捧水在掌心中，笑眯眯地晃动手掌，欣赏着这一小片的水光潋滟。"如果不是这个局，我不可能体验到当个太子少傅是什么感受，也没有机会认识越祺然和越大哥。虽然一开始我是被蒙在鼓里的，可如果现在让我退出，我还真舍不得……"

她顿了顿，才继续道："况且爹从小就疼我，不是假的，我一直过着无忧无虑的生活，不比鲁步婉差，所以没什么好羡慕的。至于庄斯文，哼，他是总爱拆我的台，不过我相信他心里也是有我这个妹妹的。我的家人如何，我自己难道还不清楚？还有越祺然，他迫不得已一直在伪装，真真假假好像难以分辨，但我心里就是有一个声音告诉我，他对我从未有过半点虚假……"

身后是洛霆踏草而来的脚步声。他在阿学身侧站定，却没有吭声，只是扭头俯视阿学，眼底闪烁着复杂的光芒。

"所以哪怕给我一个重来一遍的机会，我也只希望一切不要改变就好。"

掌中的最后一滴水漏下，重归于溪流。阿学也好似完成了一件大事般，长长地出了一口气。

"那你的'一切'里，包括认识我吗？"洛霆听到自己的声音有些艰涩。她应该不欢迎他的出现吧……

"当然包括啊！"阿学起身，将双手背在身后，面带揶揄之色地审视他，"嗯……真看不出，你在不背台词的情况下，能问出这么有文化水准的问题。"

"你——"洛霆憋了个满脸通红。

看他吃瘪，阿学先是咯咯笑了两声后，才正色道："我是说真的。特别是经过今天这事，我感受到了你的真实和真诚。谢谢你，我的心情好多了——"但这正经还没维持完多久，她的话就又变了味，"不过这样想来，也许是和我这种情商超高的人相处久了，近朱者赤，所以你也进步了吧！"

"你这人……"洛霆扶额，刻意压低声音威胁她，"你总是这么快就相信一个人吗？小心后悔——"

"哪有人做坏事之前还要提醒对方的？我才没那么不经吓。不过我的直觉告诉我，你这人不坏。再说了，爹和越祺然选择的盟友，肯定不会差到哪里去嘛！"阿学不以为意地耸耸肩，接着转身就往马车方向折返，"时候差不多了，我们快回去吧。还要和爹爹商量怎么把这件事圆过去呢。"

凝望着步伐轻快的阿学好一会儿，洛霆都没有迈步，转瞬万变的眸光泄露了他此刻心头的波澜。

"喂，洛车夫，还愣在那里做什么？快来啊！"

耳畔又传来阿学满是笑意的催促声，沐浴在阳光下的少女已在马车旁转过身来冲他招手，带着一种难以抗拒的温暖和力量，召唤着他……

洛霆似乎是认命般闭了闭眼，低叹一声，随即才在阿学的连声催促下大步走向她，站在她面前。

然后他说："你等等我。"

"你这人好奇怪，都到跟前了才说这句话——看来情商还是有问题，需要多接受我的熏陶！"阿学掩嘴笑道。

他挑眉，巧妙地接下这话茬："这话我可记下了。你以后找个时间教我吧？我还真想知道当你的学生是什么感觉。"

"嗯，这话应得不错！不过当我的学生可不容易——"说着，阿学冲他吐吐舌后就转身利落地跳上了马车，自己动手将帘子放下，只留清脆的笑声传出，"还是先当我的马车夫吧！"

"得令！驾——"

当时的阿学只管催洛霆快些驾车，却浑然不知，自己在不经意之间，竟又欠下了一笔"风流债"……

·第十五章·
DI SHI WU ZHANG
有惊无险反得解

"庄爱卿，朕听说如今的庄少傅是女人假扮，并非你的儿子庄斯文，可有此事？"

这是阿学第一次上朝堂，也是第一次得见龙颜，只是万万没想到会是为了"证明自己不是个女人"这档子破事。

腹诽之余，她悄悄抬眼打量阶上之人，尽管已年近半百，可无论是五官还是面部轮廓推测，都隐隐能看出这位帝王当年也曾是个美男子，可见越氏一脉的好皮囊是代代相传下来的。只是按照越祺然所说，他的父皇越之谯是昏庸之人，但阿学看越之谯尽管说话语调平平，神情僵硬，眉目间却仍有些正气之色残留。

"竟有这种谣言？老臣着实是第一次听说！"庄焱就站在阿学身前，拱手回禀道，"这定是宫人无聊时说的闲言碎语，老臣就这一个儿子难道还会认不清楚？请皇上明鉴——"

昨日阿学随洛霆回相府时已到午膳时分，庄焱和庄斯文也不知是何时回去的，都气定神闲地坐在正厅的大膳桌边，连带着阿学的母亲一起，一副就等着她回来开饭的架势。她像个做错事的孩子般埋头磨蹭到庄焱跟前，打算虚心挨批，却不料庄焱二话没说，只让她坐下安心吃饭，笑得像只狐狸……

"嗯,朕也是这么想,不过既然有人密报,朕与陈爱卿商量之下认为还是要将庄斯文叫来堂上说清楚,让众位爱卿一同见证,让谣言不攻自破。"高坐在龙椅上的国君越之谙再次出声,打断了阿学的回忆,"庄斯文,你可愿意?"

被点名的阿学急忙出列一步,恭敬又器宇轩昂地应道:"所谓身正不怕影子斜,微臣堂堂七尺男儿,自然不能被人说成是个女人!请陛下给微臣个机会,证明自己的清白!"

众目睽睽之下,她的言谈举止不能心虚,更不能有一丝一毫的女气。不是为了她自己,而是为了庄家,还有越祺然……

这样想着,阿学忍不住微微扭头看向斜前方站在另外一列的越祺然。这恐怕也是他为数不多在早朝上列席,毕竟之前他不受宠时并无职务,没必要上朝。监国之后他虽列席过几回,但很快又因被委任核查账目而免去早朝。也不知此番他被找来,乍一听她是女儿身,会有何感想……

也许是盯着他的背影太久,越祺然仿佛有所感一般回望向她,快速地冲她眨眨眼后,便出列启奏:"父皇,儿臣愿意为庄少傅作证。少傅是儿臣的老师,每日都在书斋中教导儿臣用功读书,儿臣与他接触最多,最有发言权。"

越祺然这一席话说得在情在理,只是讲到"接触最多"时,阿学莫名感到堂上不少朝官的神情都略显微妙,再联系上之前庄斯文所说,就知道他们肯定是想歪了……

"太子与庄太傅有师徒之谊,作证起来只怕难有人信服啊。"陈浑也出列,锐利的目光在阿学和越祺然之间来回扫视,似乎想要发觉一些端倪。

"陈大人所言极是。就算不是太子,孤证也难免少了点说服力。"阿学并不慌乱地接过话来,继续向越之谙陈情,"陛下,众所周知,微臣在出仕之前就是个闲散的纨绔子弟,隔三岔五便会呼朋唤友出门游玩,也算有两三年的交情。其中不乏一些京官子弟,这些人都可替微臣作证。"

越之谙闻言并未立刻回应,反而是借着沉吟看向陈浑,仿佛是在征求他的意见。看陈浑没有打算提出异议后,他才颔首道:"都有哪些人可当堂对质?"

"工部侍郎、吏部尚书及大理寺主簿之子、户部尚书的外甥，还有御史台检察御史的侄子都和微臣一道出游过，可找他们来殿上说明实情。"阿学面带浅笑，点出的既有阉党派，也有丞相派，更不乏中立的官员，官品也有高有低，让人挑不刺来。连她也不由得佩服起自己当初的先见之明，竟然交际得如此宽泛。

顿了顿，她又看向陈浑，主动问他："陈大人以为他们的话可能信？"

"这……若他们都能为少傅大人作证，应该有七八分可信吧。"陈浑不愧老奸巨猾，又将皮球踢回给帝王，"还是请陛下示下。"

"那就把他们都叫来吧。几位爱卿可有异议？"越之谵问的是在场被点名的几名朝官。

那几名官员相互对视几眼后，都躬身道了声"微臣不敢"。至此，朝堂上众人都不再言语，只等着派出宫去的几名内侍将各家公子请来当面对质。阿学则不得不在陈浑探究的目光下，硬着头皮笑出一番"我就是男人"的自信感，度秒如年。

但好在内侍们的办事效率还算快，不多时几名公子哥就来到堂上，对着殿上的帝王恭恭敬敬地行了个大礼后轮流开始发言。只是几人说来说去，也都只能表明在相处过程中不曾怀疑过阿学的男子身份，却并无人能言之凿凿地肯定阿学就是个男子，让进展一度陷入僵局。

"你们再仔细想想，还有什么可以证明庄少傅确实是男子的证据？"越之谵见几人你一言我一语，却没有太多实质内容，也逐渐面露不耐。

于是几人又开始了一阵冥思苦想，没有人发声，整个大殿陷入一片沉静。

"啊——草民还真想起一事。"突然，工部侍郎之子似乎想到了什么，颇为激动地一拍脑门，"草民可以确定庄斯文就是男子！"

陈浑笑得意味不明："哦？你这么确定？这是为何？"

"想清楚了再禀明圣上，别把那些有的没的也拿来乱说。"工部侍郎也在此时出言提醒自己的儿子。这工部侍郎虽是阉党一派，只是他的儿子是个不成器的酒囊饭袋，浑浑噩噩，人事不懂，所以工部侍郎反倒没给自己儿子安排个一官半职，就是怕他在官场上被人卖了还帮人数钱。

可惜他这个傻儿子似乎未能理解父亲的话外之音，反而用力点头："不是有的没的。是孩儿亲自确认的。"

"亲自确认?"这回是越之谵有些好奇地前倾了身子。

"回,回陛下……是因为草民和阿文一起睡过!"

这话一出,真是一石激起千层浪,工部侍郎的傻儿子立刻成了万众瞩目的筛子。只是在这十几道目光中,有一道目光格外瘆人,带着危险的杀气,让他不禁打了个冷战。

而阿学也是万万没想到他会蹦出这么句话来,正着慌地望向越祺然,却已听到越祺然磨牙的声音:"一起睡过?"

"不、不是——其实是有一次草民和阿文,还有其他朋友一道去郊外宿营,晚上大家都喝醉了酒,草民和阿文正好躺在一处……虽说睡得迷迷糊糊,可躺得那么近,睡觉时又不太老实,少不得会相互碰到……所以对方是个男人还是女人,还不至于分不清楚。"

这小子在某些方面却不傻,想起市井上太子与庄斯文正打得火热的传闻,立刻直摇脑袋澄清真相,满脸写着"太子爷我绝没有碰过你的男人"!

"原来如此。"听完这段,越之谵又往后靠回龙椅的椅背,再次征求陈浑的意见,"陈爱卿觉得可信吗?庄少傅的男儿身可以就此确定了吗?"

"老奴以为耳听为虚,眼见为实,诸位公子的从旁佐证虽能让我们在场众人相信,却恐怕难以服众,不如直接验身还庄太傅一个清白,这样往后就再也无人敢嚼舌根。"陈浑到底是不信,眼珠一转后,笑着回禀。

"这样啊……也好。就听陈爱卿的。"

从头到尾,越之谵说的话没超过十句,却有两次是在征询陈浑的意思,并且对其可谓言听计从,无甚主见。若越之谵不是有意与陈浑虚与委蛇,那也难怪越祺然会对他失望了。

"陛下,微臣也认为陈大人所说有理,愿意去偏殿验明正身。"阿学想到昨日庄焱的叮嘱,也不慌张,一口应下。

她的爽快令陈浑一怔:"既然少傅大人无异议,就委屈大人了。"说罢,他只用眼神便令在大殿伺候的三名内侍冲阿学围了上来,面无表情地做了个"请"的手势。

三个人……本以为至多两人带她去验身,阿学心中咯噔一声,不由得担心起自己老爹究竟有没有都买通。

可事已至此，也容不得她退缩，只能潇洒地随那三名内侍施施然离开，步入偏殿。

站定后，阿学便开始暗自忐忑，那三名在她对面一字排开的内侍一声不吭地转过身，齐齐拿背对着她。

此举一出，阿学当即明白这三人都是自己人，暗自松一口气，开始自己动手摩擦衣物，模仿窸窸窣窣的解衣声，给外边那些人听。

"这回看清楚了吧！"琢磨着时间差不多了，阿学便把衣裳理好，扬声道。

于是那三名内侍会意地转过身，也不多看阿学一看，又躬身请她随他们回到大殿。阿学却忍不住好奇，压低声音问道："喂……你们都是我爹的人？"

那三名内侍略一犹豫后，竟只有其中一人颔首，另外两人都摇头否认了。

不是自家老爹买通的人，那另外两人又是受谁指使的？陈浑能点他们三人负责验身，必定是信得过他们。肯为她动用这么宝贵的眼线，除了老爹，还会有谁？

"少傅大人请吧，奴才们已经看得真真切切了。"她还想再问摇头那两人的主子是否为同一人时，却被其中一名内侍抢先扬声打断。

也怕停留久了惹人生疑，阿学只得压下心中疑惑，被三人带领重回大殿。随即由其中一人站出半步，对越之谵禀明："回陛下，庄少傅确实是男子，奴才们已亲眼验证。"

"哈哈哈——"闻言越之谵突然畅快地大笑了几声，"朕就说嘛，庄爱卿的儿子还能有假了？原来是一场闹剧，一场闹剧啊！"

"真相能大白于众，微臣也能安心。"阿学用淡淡一笑掩盖了化险为夷的欣喜。

陈浑也跟着搭腔："陛下说的是，这回真是委屈少傅大人了！"他找不出任何疑点，也只能就此信了。

"谈不上委屈，本也就是无稽之谈的中伤罢了，倒是为了给斯文证明清白，劳师动众了。"阿学说着，转身对在场朝臣略施了一礼，"还得多谢各位。"

"庄少傅太客气了。"众人也回礼。

越之谵看气氛一派和谐，便打了个呵欠，从龙椅上起身道："既然此事已了，众位爱卿若无事，便退朝吧。"

"皇上万岁万万岁——"阿学跟着群臣跪安，就此送走了越之谵。

这一场验明正身的戏总算落下帷幕。众人纷纷起身，陆续走出大殿。庄焱也不与阿学多说，只拍拍她的肩膀就走了。至于陈浑也只在殿门边又和越祺然寒暄了几句，也先行一步。

越祺然却不曾跟着抬步，反而转身望向还站在殿内，暗自平复心绪的阿学。

"少傅大人怎么还不走？吓坏了？"

听他嬉笑着问自己，阿学急忙深吸一口气，大步走到他跟前，哈哈一笑："笑话——为师行不更名坐不改'性'，还怕被验成个女人不成？"

此话一出，阿学恨不得扇自己一个嘴巴子！谎话说多了就改不过来，都到这个节骨眼了居然还这样卖力地骗越祺然，回头还不被他恨死？

"呵，是啊，睡在一起的人都说你是男的，你自然是男的。"越祺然却冷不丁把话茬扯到了工部侍郎的那个傻儿子身上，语气不阴不阳。

阿学却只顾心虚，随口附和："啊哈哈，对啊，我还真没想到他会在朝堂上说这事……"

"哼！"谁料她话音才落，越祺然紧跟着便是重重一声冷哼，脸色唰一下阴沉下来，拂袖扭头就大步走开。

"哎？你等等我啊——"阿学不知自己哪里惹到了他，免不了要小跑跟在他身旁问，"你这又是怎么了？"

越祺然哼哼着不看她，却还是放慢了脚步："没怎么！"

"还说没怎么，一脸被人欠了八百吊钱的样子。"阿学翻了个白眼，然后摸着下巴沉吟起来，"让我来猜猜……之前你站在门边的时候心情还不错，后来和我没聊两句就开始……"

琢磨到这里，阿学猛地倒吸一口冷气："难道——难道你——"

"什么？"越祺然停下脚步转向她，不明白她那一脸"我好像知道什么了不起的秘密"一般的表情从何而来。

"你不会是……喜欢工部侍郎那傻儿子吧？所以知道他和我睡在一起，你吃醋了，生气了？"阿学道出了她大胆的猜测。

越祺然只觉额上青筋暴起，伸出食指指着她，咬牙道："你真是——"

"我真是太聪明了？天哪……"阿学掩嘴惊呼，急忙撇清关系，"不过我告诉你，我真没占过他便宜。其实那天我根本没醉，发现他老要往我身上蹭以后，就索性把另外一个醉鬼拖到他身边，我自己睡别处去了！"

"真的？"顿时，越祺然面上愁云尽去，只勾唇笑问，"那他怎会觉得是你？"

阿学歪着脑袋想了想后才道"可能是因为他睡死过去之前看到的是我，早晨醒来时另外那个醉鬼正好已经走了，就剩下我看着他。"

"这……哈哈哈——"越祺然快意地大笑起来，"也亏得他就这么糊里糊涂地在父皇面前言之凿凿地给你作了证！"

"要不怎么说是傻儿子呢……"阿学撇嘴，随即又立刻捂住嘴，"对不起，我以后不说他坏话了——"

越祺然心情极好，双手负在身后，重新缓步往东宫方向走"确实是傻啊，为什么不说？"

"我说他傻，你不生气？"阿学纳闷地问。

"我与他素不相识，生什么气？"越祺然耸耸肩。

所以她刚才的猜想是错的啊？那他到底是为什么突然生气，现在又为什么心情大好？阿学探究地打量他的侧脸好几眼，除了差点被他好看的笑容晃到眼以外，没能看出任何蛛丝马迹。

就这么暗自思索地走了一阵，不知不觉竟已到东宫。眼看潜心斋就在眼前，越祺然那一句"只要你不骗我的感情"便又在耳边响起，令阿学也无心再管刚才他的无名火从何而来。

"越祺然……"犹豫再三，她低唤了他一声，问道，"你在殿上为什么第一个站出来替我说话？"

"你都是我的枕边人了，我不替你说话，谁替你说话。"越祺然坏笑着答话，也不扭头看她，迈着轻快的步子径直往前。

阿学脸一热，抗议道："我问你正经的呢！"

"谁不正经了？我也是真心实意这么想的啊！"越祺然眼角余光瞥见羞恼的阿学，心中更乐了。

"那你就没有一丝一毫怀疑，我可能是个女的？"鬼使神差地，阿学又试探地问了句。

这回越祺然倒是扭头笑望了她一眼，却只吐出相当欠揍的两个字："你猜？"

阿学对天发誓"你猜"这两个字将成为她最讨厌的字眼，没有之一！

"好了——不逗你了！还是快回潜心斋吧。只剩下些扫尾的事情了，帮我把执事官们上交的账目再粗略核对一遍？"看她气鼓鼓的模样，越祺然忍不住拍拍她的脑袋，用半哄骗的语气道，"你要是不帮我，我这几天可又要熬夜了。"

"好吧……"

尽管最终也没能问出自己想要的答案，阿学还是被他一句"又要熬夜"打败，任劳任怨地随他回了书斋，埋头案牍之中，直到三日后旬假到来……

"这几天我都帮你观察过了，差不多这时候就会有小厮送柴火进去。"

这一日的旬假阿学并没有闲在家里，而是乔装打扮后，与洛霆两人一道鬼鬼祟祟地出现在齐王府附近。

洛霆说着，将背上的一捆柴火卸下放在地上，又交代道："等会儿我会帮你把送柴的人打晕截下，你抓紧时间，快去快回。他每次进去也就不到半炷香的时间，就会出来。你逗留太久恐怕守卫要起疑。"

"时间这么短……"阿学蹙眉，随口埋怨的同时不忘将那捆柴火在洛霆的帮助下背好。

替越祺然把核查账目的事情都做完后，她越发为自己的感情问题感到迷茫，再加上近来的一番折腾，便想着要是能找个人诉说该有多好。这个人选必定不能是越祺然，也不能是老爹或是老哥，至于身边这位……就更不靠谱了。

左思右想之下，阿学想到了越之谦，他沉着稳重，对她、对越祺然都是十分亲近的人，说不定能为她解惑。何况她本就想抽时间再来看看他，如今倒也算一举两得了。

"嫌短？进去处理下水粪桶之类的小厮倒是能逗留一炷香的时间，你要不要试试？"洛霆交抱起双臂，挑眉道。

"哦呵呵……那还是算了，我会长话短说的。"她可不想熏得一身臭气去见越之谦。

洛霆正想再说什么，却骤然收敛面上笑意，身形一闪，迅速而无声地躲至才出现在拐角处的那送柴小厮身后，一计手刀将他砍晕，利落地将人拖回到两人藏身的角落。

整个过程没有一丝一毫多余累赘的动作，就像一只等待猎物已久的猎豹般敏捷，这是阿学第一次亲眼见他出手，忍不住对他拱手抱拳："佩服佩服！"

"我值得你佩服的地方还多着呢。你以后就能慢慢发现——"

对洛霆顺杆爬的行为，阿学只能白眼以对。

"那我先进去了——"

也不多与他磨嘴皮子，她丢下这句话就一溜烟消失在角落，有模有样地学着那小厮低头含胸的走路姿势，往王府府门走去。

"什么人？"长戟在身前一交叉，阿学被两名守卫拦下。但她早就远远观察过这两名守卫，并非当日大雪天时的两人，故而也不怕他们认出，只点头哈腰地指指自己背上的柴火。

"官爷，小的是来送柴火的……"她畏畏缩缩，半低着头，一副市井小民模样。

"嗯？"其中一人打量了她几眼，怪道，"怎么觉着你眼生啊？"

被盘问的阿学也不慌不忙，只笑哈哈地应道："之前送柴的是我兄弟，今儿个他病了来不了，就让小的替他送一趟……"

那看守又瞧了阿学两眼，最终撒开长戟放行，还不忘交代了一句："柴房就紧挨着东厨。记住，进去别乱转——"

"是，是，小的明白！"阿学又哈哈着冲两人鞠了俩躬，这便算完成了混入王府的第一步。

　　虽然在此之前只进过王府一次，但阿学还记着越之谦的厢房所在。只是现在的王府今非昔比，内人丁稀少，一路往里竟也撞不上一两个下人，显得背着捆柴火到处转悠的阿学格外显眼，所以她也不敢就这么直接去厢房，干脆照着门卫所说，先去柴房，想着将柴火放下后再去找越之谦不迟。

　　一般府邸的格局都大同小异，阿学摸到东厨便是一股浓浓的、又苦又难闻的药味扑鼻而来，令她不禁皱眉。

　　踏入厨房一瞧，灶上果然正熬着药，只有一名婢子看着。

　　那婢子听到脚步声，懒懒地抬眼问道："送柴火的？怎么以前没见过你？"

　　阿学便把刚才对看守的说辞又给复述了遍，并问柴房在哪里。

　　"得，柴火也快用光了，你就搁这儿吧，不用再拿去柴房了，省得我再搬一趟。"那婢子听完阿学的解释后，收回目光，抬手指指距离她不远的角落，示意阿学把柴火放那儿就行。

　　能就近处理掉这累赘，阿学也是万分乐意，当即压低嗓音应声将柴火卸下，堆到墙角处。

　　就在她做事的同时，门外又有脚步声传来，人未至声先到："主子的药熬好了吗？"

　　阿学霍地抬头看去——是素心！她方才还苦恼如何只身一人前去正厢房，却不想能遇上素心，真是走运！

　　"都不是王爷了，还算什么主子？"那婢子不屑地嘲讽一句，话音半大不小，显然是刻意找素心的碴。

　　"没好的话，我一会儿再来。"素心也不恼，只淡淡说了句便要转身离开。

　　那婢子却急忙叫住她："哎，等等！好了，好了！我可不想闻这药味，你快拿走吧——"边说，她边把药从罐子里倒进碗中。那碗看着老旧不说，还磕破了沿，谁敢相信这是给王爷盛药用的？阿学看在眼里，心头酸涩，不由得暗暗攥拳。

　　见药得了，素心也不与那婢子啰唆，走过来端起碗就要走。

　　知道不能再耽误，阿学便瞅准时机也快步跟出去，就在门边与素心轻轻一撞。

"你这小厮怎么毛手毛脚？"素心慌忙稳住手中药碗，怒道。

"是、是小的不长眼，冲撞了贵人……"阿学装出畏畏缩缩的模样，却猛地抬起头冲正对自己怒目而视的素心俏皮地眨了眨眼。她今日的装扮并不夸张，只是稍稍把自己的肤色弄黑，这么近距离之下，又是熟人，不可能认不出。

果然，素心先是一怔，随即冲她使了个眼色："罢了。正巧主子院里有好几盆花草要挪个位置，晒晒太阳，我一个人搬累得慌。你跟我来吧。"

"好，好……"阿学会意，就这么名正言顺地跟在素心身后，一路来到了主厢房的院落中。院中确有几盆花草，却都被摆在阴暗处，见不着阳光，没多少生气。

两人在房门外站定，素心叩门轻声道："主子，有故人来看您。您现在方便吗？"

里头随即传来一阵细微的响动，之后才是稍显迟疑的应答。

"请进。"

于是素心无声地将药碗交到阿学手里，替她推开门，自己却侧身让到一旁。阿学知道素心这是要给自己和越之谦独处的机会，倒也正合她意。

用口型道了声谢，阿学便踏入屋内，房门在身后被素心重新带上。

"竟然真的是小庄啊。"

一进门，越之谦的喟叹声就从左侧传来，阿学循声望去，只见他正端坐在书桌前，手中还提着笔，笑得温文尔雅，似乎一如她第一日踏进太傅府时一般。

今昔与昨日重叠，唯独不同的便是他的一身华贵紫缎官袍换成了再普通不过的素色深衣。

将药随手放在一旁的几案上，阿学三步并作两步上前，只隔着一个书案的距离打量他。尽管他的笑容不改，依旧令人如沐春风，一双长眸也还是那般睿智深沉，面容却着实消瘦了，唇上也没什么血色……

"越大哥你病了？"她看着看着，猛地想到那药，"得了什么病？怎么病的？是不是有人还要害你！"

"呵，暌违多日，小庄怎么反而变得毛躁，沉不住气了？"越之谦失笑着摇摇头，"你放心，我没有病，那些药每日都叫窗台上那盆花享用了。"

"可你看起来……"阿学蹙眉。

见她不信，越之谦起身绕过书案，去几上端了那碗药来，尽数浇到了花盆中，接着回身笑问："这样可能信了？"

阿学却只是摇摇头，低声道："你总瞒着我……"

知道她话中所指，越之谦走到她跟前，笑叹："看来谎话说多了真是很难再让人相信了啊。小庄以后都不会再信我了？"

"你明知道我不是那个意思。"阿学抿唇，"我是靠扮成送柴小厮混进来的，后厨里那个婢子傲慢得很，出言不逊，还有这装药的碗也……越祺然还是与你合伙一道骗我，说什么他和你父王的旧部都会暗中关照你，不会让你过得太苦！"

"后厨那个可不是一般的婢子，不让这些有主子的人踩在脚下，他们的主子如何能对我彻底放心？我这病态也只是刻意服了一种药丸，会让人显得血气不足，并无其他。"越之谦耐心地对她解释着，还不忘逗趣一句，"至于喝药用什么碗，我可不在意。用名贵的碗装药，药难道还能变成甜的不成？倒是你，这么苦着一张脸，倒好像喝药的是你。"

心知他是有意要逗自己开心，阿学也不再拉着脸，笑着应答："越大哥怎么还有心思开玩笑？"

"求仁得仁，为何没有这心思？"越之谦对此却并不以为意，"其实寻常百姓过的日子，用的碗或许还不如我，我有什么好抱怨的？"

"你和越祺然这么努力，我相信百姓的日子一定会过得更好。"阿学不假思索地笃定道。

将阿学眼底的信任看得清清楚楚，越之谦淡笑开来："但愿如此吧。"

"对了，越大哥方才在做什么？"阿学也不愿再拿朝堂上的纷纷扰扰来令他烦心，便转移着话题。正巧望见案上有张被倒扣着压了好几本书卷的宣纸，她好奇地伸手去揭："作画吗？"方才越之谦手握之笔沾着朱红，想来应该是在画画。

不过她倒是鲜见越之谦的书案这么乱过，想着顺带能帮他整理整理。

却不料越之谦神色微变，急急伸手扣住阿学的手腕，阻止了她。对上她诧异的目光，他只沉声道："兴之所至的涂鸦罢了，没什么好看的。"

既然只是随手涂鸦，为何他看上去会这么紧张又不自然？阿学一时也不知该坚持还是顺势不去探究。

"你来一趟不容易，难道就是为了来我这里看书看画的？"见阿学还在发怔，越之谦索性放开她的手，转而问了句，"可是碰上什么苦恼了？"

"我……我……"

越之谦这一招"反守为攻"用得极妙，被说中心思的阿学转眼就忘了那画，收回手垂于身前，忸怩地绞起衣摆。

"大哥一定替你保密。"越之谦凝视她的眸子里带着鼓励的笑意。

只是阿学倒也并非问不出口，而是不知从哪里问起，又想着自己只有半炷香时间，一时情急竟脱口而出一句话："越大哥知道越祺然喜欢的到底是男人还是女人吗？"

可话一出口，她就被自己的冲动无脑惊得不轻，只想找个地洞钻进去："不是……我的意思是……"

"小庄还不曾把自己是女儿身的事情告诉他吧？"而越之谦的话更是令阿学傻在了原地。

他什么时候知道自己是女儿身的？他怎么会这么确定？

"初见小庄那日，扶了小庄一下后，我心中便有些怀疑……"越之谦看她惊诧的模样，只宠溺地拍拍她的肩膀，"人只要留了心，长久相处下来，又哪里有什么能藏得住呢？更何况小庄信任我，将我视为大哥，言辞行动之间自然很难处处小心掩饰小女儿姿态。"

"原来如此……"阿学懵懵懂懂地点点头，不禁又问，"那越祺然也和我朝夕相处，他会不会也发现了？"

越之谦眼底划过一抹说不清道不明的情绪，只浅笑道："或许是当局者迷吧。再加上阿然自小便疏远女子，这才没能察觉。"

"那……如果他知道了真相，会怪我骗他吗？"阿学怯怯地问，越往下说声音越低，脑袋也跟着重新埋了下去，"我……我应该告诉他吗？我想……却又怕……"

"呵，傻丫头。"头顶传来越之谦的笑叹声，"小庄若能将身份与对他的感情一道与他坦白，阿然必定欢喜。"

阿学呆呆地抬头瞧他："越大哥，你怎么……"怎么知道她对越祺然有什么感情……

"大哥毕竟比你痴长几岁，有些事情，瞒不过大哥的眼睛。"他只是自嘲一笑。然而痴长几岁又如何？一早就知道阿学的女儿身又如何？终究还是命运弄人！

"阿然他……是个可以信任，并且可以托付终身的人。"微微闭眼，短暂挣扎过后，他重新换上温和平淡的笑意，眼底一片清明，以兄长的身份鼓励阿学，"小庄，我知道你不是个扭扭捏捏、犹豫不决的人。感情这件事也是拖不得的，拖久了变数太多，也会让对方失去信心。你心里既有阿然，不妨与他坦言，无论如何都会有个结果，总比每日担忧，自己闷头猜测要好。你说对不对？"

有些道理就是自己在心里对自己念叨千万遍，都抵不过自己信赖、尊敬的人说上一遍。越之谦这一番话有如醍醐灌顶，让阿学想通的同时大受鼓舞！

"我、我明白了——既然他说他不喜欢被骗，我就不应该继续拖延着，还总是在他面前努力圆谎。明天我就去找他说清楚！就算……就算他因此讨厌我，我也不想再在他面前撒谎掩饰，真的好累……"

越之谦低笑着为她撩开挡在眸前的碎发，又给她吃了一颗定心丸："以我对他的了解，他对男人应是没兴趣的。"

对男人没兴趣，那就说明她还有机会了？阿学惊喜地抓住他的衣袖"真的吗？那你觉得……他会接受我的感情吗？"

"小庄敢爱敢恨，爽朗明丽，叫人如何能不动心？"越之谦一怔后不着痕迹地抽出衣袖，退后半步，用这一句反问作为回答。

"越大哥说笑啦……"阿学冲他吐吐舌头，只顾着体会心头又羞又喜的滋味，并没察觉到他的疏离。

而越之谦也将视线从她面上移开，转向窗外，低声道："时候不早了。"

"啊！对，只有半炷香的时间，我不能久留——"阿学这才想起洛霆的嘱咐。

"我让素心带你出去。"越之谦不急不缓地唤了素心，后者应声推开门，垂首等候。

走到门边时，阿学又想起什么笑着回头道："越大哥，谢谢你！改天再有时间了，我还用这办法混进来看你！不过……我还是希望没这个机会，下次再看到你，你就是自由身了！我会和越祺然一起努力做到的！"

"好……"越之谦觉得自己喉咙发涩，只能道出这仿佛千斤重的一字。

房门再度被素心关上，越之谦却仿佛能隔着这一重门目送阿学走远似的，良久之后才收回视线。

扭身转向书案，他将压在纸面上的书卷放到一旁，缓缓把倒扣着的宣纸翻转过来——那确实是一幅画，画上之人虽是男子装扮，却不论是五官还是情态都分明是个明眸皓齿的少女。

那女扮男装的少女一脸狡黠，一双明眸机灵得似能说话，正是阿学常有的神情！

静静凝视那画许久，越之谦终于还是忍不住抬手抚上画中人的眉眼，细细描摹，兀自低语："叫人如何不动心……我若不是我……有时候真羡慕阿然啊！小庄，我竟没机会叫你一声阿学……"

眼底是柔情似水，可他心知，此生早已隔了千山万水。

第十六章
DI SHI LIU ZHANG
一波三折有情人

　　暮春三月，从齐王府回来的当晚，阿学踩在春天的尾巴上应景地做了个"春梦"。梦里她才踏入潜心斋，还没得及开口，越祺然这厮居然主动将朵芍药别在她的鬓边，接着用能肉麻出一身鸡皮疙瘩的语气对她进行了深情款款、滔滔不绝的告白……

　　结果可想而知，阿学大半夜从梦中笑醒后就再也睡不下了——因为梦都是反的！

　　她忍不住担忧起自己这场表白也许会异常艰辛，也生怕自己怯场。万一到时心中有千言万语却道不出，只能与越祺然执手相看泪眼，那就太丢脸了！

　　念及此，她索性起身，对着墙壁演练起来，却没有一次不打磕巴……直到鸡鸣破晓，阿学都没能完成一次相对成功而流畅的坦白加表白！

　　可叹她当日为何要嘲笑洛霆连说点情话都要在手掌上打小抄？出来混总是要还的，这种心酸她也懂了！

　　然而阿学觉悟得太晚，墨都还没研好，就被架上了马车，导致她这一路上都心不在焉。越想趁最后的时间搜肠刮肚些言情小说里的台词出来应急，她脑中就越是一片混沌。以至于当潜心斋的匾额抬头可见时，她就连昨晚结结巴巴预演过的那些说辞也给忘了个干净……

"也罢，兵来将挡水来土掩，想到哪儿就说到哪儿吧！再怎么样我也是他的老师啊！"临了，阿学只能用自己太子少傅这个身份给自己壮壮胆，然后咬牙踏入书斋。

但一进去，她便为眼前所见又惊又喜——席地而坐的越祺然手里居然当真握着一枝含苞欲放的粉红芍药！

这……这难道是要美梦成真？阿学揉揉眼睛，难以置信地走近，再走近。

"嗯？"原本在把玩那花的越祺然瞧见一双熟悉的缎面官靴就停在自己前面，不由得抬眼笑望她，"旬假休息得好吗？书斋里没了满桌满地的账本，还真是宽敞啊。"

说着，他拍了拍身旁的垫子，对阿学发出邀请："一起坐？"

阿学这才发觉原来他还多摆了个垫子，大约就是等着她来。只是这坐垫与他的距离……并排挨得这样近，之前从未有过呢。也不知是她心中所想让她今日看什么都不同寻常，还是这一切确实都透着某种暗示。

想了想，她无声地依言挨着他跪坐下来，却只拿侧脸对着他。

"我……"

两人同时发声，又同时一怔。

"你先说吧。"越祺然难得有风度地谦让一回。

"你……你很喜欢这花吗？"然而阿学也莫名慌了神，支吾半晌只冒出这么句。

这傻气的一问果然换来越祺然的轻笑："算是吧。你喜欢吗？"他边说，边把那花枝一折，只留花骨朵在掌中虚托着，然后伸手到阿学鬓边，似乎是在比画是否合适。

"嗯，喜欢……"阿学声如蚊蚋，微微垂首，已做好准备等他为她别上这淡粉的芍药。幻想着如果剧情始终按照梦境的趋势往下走，那么下一步，下一步他就要——

"你喜欢就好。"可越祺然接下来的举动让阿学近乎傻在当场，"我这手都举酸了，你还不帮本太子戴上？"

唰一下转头，阿学瞠目结舌地看着越祺然托着花，仍然保持在原处的手。如今她扭过身来，这花倒是正好就在她眼前，而视线穿过花瓣，触及的便是某人充满期待的目光……

绝望在阿学的心头蔓延，越祺然什么时候变成伪娘了？

手颤抖着抬起，一寸寸接近那芍药，她甚至忘记了呼吸，强忍大哭的冲动，一脸视死如归……

就在她的指尖距离那芍药只差半寸时，越祺然的手却突然向后一收，不让她取走，反而拈花绕着阿学指尖转了一圈，再以迅雷不及掩耳之势将那朵芍药别在了阿学的鬓边！

这一退一进，手法精妙而优雅，看得阿学眼花缭乱，心中更乱：" 你、你……"

" 哈哈哈——" 欣赏到她惶惶然的神色，越祺然似乎极为开怀，坏笑道，" 我逗你的，你还当真了。"

亏她在刚才那么短的时间里还狠心抛开私心，想着要祝福越祺然找个对他温柔以待的好男人，从此过上幸福美满的日子！

" 越祺然，我倒数三声，你得平息我的怒火！" 这要换在平时，阿学早将鬓上的芍药扯下" 分尸" 了！

可她还没数出" 三" 来，越祺然就收敛了不正经的笑意，修长的手指在隔空虚描阿学侧脸轮廓，带着笑意细语：" 不过你戴这花确实好看。"

" 你又逗我，没听说过男人戴花好看的——" 阿学随口反驳了句，却在对上他幽幽含笑的眸子时猛地一怔，又想起昨夜的梦境，" 你、你是不是……有什么话要对我说？"

越祺然偏头，似乎认真琢磨后才吐出三个字：" 算是吧。"

" 什么叫算是吧？" 阿学急切追问。

" 意思就是，要看你打算对我说什么话，我再决定说不说。" 越祺然改变姿势，将手收回，双臂交抱在身前，好整以暇地睨着她。

这话中有话，再明显不过，阿学咽咽口水，心中千回百转，却始终有一个声音告诉自己伸头一刀缩头也是一刀，该来的总要来。若是犹豫过今天，她怕自己再鼓足勇气，就不知是猴年马月了……

" 我、我有话对你说。" 打定主意后，阿学挪动膝盖，将自己完全转向越祺然，低声道歉，" 对不起，我从一开始就在骗你……"

"骗我？"越祺然的语气平平，唇角却一勾。

埋头认错的阿学却不曾捕捉到他的笑意，只是猛地深呼吸，接着一股脑说了下去："是！我骗了你！我不是庄斯文，我是庄博学！当初老哥突然逃官，我只好顶上——当然我知道这不是借口，毕竟后来我们都这么熟了，我还继续瞒了你这么久！所以真的很抱歉，我骗了你，直到今天才有勇气说出口……"

"嗯，还有呢？"

头顶传来他过分淡定的声音，阿学大为诧异地抬头："你怎么都不吃惊，也不生气？"

"还有呢？"越祺然却执着地又问了一遍，不理睬阿学的疑惑。

毕竟是自己理亏，阿学得不到答案，也只能先依照他的意思往下说："还有……还有就是，我这么说，你应该能明白这意味着我是女人吧？你说过你很讨厌女人，所以你会不会也开始讨厌我了？"她小心翼翼地瞅着他。

越祺然闻言抿唇，没有立即回应，还皱起眉头。

见他如此反应，阿学的心凉了半截，果然没有例外吗？

"那你……你在今天之前，有一点点……喜欢过我吗？"犹豫片刻，她还是不甘心，紧攥着衣摆，问得艰涩。

"你呢？"越祺然挑眉，把问题原样抛回，"不论身份，不论男女，在今天之前，你对我又是怎样的心思？你有那么一点点喜欢过我吗？"

喜欢啊，当然喜欢，而且不仅仅是喜欢……可她现在还说得出口吗？还应该说出口吗？阿学默默咬唇。

越祺然的手微微一动，最终还是落回原处。再是不忍她为难纠结，这一次也需狠下心来。

"……"

久久没有等到回应，他暗叹一声，终于起身，抬步就要向外走。可才走出两步，却发觉身后的衣摆被人拽住。

是阿学！他回身，眼底迸出欣喜的光亮。

"我……喜欢你。"阿学紧紧抓着他的衣摆，勇敢地与他对视，语气坚定，"不是一点点，是比喜欢更深厚。哪怕你从此厌恶我了，我还是会陪着你。

因为我想站在你身边……直到你不需要我的那一天——"

"比喜欢还深厚？"越祺然顺势跪坐下来，嘴角再难掩饰上扬的弧度，"厚多少？"

"呃……大概比这些天我们看过的账本都厚？"阿学打的比方相当朴素。

好在越祺然倒也领会了她的意思，终于不再忍耐，猿臂一伸，拥她入怀，笑叹道："你这说法……好歹也是有半肚子墨水的人啊！"

"那是……是我怕说得太深奥你听不懂！"脑袋被他按在胸膛前，阿学不满地嘟囔着，"为师充分考虑了你的水准。"

"哦，我原本有不少话要说，但既然你嫌弃水准不够，就算了吧？"越祺然继续逗她，将她又拉离自己怀中，作势起身要走。

"别啊！"阿学赶忙抓住他的衣袖，冲他笑得极为讨好，"我都厚着脸皮先开口了，你总得给我个回应吧！"从越祺然没有转身就走，反而拥住她的那一刻，阿学心中就几乎得到了他的答案。但没有亲耳听到，她这一颗心终究是悬着的。

越祺然见她可怜巴巴拽着他的衣袖晃来晃去，便重新跪坐下来，勉为其难道："好吧，那我就先来回答你的第一个问题，我为什么丝毫不意外。"

"你不会是，一开始就知道了吧？"阿学突然想到这个可能，掩嘴低呼。

"不，一开始我并不知道，直到我去相府探病那次……"他轻笑着摇头，回想起那个令他难以忘怀的日子。

思绪往回追溯，那一天在庄焱的书房中……

"太子不妨先见一个人，再决定要不要与我女儿解除婚约。"

"还不出来？"

越祺然一眨不眨地盯着那从屏风后转出之人，看着对方将遮住大半张脸的风雪帽缓缓摘下，露出一张与和他朝夕相处的"庄斯文"有七八分相似的面容。

"你、你是——"

"他才是犬子庄斯文，而方才太子所见乃庄某的女儿庄博学。他们兄妹两个是龙凤双生，长相也颇为相似，加之庄某将阿文'藏'了多年，又纵着阿学扮她哥的模样招摇过市数年，故而才能瞒天过海。"

　　他很难描述听了庄焱这番解释后的复杂心境，也许有难以置信的惊诧，有被算计的恼意，也有被欺瞒的不悦……但这些情绪不过一闪而过，没有一样能胜过心中的滔天狂喜！

　　"现在，太子爷还想与阿学解除婚约吗？"

　　"不——当然不！"他毫不犹豫地改口，"一切都是误会，误会……但若令郎有意与我义结金兰，我还是愿意的！"

　　这话换来庄焱的大笑："这可不成啊！若结拜了，阿文日后究竟是你的大舅子还是兄弟？太乱，太乱，哈哈……"

　　"还是您老奸……哦不，深谋远虑。"

　　"太子谬赞了。老臣也不过是为了女儿的终身幸福，动了些脑筋罢了！太子能理解天下父母心就好……"

　　回忆结束，阿学的嘴却仍然没有合拢，目光呆滞。

　　拿手在她眼前晃了晃，越祺然好笑地问："你不至于吧？我乍听你不是男子时，也没震惊至此啊。"

　　"那不一样啊！你们——你和我老爹，在我完全不知情的情况下，居然就私定终身了？"阿学终于动了动眼珠，提高音调嚷起来。

　　"请调整一下你的语序和措辞，不是我和你父亲私定终身。"越祺然嘴角一抽，善意地纠正她，"而是我们事先定下了有关你婚事的结盟条——"

　　阿学却不耐地打断他："这不是重点啦！关键是老爹怎么能这样？都还没闹清楚你是不是个断袖，就把我塞给你了！还让我顶着老哥的名义下达任务，让我来试探你喜欢男人还是女人！还是不是亲生的啊！"

　　"你、你说什么？"越祺然不敢相信自己的耳朵，"试探我？任务？"

　　原来老爹没把这事一并告诉他？阿学这才发觉说漏了嘴，倒吸一口冷气，笑眯眯地对他摇头："没、没有啦……"

　　"你说……你父亲让你来试探我是不是断袖？"越祺然却不放过她，眯起眼问，"所以你那本《男风十兆》，还有之前那些奇怪的举动，都是为了试探我？"

既然他都猜到了，再否认就没劲了，于是阿学尴尬地颔首道："是啊，我也不知道老爹为什么……"

谁知越祺然竟轻笑起来："我知道。那日我曾问你父亲将不知情的你送来我身边究竟所谋何事。你猜他怎么说？"

"怎么说？"阿学倾身向前。

"瞒着阿学图的就是让你们平常心相处，看她对你是否中意罢了。我的女儿若不满意，不要说太子，就是天王老子也不给嫁。"越祺然先是模仿着庄焱当时的语气复述，随即眼底满是笑意地柔声道，"阿学，你有一位好父亲。"

仿佛拨云见日，这些时日来所有关于自家老爹这场安排的疑惑都因这话烟消云散。阿学终于明白老爹每每问起她觉得越祺然如何，问的从来不是越祺然能不能当个好太子，而是能不能做个好夫君……

眼眶微红，阿学垂下脑袋，想抬手拭泪，却被越祺然先一步抚上眼角。

"阿学，我总算能光明正大地这样唤你。"她听到他满足的喟叹声。

她吸吸鼻子，抬头去看他："谁让你知道后，却还要装作不知？"如此说来，昨日那三名内侍里，多半就有他的人！

"我不仅要装作不知，还拜托你的父亲与哥哥都不要告诉你我已经知道此事。"越祺然浅笑着凝视她。他替她拭泪的手没有收回，而是顺势在她鬓边徘徊，温柔地替她整理散落下的发丝。

"对啊！你这是为什么？"阿学好奇。害她一个人忐忑了这么久……

"毕竟你之前对小叔叔似乎也……我心中总是别扭。我要等你确定自己的心意。你父亲不愿勉强你，我也不希望你有一丝一毫的不情愿。我想你待在我身边的每一天、每一刻，都是欢喜的。"

他低语着，那双看多了俗世冷暖的眼里此刻全是一往情深的柔光，将她的眉眼细细描摹。阿学从来不知几乎溺毙在一个人的目光里，是这样幸福……

"那……如果我真是男人，你要怎么办？"她偏头，用侧脸蹭蹭他的掌心，然后咪咪笑起来。

"傻话。没有如果。"越祺然有些郁闷地抿唇。难道要他承认当初居然打定主意就算是男人也要不离不弃吗？

打量他几眼，阿学又咯咯笑起来，面带嘚瑟："好吧，其实你不说我也知道答案，不是都打算'义结金兰'了吗？"

"阿学……"越祺然无奈地唤她一声。

阿学听着他宠溺的语气，心中受用，可还不愿饶过他，蹬鼻子上脸："话说回来，你还没正面回应我呢！"

"还要怎么回应？"某人不自然地轻咳两声，"难道我的心意表现得还不够明确吗……"

"这可很难说哦——"阿学托腮，眼珠子骨碌碌直转，笑得狡黠，"你刚才也说了，我们的婚事最初是你为向我爹表示联盟的诚意。有我爹的支持，你这个太子自然好当不少喽。谁知道你现在含含混混地说上几句，是真的喜欢我这个人呢，还是我庄家小姐的身份？又或者你可能只当我是哥们？"

明知她是刻意以言语相激，想听些露骨的甜言蜜语，越祺然却还是吃了这套，正待开口顺遂她的心意，却听到外面一阵喧闹。

"噔噔噔"的脚步声又急又快，小福子慌慌张张地闯入书斋，甚至来不及告罪，就几步跪到越祺然身边，凑到他耳边："太子爷不好了——陈……昨天……他知道了……"

阿学从未见过小福子这般惶恐不安的神色，更见越祺然在他耳语之下笑容骤然凝固，转而面色极为严峻地瞧了她一眼。

"怎么了？出什么事了？"她不安地轻问。

"快出去！"越祺然却没答她，只对小福子使了个眼色，当机立断道，"能拦多久拦多久——告诉他我不方便见客！"

"是！"小福子慌忙起身，快步往外冲，"您不能进去——太子爷不方便啊！"

"让开！我有急事要见太子！"

这不是陈浑的声音吗？他怎么会强闯书斋？守在外边的侍卫竟也不敢阻拦到底？

阿学还来不及再问，只听得越祺然暗骂着"来不及了"，然后极快地在她耳畔低语一声"相信我"，同时一把摘下她鬓边芍药掷在一旁，接着

粗暴地将她推倒在地，二话不说就欺身纠缠，强吻上来！

"你做什——"这一切都来得毫无预兆，阿学被他压制在又冷又硬的地上，难以置信地瞪大眼。

她的初吻啊！她还没准备好啊！越祺然到底在搞什么？而且关键是陈浑后脚就踏入了书斋……

"唔！"阿学下意识地挣扎着，眼角余光瞥见十几双陌生的靴子出现在一旁，又急又恼，一时气恼便咬了越祺然的舌头！

可血腥味还没在唇齿之间蔓延开，越祺然又突然结束了这个吻！

"你——"

"啪！"

总算喘上一口气的阿学正要开口，却又被他猛地拽过衣襟拎离地面，接着猝不及防便挨了他反手扇来的一巴掌！

越祺然下手极重，阿学又丝毫没有防备，整个人都被掼倒在地，发出"砰"一声闷响！

脸颊火辣辣地疼，嘴角也疼，不用看，阿学都知道自己的左脸定是又红又肿，嘴角也多半被打破了。这突如其来的一巴掌打得她眼冒金星，又气又不知所措，泪水在眼眶里打转，几次启唇却哽咽着发不出一个单音，只能用眼神质问越祺然。

从小到大，阿学挨的第一个巴掌是拜鲁步婉所赐，可那也算她欠鲁步婉的，她并无怨言。越祺然这一巴掌又算什么？

"越祺然，你——"

阿学好不容易找回自己的声音，却又被越祺然厉声打断："我让你去接近越之谦，是让你取得他的信任，看他如今被废去王位后还有没有想过东山再起！可你倒好——竟敢背着我真去找那越之谦偷情！我平日里睁一眼闭一眼，不过是看你滋味还不错，你现在却要为越之谦守节？怎么？还不肯我碰你了？"

"我……你……"捂着脸颊，阿学几乎傻在当场。他在说什么？她去找了越大哥不假，可怎么能说成是偷情？难道她在他眼里就这么龌龊？

"朝秦暮楚的贱人！"越祺然居高临下地睥睨着她，一脸嫌恶地又骂了句，一手擦去唇上的血渍，另一手紧紧攥着拳，青筋暴起，似乎怒极。

眼前的越祺然脸色阴郁，喘着粗气，眼底哪还有半分柔情？阿学怔怔地抬头望他，只觉他陌生得可怕。

"咳咳……"这时始终在一旁看戏的陈浑咳嗽了两声，阴阳怪气道，"不想太子是在……怪不得小福子公公要说不方便。是老奴莽撞了，莽撞了。"

"让陈大人见笑了。"越祺然扭头，不再看瘫倒在地的阿学，转向陈浑勉强一扯嘴角，问道，"陈大人有急事？这些禁军是？"说着，他的目光越过陈浑，诧异望着陈浑身后跟着的十几名禁军士兵。

陈浑没有立刻回答，而是瞥了眼狼狈不堪的阿学后，不答反问道："殿下与庄少傅这是怎么了？闹别扭了？"

"哼，闹别扭？陈大人未免高看他了——"越祺然冷笑一声，"我原本想着不过是玩玩，玩得尽兴就好，谁知他昨日又去了一趟越之谦那里后，还来劲了，怎么也不肯我碰他！"

说到这里，他再次气闷地啐了口唾沫星子："当我非他不可了？我倒要看看被我玩腻的人，越之谦还愿不愿意继续要！"

"越祺然你浑蛋！"这些羞辱之词太过于腌臜难听，击垮了阿学最后一丝理智，她撑起身抓过案上的茶碗就朝他的脸上狠狠砸去！

让他再用这人模狗样的脸出去坑骗少男少女的痴心！

但也许是气急，又或是终究心软，那茶碗在空中划过一道弧线后，竟只砸在越祺然的心口处，茶水溅满衣襟，茶碗则顺势直落在地，碎成几块。

"哎呀，庄少傅，您可不能冲动啊！伤了太子爷玉体，几个脑袋都不够砍的！"小福子忙不迭凑上来，用袖子给越祺然擦拭茶水和茶叶，"太子爷，您没事吧？"

此情此景，连陈浑那一双三角眼也睁大了些，似没想到阿学会有这么过激的行为。

"庄斯文，你名义上还是太子师，我不能拿你怎么样。"越祺然强压怒气，微眯起眼，"可也容不得你这般放肆！别以为我有几分宠你，你就能为所欲为！我已经忍你够久了——"

阿学也不知有没有听到他的话，竟还不解气，转身想抄过另外的茶碗继续砸！不过陈浑一个眼色，便有禁卫军一左一右上前将阿学的手反剪在身后。

"放开我！"她挣扎。

"庄斯文！"越祺然猛地暴喝一声，双眼紧紧盯着她，一字一顿道，"你若识趣的话，明日就递上辞表，别让我背上弃师的坏名声。咱们师徒一场，这点情分，还是给彼此留一点吧，你说呢？"

师徒一场？情分？阿学突然仰头笑出声来："好！好！好！"

"放开他吧。我相信他知道该怎么做了。"越祺然发话，禁卫军自然要卖他一个面子。

重新获得自由的阿学深吸一口气，整整自己被撕扯乱的衣裳，咬牙道："太子放心，我明日定将辞表送到！"

"本太子等着。"越祺然面无表情。

说完，他发觉阿学没有要走的意思，反而深深望着自己，就又皱眉道："还不快走？留在这里碍眼？"

"好……"

酸涩再次涌上鼻间，阿学强忍泪水，转身夺门而出。

若有所思地看着阿学离去的背影，陈浑的眼珠缓缓转动一圈后，便皮笑肉不笑地冲越祺然作揖道："老奴看殿下今日心情不佳，还是改日再来叨扰。殿下放心，刚才书斋中什么事都没发生，老奴和这些禁军兄弟什么都没看见，也什么都没听见。"

"那就多谢陈大人了。"越祺然只客气地回他一礼，却神色郁郁，一脸被男宠戴了绿帽子却还没撒够气的模样。

"老奴告退。"陈浑这个滑头自然没兴趣做越祺然的情感导师，当即带着人马迅速撤离书房。

小福子机灵地跟出去相送，许久后才回来，对还直挺挺站在原地的越祺然说道："这次是真走了。"

"嗯。"越祺然点点头，蹲下身，像是要去捡在脚边的茶碗碎片。

可他将一块碎片拾起后，却猛地一握掌——锋利的碎片登时刺入掌心！

滴答滴答，鲜血一滴滴打在地面，越祺然却连眉头都不曾皱一下，眼也是一眨不眨地盯着自己正流血的右手。

"主子您这是做什么？"小福子一惊，急忙在他身旁蹲下，伸手要掰开他的拳头。

"我打她的那一巴掌，下手很重，她一定很疼吧？"越祺然却铁了心，非但没有松手，反而越握越紧，血涌得更多更快，转眼就在地上汇上一小块血泊。

小福子又使劲掰了几回，却徒劳无功，索性在他身边改蹲为跪，带着哭腔道："主子！您何苦这样惩罚自己！奴才看着心痛——"

"心痛……是啊，我一定伤透了她的心。"越祺然怔怔地低语，"前一刻还对着你温声细语、海誓山盟的人，下一刻却对你极近羞辱之能事，换了谁不心痛？"

"庄小姐聪慧，哪怕刚才蒙了，回去仔细一想，定能察觉端倪。"小福子急忙劝道，"情势所迫，不能不演这出苦肉计。您为了救下她也是甘冒大险，万一她气急翻脸，在陈浑面前说了不利于您的话呢？所以她若知道您的用心，绝不会怪您的！"

"阿学终究是阿学，再是伤心恼怒，终究不忍也不会多说一句话。"越祺然叹道，"无论如何，这次是我欠了她……替我准备纸墨吧。"

说罢，他总算是松了手，神色淡淡地看着血肉模糊的右掌，自己动手拔出深深扎入掌心的碎片，然后缓缓起身。

"得嘞！欠了就找机会还呗！"小福子见他终于停止自残，笑着吐出一口气来，"奴才先替您包扎下，您再写？"

"你说得对。往后这一辈子，只要她还愿意，我就慢慢还她。"越祺然在书案前坐下，任由小福子伺候着止血上药，目光投向窗外承华门的方向……

而另一边，出了书斋的阿学起先一段路还能自持，装作若无其事地往承华门走。可渐渐地，视线变得模糊，眼泪怎么也止不住，她便只得抬手用宽大的衣袖挡住大半张脸，闷头往外冲，直到熟悉的相府马车在望，她却顿觉双腿一软，竟直接在车边跪倒！

"公子！"车夫大惊失色，跳下车辕去扶阿学，却见她唇角流血，半边脸也肿了，"公子这是怎么了？"

"回府！"阿学强撑着一口气，低喝，"什么都别问，先回府！"

她的语气不容分说，马车夫也不敢再追问，只将阿学扶进车厢，就一路扬鞭，吆喝开道，急赶着马车返回相府。

"公子……相府到了。"

马车停在相府门前，马车夫回身撩开车帘，担忧地望向里头的阿学。只见她闭着眼，脑袋靠在车厢壁上，面上还挂着泪痕，眉头紧皱，像是睡着了般。

这让马车夫一时为难，不知要不要"叫醒"她。

"你扶我一把。"却不想阿学又在此时骤然睁眼，沙哑地说了句。

"好，好……"马车夫急忙上前相扶，将她一路先扶去正厅，"公子要是有心事，我这个粗人不懂，但公子可以说给老爷听，别一个人憋着。"

闻言，阿学却只是有气无力地摇摇头。

正往正厅而来的洛霆老远就望见主仆两人，大步流星地走近后，发觉阿学竟面上带伤，脸色苍白。

"博学，你怎么了？谁对你下这么重的手？"洛霆给车夫使了个眼色，就接手稳稳扶过阿学，疾言厉色地骂起来，"太子跑哪儿去了，就让你一个人这样回来？他还是不是男人！"

但面对他连珠炮似的发问，阿学依旧是仿若未闻。

"我先扶你回房休息上药。"洛霆长眉一敛，也不再追问，只小心翼翼地扶她继续往厢房走。

进了院子后，小翠与吴妈一见阿学被人伤成这般模样，也惊得不轻，手忙脚乱要去找药。还是洛霆几句话便给她们定了心神，只让她们去打盆热水来。至于药，他这个带兵打仗之人，贴身便带着最好的伤药。

"热水打来了。"

洛霆前脚才扶阿学在屋内坐下，吴妈后脚便已打来了热水，拧了毛巾要给阿学擦拭嘴角的血痕。

"我来吧。"洛霆却接过她手中的毛巾，"这里有我，吴妈还是忙你的吧。"

对于洛霆，相府大多数下人只知是公子的好友，是位不足为外人道的客人，其余则知之甚少。如今自家小姐魂不守舍，吴妈怎能放心放她与男子独处？

看出吴妈的犹疑，洛霆转而低头对阿学道："你信得过我来照顾你吗？不想说话就点头。"

阿学神色木木地抬眼看他，也不知有没有听进去，却还是下意识地按照他说的微微颔首。

"这……好吧。小姐要是有事，随时叫吴妈啊。吴妈就在外面院子里守着。"吴妈也不好再执意留下，只得出屋带上了门。

"你这么听话，倒是少见。"洛霆等吴妈离去后，半是玩笑地说着，手也不闲着，一手托起阿学下颌，另一手拿着毛巾轻轻擦拭她的唇角。

"咝——"

毕竟是常年拿兵器的人，下手仍是没轻没重，让阿学一阵吃痛。

"还知道痛就好。"洛霆嘴上虽是这样说，神情却变得如临大敌般紧张，缩着劲儿继续替她擦拭，不愿再弄疼她。

如此清理完伤口，他又拧毛巾替阿学热敷肿起的脸颊，毛巾凉了再拧，反复几回过后，才拿出药膏，分别涂抹在她的嘴角和脸颊上，才算大功告成。

收起药瓶，洛霆如释重负地吐出一口气的同时，却听到阿学低弱的道谢声："谢谢你，洛霆……"

"你既然信得过我，我自然要照顾你。"洛霆耸耸肩，"既然现在回过神来了，可以告诉我发生什么了吗？"上回女儿身被撞破，她虽然惊慌担忧，却也没失魂落魄到如此地步。他不明白究竟发生了什么……

"是越祺然打的……"阿学才一开口吐出"越祺然"三字，就忍不住哭腔，"他怎么能用那些话说我？我对越大哥是什么感情，对他是什么感情，相处这么久，他还不明白吗……他……"

阿学断断续续地将在书斋发生的一切对洛霆倾诉，有好几次都控制不出哽咽出声，双眸已哭得红肿。

而对洛霆来说，起初的震惊和愤怒过后，更多的只剩下对阿学的心疼。

"博学，别忍着，想哭就大声哭。"他犹豫着抬手，最终只落在她的肩头，用力一按。

"我不明白！我不明白为什么会这么突然。难道仅仅是和越大哥吃醋？以前我们不是没有吵过，却没有一次，没有一次……他竟对我动手，还骂那么难听的话，当着那么多人的面儿！"阿学却只是低低啜泣，末了又恨恨地磨牙，"我当时真是想毁了他那张脸的心都有了！"

"你现在要还是想毁掉，我帮你。"洛霆仗义地拍拍胸脯，"半夜潜入东宫，保证划花他的脸，怎么样？"

阿学因此猛地止了哭，抬眼瞧他："你真能做到？"

"你不会真让我去做吧？"洛霆一脸错愕。他只是想逗她开心……

"真的啊！这是为适婚男女们造福的一件大好事啊！为什么不做？"阿学用力点头。

果然最毒妇人心，可谁让这个毒妇人偏偏是让他心动的人呢？于是洛霆把心一横，慷慨道："好！我今晚就动手——要是我回不来了，你可要记得每年在我坟前多烧几本小说下来给我解闷啊！"

"扑哧——"阿学瞧着他那一脸壮士断腕，准备就义的表情，终于破涕而笑，"好啦，我说着玩的！"

洛霆松了一口气，跟着她笑起来："那你接下来有什么打算？"

"还能怎么办？照他说的做，明天递上辞表。"阿学重重一叹，"从前几次他在陈浑面前演戏，我都明白……可这次，没有道理啊……"

她的笑颜不过瞬间，取而代之的又是满面愁容。她的情绪全为越祺然而牵动着。洛霆看在眼里，对越祺然是又羡慕又嫉妒啊！

"对了，你帮我出去告诉吴妈和小翠一声，说我没事。"阿学想了想，又叮嘱道，"还有，爹和哥应该不在府里吧？你暂时别告诉他们。让吴妈她们也别嚼舌根，午饭和晚饭就说我忙，都给我端到房里来，省得我这样被其他人看见。"

"你还是为他着想。"洛霆语气不悦。

"谁让我是菩萨心肠呢？"阿学只能苦笑，"好了，我要写辞表了，你在这里我写不出来。你也去忙你自己的事情吧，今天真的谢谢你了。"

洛霆狐疑："你真的没事了？"

"放心，寻不了短见！"阿学起身，将他往外推，"哎呀，快去做你的事吧——带兵打仗的人怎么也婆婆妈妈的？"

　　"喂，你——"

　　被推到门口时，他才想起应该把伤药给她留下，可阿学手快，"砰"一声那门就擦着洛霆鼻尖关上了。

　　"药我给你放门外了，两个时辰可以擦一次。"无奈之下，洛霆从怀中掏出药瓶，放在一边的阶上，等了片刻没有回应，只得转身离开。

　　而他不知道的是，那药瓶由于没被阿学及时收走，没多久莫名其妙就喂了吴妈养的狗。

　　至于阿学，则是将自己关在房中，时而大哭，时而大骂，终其一日，也不过在辞表上写下了这样一句话：

　　"致不孝弟子越祺然：为师不干了！"

第十七章
DI SHI QI ZHANG
明灺暗保用情深

　　翌日，潜心斋中。阿学顶着双红肿的眼睛，将那份言简意赅的辞表递到越祺然眼前。

　　"太子爷要的辞表，请过目。"

　　见她脸色依旧憔悴，双眼哭得红肿，越祺然暗自咬牙，却仍要保持不屑的神情接过辞表，展开随意瞥了一眼。

　　可就是这一眼，令他险些破功笑出声来。

　　这力透纸背，化悲愤为力量的一句血泪之辞，当真……别出心裁！

　　"咳咳……"越祺然用咳嗽掩饰笑意，沉声道，"好，你想让贤的意愿，本太子会代为转达父皇，想来父皇定会体恤你淡泊功名利禄之心。所以自今日起，你就不再是太子少傅了，往后这书斋你也不必再来了。"

　　"不必……再来了？"本以为会发生奇迹逆转的阿学怔怔地重复。

　　狠下心肠，越祺然直视着她："对，这里已经不需要你了。"

　　他……不需要她了。是啊，她曾说过，她会陪着他，直到有一日他再不需要她。却没想到这一天，来得如此快……

　　用力地眨眨眼，阿学感到眼睛有些酸涩，却发干得眨不出泪花来了。

　　"好，我这就走了。"又在原地站了片刻，她终于确定越祺然没有更多的话要对自己说，"太子……保重。"

"小福子，替我送送客。"转身之际，阿学听到越祺然扬声道。

送客，送客，她竟已成了"客"。

小福子应声迎上来，就在阿学前方两三步位置领着路。一路上，阿学神色黯淡，步履迟缓，对着待了一年之多的东宫生出许多不舍之情来。每经过一处，都要仔细打量，似要将它们一一铭记。

"哎哟！"

走路不看前方，多半要出事。这不，阿学这回又与突然止步的小福子撞了个正着。好在小福子反应极快地拉住她的手，搀了她一把。

只是手被他攥住的瞬间，一抹诧异从阿学眼中划过。

"承华门就在眼前，您还是先别想心事了，尽快离开吧。"小福子收回手，话里有话地朝她一鞠，随即不管满腹疑惑的阿学，转身折返。

听他话中之意，是让她先离开东宫再说。于是阿学也不敢多做逗留，目光四下一扫后就握紧拳，缩于宽大的袖口之中，一口气快步走出承华门，乘上马车，催促车夫快走。

"驾——"

车轱辘加速转动起来，车厢内的阿学在颠簸中垂眼盯着攥拳的右手，然后神色复杂地将手掌缓缓张开——是一个被揉得极小的纸团。

隐约猜到了什么，随着马车完全驶离宫城范畴，阿学也已将那纸团完全展开，一目十行地阅读起来：

"阿学，此刻我心中五味杂陈。你我定情之日，却被陈浑搅局，让你遭受如此大的委屈。是我无能，一时之间想不到更好的法子保下你，只能出此下策……但我知道，你就算不原谅我，也会与我一起继续将肃清阉党这条路走下去……虽事发突然，但事后一想如今你恢复自由身也不无有方便之处……

"我嘱托之事，若能办成就办，若办不成……无论如何你的安危最重要，我宁可一切从头再来，只要有你在身边。所以你记得江湖险恶，不行就撤啊。

"此去一别，不知何日才能再见。我欠你一个巴掌，也欠你一场风花雪月的告白，我等着你来找我讨债。"

一张小小的字条，硬生生被越祺然用蝇头小楷写得密密麻麻，将昨日之事的原委、之后阿学需要做的事，还有他对她的情意都写在了上面。

这么私密的字条，越祺然定不会假他人手，所以说这上面的字才是他的"真迹"。虽是蝇头小楷，却是徘徊俯仰，容与风流。刚则铁画，媚若银钩。字如其人，其中气韵神采令阿学甘拜下风。

"哼，真是活该当庄家的女婿，装蒜装得这么好，骗得我团团转！"阿学气鼓鼓地低声埋怨，"害我在习字课上班门弄斧，丢死人了……"

"公子有什么吩咐？"

大约是挂心阿学的情绪，今日马车夫的耳朵特别灵，逆着风都听到了她似乎在车中说着什么。

"没事——"阿学急忙扬声道，"只管回府！"

但经他这一打岔，阿学也不再纠结于越祺然的字迹，只轻轻逸出口气，整理心情，将那字条中的重要部分又仔细读了一遍。

原来昨日陈浑带兵闯书斋，就是冲她而来，要以勾结逆党的名义将她拿下。说到底是她自己做事不周密，被陈浑的手下发现她混入齐王府与越之谦"密谈"之事，陈浑才会起了杀心。

这就难怪昨日越祺然辱骂阿学之词全都纠缠在一个"情"字上了。原来是为误导陈浑这一切无非"庄斯文"愚蠢，色令智混，乱搞男男关系，和朝堂政治局势没半分关系。

而越祺然彻底和"庄斯文"这个"姘头"闹掰，令得"庄斯文"辞官这个结果可谓正中陈浑下怀。既然太子与庄家的关系已闹僵，只能依靠阉党势力了，那么"庄斯文"这颗弃子何去何从，陈浑就不会太过于在意。

琢磨明白其中利害后，阿学摸着自己还未完全消肿的脸颊，仍是心有余悸。要不是越祺然反应快，只怕她今早吃的就是牢饭了。

唉，这一巴掌挨得不冤枉，谁让她偷吃没擦干净嘴呢？阿学现在只庆幸没因此搞砸一切，也没累及越祺然和庄家上下。至于越祺然提到，请她帮忙去做的事情……字条上三言两语说起来似乎很可行，她也是最佳人选，可问题是，他就没打算帮她找个打下手的？

一人一剑走天涯之类的虽然很显摆，可微臣办不到啊！

不过这个"难题"也没让阿学纠结太久，才回王府，她就差不多找到了答案。

"你们这大包小包、大箱小箱的，做什么呢？"站在自己房门外的阿学，看着屋内满地的包裹、木箱，发觉根本没有自己的立足之地。而屋内吴妈和小翠两人，正忙得不亦乐乎。

"咦？是老爷吩咐，说小姐后天就要出趟远门，让我们尽快收拾好行李。"小翠将头从一口大箱子中伸出来，奇怪地答道，"小姐居然不知道这事？"

"哎哟，我真是犯蠢了——"阿学闻言，一拍脑门，自以为明白了将在此行中帮衬自己的就是庄斯文了！

吴妈也停下手里的活儿，与小翠面面相觑："难道是咱们听错了？"

"不是，不是——是我最近太忙，忘记这事了！"阿学连忙摆手，"对了，你们知道爹和哥在哪儿吗？"

"老爷交代我们时，还在书房。"小翠略一回忆后答道。

既然后日就要出发，那么事不宜迟，她还是尽快找他们商量一下行程计划为妙！这样想着，阿学只丢下一句"不用带太多东西"，就转身奔向书房。

可推开书房门时，阿学却见除了庄焱与庄斯文，洛霆竟也在场。三人正神色严肃地低声讨论着什么，被房门的吱呀声打断后齐齐扭头看向她。

"阿学回来啦。"庄焱率先开口，换上平日笑呵呵的神情，"昨日的心结可解开了？"

原来一切都在自家老爹的掌握之中……阿学羞愧地挠挠头，吐了吐舌头："嗯，是我自己不小心差点惹祸上身……让爹担心了。"

顿了顿，她索性接着直入主题道"对了，太子还交代我去帮他办一件事。我方才回屋发现吴妈和小翠已经在帮我整理行装，说是爹的安排。太子也和爹通过气了吗？是老哥陪我一起去吗？"

"我？我在京中还有要事要办。再说了，从小到大，咱们兄妹齐心，哪件事办不毁？还是算了吧……"庄斯文好笑道。

"呃，那是谁？"阿学一怔。

洛霆却在此时插话进来："是不才，我会——"

"什么？布财？吴妈养的那只傻狗？可它昨天不是吃错药蔫了吗？"

阿学提高音调打断他，郁闷地叉腰道，"说正事呢！你们别耍我啊！"就让狗陪她去也太儿戏了吧？是能帮她咬贪官呢，还是能帮她嗅出危险的气息？

"哈哈哈！"谁知对她的不满，庄斯文只是抽筋般大笑起来。而他身旁的庄焱也有些憋不住笑，强忍之下竟咳嗽起来。

这父子两人的反应让阿学更摸不着头脑了，急道："你们这是什么意思啊？"

于是父子两人默契地用饱含同情的目光看向洛霆……

接收到他们的眼神讯息，洛霆嘴角抽搐，最终扶额沉吟一声，认栽道："抱歉，是我忘记应该先说人话，再……总之我的意思是，我陪你去。刚才只是用了谦称，和那狗无关。"

"噗！咳咳……"阿学这回也被呛得不轻，又止不住地想笑，直不起腰来的同时，却不忘安慰洛霆，"不，这次不是你的问题……要不是吴妈的狗正好叫这个名字……哈哈，我不行了，真是——"

"笑够了没有？"洛霆的脸越来越黑。

"嗯……够、够了……"考虑到未来很久时间都要靠他多多扶持帮衬，阿学决定见好就收，"那既然这样，我们讨论一下行程路线的问题？还是说太子已经把要去的地方告诉你们了？他给我的那个字条太小，塞不下更多字了。"

洛霆的面色缓和些许，摇头道："没有。他只说你与他一道查账，应该都已烂熟于心。要去哪些地方，想来你自有主张。"

真不知越祺然这算不算"情人眼里出孔明"，他对她也太盲目相信了吧？

"唔，这毕竟是大事。我想我还是把想法说出来，你们帮我参谋参谋？"阿学还是有自知之明的。

庄焱捋着胡须首肯道："嗯，如此也好。"说着，他把身一让，身后露出的书案上就摆着张地图，看来他们之前围着书案，多半就是在讨论要去往何处的问题。

不过阿学爽朗利落惯了，也不打算先探问他们的想法，只是大步上前，凑到书案边，眼珠子机灵地转了几圈后，便开始直抒己见："其实我主要是前半段在经手核查账目，后半段只负责誊抄，对只誊抄的部分印象不深，所以我想还是从早期我参与核对的账目入手调查，太子大约也是这个打算。"

"当时不少地方财税从账目上虽有蹊跷，却缺乏实据，不到实地找到人证、物证，恐怕难以查清。"阿学顿了顿，略一思索后才继续道，"而其中，又有两广、河南这几处恰好大致在京城南下的线路中。因此我觉得这条线路或许在最短的时间能收获最大。爹觉得呢？"

"唉……看来阿学不仅仅是长大了啊。"庄焱老怀欣慰地拍拍阿学的肩头，"你来之前，爹与你哥，还有东海王也都认为此行南卜比北上又或是西行、东进都好。陈浑当年发迹可就是在南方啊！"

阿学闻言惭愧地摇摇头："女儿还不曾想到这一层……"

"无妨。"庄焱并不以为意，"爹本没打算让你参与此事。只是想着你也好几年没出京游玩了，趁着这次机会，出去转转也好。至于暗中查访之事，依我看交给东海王足矣。东海王，你说呢？"

冷不丁被点名，洛霆原本锁定在阿学侧颜上的目光陡然一抖，移到了庄焱那张似笑非笑的老脸上。

"这……晚辈定不会让博学涉险。"洛霆思来想去，只做了个最稳妥的回答。

但庄焱显得不太满意，只从鼻间发出"嗯哼"一声。

"您放心，博学只需游山玩水即可。"洛霆苦笑，只得拱手作揖，再次让步。

"嗯，如此甚好。"庄焱这才微微颔首，将目光从洛霆身上收回，重新转向阿学，"东海王都这么说了，阿学就更不必思虑过多了。"

瞥了眼一脸忧愁的洛霆，阿学也不知自家老爹为何要无理地刁难他，当下只低声应下："是，女儿知道了。"

"嗯。昨晚肯定没睡好吧？今明两日就在家中好好休息，后天再出发！"庄焱又道，"正好东海王也需几日工夫做点准备。"

一个大男人打包个行装要花三日……阿学只觉心惊，对洛霆有了全新的认识。又或者他是打算多带几箱小说打发路上的无聊时光？

"还愣着做什么？快去休息吧！具体的路线爹在这里给你做主便

是——"

就这样，阿学被自家老爹不容分说地赶出了书房，没能参与他们关于具体路线制定的讨论。而接下来的两天半，这三人也是神龙见首不见尾，不知在忙什么，导致阿学再见到洛霆，竟是在出发后……

洛霆策马，姗姗来迟，直到阿学乘坐的马车快出城门时才赶上。

撩开帘子，阿学从窗中探出脑袋来问"你靠谱不靠谱啊？这都能睡晚。"

"我不是睡晚，是根本没睡。"洛霆看起来分明精神奕奕，却说着说着就打了个呵欠，"哈……一会儿出城你就知道为什么了。"

"对了，之前没机会问你。"阿学又改换话题，"你怎么看起来好像很怕我爹？"

"那不是怕，是敬。"

"这么说你是崇拜我爹居于相位多年，老成持重，智谋过人？"

"不，只是因为他是你爹。"对上阿学更加疑惑的目光，洛霆挑眉，"毕竟万一哪天他要是成我丈人了呢？"

话毕，不等阿学发作骂他没脸没皮，莫名其妙，洛霆就已知趣地赶马向前，来到车前领路，没多久就到了城门处。

城守一看是相府千金出游，立刻没说二话便放了行。而洛霆这个面生的，则是以保护小姐安全的随行武师身份堂而皇之通过了盘查。毕竟这些小吏从未见过东海王真面目。

这次出行，一切从简，阿学连小翠都没带上，唯一的家仆便是车夫。可马车才驶入城郊不久，从林中窜出的一队人马就让阿学大为愕然。为首的那人虽只做普通随从打扮，但对着洛霆行了个标准的军礼。

阿学才知原来这就是洛霆这几日张罗的事情——将随他入京的一队亲信人马调集到城郊，此后一路便由他们乔装跟随。之后需要护送或羁押回京的人证，也会由他们陆续秘密送回。

"难怪得是你陪我去啊……"只有洛霆手下才有藩镇的兵方便派遣。

"否则你之前打算怎么处置证人？和遛狗一样带着他们一路南下到底再折返回京？"洛霆对阿学的后知后觉嗤之以鼻，"这么大张旗鼓，陈浑想不知道都难！"

这种事情自己心里清楚就好，还要说出来硌硬人，活该只能靠看言情小说度日！阿学冲他翻了个白眼，摔下车帘，催促道："快走快走——天黑之前走不到下一座城池就得露宿了。"

庄家的马车夫自是唯小姐命是从，马鞭随着阿学的话音落下，正式开启了名为游山玩水，实为暗访民情的南下之旅。她本以为在达到第一个目的地河南之前，一路上还能游览些沿途风光，却不想一路前行，竟是满目疮痍。

起先两日还只是碰上些零星的难民，阿学并未太在意。可越往南难民越多，这一日行车下来竟能遇到成百上千的难民队伍，一路向北缓慢前进着。看着他们个个赤脚徒步，衣衫褴褛，饥寒交迫，阿学便再也压不下恻隐之心，命人停下马车，接济他们。

马车上多出来的干粮与糕点，身上带的各类首饰玉佩，凡是能给的，阿学都给出去了。

而相比于阿学带着车夫忙前忙后地分发东西，双臂交抱，斜靠在一旁树干上闭眼假寐的洛霆却显得异常漠然。

对此阿学大为不满："你好歹帮把手啊！"

"这些人恐怕都是因两军交战，才从川南逃命出来。一场战事能让多少百姓流离失所？你这几日看到的不过是九牛一毛。"洛霆循声抬眼，语气淡漠，"你今日救济得了他们，明日再遇到一拨，又当如何？"

闻言，阿学蹙眉，这道理她何尝不明白？

自古每逢天灾人祸，涌向京城的难民便是以万计数的。因为在他们心目中京城是个锦衣玉食的繁华之地，能供他们一口饭吃。有的人在这条崎岖的求生路上倒下了，面朝北方，死不瞑目，侥幸存活下来的人却梦碎京师，只因京城虽繁华，却并无他们这些卑贱之人的立锥之地……

靠一己之力救济灾民始终杯水车薪，若真想救他们，还得从源头解决问题。

这样想着，阿学暂时停下动作，从难民堆中抽身，来到他身边问道："你刚才说川南有战事？"

洛霆微微一怔，随即轻笑一声："大概是我们都以为对方告诉过你了，却不想……前些日子朝中有人秘告川南王吴恒在秘密地频繁调集兵马，意图造反。身为帝王当然是宁可错杀，就命驻扎在距离藩镇最近的三万神威军前去平叛。"

"川南王谋反……距离川南最近的神威军……"阿学垂首沉吟片刻，猛地以拳击掌道，"驰援京城，这三万神威军也是陈浑最快能够调度到的啊！这样一来越祺然向藩镇借兵对抗陈浑的胜算就更大了！原来这就是当初他要对陈浑提到吴恒的原因啊！"

"你这脑筋动得倒是快。"洛霆赞赏地颔首，"这情势对我们确实很有利。京中的禁军不过两万，我的兵也都是久经沙场的，若能出其不意，攻其不备，必能得胜。"

阿学正想追问调兵进京动静小不了，怎么才能出其不意，眼角余光却瞥见有五六个看起来并不合群的难民两手空空地蹲在一旁，并没有分到任何物件，不由得上前想将手中剩下的一盒糕点递给他们。

可她才接近两步，这几人竟唰唰抬眼瞧来。

"给你们的。"阿学心中纳罕，却仍是走近蹲下，将盒子塞给其中一人。

那人摇头推却，执意不收。更怪的是其余五人竟也无一人多看锦盒一眼！

吃瘪的阿学手握锦盒，重新退回洛霆身边，压低声音道："那几个人，和其他难民不同。我觉得他们并非难民。"

"怎么说？"洛霆饶有兴趣地问。

"他们虽蓬头垢面，却个个目光炯炯。我才接近两步就齐刷刷抬头，可见警惕性极高。普通难民多半饿极，其中一人却能果断拒绝我的食盒，而剩下几人也无一人流露贪恋之色，更是奇怪。"阿学摸着下巴逐条分析，"如今再看他们蹲下时各自的位置似乎有意互为犄角……"

知道她再往下想，必定能猜到真相，洛霆索性抢白道："他们是我的兵。你发现的是些新兵，还不太会装。这拨人里可不止他们。"

得到答案的阿学紧接着便倒吸了一口冷气："咝——所以你们是打算……"让藩镇的将士都扮作难民涌入京城，再暗中聚集，当真是神不知鬼不觉！

"这招真是绝了……"阿学不禁感叹。

"可惜不是我想的，是你那位好学生的主意。"洛霆耸耸肩，神色略有失意。

既然难民中混有不少将士，就说明真正因战事而亡命的难民并没有几日来眼见的那般数目众多，阿学的忧虑稍缓，也能与他打趣起来："那是，也不看是谁的学生！不过这吴恒还真会挑时候造反啊。"

"他？"洛霆一勾唇角，神情似笑非笑，"是啊，自是有人帮他挑时候的……"

而那个帮吴恒挑时候的人，也许是感应到洛霆在背后说自己坏话，冷不丁鼻子一痒："阿嚏！"

"主子别老在窗口站着了。"正在斋内伺候的小福子见状，便自作主张将越祺然拉开半步，再把窗子一关，"这人都出京几天了，再怎么巴望也望不着了啊！"

但越祺然偏不听，推开小福子，又打开了窗子——这一开不要紧，向外一望之下，竟见到一袭明黄龙袍出现在百步之外，一众侍卫正齐刷刷下跪问安。

"他怎么会来……"越祺然不解地皱眉。

小福子正要好奇地探出脑袋看看"他"是谁，这回窗子却"砰"一声被越祺然反手合上了！

"准备接驾吧。"对上小福子疑惑的目光，越祺然神色复杂地往书斋门前走去。

说着，那明黄的衣袂已近门边，小福子这才恍然大悟，急忙上前叩拜："奴才给陛下请安！"

"父皇万福。不知父皇会来，恕儿臣未能远迎。"而对于这位稀客，越祺然只是淡淡道，敷衍之意再明显不过。

"嗯。"越之谙不置可否地低应一声，步入斋内，不紧不慢地将书斋环视了一遍，又以目示意，遣走了小福子。

越祺然不禁蹙眉："父皇今日怎么有空前来？"

"你这里清静些。"越之谵答得意味不明，却将目光收回，看向自己的二子，笑问，"怎么？在想相府那丫头？"

"儿臣不知父皇在说什么。"越祺然心中一跳，面上却不动声色，果断回道。

盯着儿子平静无波的脸许久，越之谵重重一叹后才道："朕知道，自从你大哥出事后，你便对朕心灰意懒。是朕一念之差，走错了路，竟借阉党势力上位，却叫自己的儿子遭了报应——咳咳……可错已铸成，这个根基朕不能自己动。所谓不破旧，难立新，由朕来动，便永远不可能将其赶尽杀绝！"

越之谵这一席话，只换来越祺然惶恐而疑惑的目光"父皇在说什么呢？儿臣怎会这么想！"

"我儿竟已对我这个父亲失望至此！"越之谵戚戚然地又走上前半步，抬手搭上儿子的肩膀，沉声道，"我儿，你做得很好。当初为父让庄焱替为父考验你与齐王谁更合适作为铲除阉党、登基为新帝的人选，若你当真是表面所表现出的那样不成器，为父就是再偏私，也只能将此大任交付给皇弟。好在你未让为父失望哪。"

顿了顿，见越祺然是认真在听的，这位用心良苦的帝王才轻笑一声，继续道："呵，吴恒那人虽刚愎自用，却也不是鲁莽之人，蛰伏多年，怎会轻易毫无缘由地调兵造反？可要调离那三万神威军，就只能以此为借口，对也不对？你以为为父为何突然派你查账，当真只是为给你个历练的机会？为父若一心扶持阉党，南衙如何能与北司抗衡这么多年？"

"父皇……"这一番话终于在越祺然心中掀起了惊涛骇浪。

"你为麻痹陈浑，吸引他注意，掩护调查而用盐引纵容陈浑公盐私卖，收受贿赂，牟取暴利一事，为父心中有数。你与庄焱那老狐狸的女儿定亲在先，生情在后，这为父也心知肚明。你想向东海王借兵一事，庄焱也与为父商量过认为可行。"

自己的所作所为都被洞察，越祺然无法不信自己父亲所言非虚，只是他不明白……

"既然如此，庄相为何不告诉儿臣？父皇为何也到今日才将实情相告？"没有人知道，在大哥刚走的那段时间里，噩梦每夜每夜缠着他，他看着自己曾经敬爱的父亲近在咫尺，却陌生得可怕。

"一来为父身边耳目众多不方便，二来当日也确实存了考察你的心思，想看看你的能力如何。"越之谙说着，红了眼眶，"三来……为父也知你为你大哥的死耿耿于怀，不肯原谅为父。你大哥是什么样的人，为父难道还不清楚？只是当时情景，容不得为父有其他选择，只能强忍一时之痛，为长久谋算啊！"

原来一切都只是权宜之计，就如同他自己正与陈浑虚与委蛇一样。原来他又敬又爱的父亲，始终坐在龙椅上俯瞰一切，默默给他支持……越祺然动容地抬眼，对上他充满慈爱的眼神。

这是那场血洗东宫后，越祺然第一次细细地凝望父亲的脸庞。深深的皱纹不知何时已爬上他的眼角、额上，鬓发中隐隐约约夹着银丝。他只顾自己失去兄长的痛苦，却不曾察觉丧子之痛也让这位不到半百的帝王加速衰老着。

"父皇——"越祺然不禁哽咽，对着越之谙就要下拜。

越之谙却将他扶住，无不动容地感慨："我儿，为父盼这一句真心实意的父皇，不知盼了多久啊。"

"是儿臣不孝……"越祺然满脸愧色。

"不怪你，不怪你。你能有出息，父皇就高兴——当年父皇就直觉你是刻意犯浑！只是那时你大哥还在，父皇便也纵着你……"越之谙反手拍拍儿子的手背，"唉，不说这个了。与父皇老实说，庄相那丫头出远门，心里头担心了？"

男子汉大丈夫犯相思病着实有些丢人，越祺然死鸭子嘴硬："她走了难得清静。"

"父皇看那丫头机灵，识大体，长得也俊俏，又与你情投意合，确实不错。只是我儿的婚姻大事不可儿戏。"越之谙话里有话地说。

越祺然挑眉，心中生出不好的预感："儿戏？与庄家定亲难道不是父皇默许？"

"不错，但……"越之谙先是颔首，接着沉吟道，"此一时彼一时，此时此刻，大战在即，最合适做你媳妇的，是你的表妹鲁步婉。"

当即明白他让自己迎娶鲁步婉背后的目的，越祺然只是抿唇，沉声拒绝"不行。我发过誓绝不负阿学。"

"儿女情长有时不得不让步于江山社稷。"越之谵不赞同地皱眉，"自你母后因你大哥之死病倒后，鲁家的态度渐渐不明，大有两不相帮，独善其身之势，若没这一层保障，到时恐怕未必——"

"父皇不必再说。儿臣心中的妻子只有一人，无论什么原因都不做他想。"越祺然的回应却依旧决绝。

越之谵变了脸色："我儿已为铲除阉党准备多时，牺牲颇多，难道还差这一步吗？你难道要让你大哥的牺牲白费？"

"就是因为已经牺牲太多我在乎的人，包括小叔叔，现在都还被软禁着！这所谓的大业凭什么让我一而再再而三地退让？"越祺然也激动起来，针锋相对地质问。

"就凭你姓越，是东越的太子，未来的帝王，是所有直臣与黎民寄希望的人！"越之谵低喝，"你的一念之私，会让多少人的努力与牺牲付诸东流？如果你的小叔叔与你易地而处，你觉得他又会怎么做？就算庄相的那丫头就在这儿，你觉得她会希望你这样做吗？"

这字字掷地有声的质问，换来一室静默。

越祺然紧紧攥着拳，低垂着头，脸上写满挣扎。

对此，早已忍辱负重多年的帝王没有选择继续逼迫，只静静等了半晌，末了低叹一声，就要转身而去。

"儿臣会做到。"直到越之谵已踱到门边，越祺然才霍地抬头，语气坚定，"儿臣会得到这层保障，但希望父皇不要干预我行事的方法。"

越之谵驻足，眼底染上欣慰之色，却没有回身："好，朕拭目以待——"

"喂，别臭着一张脸啊！要饭就要敬业一点，你是求人家赏钱，又不是找他们讨债的——"

河南洛县的街头上，一高一矮两个乞丐正在川流不息的人群中行乞，其中那个矮个子格外活跃，拿着个破碗向每个路过身边的讨赏，沾着灰土的小脸上总是挂着可圈可点的笑容，没多久碗里就多了好几个子儿。那高个子却动作僵硬，不苟言笑，从不主动讨赏，碗里自然始终空无一物。

这两人皆是一身又破又旧的粗布麻衣裹身，蓬头垢面，可若仔细瞧来，便会发觉他们眼底的精气神儿绝不是一般乞丐能有的。

"你看你这空碗——得了，我分给你一点！"矮个儿乞丐不满地看着同伴的空碗，手腕一扭，把碗一歪，匀了几个铜板给他，"做戏就要做得像一点，才能套出消息啊！"

"摇尾乞怜之事，我做不来！"谁知对方却不领情，从鼻间发出一声冷哼的同时抬手撩开挡在眼前的乱发，现出一双英气勃发的深目，可不正是洛霆吗？

而与他同行的另一位"乞儿"自然就是阿学了。

"我好歹也是堂堂玉树临风、风流倜傥、征战沙场的王——被你折磨成什么样……"他还想继续拽文抱怨，却在阿学的狠狠一瞪下噤了声。

"再往前一点可就要到人家的地盘了，要是没和人家打成一片……后果你自行想象吧！"阿学眯起眼威胁他，"短时间内你上哪儿找像丐帮这么覆盖全面的信息网？"

所谓丐帮弟子遍天下，过去阿学还在市井上混的时候，也曾交过几个豪爽又有些见识的乞丐朋友，就发觉他们的消息大部分很准确。这些乞儿分布、潜伏在各地的各个角落，你能注意到的、你没注意到的，没准哪个角落就蹲着个乞儿，连你每天出门几趟，去哪家青楼会过哪几个姑娘都能如数家珍！

至于那些坊间八卦、官府轶事，乃至官老爷们的家宅琐事，乞丐们更是倒背如流，什么来路的版本都有，保管一个不漏。所以想深入民间探访查案，又丝毫不能惊动官爷们，就数从丐帮打听消息，最是方便。

其实最初阿学考虑的是去青楼楚馆装嫖客探听情报，可又顾忌这种地方最易安插眼线，谁知道哪个姑娘可信，哪个姑娘转眼就把他们卖了呢？走嫖客路线风险略大，阿学又始终没想到其他主意，直到得知越祺然让士兵扮作难民混入京城的做法给了她灵感——越是弱势的群体，越不会引起当权者的注意！

对此，洛霆沉默片刻后，郁闷地哼哼了两声："我尽力……"

"这就对了嘛！"阿学这才满意地踮脚，拍拍他的肩膀，咧嘴一笑，"既然出来查案，就要有不怕苦不怕累的精神。"

"我倒没什么，让你扮成这样，委屈你了。原本答应你父亲要带你出来游山玩水的，却出来做了乞丐。算我欠你的。"怔怔地盯着阿学明媚的笑脸，洛霆心中唯一的一丝不情愿也烟消云散了。

洛霆竟能自然而然，不靠背台词就对自己说出煽情的话来，真是让阿学又欣慰又尴尬："啊哈哈，扮成乞丐体验人生也很有乐趣啊！走了，走了……"她干笑两声，一个转身又扎进人堆里，不断往前。

"真是……"洛霆无奈地失笑，随即大步流星地跟了上去。

经过阿学的一番思想工作，洛霆终于肯有样学样地伸碗讨钱，尽管仍是不得要领，笑容僵硬，也总算是有些架势了。两人用不快不慢的速度在人潮中穿梭着，对比起那些大部分只蹲坐在角落等人经过的乞丐，便显得十分扎眼。

"从刚才开始，我就感觉到有人盯着我们，恐怕来者不善。"洛霆俯身，压低声音在阿学的耳边道。

"当然了，我们不请自来，在人家的地盘上要饭，人家自然生气。"阿学笑容不改地又用破碗稳稳接住一个铜板，顿了顿才道，"走，我们到那边偏僻的角落歇会儿，等他们来找。"

洛霆没有意见，只走在她身边，有意无意地替她挡开人群的推搡，与她一道来到墙角处。阿学捶了捶腿，随手将碗往地上一搁，抱膝蹲下。洛霆见状，单膝跪在她身侧，关切地问道："累了？"

"不是啊。我是看乞丐都这样蹲墙角，就学着做——"

她的眸子清亮，并无疲惫之色，让他稍感安心。他对阿学回以一笑，正要再次开口，跟前的碗却被人一脚踹翻，发出"啪"一声脆响，里面的铜板也尽数散落在地。

"哎！"阿学低呼一声，立刻弹了起来。而洛霆的速度更快，早已将她半挡在身后，拳头紧握，怒目而视，蓄势待发。

来者是三五个衣着破旧的乞丐，高矮胖瘦都有，将碗踹翻的是个矮墩墩的胖子，在高大的洛霆面前，他的身材更显丑陋。洛霆挑衅般对他低头俯视，火药味十足。

"阿茂。"正当气氛剑拔弩张之时，站在那胖子身后的乞丐突然沉声吐出两字来。

话音才落，那名名叫阿茂的汉子就不甘地哼了一声，瞪着眼退到了那人身后。阿茂这一退，那人便完全进入了阿学的视线，个头不高不矮，身材精瘦，像只瘦猴，眼底也带着猴子般的精光与机敏。岁数应该也不大，二十八九岁的模样。此刻的他面无表情，看不出所思所想，但看阿茂对他言听计从，这人才是一帮乞丐的头头。

于是阿学也抓住洛霆的拳头，冲他无声地摇了摇头，然后自己走上一步，与他并立。

"两位兄弟有些眼生。新来的？"那瘦猴打量了阿学与洛霆两眼后，开口问道。

"是啊，是啊。南边不打仗吗？就逃出来了。"阿学忙不迭点头，笑容可掬地答道，"我和我表哥原本想去京城见识见识的，可才到这儿就没了盘缠，只好要饭攒点路费。攒够了就起程！"

说着，她又急忙蹲下，手脚麻利地将原来散落在地的铜板一一捞回碗中，然后起身，往瘦猴面前一递。

"这位大哥，我们初来乍到，还需要你们多担待！"

都说伸手不打笑脸人，大约是阿学的笑容着实有些晃眼，那瘦猴先是怔怔地盯了她三秒，目光又在她腕上扫过，随即伸手将碗一推："来者是客，既然两位兄弟是暂时逗留，我老六没有不尽地主之谊的道理——"

这么轻巧就被接纳了？阿学反而迷茫了，难以置信地冲这个自称老六的年轻人眨眨眼。

"哈哈哈，这位兄弟别怕！"见阿学如此，老六突然发出豪爽的笑声，"阿茂刚才那一脚叫下马威，刚到我这片儿的人都经历过。我老六可不喜欢浮躁闹事的人，被踹了碗没立刻动手的人，就都能留在这儿当我的兄弟！别人那儿怎么样我不知道。但我保证，你只要待在我的地盘里，我就能罩着你——"

边说，他边习惯性地抬手就要与刚认的"兄弟"勾肩搭背，交流感情，却生生被洛霆闪前一步，神色不悦地横插在两人中间，又是一副要干架的模样。

"表哥！"看着老六示好的手尴尬地落空，阿学不由得轻踹了洛霆一脚，拼命给他使眼色，让他让开。

"看来你表哥很担心你啊。"老六收回手，面上还挂着猴子般精明的笑容。

阿学赶忙配合着讪笑："他就是脾气不太好，也不爱说话——不过你放心！只要有我在，他不敢闹事的！"

"表哥，你说是不是啊？"她又使劲在洛霆身后掐他的腰，面带微笑，咬牙切齿地问。

"是……"洛霆皱眉，最终不情不愿地应了声，脚下却没挪步，只冷不丁冒出一句话来，"我们今晚住哪儿"

这话显然不是在问阿学，而是问老六。既然是兄弟，住处就得帮忙安排着。

老六一愣，随即又哈哈大笑两声，随和地应道"这位兄弟的性子倒是直，我喜欢！前面不远处有个山神庙，兄弟们都住那儿——跟我来吧！"

"谢谢，谢谢……"阿学见势，不由得松了一口气，忙拽着洛霆的胳膊，亦步亦趋地跟上老六，往"丐帮分舵"行进……

现实中的"丐帮分舵"根本没有小说话本中说的那么玄乎，亲眼一看后才知不过就是个遮风挡雨的地方，就连佛像后面都能挤个人睡。

想是许久不曾有新鲜面孔，为迎接阿学和洛霆的到来，老六手下的三十多个乞丐点起篝火，把这一日讨到的荤腥都搬出来招待。乞儿的热心与善意超乎阿学与洛霆的想象，除了吃食，还把最厚的毯子与最多的稻草给了两人。

老六选人的眼光极好，他的手下对外从不与别人地盘上的乞丐打架斗狠，对内则是自家兄弟一条心，从不因食物或是钱财而起争执。让阿学大感幸运，直觉押对了宝。她自己一贯善于和市井小民打交道，去山神庙的当晚就与众人打成一片。但让她没想到的是，之前始终排斥扮乞丐的洛霆竟也在几天之内彻底融入其中，与几个最好的哥们称兄道弟，同进同出，包括当日踹翻阿学碗的阿茂在内！

既然大家都混熟了，阿学也在老六等人的轮番带领下把这一界儿都走了个遍，就可以开始进一步打探消息了。

于是这日，阿学瞧准正独自在一旁杀鱼的老六，凑上去要帮他打下手。

"不用——你一个……"老六笑着谢绝了她的好意，"你没杀过鱼，弄坏了晚上兄弟们吃什么？难得洛兄弟运气好，又到条这么肥的鱼。"

"你怎么知道我没杀过鱼？"阿学诧异。

老六笑而不语，又是一副精明猴儿模样。

"好吧……"阿学撇撇嘴，仍是坐到一旁，状似无意地与他搭话，"一个人多无聊，我陪你聊聊天啊！说起来，到这儿也有几天了，我发现官府每日都施粥给穷人，怎么从不见什么人在排队啊？你的兄弟们也从不去。

我和表哥也是听说河南虽然年年闹灾，但也年年搞赈灾，特别大方，才往这儿来的。"

老六拿刀的手一顿，但很快继续将刀落下，剖开鱼肚："那些粥千万别喝，都是些变了质的陈芝麻烂谷子，壮汉喝了倒还好，身体弱点的反而吃坏肚子。"他也没看阿学，只语调平平地答道，"有时候有的人实在饿惨了，顶不住喝了两碗后上吐下泻，又没钱看病……要是撑不过去，就只能等死了。"

"哟，官府为什么不用点好些的米？这不是害人吗！"尽管心中早已有数，阿学却还是颇感震惊。她原本以为，河南的赈灾多半是中饱私囊，克扣一部分，或是干脆全部克扣，却万万没想到，为了掩人耳目，官府不惜以这种害人的坏粮撑门面，粉饰出慷慨赈灾，全无克扣的清明景象！

"官老爷们的心思我们可猜不着。"老六手里的活儿不停，将腌臜的鱼内脏掏出。

阿学似乎并没注意到他对这场谈话意兴阑珊，再次挑起话头："可是不对啊，捐监赈灾捐的不都是粮食吗？那些好粮食都去哪儿了？"

"粮食？一早就捐的都是钱了。"老六开始清洗鱼腹。

原来如此。阿学暗暗点头，向朝廷所报皆是粮食，暗地里却实收钱财，再以各种赈灾的项目名义销账，神不知鬼不觉。就算有巡抚下来，那赈灾点每天都在施粥，巡抚又不会讨一碗来喝，自然不会发现其中蹊跷。

"那些捐监的人呢？他们没有意见吗？"她又问。

"他们想要的只是成为监生，是钱是粮，到谁手里都不重要。"这回老六终于彻底停下的手中的活儿，扭头看向阿学，意味不明地问道，"庄兄弟，你对这些很感兴趣？"

阿学摆摆手，不自然地避开他的视线："就是随便聊聊嘛！有些好奇而已。"

"有些事情，我们这种小人物可没有资本去好奇啊。"老六说着，又重新把目光移回鱼身上。

"嗯……你说得对。"

两人至此无话。阿学在一旁仔细瞧着他的侧脸，看不出端倪，心中却就此起了个疙瘩。

当晚，洛霆与几个乞丐又抱了一堆果子回来，全是靠着洛霆的身高优势打到的。大家分果子分得开心，阿学却将洛霆单独拉到庙外散步，将白天里与老六的对话对他复述了一遍。

"这个老六不简单，"洛霆抿唇，"是个见过世面的人。"

"他不会是……"阿学倒吸一口冷气。

洛霆明白她的担忧，果断地摇摇头："他倒不像是那些贪官的鹰犬。更何况若他有问题，我们现在还能这么优哉游哉地散步吗？"

"嗯，你说得对。"阿学先是长出一口气，接着又蹙眉道，"但他似乎不想多事，很难套出话来了。"

"没关系，剩下的就交给我吧！"洛霆却轻松地笑笑，拍拍她的肩膀，"他精明，他的手下却未必个个能管住嘴。白天时候你就只管缠住他，我就去和阿茂他们混，从他们口中套出线索。"

顿了顿，他将手收回，目光放远，摸着下巴沉吟道："现在既然已经证实河南的官员偷偷把粮食折换成银两，又中饱私囊，那么所需要的人证就是参与过捐监的监生、参与谋划贪赃的州府官员的师爷，还有负责做账的衙吏。既然河南连年都上报灾情，那么肯定不是近三五年才如此做的。所以后两者大可不必抓现今还在办事儿的人，也就不易被发现。你觉得呢？"

分析过后，洛霆才低头看向阿学，却见她正目瞪口呆地盯着自己，不由得拿大手在她眼前一晃："喂！你这什么表情？我说这么重要的事情，你在发呆？"

"我都听进去了，所以才会是这种表情……"阿学勉强回神，冲他竖起一个大拇指，"没想到你认真起来，还挺有头脑的。"

"哼，我早说过，我值得你佩服的地方还多着呢。"洛霆得意地咧嘴，笑得毫无王爷包袱，"怎么样？明月当空，夜色朦胧，瓜田李下，是不是觉得我比东宫里住着的那位更加迷人可靠？"

"哕——"

真是分分钟打回原形。阿学捂住肚子，不想把好不容易才吃到的鱼肉吐出来。

看她这夸张的反应，洛霆也知道自己的表白再一次失败了，不禁扫兴道："算了，时候不早，我们回去吧。消失太久老六他们要担心了。"边说，他就边迈开步子折返。

"洛霆！"他才走出几步，就听到身后阿学喊了他的名字，接着便是一串银铃般的笑声，"其实你这个人真的不错，就别把时间浪费在言情小说和我身上啦！"

"怎么会是浪费呢……"他苦笑低喃，头也不回地重新抬脚，任凭月光将他的影子在地上拉得老长，最终来到阿学的脚下。

只可惜再长，终究是一个孤零零的影子罢了。

那日过后，阿学就暂时闲了下来，与老六也仍是无话不谈，却唯独不再谈与官衙有关之事。老六虽是乞儿，却似乎去过很多地方，对各地的民情民生都有些了解，让阿学受益匪浅。她也曾好奇地问到老六的过去，老六只是感叹一声，只说命运弄人，身世浮沉，并无后文。

想来是段伤心往事，阿学便也不敢再提。

而相对于阿学的轻松，洛霆却变得异常忙碌，每晚回来后甚至不想吃东西，倒头就睡。她知道他必定是一边在调查，一边在暗中部署拿人的计划，否则有什么能使行军打仗的人累得这么狠呢？她不想给他压力，所以对调查一事只字不提，只静静等待他主动给她结果。洛霆也没有叫她失望，仅仅过去十日，她就等到了他的答案。

"可以行动了。我已经全部查清，城东和城中分别有个监生是捐监而来，他们家境富裕，平日里与官府也往来不少，却有钱无势，不难秘密扣押。另外关于师爷与衙吏，我从阿茂口中得知，就在一年前，正巧有个师爷告老归家，到城郊隐居去了，而他的儿子当初就是他带进官衙负责管账的。他卸任之后，他儿子也就被这一任的师爷想方设法赶了出来。将这一家两口抓去，一劳永逸了。"

阿学边听边点头，进而提出疑问"但同时失踪四个人，目标会不会太大，惹人怀疑？"

"不怕。那两名监生平日里横行乡里，与他们有仇的不少，我们只需制造仇家勒索钱财的假象，想来无人会怀疑。"洛霆早就想到了这层，"至于那对父子，听说前阵子老爷子想续弦，却几乎被骗去全部家当，已请不起家仆伺候，就让他们留书一封说出门探亲去了，谁会知道他们是被半夜劫走的？"

"啧，贪污也要上阵父子兵啊。"阿学咂舌，"不过这些人听起来都可行。动作要干净利索才好。"

洛霆闻言，成竹在胸地拍着胸脯保证："这你放心，我的人个个是杀人越货一把好手——"

所以你到底是藩王还是劫匪头子？阿学腹诽。不过……

"既然都是轻车熟路的老手了，"她突然露出讨好的笑意，央道，"就带我一块儿去长长见识吧？"

"不行。"洛霆想都不想便拒绝了，"太危险了。"

阿学不满道："有什么危险的？你武功那么好，我武功也……也还算能保命吧！"

"不成就是不成。"洛霆还是有原则地摆手。

是时候使出撒手锏了！阿学叉腰道："那你就放心把我留在山神庙一个人过夜啊？"

"这……"洛霆果然为难起来，眉头紧皱，一时拿不定主意了。这些日子睡觉时，都是他与阿学背靠背而卧。夜里他也都警觉着，不让其他乞丐在不经意间靠近阿学，发现她的女儿身。如今他不在，阿学一个人又睡得比猪还死……

这些兄弟多日相处下来，洛霆知道他们都是穷苦的好人，但事关自己喜欢的女人，就算有一两个人手暗中远远盯着，他也不能全然放心。

"唉！算了，还是放在眼皮子底下好！"再三思忖之下，洛霆只得咬牙应下。

"这就对了嘛！"得逞的阿学喜笑颜开，以后再写打家劫舍、杀人越货的情节，就不愁不真实生动了！

说定之后，两人决定当天便与老六道别，谎称路费已经攒够，要起程继续向北了。经过小半月的相处，大家都有了感情，阿茂甚至提出让阿学和洛霆就此留下，毕竟在哪里当乞丐不是乞丐。最后还是老六发话，两人才得以脱身。

"多保重！有机会还回来看你们——"众人送到神庙外，洛霆与他们一一拥抱道别。

阿茂哈哈一笑，拿拳头抵了抵他的胸口："得了吧，别浪费路费了，多吃点好的！你看你表弟瘦的！"

而另一边，阿学也在与老六话别："这段时间真是谢谢你的照顾。其实挺舍不得的……"

"但你们不属于这里。"老六抿唇，眼底满是沉重的思虑，"万事多小心。如果遇到麻烦，还记得来找我。"

"好……"阿学知道老六这话一语双关，但也终究是为他们着想，心下感激。

"再见啊，兄弟！有缘再见——"

江湖儿女，有缘萍聚，乞儿们其实也早已习惯了离别，该说的话说完后，便只怀揣着对未来再遇的一丝憧憬，目送两人离去。

两人离开神庙时，天色刚进黄昏。洛霆将阿学领进了一处不起眼的民宅，他的人马清一色黑衣全部聚集于此，等待夜幕降临。为方便夜间行事，阿学和洛霆同众人一道用过晚膳后，也换上了夜行衣，蒙起面。

"紧张吗？"罩着面巾，洛霆的声音听来不如以往清亮。

"这种场面我写多了，有什么好紧张的？"阿学把下颌一抬，一双眸子笑意盈盈，有的只是兴奋。

洛霆又叮嘱道："紧跟在我身边。"

"小题大做，又不是去抓江湖十大高手……"阿学嘴里虽不服，脚还是往他身边迈了一步。

见她听话，洛霆眼底才有了些笑意，但只一瞬就被冷冽之色取代。他转而扫视向一干待命的亲卫，沉声道："记住这次行动的目的，手脚干净，不要恋战。"

"是！"众亲卫齐声应道。

"出发——"

夜色沉沉，月光穿不透厚重的云层与雾霭，星辰稀疏，大街小巷，民宅府邸都是一片昏暗，伸手难见五指。

正是最悄然寂静时。

十几道黑影前后闪入了两个大户人家的院落，每次出来时都多出个沉沉的麻袋，不知道里面装着什么。

"我就说很简单吧。这些人的护院都是花拳绣腿，甚至都发现不了我们。"偏僻的巷子里，阿学看着地上的两个麻袋，笑得志得意满。

两个麻袋里装的正是城东和城中的两个监生。他们都是在毫无防备的情况下直接被阿学的匕首抵住脖子，接着在威胁之下自个儿动笔写下一张七日后拿钱赎人的威胁字条，最后惨遭打晕，装入麻袋扛走。

之所以让他们自己写字条，也是阿学的主意，就是怕由自己人来写会暴露字迹。

"你们三个，把他们连夜送走。如果出了差错，提头来见，知道吗？"这边阿学还在沾沾自喜，那边洛霆已吩咐人又将麻袋扛走了。随即他转身对阿学提议，"事情比我想象中进行得快，既然才子时，不如尽快赶到城郊，一鼓作气拿下师爷父子，如何？"

阿学举双手赞成："那对独居父子应该更容易搞定——早完事，我们早到下个地方啊！"

"啊！喂，你——"谁知她话音才落，洛霆就长臂一伸，圈过她的腰，将她拉到身侧，牢牢固定住。

"不靠轻功过来，你难道想骑马惊动所有人吗？"洛霆侧首望她，笑得戏谑，"又或者你是觉得自己的轻功还不错？"

技不如人，她忍了！阿学把头扭向一边，手却扒住了他的腰带，似乎怕他会在半空中松手。

夜色里传来洛霆低沉而愉悦的轻笑，随着一句"走了"，阿学被他环着，腾空而起，飞檐走壁，不在话下。直到双脚落地，她才泪流满面地明白，自己那出十成内力的所谓轻功可能还比不过这帮大长腿随便飞奔上两步……

"你还好吧？"看她两眼直愣愣地仰望星空，一脸绝望，洛霆松开她，抬手在她眼前晃晃。

"没事。"阿学瞥他一眼,"我只是在回忆刚才那种风中凌乱的感觉。"

谁料洛霆竟当了真,欢天喜地地道:"原来你喜欢我抱着你飞啊?那以后每天都可以啊,不需要靠回忆!"

"不用麻烦了。"阿学嘴角抽搐,不想再被伤害一次自尊,"走吧,干正事。"

"不麻烦啊,我有的是力气,你别怕我累——喂,你等等,跟在我身后……"

"嘘!"

拌嘴也需适可而止,阿学在那师爷的家宅前停下脚步,将食指抵在唇边,接着又指了指门口趴着的那条老狗。

夜深人静的,距离这么近,再发出声音,难免要吵醒它。万一这老狗嗓门够大,惊动邻里,事情就难办了。

洛霆也立刻拿出正经严肃的态度,回身搭配着口型,迅速用几个手势下达了行动命令——分头排查每个房间,抓到人后就在百步前的那棵大树下碰头。

亲卫得令,极有默契地分为五人一组,分别从东西墙一跃而入,消失在宅院深处。洛霆也重新揽过阿学的腰身,带她纵身跃入高墙,在位于中轴的厢房顶上逐个挖开瓦片窥探。

一间、两间、三间……屋内都没有人。

"这宅子怎么这么大?光把这个宅子卖了,他又能续弦一次了!"阿学压着嗓子抱怨,手上动作却不曾停,挪开了第四间房的瓦片,供洛霆俯视查探。

这一次洛霆没有摇头,而是猛地一握阿学的胳膊!

就是这间了!

阿学大喜过望,也不等洛霆,自个儿就率先跃下了屋顶,悄然摸索到门锁——没有锁上。洛霆此刻也已赶到门前,不满地将她往后一拉,自己推开房门,冲入屋内,直逼床榻,利刃出鞘,架上了那师爷的脖子!

"啊……你、你们……救——"脖上一凉,那师爷惊醒,见两个蒙面人立在自己床边，利刃泛着白光，登时大惊失色，就要呼救，"呃！"

他喊得虽快，却快不过洛霆反手用剑柄在他的哑穴上一敲。

"嗯哼，我们不要你性命，只要你写下一封和你儿子去探访远亲的留信，然后跟我们走一趟，就可以了。"见状，阿学装腔作势地粗着嗓音，沉声威胁道，"我劝你最好老实一点，你这把老骨头该快不过我们的剑吧！"

那师爷听了急忙摇头，随即又连连点头，举起双手表示愿意配合。

阿学又嗯哼一声，呼喝道："好。你起来，到那边书桌上把信写了！我说什么，你写什么——"

师爷继续点头如捣蒜，没有要反抗的意思。

想来大局已定，洛霆收剑归鞘，随意将剑抱在身前，大爷似的盯着对方从床上爬起，只着中衣，哆哆嗦嗦摸索到书案前。阿学拿出火折子燃起，催他快写。

那师爷倒也老实，阿学念一句，他写一句，全部写完后还递给她检查。阿学当然要确认一遍，便又走上前半步，接过来看。

"近日有一远房亲戚相邀，故外出一段，特留书一封……"阿学看得仔细，全然放松了戒备，不曾注意到那师爷伸手将毛笔搁回笔架上时，眼底闪过一道精光与　瑟。

"嗯，没问题了。"阿学扭头看向身侧的洛霆，"把他打晕带——"

"小心！"

话音未落，利器破空而来的声音与洛霆的暴喝几乎同时响起。阿学被他大力一推，跌到一旁！

"叮！叮！叮！"

挡到阿学身前的洛霆手疾眼快，舞动佩剑，一连挡下三枚从书案机关中射出的飞镖。而那师爷想趁机逃出房间求救，却被洛霆一个旋身扭腕，一剑打晕在地！

突变在瞬间发生，又在瞬间结束，阿学心有余悸地抚着心口，爬起来踹了那师爷几脚泄愤，同时也确认这厮是真晕了。

"呼……"她长出一口气，走到洛霆跟前，"你、你没事吧？"

"自然。我是什么身手，肯定没——"洛霆正要展颜炫耀，却忽地身躯一震，闷哼一声，没了下文。

见他脸色骤变，阿学的心又提到了嗓子眼："你怎么了？"

"王爷——属下听到这边有打斗的声音。您没事吧？"碰巧这时两名亲卫也闻声赶到。

洛霆不答反问："另外的人到手了吗？"

"是，兄弟们都已聚集在树下，却不见王爷，所以才……"

"一人带上他跟我直接回城，一人去通知其他人——"洛霆直接打断了对方，似乎在强忍着某种痛苦，"走！"

阿学大感异样，一连问他几声，他都抿唇不答，反而脚下生风，扣过阿学的肩头就往外走，更不容分说地揽着她一路施展轻功，一口气直奔回了城中的那座宅院。

可脚才落地，阿学的肩头就猛地一沉，差点被毫无防备地压倒——借着昏暗的月光打量，洛霆竟面色惨白，满头冷汗！

"喂，你怎么了？是不是刚才哪里受伤了？"阿学急忙去扶，才够上他的后腰，便被一片黏糊又温热的液体沾满了掌——是血！

"快！他中了镖！快扶他进屋——"

随着阿学一声惊呼，亲卫们一拥而上，将洛霆扶进屋内。掌灯一看，才发现洛霆的后腰正中插着一支泛着诡异光芒的飞镖！暗红到甚至有些发黑的血将衣裳都染透了！

"这镖上淬了毒！"其中一名亲卫大急，"属下这就去找大夫！"

"回来！"洛霆却将他喝住，"深更半夜，医馆都关门了，你上哪儿绑人？还有可能惊动官衙！"

那亲卫刹住脚："那怎么办？"

"这点毒毒不死我……我这就运功——"洛霆说着便要在床上盘腿运功，可才坐稳，便咳出一口血来，"哕！"

"还逞强！明明一只脚都踏进阎王家大门了！"阿学气得大骂，一掌拍下，让他乖乖趴好，"不行，我得想个办法……"

阿学像热锅上的蚂蚁，在房内来回踱步，直到耳旁猛地回响起老六临别前那句话。

"万事多小心。如果遇到麻烦，还记得来找我。"

"我有办法了！快，这位大哥快带我去城西的山神庙，那里或许有人能救他——"

本以为是病急乱投医，死马当作活马医，可当阿学赶到山神庙时，却见老六竟似早在庙门前等候般。一听洛霆受伤，他只沉默着快步走回庙中，折返时手里多了个略显古旧的药箱，让阿学快带他前去。

老六会医，是阿学万万没想到的。而且他的医术似乎还相当精湛，只对几乎已陷入昏迷的洛霆简单切脉观察后，便回头对阿学断言道："这毒不难解，我这儿也正好有药，立刻能治。你先回避吧。"

"啊？"阿学迷茫。

"男女有别，他伤在后腰，肯定要褪去衣物，你不回避吗？"老六把话说得更明白了些。

"啊……原来你、你知道我是……好、好吧。我就在外间等着。他、他就拜托你了！"对上他那双精明中不乏善意的眼，阿学顿感尴尬，结巴着说了几句，便慌忙拐到了外间。

说是能治，可似乎也极耗费工夫，阿学坐在外间的案边，透过帘幔隐隐约约看到里面的人来回走动，不断忙碌。亲卫们进进出出地端水，端进去时是一盆清水，出来的则是血水。她看在眼里，急在心里，却帮不上忙。

再后来，又不知过了多久，阿学的眼皮开始发沉，脑袋点了好几下，模模糊糊听到里头有人低语了句"没事了"，才终于安心地趴在案上睡死过去……

次日清晨，阿学是被鸡叫声吵醒的。醒来第一件事，便是冲入内间看一眼洛霆是否安在。结果洛霆不仅安在，连老六也还没走。

"嘘，我们出去说。"老六用眼神示意洛霆还睡着，起身往外走。

阿学又瞧了床上的洛霆几眼，见他气色恢复得不错，便跟了出去。

两人在院落中站定脚步，最先开口的是阿学："你救了洛霆一命，谢谢你！"说着，她还正经地给他鞠了一躬。老六只是坦然受之。

"医者父母心。"等阿学直起身，他才笑道，"我收下你这个礼，就当作是你对我隐瞒的歉意吧。"

"那你岂不是也要向我鞠躬？"阿学挑眉，"你还不是也瞒着我？而且不仅是我吧，你的兄弟们估计也都不知道你医术这么好。"

老六摇头失笑："算是吧。"

"洛霆之前就对我说，你这个人不简单。你是不是早察觉到我们也不是什么乞丐？还有，你什么时候发现我是女的的？"见他似乎并不排斥，阿学索性问个痛快，"你到底是什么人？怎么学的医术？"

"是。女子骨骼与男子明显不同，行医的人只要有心，就能看出。所以从你递给我那碗铜板开始，我就知道。"老六先是笑着替她解答，满意地瞥见她郁闷的神色后，才低叹一声，转而道，"至于我是什么人……这就是一个非常烂俗的故事了。"

原来老六出生在药香世家，代代都是河南的名医。他的父亲为人耿直，在一次颇有内情的命案中坚持死者是被毒杀，竟惹祸上身，被扣了个罪名，弄得家破人亡。老六侥幸逃得一命，从此四处流浪，直到前几年才回到河南。

"你想回来调查当年的真相，为你家平反？"阿学恍然大悟。所以他手下的乞儿们对官府之事如此了解，并不是偶然，而是老六在刻意引导。

老六苦笑着摇头："我是个懦夫。刚来的头两年还想大不了拼个鱼死网破……可如今有一帮兄弟牵绊着，反而束手束脚。"

"不，你很了不起。至少你让他们过得更好了。他们仰仗着你，真心敬佩你。"阿学不假思索道。

"谢谢。"老六微微一讶，道谢过后，反问阿学，"现在你愿意把你们的身份告诉我了吗？"

此时的阿学心中早已有了盘算，就将她与洛霆的身份与来意和盘托出，并主动邀请道："如果你愿意回京作证，锦上添花，此事结束之后，我保证尽我的全力替你解决你家的冤案。"

"你就没想过也许根本不存在什么冤案？"老六沉吟，"或许我只是编了个故事想攀附权贵，飞黄腾达？"

"不会，你是好人。"阿学笑眯眯地摇头，一脸笃信。

与阿学对视良久，老六审视着她眼底的真诚，最终酣畅大笑起来："哈哈哈，好！既然你信我，我便信你！我随你们走一遭。只是在那之前我要回一趟山神庙，叮嘱兄弟们几句。"

　　"没问题！"阿学伸手，掌心朝外，"一言为定？"

　　老六一怔，随即微笑着与她击掌为誓："一言为定！"他很庆幸，当日人群中的一眼，看她虽然衣衫褴褛，却明眸皓齿，笑容干净，便存了靠近之意。

　　他想收回自己曾对她说过的话，虽是身世沉浮，命运却未必弄人啊。

　　在洛霆受伤期间，阿学与老六迅速达成了协定，等洛霆转醒，也只能接受多了一个救命恩人同路的事实。由于老六曾游历各地，人缘极好，去到两广的阿学与洛霆不必故技重施，扮演乞丐，而是在老六那些仗义的朋友的帮助下，很快查实两广总督伙同下属地方官谎报灾情的罪证。

　　而除了借助谎报灾情来瓜分夏税秋粮外，更有甚者，大肆收受富户贿赂对其免税，再将其税赋转嫁百姓，又或是巧立各项名目搜刮民脂民膏，简直无法无天。他们之所以能肆无忌惮，不知收敛，胡作非为，只因他们都有"通天"之道——向上孝敬钱财给户部侍郎与陈浑的同时，便得到了他们的帮助与庇护，沆瀣一气，狼狈为奸！

　　尽管官官相护的关系网错综复杂，可其中依旧离不开像是监生与师爷那样不起眼却又十分关键的小人物。这些人并不难抓，一行人在两广也只停留了半月有余，便将人证先一步送回了京城。至于老六，也在洛霆的坚持下，先随人证起程，美其名曰，这些人证若是一路上有个头疼脑热也有得医治，省得病死途中。

　　送走老六后，洛霆又兴致勃勃地提议，要带阿学去他的地盘东海游玩几天再折返。可将近两月未见越祺然，阿学的心早已飞回东宫，无心风景，便执意要立刻让车夫快马加鞭地赶回！

阿学记得，自己与洛霆离开京城时，不过才要入夏，而当马车再度行驶在京中闹市时，却已是夏末了。

"嗯——还是熟悉的地方好啊……"阿学撩开车帘，半探出头去，乐呵呵地看着人来人往，各色摊贩店铺与勾栏瓦舍，都还是那么可爱。

洛霆策马在旁，见她如此欣喜，心中怨念也散了："你喜欢就好。"左右总还有机会带她回东海，不是吗？

"我从小在这里长大，当然喜欢！"

两人正有一搭没一搭地聊着，脸上满是轻松之色，马车却突然停住了。

"怎么回事？"阿学扬声问。

"没事——就是前面好像有两个贩子在吵架，大伙儿都在围观，把路堵了。"车夫忙答了句，便扬声道，"让一让！前面的人往旁边靠靠……"

就在等待人群散去的片刻工夫，路旁酒馆中却爆发出一阵哄闹声。

"哈哈哈，你说什么？太子居然大婚了？稀奇稀奇……不是断袖吗？居然要娶个女的？"

"说什么混话呢，刘麻子！那些传闻能当真吗？咱们太子一看就根正苗红——"

"嗤，难不成你还见过他？"

"谁说不是啊！上次太子游湖，就闹刺客那次，我正好就在不远处的画舫上，远远瞧了眼，那叫一个风流倜傥，英姿飒爽！鲁家的小姐可真有福气！"

"唉……别提了，我那在鲁府帮工的表舅常和我提起那些小姐，剽悍着呢。咱们太子以后保准有夹板气受……"

太子……大婚……鲁家小姐……

这些字眼震得阿学脑袋嗡嗡作响，一时间心乱如麻，求助似的伸手向外一抓，却是扯住了洛霆的衣摆。

可才攥住衣料，马车就随着重新前行忽地一颠。阿学惊醒，才发觉自己失态，忙要收回手，却猛地被洛霆捉住了手腕。

"对、对不起……"

"不敢面对吗？"洛霆只是沉声问。

她怔怔地望着他："你……早知道了？"

"我早猜到。鲁家掌控着军器监。我的兵以流民身份混入京城，没有武器与驻守京城的三万神威军对抗，得靠鲁家开放军器监。"洛霆徐徐道。

"鲁家就是皇后的母家，难道不应该和太子同心吗？还需要再联姻才……"阿学嗓音艰涩。

洛霆摇摇头，放开了她的手："鲁家当年就是靠家族嫡女入驻后宫，执掌凤印才立足朝堂，繁荣至今。可如今皇后因前太子之死病倒，不知还有多少时日，已让鲁家势力渐弱。若是太子还不娶鲁氏女为妻，鲁家只怕会选择中立自保，不参与这关键一战。"

"原来如此……"让她出城查案，也是为了支开她吗？哼，做缺德事还知道躲着她。

"还愿意为他卖命吗？"洛霆忽地发问。

她不懂他的意思："什么？"

"那些人证和物证，我并没有送到他手里，而是暂时安置在一处隐蔽据点。"洛霆语调平平，"只要你不乐意，那些人证和物证，越祺然就永远得不到。"

"咝——你疯了吗？"阿学愕然，"你别忘了你和他是结盟的！"

洛霆耸肩一笑："可我和阉党的利益也并不冲突。"

"你要是敢出卖他——我、我就——"阿学大急。

"你就什么？"洛霆神色复杂地盯着她，"阿学，你始终不相信我。不过是一句玩笑，你就认为我真是个背信弃义的小人。"

"我……对不起……因为事关越祺然，所以我……我有些不冷静。我应该相信你的，你还为了救我受伤中毒……"要不是坐在娇中，阿学定要对他鞠躬道歉，"真的对不起！"

闻言，洛霆仰头笑叹："只是应该啊。"顿了顿，他又转向阿学问道，"你还记得那天在屋顶上，我问你为什么不相信我对你的感情吗？现在呢？你还是那样认为吗？"

阿学愣怔了。那时她说洛霆的感情不真实，多半是因为与他相交尚浅，他又总喜欢掰扯些花里胡哨的小说对白与她插科打诨。她以为自己只是洛霆发现的一个还算有趣的女人，就像那些书里的女主角一样，所以他把自己带入了剧情，一切都只是入戏罢了。

可经过这么长时间的相处，阿学对他早已渐渐改观。更何况若只是入戏，生死攸关之时，也该从戏中清醒过来了——可洛霆没有，他选择替她挡下那可能致命的毒镖……

"我收回之前的话，我相信你对我的感情，可我……"

还来不及说出"无法接受"四个字，洛霆就出声打断了她："好了！不用再往下说了。"他说这话时脸色难看，眉头紧锁，叫阿学也不敢再搭话，只得用担忧的目光望着他。

就这么一路无言，直到马车稳稳在相府门前停下，洛霆才似笑非笑地斜睨向大门右侧："示威的人来得倒真是快。消息挺灵通啊。"

阿学顺着他的目光看去，竟是鲁步婉和她的侍女候在路旁。原本始终低着头的鲁步婉听到动静，抬眼便与阿学的目光对个正着，随即挑衅般冲阿学仰了仰下颌。

不久前，鲁步婉也曾在这里等候过阿学，那时的她还笑得羞涩。而此时此刻，阿学从她眼底读到的，却是属于胜利者的笑意。不久前，只要阿学出现，哪怕隔大老远，她也会大声打起招呼。而此时此刻，直到阿学一步步踱到她身前，她都不肯主动开口。

物是人非，不过如此。

"这些日子，你还好吗？"最终还是阿学先问候道，"之前对你的欺骗，我很抱歉。希望经过这段时间，你已经能够释怀。"

"当然——我早不放在心上了！"鲁步婉的话音几乎是紧挨着阿学的尾字，音调拔得极高，语意刻薄，"表哥都要娶我了，我还有什么可难过的？"

阿学微微蹙眉，低问："那你愿意嫁给他吗？你告诉过我，你说你只是把他当成了一个执念，并不是真的喜欢他这个人。没有爱情，你还愿意嫁他吗？"

"爱情？爱情也不过如此！你们不是相爱吗？他怎么还要娶我？"鲁步婉冷哼，"从我发现自己被你骗得团团转开始，我就不相信爱情了——我就是要让天下有情人终成兄妹！"

"喂，你这人想法也太歹毒了吧？"洛霆看不下去，大步抢到阿学身边，抬手往街边一指，"你如果是要炫耀的，现在任务也算完成了。请回吧！"

"你怎么和我们家小姐说话的！你知不知道我家小姐是——"鲁步婉身边的侍女见他如此粗鲁，就要开腔示威。

鲁步婉却不恼，抬手阻下她，自己将洛霆上下打量了遍："你是什么人？看着眼生。再说了，我们女人说话男人插什么嘴？"

她说这话时用的语气，就像是"我们大人说话，小孩插什么嘴"一般，着实令原本还心情沉重的阿学忍俊不禁。

"哦——不会是……你也是女扮男装吧？"鲁步婉紧跟着又冒出个新奇的猜想，边说边抬手直接往洛霆胸口处一抓。

"你！你！你女流氓啊！"

看着被非礼的洛霆傻在原地，脸涨得通红，阿学彻底笑得直不起腰了。看言情小说长大的男孩子果然很纯情啊……

"咦，真是男人啊。"鲁步婉微瞪眼，接着收回手，似乎还回味了一下，"嗯，还是个挺结实的男人，不错。我记住你了。我叫鲁步婉，改天相府出事了，你可以来鲁府投靠我啊。"

阿学闻言，不禁扶额。看来这位大小姐直来直往的性子，和轻易就觉得某个男人"不错"乃至"有趣"的习性并没有改啊。如果不是"情敌"，或许她们依旧能是好友。

"我自有住处，用不着你操心！"洛霆喘着粗气，肩头上下起伏，"这里不欢迎你，快走吧——"

"走就走！"鲁步婉显然也没有要继续与他玩笑的意思，扭身就要走，却被阿学叫住。

"那个，我还有一言，不吐不快……"

于是鲁步婉和洛霆两人都把目光聚焦在了阿学身上，可他们万万没想到阿学要说的竟是："饭可以乱吃，话可不能乱说。我和越祺然要真是兄妹，那关系得多乱啊……"皇上这顶绿帽子得多人啊……

脚下一个踉跄，鲁步婉呻吟着扶额，仿佛嫌弃一般不再多看阿学一眼，就被侍女扶走了。而还站在原地的洛霆猛地爆发出响亮的大笑声："哈哈哈——你这人，你这人都什么时候了还逗得起来！"

"我说认真的。"阿学瘪嘴，"再说了，事情都这样了，难道我要去东宫一哭二闹三上吊？或者干脆把鲁步婉杀了，接着自杀？让有情人终成鬼魂？"

"咳咳，你们女人的潜在想法果然可怕。"洛霆装腔作势地倒退一步，"还是远离点安全。"

阿学瞥他一眼，不以为意地转身，兀自往相府内走。可想而知，某人还是屁颠屁颠跟了上来。

"你最近离我近的机会也不多吧。要把人证物证都安全交到越祺然手里，还要安排兵力。"她目不斜视，却放慢了脚步，对洛霆道，"你一定得全力帮助他。算我欠你一个人情。"

"为什么？"洛霆收敛笑容。

"因为不管越祺然是不是当了负心汉，都与朝政无关，与百姓的生计无关。如果说之前，我帮他一起铲除阉党，有大半是出于感情因素，那么这次一路的所见所闻，都让我改变了想法。"阿学说着，站定，扭头凝视洛霆，"还政治清明，百姓安居，如今也成了我的愿望。我想你也一样。"

她的双眸一直很明亮，却从未亮得如此发烫。

这个瞬间，洛霆从这双眸子里看到的不再是柔情似水、佳期如梦，而是万里山河、锦绣社稷。前者令他着迷，后者令他折服。

沉默对视良久，他郑重地颔首："好，我明白了。我这就去着手安排。"

"嗯，快去吧！"阿学莞尔，冲他挥手道别，"等事情都搞定了，我们也好对阿茂他们有个交代啊！毕竟把人家的老大给拐跑了呢！"

"知道啦——"洛霆失笑，拍拍她的肩头，转身就要出府。可才走出几步，他又想起什么似的，驻足回身，神色略显复杂，"博学，如果……越祺然不仅负心薄幸，还要过河拆桥怎么办？"

"哎？我又不求从他那里得到什么回报，不怕他拆桥吧。再说了，我相信他不是那种人。"阿学显然没当回事。

见她如此笃定，洛霆竟似松了口气一般，也不再说什么，只最后冲她勾唇一笑，便头也不回地离开了。

　　然而三日之后，看着相府里里外外驻扎着的士兵，阿学才发现洛霆就是个乌鸦嘴！还有那个鲁步婉也是，为了表示和洛霆再会，随口说了句什么"改天相府出事了"，相府还就真出事了！

　　"阿学啊，你就别转了，转得爹眼都花了！不是告诉你了吗？泰山崩于顶也要面不改色，心里再急也别表现出来嘛。"庄焱随手翻阅着闲书，对已经在自己书房里来回徘徊了一炷香时间的阿学大为不满。

　　"就是，你学学你老哥我！冷静，冷静！"再看一旁，庄斯文正醉心于创作《断袖少主弯直记》的完结篇，压根没有意识到都被软禁起来了，还怎么把书稿送去给书商印刷啊！

　　阿学无语，焦躁地抓挠着头发："怎么冷静？现在整个庄家都被看守起来了！还是欺君之罪，就等太子大婚后下狱问罪！当初我还以为爹您有什么撒手锏，露馅了能逢凶化吉呢！还有哥，要杀头你第一个被杀，你也不急？"

　　"是你的未婚夫和别的女人先大婚，你都不急，我急什么？"庄斯文没心没肺地顶回一句，换来庄焱不赞同的干咳声。

　　终于放下书的庄焱绕过书案，来到阿学跟前，安抚似的摸摸她的脑袋："女儿啊，你相信太子吗？"

　　"如果只有我一个人，我一定信。"阿学垂下头喃喃，"可是现在整个庄家都……我害怕。"

　　听说这次鲁步婉身边的侍女揭发自己时，正是越祺然在朝堂上作的旁证。将相府看守起来，所有人软禁，也是他的主意。阿学不相信他会过河拆桥，但又不敢拿全家上下十几口人的性命做赌注。

　　"唉，傻孩子。"庄焱慈爱地笑笑，"你是个好孩子，不必担心。离太子大婚不过十日了，静观其变就好。你这次出这么久远门，正好在家里好好休息，也多陪陪你娘。相信爹，爹无论如何也不会让你受委屈。"

　　自家老爹都这么说了，阿学只得点头应下："好。我相信爹，也相信越祺然。"

　　就这样，阿学耐下性子，就只管过一家人团聚的小日子。虽说相府如今得罪了今上，可驻守的侍卫对阿学等人客客气气的，不像是来看守，倒像是来戍卫的。所以除去不得外出，庄家上下的日子并没有多少改变，令阿学安心不少。

但整日被束缚在四方天地之内，全不知外面的动静，也常会让阿学坐不住，在院子里徘徊，期盼着或许以洛霆的身手能偷偷潜入相府，给自己带来点消息。

她一日日地盼下来，还真在第九日的傍晚叫她盼到了！

"洛霆！"

"见到我这么高兴啊？"沐浴在金色斜阳中的洛霆笑容轻松，一开口就是打趣，"现在拜托我带你去浪迹天涯，做一对亡命鸳鸯还来得及哦！"

又是戏文中那套！阿学冲他翻了个白眼，却是快步抢到他跟前："你怎么来了？快和我说说外面的情况——"

"你想听什么情况？"洛霆的眼珠不怀好意地转了转，"太子大婚准备得不错！东宫可喜庆了。"

"这种时候就别开玩笑了！你知不知道我这些天多担惊受怕，我就怕——"阿学心中焦急，那阵委屈劲儿上来，竟带出了哭腔。

洛霆见状大慌，忙俯下身赔礼道歉，一口气道："抱歉，抱歉！是我不分轻重——你放心吧，庄家不会有事的，你的越祺然这次也娶不了鲁步婉，因为京城今晚就要大乱了！"

"大乱？"阿学还没把哭的情绪酝酿好，就被打断了，"你们做了什么？"

"今早御史大夫，就是越祺然的人，在朝堂上列举了陈浑一干党羽的所有罪状，包括咱们掌握到的人证物证都上齐全了——证据确凿，龙颜震怒啊！皇上停了陈浑的职，并命太子三日内查办出个结果来。"洛霆三言两语就将今日朝堂上的针锋相对概括了，接着笑道，"你说，陈浑发现越祺然耍了他，还要将他的党羽连根拔起，会不会连夜率神威军反扑？今晚京城可不是要大乱？明日还怎么举行大婚仪式？"

"原来……"阿学闻言，不禁低语起来，"原来他是要保护庄家吗？"

洛霆没听清："你说什么？"

"没、没什么。"阿学摆手，又问道，"那你今晚就要带兵作战了吧？加油啊！我相信你的能力！"

"就这样鼓励一个即将上战场厮杀的人啊……"洛霆一脸不爽。

"呃……还有别的！不仅要在精神上表示支持，还有物质上也得跟上！"阿学忙拽过他的胳膊，一路往正厅带，"就快到饭点了，我让吴妈再添一副碗筷，把你喂得饱饱的再上阵杀敌，够义气吧？"

于是庄家上下都热情款待即将与神威军对战的洛霆，你一筷我一筷，直撑得洛霆留下句"晚上太乱，别出相府"后落荒而逃……

夜幕渐渐四合，街上摊贩也纷纷收拾摊子归家，行人骤减的街道显得格外宽敞。街边一家酒楼的高处，洛霆与他的手下围坐一桌，一边打着嗝，一边观察地面上的情况。其实他想要的无非心上人的一个拥抱嘛！却不想，唉……

"嗝！"

"王爷……您没事吧？"这已经是洛霆打的第九十九个响嗝了，藩兵将领觉得很丢脸。

"误不了事，嗝！"洛霆正要再说，眼角余光却瞥见京城东南角骤显的火光，"主力果然是从军器监开始啊。可惜那里面早就空了！"

大概是兴奋的作用，他突然不再打嗝了，起身抄起桌上的佩剑："走，跟本王去截了他们的路！"

"是——"

另一面，阿学早已不甘寂寞，爬上了整个相府最高的屋顶往外眺望。夜色已浓，一轮圆月当空，把四下照得敞亮。而与它一道照亮这个夜晚的，还有将士们手中燃烧的火把与刀剑的冷光。

那条火线最初在京城的东南角汇集，正要如利剑般直插入内城，却被天降奇兵所阻，两厢火光对冲，最终交叉成一片。虽因距离远而听不到厮杀声，却也能从那一片火光中猜测战况的激烈程度。

洛霆麾下将士身经百战，而神威军也并非浪得虚名，不可能将全部兵力压在一处。于是很快，点点火光就不再限于东南角，而且从四面八方同时蜂拥向皇宫方向——擒贼先擒王，已被逼上绝路的陈浑想再上演一次兵谏，血洗宫城！

相府所在，虽与皇宫仍有距离，却在反军的必经之路上。阿学在屋顶上目睹着火光蔓延而来，心也渐渐悬了起来。陈浑该不会一时气愤，顺带把相府也给烧杀抢掠一番再去皇宫吧？

她会这么想，庄焱和庄斯文自然也想到了。

"你们几个都到门外守着，别让人趁乱放火。你们几个，到东院去，你们到西边——"屋下传来庄斯文的吆喝声。而被他呼来喝去的，正是来软禁他们的侍卫……

"哥，他们怎么都听你的？"阿学纳闷地下了屋顶，来到庄斯文身边，"别告诉我，你和爹一早就知道会有今天，这些人也都是自己人！"

庄斯文瞥她一眼，不说话，继续边往大门处走，边调度侍卫。

"庄斯文，我问你话呢！"阿学也跟在他身边，扯他的袖子。

"你不是说，别告诉你吗？"庄斯文抬手在嘴前一比画，示意已缝牢，"所以我只好不说话喽。"

阿学瞪大眼，正要再追问，却听到大门被人推开，立刻一个激灵，紧张地扭头望去——

相府外刀兵未及，相府内未点明灯，门前处是一片灯火阑珊，却掩不住长身独立的那人那一身气质光华。

来人正是阔别多日，淡笑依旧的越之谦！

"越大哥！你、你怎么会……"阿学瞠目，一时语塞。

"齐王？贵客贵客。"庄斯文却只是微微一讶后，便对其拱手道，"快请进吧。"

越之谦也对庄斯文微微颔首算是回礼，却并未立刻入内，而是转向后方道："你们全面把守好相府，一个人都不许放进来，也不要主动参战，以保卫相府安全为先，明白了吗？"

原来在他身后还有一大队披坚执锐的将士。这是阿学第一次听越之谦以这般威严的语调发令，竟也有一种不怒自威的强大气场。

"是！"

负手看着士兵有序地分散到相府的四周后，越之谦才回身，款款步入相府内，走到阿学跟前，笑得温柔道："小庄，最近过得还好吗？抱歉，让你担惊受怕了……"

"我、我没事啦！"阿学憨笑着挠挠头，心中还是纳闷，"越大哥怎么会出现在这里？不要紧吗？"

"阿然还是担心今晚的兵变单靠侍卫抵挡不住，我也着实放心不下，便带了之前不曾散去的骠骑军旧部前来。他们都是跟着我父王久经沙场的将士，定能护得相府不受波及。"灯火映得越之谦的朗目光彩粲然，定定地看进阿学的心中。

他的话音虽低，却奇妙地将外面渐渐逼近的打杀声阻隔在外，叫人安心。

"嗯，有你们在，我不怕。"阿学偏头，眉眼弯弯，"只要陈浑的神威军败了，越大哥的事情也能平反吧？真是太好了——"

"是啊，这都是多亏你和阿然。"越之谦似极为感慨，抬眼望望天边的星辰，"命运有时会眷顾一些人的，但那必定是以另外一些人的身不由己成全的。"说到这里，他顿了顿，重新低头看她，"小庄，阿然他……"

谁知阿学却不等他说完，兀自道："在这种关头，他的牵累越少越好，先以欺君之罪把我们软禁起来，既是为彻底放松陈浑的警觉，也是为暗中保全庄家。"

"小庄该知道，我说的并不全是此事。"听着她冷静的分析，越之谦反而深深皱眉，"唉……无论如何，我希望你还能相信阿然。虽然这个要求听起来很不可理喻。"

"你别这么说，我……"阿学怎么会不知，越之谦所说的"身不由己"意在鲁步婉即将被封为太子妃一事。但这是她现在心头唯一的疙瘩，非越祺然本人，谁都解不开，所以她不想多谈。

她正垂首，却猛地肩头一沉，抬眼一瞧是越之谦宽厚的手掌微微用力地按在上面："我的话还没有说完。前面那些话，是因为我是他的小叔叔，所以才怀揣的私心。但同样，无论你如何想，如何决定，大哥也永远站在你这边，支持你的选择。"

"越大哥……"阿学哽咽了。这种不是亲人，却胜似亲人的温暖，也只有越之谦才能带给她。

越之谦见她似有些急躁地绞着衣摆，转用打趣的语气宽慰："不必急于做出决定，日子还很长。如果阿然最终都得不到你的谅解，那也是他没有这个福气。"

"扑哧——"阿学果然被他逗笑，心中稍稍轻松了些，"嗯！先不说这个了，度过今晚最要紧！我想上墙头看看，可以吗？"

"这……"越之谦略显为难，向早已自觉远离两人五十步的庄斯文投去求助的目光。

庄斯文装出迷茫的神色，不予回应，随即又像是突然记起什么似的，一拍脑门，行了个告罪失陪的礼，就往后院方向走去。

而当越之谦无奈地看着庄斯文做完这一系列动作之后，再回头，却见阿学已坐在墙头向外观望了。

"小庄，这样不行！"他忧心的目光一瞬不离阿学，"万一有人放箭，会伤到你——"

"不怕，我也是会功夫的，一躲就躲开了。"阿学不以为然地冲他笑笑，就继续兴致勃勃地看起热闹来。

可这"热闹"越看，越让阿学心惊肉跳，脸色发白。原来战场的厮杀从不是如小说中形容的那般轻巧，被说书人在短短几句话中带过的，是无数人的鲜血与白骨！

不断往皇宫方向冲杀着的神威军，浑身浴血，后面的人踩着前面死者的尸体往前推进，却往往才推进到两三丈的距离，又会被洛霆的藩兵强行击退回原地。

一边是奋不顾身地进攻，一边是绝不退让地防御，双方的死伤都相当惨烈。街道两旁堆集的尸体越来越多，地上淌着的血水也汇成了溪流。在这样的焦灼与拉锯之下，团团围住相府的侍卫与骠骑军也难免受到波及，身上纷纷挂彩，却没有一人为疗伤选择转身叩开相府的大门避难！

手紧紧地揪住胸前的衣襟，那些将士临死前所发出的痛苦呼声一次次地让阿学感到几乎窒息的难过。她的手脚变得冰凉，整个人也僵硬起来，在墙头摇摇欲坠。

"小庄！"始终守在墙下的越之谦察觉到她状态不对，"害怕就下来，大哥在这里——"

怔怔地收回目光，阿学有些不知所措地俯身与越之谦对视，颤声道："我们……是不是错了？"如果不是他们要铲除阉党，或许这些人都不用死。他们谁都没有错，也同是东越人，却要如此同胞相残……

"不。小庄，还记得我刚才说的话吗？任何事情都必须付出一定的代价，今晚的代价已是最小的了。"越之谦抿唇，沉声道，"忍一时之痛，换来的是更多人能平安喜乐地活着。腐肉若不割去，或许不会流血，但它会让你的全身渐渐腐烂，最终要了你的命！"

越之谦的一席话让阿学仿佛又找到了方向。她眼前闪过面黄肌瘦的难民们、衣衫褴褛的乞儿们，想到老六和阿茂他们谈起贪官污吏时恨到骨子里的神色，想到越祺然的大哥的惨死和东宫那场血洗中无辜丧命的官员们……

"嗯，你说得对。我只是、只是有些……"阿学攥紧拳，对他用力点点头。

"不想看就不要再看了。这些事情本就不需要你来承担。"越之谦浅笑着朝她伸出手，"来，快下来吧。"

"哎呀，你这人磨磨叽叽的！我都看不下去了——想让她下来，这样不就行了？"

谁知越之谦话音才落，洛霆的声音紧跟着炸响在耳畔，把阿学吓了一跳，以至于等她回神，已被洛霆提溜下墙头。

"喂，你怎么能这么说越大哥！"阿学一气，倒也忘了方才的沉重心情，"人家是尊重我的想法，你这是强买强卖！"

"反正你买了我的，没买他的。"洛霆耸肩。

阿学翻了个白眼："强词夺理。"

"你的兵够英勇的，你再不出去发话，他们估计到死都不会往后退一步。行军打仗这么不灵活可不太好。"洛霆不理她，转而给了越之谦一个忠告。

"受教了。"越之谦神色淡淡地拱手，"看东海王有时间在此闲聊，想来大局已定，我这便出去看看。"

说罢，他的目光扫过阿学，略作停顿，似想到了什么好事般勾唇一笑，随即往相府外去了。

"他就这样出去不会有事吧？你确定你们赢了吗？"关心越之谦安危的阿学没有留意到他转身前那别有深意的一眼，只是追问洛霆。

"难道你忘了，他自己的身手也不错，更何况有一群忠心护主的死脑筋在。"洛霆贼笑着摸摸下巴，"至于赢没赢，你再认真听听——"

听？分明才儿句话的工夫，焦灼了这么久的两军就能立分胜负吗？

"快看，那、那边是什么？"

"什——呃！你、你这个叛徒！"

"谁？我不是——我没有！不要杀我！"

"大家不要乱，不要乱——"

"城外！城外怎么还有火光？是东海藩的旗，他们还有援兵！"

"我不打，我不打了，别杀我！"

"现在缴械投降还能饶你们不死——"

阿学竖着耳朵细听，虽不曾亲眼所见，却也从一片混乱的人声中猜到了八九成。

"你们真的在神威军里安插内奸了？还有援兵是怎么回事？"她好奇地问。

"嗯，临时起意，趁乱脱了几个死人的铠甲换上，双方厮杀在一起的时候混到敌军里，根本察觉不到。"军事方面，洛霆侃侃而谈，眼神亮得耀人，"而那些援兵，根本不存在。只是留了几个人制造声势而已。你想想，鏖战这么久，内部突然出现内奸从背后冷不丁刺你一剑，防不胜防，谁还能安心向前进攻？再加上做叛军本就是件让人心虚的事，多数卒子其实并无主见。现在又有援兵将至，不出一炷香时间，他们必将溃不成军！"

"真的吗？"闻言，阿学的小脸终于染上一丝明媚笑意，"太好了，我总算可以放心些了。"

"博学。"洛霆却突然收住笑，郑重其事地喊了她一声。

阿学眨眨眼："怎么了？"

"我想请你帮个忙。"洛霆皱眉。

"哈，什么时候变得这么客气了？直说吧！是想成为《断袖少主弯直记》完结篇的第一位读者还是想——呃……"

话还没说完，阿学只觉脖颈一痛，眼前发黑，栽倒进了洛霆怀中。

洛霆搂着她，眼底满是歉意："对不起，博学。我权当你是答应了吧……"

·尾声·
WEI SHENG
谁让朕是庄家人

从京城去往东海的路上，一队途经的宝马香车格外惹人注目。不仅为首的男子英姿不凡，随从们也个个精气内敛。于是那坐在豪华马车中的人，就成了所有目睹者心中艳羡的对象。若是个男子也就算了，人家没准是上下属关系，但要是个女人，那就有绯闻了！

可偏偏，马车中还就躺着个不省人事的女人。

而这个女人也不是别人，正是庄博学。

马车虽大，遇上异常崎岖的石子路也难免颠簸。这一颠一颠地走了一段后，马车中的阿学便渐渐在脑袋撞击车壁的痛楚中睁开了眼……

"哟——这是什么情况？"阿学扶着脑袋坐起来，眼珠骨碌碌直转，打量着宽敞无比的马车。

她最后的记忆停留在与洛霆对话的那个瞬间……难道有人能在洛霆面前把她打晕扛走？不太可能吧。莫非……监守自盗？

这么想着，阿学猛地掀开车前帘，探出身子一看——在最前面风骚地骑着马的可不就是洛霆本人！

"洛霆！你说这是怎、么、回、事？"

深吸一口气，阿学拿出了她平生的全部咆哮功力。于是行人震惊了，整个车队也停下了，洛霆直接一踏马背跃上车辕，把她推回车厢中促膝长谈……

"所以这就是你要我帮你的忙？"

"是的。当初我之所以帮助越祺然，《断袖少主弯直记》只是个表面文章，更重要的是他许给我的利益。吴恒的地界与东海毗邻，一直对东海虎视眈眈，迟早是个祸害，我始终有心除掉他，却不得机会。直到大半年前，越祺然的人和你哥哥前后脚找上门来。"

阿学仍没理清其中要害："我看不出之后这一系列的事情，包括劫走我，和吴恒是你的死对头有什么关系。"

"你之前不是说，吴恒挺会挑时候来调集兵马造反吗？"洛霆双手交抱在身前，继续为她答疑解惑，"其实这是我和越祺然事先谋划好的。由我刻意传出东海藩内乱风声，引诱吴恒调兵，制造他要造反的假象。如此一来，越祺然能借此分了陈浑的兵，我也能除掉劲敌。"

"原来还有这一层……"阿学神色复杂地应着，她知道越祺然喜用权谋，善借权势，却怎么都没想到连吴恒这一环都在他的算计之中。

见她情绪骤然低落，话到嘴边的洛霆也皱着眉不知该不该往下讲了。

却不料，阿学先点破了他的心思："你是怕狡兔死走狗烹吧？趁乱劫走我一道回藩镇。越祺然如果还在乎我，又或者是还需要庄家，就不会轻举妄动，对不对？"

"我很抱歉。"洛霆坦然承认，用绝不回避的态度，对阿学躬身致歉，"为防止越祺然把我扣留在京，我利用了你。"

阿学相信他的诚意，也理解他的做法，于是重新挂上笑嘻嘻的表情，捶了他的肩膀一拳："哎呀！搞得这么郑重做什么？不就去你的地盘玩儿几天吗？"

"你这么容易就原谅我了？不生气？"洛霆难以置信地看着她。他还以为她至少会大发一顿脾气。

"没什么不可原谅的啊。咱们是朋友。我早就说了，需要我怎么帮，你直说。你也是情非得已嘛！"阿学先是豪气万丈地拍拍胸脯，接着又干笑道，"就是下次能不能给我点提示，别突然打晕我？"

被轻易谅解，洛霆却没有多少欣喜，反而一脸复杂："那越祺然呢？

你原谅他了吗？他也是情非得已才要娶鲁步婉。"

此话一出，车厢内的空气就像凝滞了般，两人谁都没有说话，只是各怀心事地沉默着，任由压抑感逐渐蔓延。

"对不起，我不该提这件事。"最后是洛霆先败下阵来。

"你提不提，这件事都存在啊……"阿学苦笑。她清楚洛霆在别扭什么，她自己何尝不别扭呢？明明能轻易原谅洛霆劫走自己，却对越祺然娶鲁步婉一事难以释怀。情况没有不同，都是身不由己，区别只在于心境和感情。

她对越祺然的期望，终究是与众不同的。

"虽然我知道在这个节骨眼说这种话，效果大概会很糟糕，但我还是想说……"洛霆踌躇着，还是握住了阿学此刻有些冰凉的手，"我承认，最开始接近你，只是因为你是庄焱的女儿。对我来说，只和越祺然结盟并没有安全感，如果能拉拢到庄家，成为庄家的乘龙快婿，那么越祺然便不能轻易过河拆桥。"

洛霆难得正儿八经说起他的真实想法，阿学不禁暂时抛开繁杂思绪，认真望着他。

"但是我很快发现，我来迟一步，你心里已经有了越祺然。你哥还警告过我别利用你呢。我当时心里就不服气，一样可能别有用心，为什么就只提防我？他们怎么就知道，我对你没有真心？"洛霆说到这里，自己也觉好笑，"呵，可能是带着些赌气的成分吧。我开始想对你好，久而久之，也渐渐习惯成自然了。我发现哪怕我想把目光从你身上移开，也做不到了……"

他说得投入，却没注意到阿学那一脸震惊相——两只手的手心手背都看了个遍，居然没有小抄哎！

"你别乱动——我刚才说到哪儿了？"洛霆不满地抓住她不安分的手，才继续道，"哦，我说我习惯了注视你。我还开始越来越羡慕越祺然，或者说是嫉妒。但那时我自己也是懵懵懂懂的，你说我可能是把你当成小说里的人物来爱，我也觉得有些道理，就信了几分，真以为自己其实也没那么喜欢你。直到那晚，你遇到危险……我才知道自己看清了这份感情，更用错了方式来表达，以至于让你觉得轻浮。"

"从那一刻起，我扪心自问，终于懂得了该怎样去爱一个人。不是挂在嘴边的花哨台词，而是用行动让她过得无忧无虑。"他深情凝望着阿学，言语中是万千感慨。

　　然而阿学却是为煞风景而存在的。她非但没与他执手相看泪眼，反而只瞄他一眼："你这话就比老哥写的台词花哨多了，他后继有人了。"

　　洛霆登时泄气，扶额呻吟："拜托，我好不容易酝酿出这么深沉的感情，你就不能认真捧捧场？"

　　"好，我就认真地回答你。"于是阿学也收起玩笑之色，"洛霆，我的答案没有变。我心里那个特殊的位置上，只有一个人。"

　　她的拒绝简单利落，毫不拖泥带水，让洛霆甚至找不出继续说服她的话头。

　　于是他只能苦笑着耸耸肩，深吸一口气道："真是让人沮丧……好吧，如果你现在就想回京，我送你回去。"

　　"你送我？不怕还没到京城就被抓起来？"阿学挑眉问。

　　"这次送你回了京，谁知道什么时候能再见？冒着生命危险也得送啊。"洛霆一副时刻准备慷慨就义的神色。

　　看他如此，阿学反倒沉默了，垂首深思半晌，才抬眼浅笑："我暂时不回去，就去你的地盘做做客。欢迎我吗？"

　　尽管她很想念家人，也很思念越祺然，可她不知如今回去，自己该以何种身份自处。所以她想远远地，在东海等着，看看越祺然究竟会不会继续顺势娶了鲁步婉。

　　仿佛读懂了她的心思，洛霆没有多问，只爽朗地龇牙一笑："荣幸之至！相信我，东海是个和京城完全不一样的地方，你一定会迷上它……"

　　洛霆没有吹嘘，来到东海的第一天，阿学就感受到了它截然不同的迷人之处。这个与广阔海域相接连的藩镇，有着如大海般包容万象、从容不迫的气度。

　　无论贩夫走卒或是富商大户，面上都带着和乐的笑容，哪怕是素未谋面之人，擦肩而过时也能热络地相互问候。偶尔会有些来自遥远的海的另一边的商人与旅人，也能用手语和街边的摊贩交谈甚欢，最终买走自己心仪的小玩意儿。

那用青砖铺砌成的街道上，马永远比马车多，不愿意步行出门的人们，都会骑乘着马遛弯。不同于京中车马擦着行人飞驰而过的焦急，东海的人与马是缓步并行着的，无关马匹好坏、身份高低。

东海的茶馆酒肆也是人来人往的热闹，却不曾沾染京城的喧嚣与市井气。里头的人或安安静静喝茶听书，或三三两两小聚闲谈，没有人急赤白脸，更没有人拍案掀桌，动不动就要与隔壁桌的几个人叫嚣着划拳较量。

曾经的阿学很喜欢那样喧哗的氛围，以为那才是真实的生活气息。可在东海的两月里，诚如洛霆所料，她迷上了这份宁静，如徐徐海风般令人舒心。远离了京城中的风起云涌，东海的云卷云舒，又是另一种开阔的心境。

最开始时，她还诧异，洛霆这么个急脾气的"粗人"，治下的藩镇怎会迥然不同？可哪怕是格格不入的性子，在东海也不觉突兀。东海不排斥任何一种人，也不同化他们，只是让他们和谐共处着，这就是它的迷人之处。

但与世无争也不意味着东海的信息闭塞，相反，哪怕是远隔千里的京城，也常有消息传来。比如陈浑跑路未果，反被义子出卖，终是数罪加身，只等秋后问斩。而原本皆被软禁的丞相庄焱与齐王越之谦一夕"翻身"，成为忍辱负重的功臣，不仅恢复官职，还被大加封赏。

还有老六，越祺然念他相助查案有功，特命人重查当年旧案，果然大有冤情。冤案平反后，老六拒绝了留京任职的机会，选择重返家乡，开起医馆，悬壶济世。阿茂他们也成了老六医馆的帮工，再也不必过风餐露宿的日子。阿学着实为他们感到高兴。

至于鲁步婉，听说她不知为何自请与太子解除婚约，皇帝体恤，封她为婉和公主。阿学还记得洛霆将这个消息告诉自己时，那一脸不甘又心服口服的神色。

他说："真没想到越祺然还留了这么一手！据说他一早就和鲁步婉打赌，只要你在不知情的情况下，还肯把证据交给他，鲁步婉就要在事情结束后主动悔婚。"

"鲁步婉也是性情中人，才能成全这个赌局啊。"

当时的阿学只用一句云淡风轻的评价掩饰内心的波涛汹涌。可自那以后，东海的宁静也无法再挽留住阿学的心。

她又开始想念京城市井的繁华忙碌，想念相府的温馨热闹，想念皇宫的金碧辉煌，想念潜心斋里的书卷香气。她等着他，等他慢慢拔除陈浑残留在京的余党，等他处理好他与皇上的父子关系，等他终有一日能够毫无牵绊地来东海接她回去……

而这一等，便又是三个月过去。

"你说什么？皇上退位去做太上皇享清福了？太突然了吧，他尚未过半百啊！"

三月后的某个黄昏，又到一年深冬时，正烤着火的阿学被洛霆带来的消息惊得差点踢翻了炭盆。

"是的，就是如此突然。"洛霆摸摸鼻梁，"越祺然已经即位了。"

"之前忙着铲除余党，现在又要忙着当皇上，那他什么时候才能来娶我啊？"阿学哭丧着脸，重新在火盆边蹲下，"难道还要等到明年春天？"

洛霆发自肺腑地感慨："冬天到了，春天还会远吗？"

"我不管了！我要去找他问个清楚！"阿学气愤地瞪他一眼，接着起身就要进内间收拾行李。

"别啊！"洛霆赶忙拽住她的胳膊，把藏了一半的话说完，"越祺然登基后第一件事，就是昭告天下，将迎娶庄氏长女庄博学为妻——迎亲的队伍现在估计已经在半道上了。"

阿学闻言转怒为喜，又感到难以置信"真、真的？一辈子就一次的事情，你可别拿这个要我哦！"

"我怎么敢啊，姑奶奶！"洛霆哭笑不得，"我可不是那种'既然我得不到你的爱，至少要让你恨我一辈子'的人……"

"少拽台词。"阿学先是乐呵呵地用手肘撞了他一下，接着犹豫着问道，"那他……会亲自来迎亲吗？"

洛霆耸耸肩："只说是派齐王率领迎亲队伍前来。"

"越大哥啊……既然派了越大哥来，他肯定就不会来了。"阿学不禁有些失落，随即又自我安慰，"也是，刚登基那么忙，哪能大老远跑一趟。

越大哥也是一样的。"

"换作是我,我肯定不会假手他人。"洛霆不屑地哼哼着,"自己的女人让别人来接,算怎么回事?"

这话说到了阿学心坎里,可将近半年不见的思念还是冲散了这些许的不满。于是她没再吭声,只是垂首望着盆中烧得正旺的炭火,吃吃地笑起来。毕竟再过不久,就能回京与他相见了呢……

这一日,天正飘着鹅毛大雪,平坦的郊野一览无遗。阿学与洛霆策马而立,远远望去,一队皇家仪仗的车马正朝这边缓缓靠近。

"越大哥——这边!"她眼尖地看到一马当先的越之谦,兴奋地冲他挥手。

就在前几日,即将抵达东海的越之谦修书一封,送达阿学手中,说明了迎亲之礼该如何进行。可阿学不愿兴师动众,便回信决定只由洛霆一人送行即可。

"小庄,东海王,别来无恙。"

地上积着不薄不厚的雪,刚刚没过马蹄,越之谦翻身下马,走近也已下马等待的阿学与洛霆。

"我是别来无恙,王爷却是风采更盛了。"洛霆的语调虽有点阴阳怪气,说的却是实话。此刻披着白色貂袄的越之谦一改软禁中的面色苍白,变得神采奕奕,一身的意气风发。

转眼已是两年岁月溜过,世事大变,只庆幸他们都还一如初见。

"是,这段时间多亏东海王照顾小庄,让皇上与我没有后顾之忧。"越之谦并不在意洛霆的态度,拱手谢道,"有劳了。"

"你们原来早就知道我会——"洛霆闻言却猛地攥拳,咬牙道,"好啊,我又自作聪明地被摆了一道!"

对上他的怒气,越之谦依旧不温不火:"阉党余孽一日不除,就一日不能完全放松。都是为了小庄着想,何必分你我?"

这边两人你一言我一语,说得热闹,阿学却听得一头雾水,索性不理他们,兀自翘首往越之谦身后张望。

"小庄在看什么？"越之谦注意到她的举动，笑问。

阿学失落地摇摇头："没、没什么……"他真的没有来啊……

"呵，小庄在这儿等了这么久，一定冷了吧？"越之谦如何不知她的心思，却不点破，只是道，"和东海王告个别，我们回程吧。马车里暖和。"

"道别就不用了！我受不了那套——你回去吧。"洛霆说着，竟背过身去，不再看阿学。

藩王非召不得入京，阿学也知再见一面不容易，顿生不舍之情："那你自己多多保重啊……"

她走到他身后，抬手拍拍他的肩头后才走回越之谦身边，最后又望了洛霆的背影一眼，这才随越之谦一道转身往车队方向走去。

身后不曾再有动静传来，阿学被越之谦一路送到宽敞的马车前。

"进去吧。别冻着。"他没有替她撩开车帘，反倒后退了一步。

阿学随意点点头，依旧沉浸在越祺然果真没来的落寞中，并未察觉他的反常。

"准备掉头——"

就在阿学还对着车帘发怔时，越之谦已返身，边扬声号令，边翻身上马。

车队很快就要掉头，阿学也不敢再磨蹭，急忙一跃而上，迅速钻入车厢。

"唔！"

可才进车厢，她就被人猛地用力向下一拽，直直跌入一个坚实怀抱的同时，唇也随即被霸道地吻住！

她来不及惊呼，也忘记了挣扎，因为近前的面容，是她渴盼已久、在一百多个昼夜里暗自在心中描画过无数遍的轮廓。

越祺然终究还是来了！

他来了，真真切切地在马车的角落里与她拥吻，不容抗拒，又异常温柔。唇齿交缠之间，他毫不保留地倾吐着分别半年来的思之若狂。阿学的眼角湿润了，双臂攀上他的脖颈，甚至忽略了马车进行中的颠簸，只想与他一道沉沦……

"阿学……我好想你。"几乎快要窒息之时，她听到他含混地说着，唇却仍舍不得分离。

　　"我、我快喘不过气了——"阿学却从最初的震撼中回神，推开他道，"你……你怎么会来？"

　　之前她扫遍了车队里的每个人，却唯独没想到越祺然会以逸待劳，躲在马车中等她！

　　"想给你个惊喜，就装病不朝，偷偷来了。"越祺然并不肯她起身，只揽她改换了个更舒服的姿势，一手捧着她的脸颊摩挲，"对不起，让你等了这么久……"

　　"是啊，你要是再不来，我都准备嫁给洛——唔！"

　　阿学本想死鸭子嘴硬，却没想到越祺然眸光一沉，将她往车壁上一抵，又吻了上来！

　　这一吻虽颇有气恼吃醋的惩戒意味，但依旧带着久别重逢的恋人所心照不宣的痴缠甜蜜，叫人上瘾。

　　可良辰美景，总有人爱煞风景！

　　"喂——庄博学，记得催你哥快点把《断袖少主弯直记》写完！还有，回京以后要过得不开心就别说我们认识——"

　　马车外，是策马追赶折返车队的洛霆。马车内，则是不得不停止拥吻的一对有情人，一个正面红耳赤地尴尬着，一个却怒火中烧地郁闷着。

　　"对了，和你商量个事儿……"为了缓解尴尬，阿学轻咳两声道，"前几天，我哥来信说，下一本书，他想借借你的东风，就写我、我们的故事……托我问你依不依。"

　　越祺然挑眉："他怎么不直接来问我？"

　　"毕竟你是皇帝了啊。你不怕被他写得，呃……明君形象轰然倒塌啊？"

　　"怕啊，但谁让我是庄家人呢？大舅子喜欢写，就让他写——"越祺然先是十分慷慨地应下，接着竖起食指，坏笑道，"但有一个条件。"

　　阿学好奇地眨眼："什么？"

　　"全书除我之外，不准再有别的男人！"

　　"啊？那这还怎么写啊！"这是言情小说还是一位明日之帝冉冉刅起的故事？

　　"怎么写我不管。总之书里那个叫庄博学的女人，只能嫁给我这个全书里唯一的男人！"越祺然的嗓音低哑，搂着她腰肢的手加重了力道，"你——只能嫁给我，懂了吗？"

在他灼热的逼视下，阿学退无可退，只得将小脸埋进他的怀中。

她懂了，这大概就是他欠她的那场风花雪月的告白……

·后记·
HOU JI

　　第一次写这种伪卖腐的言情，还真有些忐忑，但无论如何也终于画上了句号。作为考据党，哪怕是架空时代，作者君还是忍不住去查了很多皇子教育相关的资料与论文，原本只想能尽量写得煞有介事一些，没想到查起资料来便一发不可收拾，从中获取了不少灵感和历史原型。比如男配越之谦的灵感就是在初期查资料时收获的。

　　不得不承认，我比较偏好这种具有牺牲精神和悲剧色彩的男配，他的坚守让他选择大道，而不是权势，他也深知越祺然比自己更合适坐在皇位上运用权术治国，所以他可以无愧无悔地为追求政治清明而自污，自毁前程。

　　一度再靠近不过，随之而来的却是再无交集的远离。这样的经历，越之谦有过两次，两次都关乎未来，刻骨铭心。一次是离他近在咫尺的皇位，一次是与他亲近在先的阿学。区别只在于前者他不屑一顾，却被迫卷入风波；后者遇见在错误的时间，让他不得不轻易放弃。他看似已经能看淡一切，不予强求。

　　但从某种程度上来说，越之谦又是个明知不可为而为之的人。他所坚持的"道"是一个很复杂的存在，没有实体，只关乎情怀与信念。他与阿学的错失，又何尝不是从他选择了与越祺然截然不同的道路时开始的呢？他对这份错失有懊悔吗？有。但他会因此而改变吗？不会。究竟是怎样的"前缘"能让一个也不过二十七八岁的年轻人，怀揣着如此深沉的执着去践行他的"道"，我选择了留白。也许假以时日，我会用另一本书中的另一个人物去阐释，而不是仅仅短短几千字的番外去概括，那样太过于草率。

他的品行看似完美得不真实，幼年时所得到的朝廷地位也显得不可思议，但在历史上还真是有原型的，大家有兴趣的可以猜一猜，也欢迎来和我交流！

最后想说的是，我这个人不太自信，每写完点什么，一开始时倒也觉得自己写得不错，可时间稍一推移，就开始自我嫌弃。因此我选择去投稿，去出书，去获得更多外在的鼓励和信心。

我很庆幸回应我的并不是冷漠，而是真正能让我坚持下去的正能量。因此我也会加倍努力，去对得起大家的支持。

下一本书中再见喽！